Incorrigible romantique, **Alfreda Enwy** dévore les romances et c'est donc tout naturellement qu'elle s'est mise à en écrire. Tant à l'aise en urban fantasy qu'en romance contemporaine ou en New Adult, elle aime se perdre dans ses écrits et s'avoue volontiers victime de ses héros de papier.

De la même autrice :

Infinite Love :
Nos infinis chaos
Nos infinies insolences
Nos infinis silences
Nos infinies insomnies

Chez Emma :

Infinite Love :
Nos infinies confusions
Nos infinis interdits

Aes Sidhe :
1. *La Meute maudite*

CE LIVRE EST ÉGALEMENT DISPONIBLE
AU FORMAT NUMÉRIQUE

Alfreda Enwy

Nos infinis chaos

Infinite Love

Suivi de :

Nos infinis moments

et

Nos infinis plus loin

Emma

Hauteville est un label des éditions Bragelonne

Ce roman a été précédemment publié en numérique
dans la collection Emma.

ISBN : 978-2-8112-2709-8

Bragelonne – Hauteville
60-62, rue d'Hauteville – 75010 Paris

À Nate, Dylan et Kyle,
pour tout ce que vous représentez à mes yeux.
À Sophie, fan inconditionnelle de Nate.
Et à vous, lecteurs.

« Nous ne devons pas avoir peur de nous confronter.
Du chaos naissent les étoiles. »

Le Jour où je me suis aimé pour de vrai
de Kim Mc Millen[1]

1. Texte lu par Charlie Chaplin lors de ses soixante-dix ans.

CHAPITRE PREMIER

— Hé !

Ma meilleure amie m'enlaça tendrement, le sourire aux lèvres. Elle souriait constamment en ce moment. Rynne était toute jolie dans sa petite robe jaune et ses ballerines assorties. Elle était même plus que jolie, elle avait pris quelques formes féminines, on aurait dit une de ces magnifiques Asiatiques qu'on voyait à la télé. Les hommes se retournaient toujours sur son passage, et aujourd'hui ne dérogeait pas à la règle.

— Tu vas bien ? me demanda-t-elle.

Je lui souris.

— Oui, et toi ? C'est quoi, cette bonne nouvelle ?

Elle m'offrit un grand sourire et glissa son bras sous le mien.

— On va boire un verre sur la baie et je te raconte tout ça ?

Je plissai les yeux :

— Non, mais j'y crois pas ! Tu pourrais me donner des indices au moins.

Elle gloussa et secoua la tête ; le moins qu'on puisse dire, c'est qu'elle avait l'air épanouie. La faute à l'amour. Elle était revenue après les fêtes de Noël complètement changée et heureuse en couple.

Nous prîmes le tramway, il y avait du monde, mais deux hommes d'une trentaine d'années nous cédèrent leurs places.

— Ils étaient mignons, non ? lança Rynne, alors que nous descendions quelques minutes plus tard, face à la baie.

Je haussai les épaules.

— J'ai fait une croix sur les mecs, répondis-je.

Elle sourit.

— Jusqu'à ce que tu trouves le mec parfait qui te rendra heureuse !

Elle jubilait. Je secouai la tête. Je me sentais subitement bien à l'étroit dans mes vêtements, j'avais besoin de respirer. Parler de relations sérieuses et amoureuses m'était impossible, je ne pouvais plus accorder ma confiance. Le mec parfait n'existait pas.

— On ne peut pas parler avec toi, tu es trop amoureuse, complètement irrationnelle, répliquai-je.

— C'est justement parce que je suis bien dans mon couple que je peux en parler. Tu devrais te trouver quelqu'un de bien.

— Rynne...

Hormis mes parents, ma famille, les flics, le personnel de l'hôpital, les..., bref, hormis les gens touchés par ce qui m'était arrivé, Rynne était la seule à savoir ce que j'avais vécu. Elle se crispa contre moi en percevant le ton de ma voix.

— Je... Excuse-moi, Dylan. Je n'aurais pas dû parler de ça. Tu as raison, je suis nulle...

— Tu n'es pas nulle. (Je l'embrassai sur la joue.) Je ne suis pas prête à parler de relation, c'est tout. Je ne dis pas que je ne le serai jamais, mais pas pour l'instant en tout cas.

— Un jour, tu le seras, j'en suis sûre, affirma-t-elle.

Je savais que cela ne viendrait pas de sitôt, et je savais aussi que je n'avais pas vraiment envie d'être prête. Même si cette histoire remontait à presque trois ans à présent, l'intimité avec un homme me terrifiait. Être vulnérable une seconde fois, me livrer, me mettre à nu : le simple fait d'y penser m'était insupportable. En parler à Rynne m'avait coûté beaucoup d'effort, alors confier ce pan de mon histoire à un homme…

Je secouai la tête pour penser à autre chose. Pas question de s'enliser de nouveau dans ce gros tas de purin.

— Bon, et si on allait le boire, ce fichu verre ? dis-je en souriant.

Rynne acquiesça. Nous marchâmes un moment encore, parlant de tout et de rien jusqu'à nous arrêter à la terrasse d'un bar où nous commandâmes deux mojitos.

— N'empêche, je suis super heureuse qu'on soit à San Francisco toutes les deux, fit Rynne, ses yeux pétillant de joie. Je n'en reviens pas d'être ici et d'aller à Stanford. J'ai l'impression de rêver !

— J'imagine que ton prince charmant s'attelle à te faire vivre un conte de fées ; du coup, tu as la tête dans les nuages.

Elle gloussa.

— Tu as trouvé un boulot, au fait ?

— Pas encore, non, répondis-je. J'ai tellement de choses à prévoir pour pouvoir réaliser mon projet…

— Ce n'est pas évident, hein ?

La serveuse nous apporta notre commande. Quand elle fut repartie je fis « non » de la tête. Je ne voulais pas précipiter les choses, je voulais faire ça bien. J'avais vraiment envie d'ouvrir une boutique de fleurs. J'avais toujours adoré les fleurs, j'en connaissais des tas de sortes et de variétés, j'étais douée pour faire des compositions, j'avais déjà fait des stages et mon premier boulot avait eu lieu chez un fleuriste. Je ne voulais pas paraître trop sûre de moi, mais j'avais le sentiment d'avoir un vrai potentiel pour ce métier. J'ignorais pourquoi quelque chose d'aussi éphémère que les fleurs me procurait autant d'apaisement. C'était ainsi depuis mon enfance. Grâce à ma grand-mère. Et même si ça pouvait paraître un peu niais, j'avais envie de vendre du bonheur.

—Je me dis que je devrais peut-être prendre le temps de trouver un équilibre avec un boulot, mon loyer, les cours et la boxe. Et ensuite, seulement, je pourrai envisager de concrétiser mon projet.

—La boxe ? Oh… tu as décidé d'en faire en club ?

—Oui, je pense m'entraîner vite fait dans un club, histoire de progresser un peu.

Elle acquiesça en souriant.

—Et toi ? demandai-je. Tu vas enfin me dire ta bonne nouvelle ? Puisqu'on trinque au mojito, ça ne peut être qu'une *très* bonne nouvelle !

Rynne secoua la tête. Elle attrapa son verre et sourit fièrement, les yeux brillant de larmes.

—J'ai reçu un recommandé.

—Et ?

—Ça venait d'une maison d'édition.

—Oh, mon Dieu !

Un sourire radieux enchanta son visage.

—Ils ont vu mon livre sur les plates-formes en ligne, et beaucoup de leurs lecteurs leur en ont parlé… Bref, ils l'ont lu et ils me proposent un contrat d'édition !

—Oh putain ! Rynne, mais c'est génial ! m'exclamai-je. Félicitations !

Je me redressai, j'attrapai mon verre et je le levai.

—À toi, putain de merde!

Elle fit la même chose en riant comme une gosse.

—À moi, putain de merde!

∞

N'y pense pas…

Chasse les images de ton esprit…

J'étais en nage. Ma respiration était chaotique, mes muscles étaient douloureux et la transpiration coulait le long de mes tempes, cependant je continuais. Je n'en pouvais plus. Chaque coup supplémentaire contre le sac de frappe me semblait impossible à effectuer; pourtant, dans un excès de rage, je recommençais, jusqu'à sentir une sensation de plénitude malgré mes muscles endoloris. J'avais l'impression de briser mon corps et qu'à force de le soumettre ainsi à un rythme si brutal il ne céderait plus jamais.

Mon corps avait cédé une fois, et le sport que je pratiquais n'était rien en comparaison des longues minutes que j'avais endurées toute seule dans cette chambre avec eux. Avant cette épreuve, je n'avais jamais pratiqué de sport aussi intensément. Du moins jamais jusqu'à m'en faire mal. Après mon agression c'était devenu vital. Je m'étais découvert un talent pour la résistance et les sports de combat. Ça calmait et ça apaisait mes tensions quand je n'étais pas bien. Je ne voulais pas faire de compétitions, je voulais seulement parfaire certaines techniques de défense. Ça ne rendait pas ma vie plus belle, mais plus supportable. À chacun sa méthode antistress.

Les psys avec leurs longues discussions merdiques n'avaient jamais su m'aider ni apaiser ma souffrance. Ils s'étaient avérés inutiles. Je ne supportais pas leur condescendance ; à croire qu'ils étaient irréprochables au point de pouvoir juger les autres. J'entendais encore la voix de la dernière psy que j'avais vue : « Tu as pensé au pardon ? »

Ben voyons ! Comme si on pouvait pardonner ce genre de choses ! C'était tellement injuste ! Pourquoi serait-ce à moi de pardonner alors que je peinais encore à me regarder dans une glace ?

Mes coups pleuvaient sur le sac de frappe.

À présent, trois ans après mon agression, je ne pouvais plus faire confiance à un homme.

Il fallait que je me reprenne et que j'aille de l'avant. Rynne m'avait convaincue de la suivre à San Francisco après nos exams de juin et j'avais pris des résolutions à ce moment-là pour reprendre ma vie en main : avoir mon diplôme de management, ouvrir mon propre magasin de fleurs et, surtout, pas de baiser, plus jamais.

Ne jamais plus laisser un homme m'embrasser. C'était un code établi depuis ce jour qui avait changé ma vie. Embrasser quelqu'un était bien plus intime que tout autre acte sexuel. Transcendant, doux, parfois brutal, c'était pour moi un acte pur et sacré. Une intimité que j'étais désormais incapable de partager avec qui que ce soit.

Jamais plus je ne baisserais ma garde ni ne laisserais un homme m'atteindre comme lui l'avait fait.

À cette pensée, mon poing droit s'écrasa sur le sac, j'allais lever le gauche, mais mon bras refusa de m'obéir. J'avais atteint ma limite. Je me laissai tomber à terre dans un soupir proche du couinement. Je rejetai la tête en arrière et bus l'intégralité de ma bouteille d'eau. Il y avait comme une certaine satisfaction masochiste à épuiser toutes ses forces. Après avoir soufflé quelques secondes, je me redressai et je filai à la salle de bains. Je retirai les bandages de mes mains. Mes poings étaient endoloris, rouges et gonflés. J'avais un peu forcé aujourd'hui, plus que d'habitude. Ce n'était pas très sexy, mais je n'avais pas besoin de l'être.

Une fois nue, je me glissai sous le jet d'eau tiède et lâchai un soupir de bien-être. J'y restai un long moment, appréciant les bienfaits de l'eau sur ma peau. Quelques minutes plus tard, je sortis de la cabine de douche, me roulai dans une serviette et quittai la salle de bains tout en attachant mes cheveux en queue-de-cheval. Dans le couloir qui menait à ma chambre, je trébuchai sur la tonne de linge au sol. Il était temps de faire une lessive. Je grimaçai et mis la moitié de ce qui traînait dans la machine à laver sans prendre le temps de trier quoi que ce soit. Puis, j'enfilai un legging de sport avec un tee-shirt ample et je me dirigeai dans la cuisine pour me préparer un en-cas. J'avais le choix entre du poulet et… du poulet.

Merde, je m'étais sérieusement laissée aller cette semaine. Je dois dire que je n'avais jamais vécu seule jusqu'à présent. Une telle indépendance, c'était tout nouveau pour moi. Je comprenais les remarques de mes parents et de Rynne sur mon désordre. La colocation avec ma meilleure amie me manquait.

Je sortais les restes de poulet et le pot de mayonnaise pour me faire un sandwich lorsqu'un bruit sourd provenant de la salle de bains me fit sursauter. Je m'y précipitai :

— Et merde ! pestai-je en fixant la machine à laver.

Elle venait de rendre l'âme, et l'eau était en train d'inonder tout le carrelage. Je n'avais pas le choix : après l'essorage du sol, j'étais bonne pour laver mes culottes à la laverie.

— Merde !

Une heure plus tard, après avoir nettoyé toute la salle de bains, je fourrai mes vêtements trempés dans un sac de sport. Je fermai la porte à clé et je descendis les marches en trombe. Sortant précipitamment de l'immeuble, je bousculai quelqu'un sur mon passage. Mon sac à dos mal fermé glissa de mon épaule et ma petite culotte à têtes de dinosaures tomba sur la tablette numérique d'un petit garçon.

—Oh, je suis désolée, bonhomme.

Le petit garçon releva ses grands yeux expressifs vers moi et me fixa bouche bée. Il avait des yeux verts incroyables, des petites taches de rousseur sur les pommettes et des traits très fins. Il était mignon à croquer. Je souris, même si je me faisais l'impression d'être une de ces vieilles tantes qui ne pouvaient s'empêcher de pincer les joues des gamins. Il attrapa ma culotte et me la tendit avec une lueur étrange dans le regard. *Oh, mon Dieu...*

—Y a pas de mal, répondit-il avec sa petite voix. Tiens !

J'attrapai mon bien.

—Tes culottes, elles sont beaucoup plus petites que celles de Marnie.

J'ignorais qui était ce gosse, mais je l'aimais, déjà. Quel âge avait-il ? Quatre, cinq ans ?

—Tu es nouvelle ici ?

—Je crois bien, oui. J'habite au-dessus.

Son sourire s'élargit. Je fourrai ma culotte dans mon sac et descendis les marches.

—Je m'appelle Kyle, et toi, tu t'appelles comment ?

Kyle ? Voilà un prénom adorable pour un gamin à croquer. J'avais un faible pour les prénoms courts. Il allait en faire tourner des cœurs plus tard, ce bonhomme.

—Dylan, répondis-je.

—Mais t'es une fille, dit-il avec une implacable logique. Pourquoi tu as un prénom de garçon ?

—Ah... ça, c'est parce que mes parents sont bêtes.

Je lui souris, ce qui empourpra ses joues d'enfant, et il gloussa.

—T'es belle, en tout cas.

C'était officiel, ce « mini-beau gosse » me faisait craquer.

—Toi aussi, tu es très beau.

—Je sais, approuva-t-il fièrement. C'est grâce à papa, c'est qu'est-ce qu'il dit toujours.

—Kyle ! lança la voix d'une femme, que j'identifiai comme étant Mme Jansen, la concierge.

—Je suis dehors, répondit celui-ci en reportant son attention sur sa tablette.

Mme Jansen sortit de chez elle. Elle était douce et très gentille. Elle m'avait tout de suite acceptée comme locataire. Ce qui m'avait ravie, car l'autre bailleur que j'avais rencontré était un mec assez... spécial.

—Ah ! Bonjour, Dylan. Comment vas-tu ? Bien installée ?

—Oui, je vais bien. Juste un petit problème de linge sale.

—Besoin d'aide ?

—Oh non, madame ! Ça ira !

—Marnie, appelle-moi Marnie, c'est bien plus agréable. (Je hochai la tête. Elle sourit.) Quant à vous, jeune homme, vous savez fort bien que votre papa n'aime pas que vous traîniez tout seul dans l'escalier.

Il quitta des yeux son jeu et lança un merveilleux sourire à Marnie.

—Mais j'aime bien l'attendre ici. Je peux le voir et lui sauter dessus quand il revient.

Difficile de résister à sa bouille, pourtant elle plissa les yeux et secoua la tête.

—Je sais bien, mais c'est ainsi. Je suis le chef, alors à l'intérieur, jeune homme.

—C'est pas juste.

—Ainsi va la vie, allez ouste !

Il râla mais se redressa, et serra sa tablette contre lui. Il sauta du haut des deux dernières marches et atterrit sur le sol comme un pro.

—Bon, je dois y aller, lançai-je. Bonne soirée.

—Au revoir, Dylan.

Je me penchai vers Mini-Beau Gosse et j'embrassai sa joue. Il ouvrit la bouche, puis sourit.

—À bientôt, bonhomme.

Je pris la direction de la laverie.

Chapitre 2

Le Lavomatique se situait à deux rues de l'immeuble. À mon grand soulagement, il était vide. Je n'avais pas envie de me retrouver en compagnie d'un mec louche dans ce genre d'endroit. J'entrai. Des néons projetaient une lumière vive sur le carrelage blanc fissuré par endroits, un parfum floral entêtant flottait dans l'air. Les machines avaient l'air plus vieilles que la mienne.

Je me dirigeai vers la plus proche. J'ouvris le hublot, et une ombre noire me sauta dessus, je poussai un cri strident, et dans un miaulement affolé la bête se lova dans mes bras.

—Mon Dieu !

C'était un chaton noir et blanc. Sur l'échelle du mignon, il était au-delà du possible avec ses oreilles recourbées et son museau tout noir. Je le caressai en tournant sur moi-même pour regarder s'il y avait quelqu'un, si c'était une blague ou autre. Bon sang, qui avait pu mettre cette merveille là-dedans ? Remarque, c'était astucieux pour se débarrasser d'une bête sans avoir recours à la méthode sac. Il suffisait qu'une blonde un peu cruche se sente investie de la mission de lui apporter son aide pour que la bestiole soit…

Non ! Hors de question !

Je baissai néanmoins les yeux, sentant son ventre vibrer sur mon avant-bras à chaque caresse. Ce pépère était seul, abandonné, et moi, j'étais seule… De là à y voir un signe qu'on avait besoin l'un de l'autre, il n'y avait qu'un pas.

Ma foi, pourquoi pas ?

—N'aie pas peur, je vais te…

Il miaula. Je ne savais pas depuis quand il était là, mais il devait être affamé et mort de peur, pourtant dans mes bras il semblait bien. Ah là là, il savait déjà y faire alors que ce n'était encore qu'un chaton. Je le posai au sol et il alla se nicher dans mon sac vide. J'avais comme l'impression de ne pas avoir le choix sur ce coup-là. Mme Jansen, Marnie, avait dit que tous les animaux sauf les chiens étaient acceptés. Alors pourquoi pas ?

Je ricanai en ramassant les vêtements que j'avais laissés tomber et versai la lessive sur mon linge. Après avoir refermé le hublot, je sortis la petite monnaie de mon portefeuille.

—Bonsoir, lança une voix masculine.

Surprise, je laissai échapper ma ferraille, non sans avoir poussé un petit cri aigu. J'entendis rire et des frissons glissèrent sur ma nuque.

Putain, ça ne se fait pas d'effrayer les gens comme ça, surtout le soir dans une laverie !

Et, en plus, l'inconnu s'en amusait !

Heureusement, l'un des avantages d'être ceinture noire de krav-maga, c'est qu'on acquiert quelques bons réflexes ; j'avais rattrapé deux pièces en l'air avant qu'elles ne tombent par terre. Mais la troisième roula au loin.

Merde !

L'inconnu l'arrêta avec son pied.

—Merde !

Oups! Il ricana. Je me redressai pour lui faire face tandis qu'il posait deux gros sacs sur une table. Il attrapa ma pièce et la fit rouler d'un doigt à l'autre avec grâce.

— Bons réflexes. Très bons, même. Je suis désolé de vous avoir fait peur, dit-il en glissant son regard dans le mien.

Soudain, l'air quitta mes poumons et je me retrouvai complètement grisée. Il avait des fossettes incroyables et un regard magnifique ; probablement les yeux les plus verts que j'aie jamais vus. Des cercles de cuivre entouraient leurs pupilles noires alors que le reste était empli d'une couleur émeraude déroutante. On aurait dit des éclats couleur menthe qui se mêlaient à l'émeraude.

Sous le poids de son regard, mon armure se fissura, me laissant nue et vulnérable en l'espace de quelques secondes. J'étais plus forte que ça d'ordinaire.

— Voilà pour vous. Désolé encore de vous avoir fait peur.

— Pas problème.

Oh putain, je n'étais même plus capable de formuler une phrase correcte ! La honte. Il esquissa un sourire. La double honte.

— Pas de problème, répétai-je.

Il me tendit la pièce et la déposa dans ma paume.

— Merci.

Autre sourire. J'étais en train de mourir de peur – et d'autre chose –, et lui, il souriait encore.

— Il reste des machines de libres ? demanda-t-il.

— Oui, répondis-je. Je n'en ai pris qu'une…

Je me tournai tandis qu'il s'approchait de moi pour prendre les machines à côté de la mienne. L'atmosphère de la laverie s'était chargée d'une tension palpable. Mon pouls s'affolait. C'était déroutant. Bon sang, qu'est-ce qui se passait ? Secouant la tête, j'insérai les pièces dans la fente, je sélectionnai un programme doux et j'appuyai sur le bouton, mais rien ne se passa. J'appuyai de nouveau sur le bouton. Toujours rien, et le hublot était coincé. *Merde !*

— Vous avez la capricieuse, ça ne marchera pas comme ça. Avec elle, il faut être brutal.

— Pardon ?

— Il faut taper un coup sec. (Il avança vers moi et plaça sa hanche contre la machine.) Je vais vous aider, j'ai l'habitude.

Il me regarda derrière des cils incroyablement longs, son visage était mis en valeur par des cheveux châtain doré. Il était très beau. Il portait une chemise dont les manches étaient relevées sur des bras saillants et le col s'entrouvrait sur un torse qui semblait incroyable, et j'aperçus le début de plusieurs tatouages.

Oh, mon Dieu ! C'est un test, c'est ça ?

Je sentis une vague de chaleur traverser mon bas-ventre. L'inconnu frappa contre la paroi de la machine d'un coup sec qui m'arracha un sursaut, et elle se mit en route.

— Voilà. Une bonne claque là où il faut et elle repart.

Je bus ses mots, et une voix coquine hurla dans ma tête : *oh oui, une fessée !*

— Merci, soufflai-je en m'ignorant.

Il me scruta de nouveau avant de sourire et de s'éloigner. J'avais un mal de chien à arracher mes yeux de… ce fantasme sur pied. Il était plus canon que n'importe quel mec que j'avais rencontré. Il me tourna le dos et je me pris à admirer les formes de ses biceps qui se contractaient et ses muscles dorsaux qui roulaient à chaque mouvement qu'il faisait. C'était comme une symphonie, chaque chose était en harmonie la plus parfaite. Putain, je devais avoir les joues rouges et la bave au coin des lèvres… Mon attention s'arrêta quelques instants sur ses fesses parfaitement moulées dans son jean jusqu'à ce que je me rappelle de mes principes de bases. J'avais fait une croix sur les mecs, j'avais décidé de les fuir et voilà que Dieu m'envoyait cet apollon ! J'étais partagée entre peur, dégoût et excitation.

Je fis quelques pas en arrière pour me donner de l'espace.

Calme-toi ! Calme-toi !

J'étais certaine d'être en train de vivre un moment unique, une de ces rencontres éphémères incroyables qui vient mettre votre univers sens dessus dessous. Ces rencontres ou ces simples regards qui vous coupent le souffle et qui vous donnent envie de plaquer votre vie pour vivre ce moment... C'était la première fois de mon existence que j'étais happée de la sorte par un homme. L'inconnu s'interrompit et jeta un coup d'œil par-dessus son épaule, ses yeux rencontrèrent les miens dans un regard qui libéra un chaos en moi. J'étais partagée entre l'envie de lui sauter dessus et celle de m'enfuir à toutes jambes.

Je fermai les yeux dans l'espoir de me calmer, mais, quand je les rouvris, son regard m'inspectait ouvertement, de haut en bas, sans gêne. Des frissons vinrent danser sur ma peau. Je n'aimais pas être épiée de la sorte.

— Vous auriez de la lessive ? J'ai zappé la mienne.

Je lui tendis machinalement la bouteille sans lui répondre. Il s'en servit, puis me la rendit.

— Merci, dit-il en souriant.

Un signal d'alarme retentit dans ma tête. Ma nouvelle vie et mes principes impliquaient de rester loin des hommes, et voilà que j'étais prête à chevaucher ce mec sur la machine à laver.

— Miaou...

Le chaton rescapé de la machine capricieuse se frotta contre les jambes de l'inconnu. Je constatai alors, horrifiée, qu'il avait coincé sa tête dans ma culotte dino. Celle qui auparavant était tombée sur le gamin. L'homme attrapa le chaton, et un sourire coquin éclaira son visage.

— En voilà une chose intéressante.

Il libéra l'animal de sa prison. Mon Dieu, ma culotte passait de main en main ce soir ! Avec des têtes de dinosaures dessus, le comble de la classe !

— J'imagine que les deux sont à vous ou alors ce chat est un pervers, et je viens de sauver votre petite culotte. (Des frissons dévalèrent mon échine lorsqu'il prononça : « votre culotte ».) Ou vous voulez me faire passer un double message ?…

Malgré mon chaos intérieur, je parvins à répondre :

— Ce chat pourrait être un pervers, je n'en sais rien, nous venons de nous rencontrer. Quant au double message, je ne crois pas, non.

L'inconnu ricana et arqua un sourcil.

— Draguer un homme avec une culotte à têtes de dino, c'est quand même risqué…, dit-il tout en me tendant le chaton et ma culotte.

Je les attrapai et je caressai le chaton tout en répliquant :

— Il y a des hommes qui aiment le risque et qui n'ont pas peur des explorations jurassiques.

L'inconnu eut un sourire amusé qui me consuma de l'intérieur. Son regard se porta sur la boule de poils dans mes bras :

— En revanche, je vous préviens, je ne veux pas être témoin. Je me verrai même dans l'obligation de vous en empêcher.

— Pardon ?

Je lui fis face, tandis qu'il s'appuyait contre la table.

—Pour le meurtre du chaton, dit-il.

—Ah ! (Un rire nerveux m'assaillit. Je secouai la tête en souriant.) Non ! Je viens de le trouver dans la machine à laver.

—C'est un petit chanceux alors, dit-il avec un sourire. Il n'a pas l'air plus perturbé que ça en tout cas.

Je baissai les yeux vers le chaton. Effectivement, il avait l'air bien dans mes bras.

—Bon, je dois filer. Si on ne se revoit pas, passez une bonne soirée.

Je le regardai partir. S'il laissait sa machine ainsi, il devait habiter dans le coin.

Une demi-heure plus tard, j'enfournai mon linge propre et mouillé dans mon sac et rentrai chez moi avec un nouvel ami à poil.

∞

Je me débats.

—Laisse-toi faire.

On me projette sur le lit, des rires se font entendre, des rires graves, nombreux. On serre mes poings et mes jambes, me clouant au matelas, m'empêchant de bouger. Je sens mon collant se déchirer, ma culotte ne cède pas alors on la retire brutalement, me brûlant la peau. Je crie, mais quelqu'un m'agrippe le menton et on me fait le geste que l'on inculque aux enfants pour avoir le silence. Je supplie…

Une fois. Deux fois.

À l'infini… Jusqu'au chaos.

Je prie pour la première fois de ma vie, implorant un Dieu que l'on disait miséricordieux.

Un Dieu qui reste muet et insensible à ma souffrance.

—Laisse-toi faire, je sais que tu ne veux que ça.

Une douleur sourde me déchire le ventre tandis que ma gorge se noue et m'empêche de m'exprimer. Je veux mourir…

— Voilà, t'adores ça, hein ? Tellement que je n'ai pas eu à forcer beaucoup…

Un coup, puis deux.

Puis plusieurs. Tellement que le compte se perd dans le néant.

D'autres douleurs indescriptibles m'assaillent alors que la sensation de perdre pied et de me noyer me maintient suffisamment consciente pour tout ressentir. Je ferme les yeux, je pleure et je compte dans ma tête, attendant la fin de mon calvaire.

Je me réveillai en sursaut dans un hurlement de terreur. Je plaquai ma main contre ma bouche pour ne pas alerter les voisins. Mon visage était baigné de larmes. Ça faisait longtemps que je n'avais pas rêvé de cette soirée… J'étouffai un nouveau sanglot. Je me sentais sale, il fallait que je me lave. M'extirpant maladroitement des draps trempés, je titubai jusqu'à la salle de bains. Avant que je n'en prenne vraiment conscience, j'étais sous le jet d'eau de ma douche, en pyjama. Machinalement, j'attrapai le gel douche pour me frotter le visage, espérant naïvement que le savon pourrait laver mes souvenirs. Si seulement c'était possible… Je gémis et me laissai tomber au sol. Recroquevillée, je perdis pied jusqu'à ce qu'une boule de poils mouillée vienne se lover contre moi.

— Je suis désolée, sanglotai-je contre son museau. Tellement désolée…

J'ignore combien de temps je restai sous la douche, mais je finis par me relever, le chaton encore dans mes bras. Il n'avait pas bougé. Je pensais que les félins détestaient l'eau. À croire que celui-là n'était pas comme

les autres. Après nous avoir séchés tous les deux et l'avoir gratifié d'une tonne de caresses, je déposai du lait et des blancs de poulet dans deux soucoupes. Il ronronnait amoureusement tandis que je m'enfermais pour dégommer mon sac de frappe.

∞

J'avais passé la journée à m'occuper l'esprit. Après avoir rangé et nettoyé mon appartement de fond en comble, j'avais fait une tonne de courses pour moi et mon compagnon à poil. J'étais également allée voir Rynne, car j'avais ressenti le besoin de me confier. Nous avions papoté un long moment. Je me sentais mieux désormais. J'ignorais pourquoi j'avais craqué comme ça, cela n'était pas arrivé depuis longtemps…

— Bonjour, Dylan ! s'écria une petite voix tandis que je revenais chez moi.

Kyle portait une casquette noire et un tee-shirt avec un gros Minion dessus. Adorable.

— Salut, bonhomme.

Il sourit.

— Tu fais quoi ? me demanda-t-il.

— Je vais nourrir mon chat et puis je vais au sport.

— T'as un chat ? C'est vrai ?

— Oui !

Ses yeux s'illuminèrent.

— Je peux le voir ?

— Si tu veux, oui. (Il exulta de bonheur et frappa ses mains l'une contre l'autre.) Attends-moi là, je te l'amène.

Je rangeai les courses et après avoir déposé du lait pour chaton, installé la litière toute neuve et un petit panier, j'attrapai ma boule de poils pour le présenter à mon nouvel ami.

— Waouh ! Il est trop, trop beau ! Il s'appelle comment ?

— Il n'a pas encore de nom, en fait.

Je regardai Monsieur Chaton qui bougea paresseusement la tête.

— Oh… (Il plissa les yeux puis les releva vers moi.) Je peux t'aider à choisir, si tu veux ?

— Et tu me proposes quoi ? demandai-je en m'asseyant sur une marche près de lui.

— Domino, dit-il immédiatement.

— Comme le jeu ?

— Oui, il est pareil. Il est tout noir et puis il a de gros points blancs comme les dominos.

Je n'avais pas envie de contredire ce gamin. Et puis Domino, ça me plaisait bien. C'était toujours mieux que Monsieur Chaton, en tout cas.

— Tu crois que ça lui plairait ? demandai-je.

— Domino ! lança alors Kyle de sa petite voix en caressant le chaton.

Celui-ci miaula, ce qui fit rire le garçon.

— Je crois qu'il aime bien, déclarai-je. Alors ce sera Domino.

— C'est vrai ? s'exclama-t-il.

Il avait des yeux de fou ce gosse, d'un vert magnifique.

— Bien sûr !

Il exulta de bonheur et embrassa le chat.

— Trop cool, je vais le dire à papa et à Marnie !

Je me relevai :

— Bon, c'est pas tout, mais je dois y aller, moi.

J'avais rendez-vous pour m'inscrire dans le club de boxe.

— Waouh ! Tu as un tatouage dans le dos ?

Je souris.

— Je crois bien, oui.

— Papa, il en a trop plein, lui. Des gros en plus.

Il se redressa.

— Dylan ?

— Oui ?

— Je pourrai venir voir Domino ?

— Bien sûr, bonhomme. J'habite au troisième étage.

— Je sais, dit-il fièrement en me tendant le chaton. J'ai déjà demandé à Marnie.

J'éclatai de rire et lui embrassai de nouveau la joue. J'ignorais qui étaient ses parents, pas la concierge en tout cas puisqu'il l'appelait par son prénom, mais ce gosse était génial. Je déposai Domino dans son panier, j'attrapai mon sac de sport et je filai.

∞

C'était un petit club de boxe dans un coin un peu moins populaire que le centre-ville de San Francisco. J'avançai dans la salle. Il y avait deux rings et les matériaux traditionnels d'entraînement. Un grand escalier menait à une mezzanine sur laquelle se trouvait un grand bureau. Plusieurs personnes s'entraînaient sur les rings sous le regard d'observateurs attentifs, pendant que d'autres étaient occupés à cogner sur des sacs ou à faire des étirements. Quelques têtes se tournèrent quand la porte claqua derrière moi.

— Pincez-moi, je rêve ou une fille vient d'entrer dans la salle, les mecs ?

— Tu ne rêves pas, Asher, répondit un autre.

J'attrapai nerveusement la lanière de mon sac et avançai d'un pas. J'étais tombée dans un repère de débiles ?

— Avec un peu de chance, Marlow ne sera plus la seule ici avec une paire de nichons.

— Bon sang, mais fermez-la, bande de dégénérés ! C'est pas possible, vous êtes limites quand même ! (Une jeune femme avança vers moi.) Bonjour, me salua-t-elle.

Elle devait avoir à peu près le même âge que moi, une brune magnifique. Un vrai canon. Du genre mannequin, sportive de haut niveau.

— Salut ! répondis-je avec un petit sourire.

— Je m'appelle Marlow. Ne fais pas attention à eux, ce ne sont que des macaques. Et encore…, c'est une insulte pour les primates.

— Tu sais ce qu'il te dit le…

Elle balança une bouteille d'eau qu'un beau brun aux origines latines rattrapa avec aisance. Le fameux Asher, si j'avais bien suivi, esquissa un grand sourire.

— T'es nulle en lancer, chérie.

Pour toute réplique, Marlow lui adressa un doigt d'honneur.

— Tu veux un renseignement ? demanda-t-elle en reportant son attention sur moi.

— J'ai rendez-vous avec Michaël, je crois.

Elle sourit et hocha la tête.

— Mickey, c'est le grand patron. Il est en haut dans son bureau, tu peux y aller, il n'y a personne. Il doit t'attendre.

— Merci.

— Hé, Nate ! C'est à cette heure-ci que t'arrives ? lança un mec tandis que la porte claquait.

Je montai l'escalier sans plus attendre. L'ambiance avait l'air sympa ici en fin de compte.

— J'ai une vie et des responsabilités, mon pote, répondit une voix masculine.

Une fois en haut, je frappai. Une voix bourrue m'invita à entrer. Un homme d'un certain âge, vêtu d'un jogging, m'accueillit en souriant. J'en fis autant.

— Tu dois être Dylan, c'est ça ? demanda-t-il.

— Oui.

— Je m'appelle Michaël, se présenta-t-il, mais tout le monde ici m'appelle Mickey.

— Comme dans *Rocky* ? demandai-je bêtement.

— Exactement, mais en plus sexy. Rien que pour ça, tu marques un point, ma belle. (Je gloussai.) Assieds-toi.

Je m'exécutai et pris place en face de son bureau. Des vitres longeaient le mur à notre gauche, offrant une vue plongeante sur la salle. Mieux valait ne pas avoir le vertige quand on venait ici.

— Tu as déjà fait de la boxe ?

— Non, mais je suis ceinture noire premier dan de krav-maga, alors j'ai quelques notions.

Mon regard fut attiré par un combat qui se déroulait sur l'un des rings en contrebas. Je reconnus Asher, mais son adversaire me tournait le dos. Le Latino se faisait dominer. Son adversaire bougeait avec souplesse. Je distinguai des bras saillants et tatoués, et des muscles dorsaux qui roulaient sous son tee-shirt.

— Tu as donc une bonne expérience en sport de combat. Pourquoi te mettre à la boxe ? demanda Mickey en me tirant de ma contemplation.

— J'ai surtout besoin d'un endroit sympa dans lequel me dépenser et me perfectionner. J'ai un trop-plein de rage et d'énergie que j'ai besoin de canaliser. Si, en plus, je peux apprendre de nouvelles techniques, c'est encore mieux.

— Si tu as la niaque et la passion, tu es au bon endroit. Nous sommes une famille de passionnés ici. Tout le monde aide tout le monde et tout le monde donne du sien pour la salle. Nous n'avons pas beaucoup d'adhérents, la plupart sont là. On se prend souvent la tête, mais généralement après quelques éclats de voix et quelques coups bien sentis, tout va pour le mieux. Ça te dit de tenter une petite séance d'entraînement ? Si l'ambiance te plaît, tu seras la bienvenue dans notre petite bande.

— Ça me va, oui. Je suis venue avec mes affaires de sport au cas où.

— Parfait ! s'écria-t-il.

Il frappa dans ses mains et se leva, mais la sonnerie de son téléphone l'interrompit dans son élan.

— Descends et demande Nate pour qu'il te fasse un entraînement basique et teste tes capacités, dit-il tout en jetant un coup d'œil à l'écran de son portable. Je dois répondre.

Je m'éclipsai avec mes affaires pour le laisser prendre son appel.

Chapitre 3

Marlow vint me rejoindre au bas de l'escalier avec un grand sourire.

—Alors ? demanda-t-elle.

—Je dois voir Nate pour une séance avant de décider si je reste ou pas.

—Ah, ce serait génial si je n'étais plus la seule fille ! s'extasia-t-elle.

Je souris à mon tour, puis elle se tourna vers la salle et lança d'une voix forte :

—Nate ! Tu as du boulot. Prépare-toi pendant que la demoiselle se change.

—Ouaip, répondit l'adversaire d'Asher sans nous regarder.

Je suivis Marlow jusqu'au vestiaire.

—Prends le casier que tu veux. Ce n'est pas le choix qui manque puisqu'on n'est que toutes les deux.

—Merci.

Elle s'assit sur le banc et se massa les cuisses. Elle avait une silhouette incroyable. Elle s'entraînait souvent visiblement. Belle comme elle était avec un caractère capable de tenir tête à toute une bande de boxeurs, elle devait avoir beaucoup de succès.

—Ça t'ennuie si je reste pendant que tu te changes ? me demanda-t-elle.

—Du tout.

Elle sourit et se laissa aller en arrière.

— Tu t'appelles comment au fait ?

— Dylan.

Je fis glisser mon jean le long de mes jambes pour enfiler mon caleçon de sport et je changeai de tee-shirt.

— Eh bien, Dylan, ne t'inquiète pas. Les mecs du club sont des gamins, mais on est quand même super bien. Enfin, je ne suis probablement pas objective, j'adore cet endroit.

— Le club a l'air très convivial en effet. Tu dois être plutôt chouchoutée avec tous ces mecs… (Je fis une pause.) Tu n'es pas le genre de fille à s'enfermer dans les vestiaires avec une autre pour la décourager de s'inscrire ici, parce qu'elle veut continuer de régner en maître, hein ?

Marlow éclata de rire en secouant la tête :

— Oh non ! Ne t'en fais pas pour ça ! J'ai plutôt l'impression d'être une maman avec cette bande de gamins. C'est vrai qu'ils sont tous très protecteurs, mais s'ils sont si gentils je crois aussi que c'est parce que j'ai des pare-chocs. Si tu vois ce que je veux dire…

Je gloussai, comprenant parfaitement. J'enroulai des bandages autour de mes doigts et de mes poignets, Marlow me tendit les mains pour m'aider.

— Tu es étudiante ou tu bosses ? demanda-t-elle.

— Étudiante, enfin… je cherche aussi un boulot pour le soir. Je fais une licence en commerce et management.

— Moi, je suis en médecine.

— En première année ?

— Troisième.

— La classe !

— On fait ce qu'on peut, dit-elle avec un sourire timide.

Une fois mes bandages en place, j'attrapai une bouteille d'eau et je rangeai soigneusement mes affaires dans mon sac. Je suivis Marlow hors du vestiaire. À notre arrivée dans la salle, trois mecs se retournèrent sur nous, comme si nous étions deux apparitions.

—Les gars, je vous présente Dylan qui va faire un essai ce soir. Dylan, je te présente trois des coachs du club : Asher, Mason et Jayce.

J'eus droit à une avalanche de salutations, de sourires et de muscles aussi. Là où Asher dégageait une certaine puissance brute, Mason paraissait plus posé, plus doux ; quant à Jayce, il semblait un peu plus mature que ses collègues et plus réservé. Ce club était-il un repère de beaux gosses ?

—Salut, dis-je enfin.

—Ne te laisse pas impressionner par leurs gros bras, me lança Marlow. Ce n'est que de la gonflette.

Je souris.

—Ne sois pas jalouse parce qu'elle est aussi mignonne que toi, Marlow, ricana Mason.

—Je ne…

—Tenez-vous à carreau, les gars, s'exclama Mickey. Ma fille vous mène déjà par le bout du nez, alors avec une deuxième beauté aussi futée qu'elle vous allez en baver.

Marlow était donc la fille de Mickey. En y regardant de plus près, il y avait effectivement quelques similitudes dans les traits de leurs visages. La jolie brune leva les yeux au ciel avec un sourire en coin.

—Et Nate ? demanda-t-elle.

—Je suis là, répondit une voix derrière nous.

—Ah, tu tombes bien ! Tu dois entraîner Dylan.

—Pff…, râla Asher, c'est toujours lui qui a le beau rôle. Moi, je dois tenir les genoux de Mase…

J'étouffai un rire, et le Latino me fit un clin d'œil. Je me tournai pour faire face à mon entraîneur du jour. Il s'avança d'un pas, releva la tête et me tendit la main.

— Salut, je m'appelle Nate. Je suis…

Oh, mon Dieu! Un regard suffit pour nous rappeler notre rencontre précédente.

— … ton entraîneur.

Lui…

Le souffle coupé, j'acquiesçai. Sa main était retombée sous le coup de la surprise. Il était plus beau encore que dans mon souvenir, sous les néons de la laverie. Il avait l'air d'être aussi surpris que moi. Je n'en revenais pas de tomber sur lui, ici.

Alors l'inconnu s'appelait Nate ?

Même son prénom est sexy…

— Dylan, me présentai-je.

Il sourit, et le sang quitta tout mon corps pour affluer vers mes joues. Mon ventre se tordit. Comment pouvait-il me faire un tel effet ? Tout me faisait craquer chez lui : ses bras tatoués, son torse moulé par un tee-shirt, son allure impressionnante, ses cheveux courts sur les côtés et plus longs sur le dessus, et ses yeux d'un vert toujours aussi incroyable. Il éclipsait tous ses camarades.

— Vous voyez, les amis, vous assistez en avant-première au coup de foudre entre notre Nate national et Dylan, la petite nouvelle, lança un Asher goguenard.

Je secouai la tête en rougissant davantage et me rembrunis. Tout le monde gloussa, même Marlow. Nate ne cessait de me dévisager.

— Asher, ta gueule, grommela-t-il. Viens, ajouta-t-il à mon intention, suis-moi. On va s'entraîner un peu plus loin.

Je le suivis en silence, sentant le regard des autres sur nous. Je frissonnai. Je n'étais pas là pour ça.

— Au boulot, bande de feignasses ! cria Mickey du haut de son bureau.

Tout le monde se remit au travail.

— Du coup, j'imagine que l'on ne va plus se vouvoyer, lança Nate en s'arrêtant devant un sac de frappe.

— J'imagine, oui.

— Tu ne viens pas me réclamer ma dette de lessive quand même ?

Il sourit. Je fis « non » de la tête. Si j'avais su qu'il travaillait ici, jamais je ne serais venue. Bon sang, j'étais nerveuse ! Trop. Je l'étais toujours en présence des hommes, mais avec lui j'avais le sentiment que cette impression était multipliée par dix. Je n'avais encore fait aucun effort, pourtant j'avais chaud.

— Pas de problème.

Il s'approcha de moi et attrapa mes mains bandées. Mon souffle se bloqua. Il était tout proche, peut-être un peu trop. J'avais l'impression qu'il perçait ma barrière.

— Voyons ça…

Il glissa ses pouces sur mes paumes et regarda si tout était bien fixé. Je rivai alors mes yeux sur ses bras tatoués, dont les symboles venaient se perdre sous les manches de son tee-shirt. Sur le gauche, c'était un grand tribal aux lignes arrondies qui se croisaient encore et toujours.

— Tu as déjà fait de la boxe ?

Sur le droit, des symboles et des couleurs se mêlaient en une fresque indescriptible. C'était incroyable.

— Dylan ?

— Euh… Quoi ? bafouillai-je.

Il rigola. Je me serais foutu des claques.

— Ah, il n'est pas simple à décrypter ce gribouillage, il faudrait y passer trop de temps pour tout comprendre.

Son ton ironique me fit relever les yeux vers son visage et constater qu'il souriait de toutes ses dents. Mes joues s'enflammèrent de nouveau. Ça n'allait pas du tout. Je m'intéressais bien trop à lui, j'avais soudain envie de tout comprendre de ce gribouillage. Je me faisais peur. L'effet qu'avait ce mec sur moi était aussi effrayant qu'excitant.

— Alors, tu as déjà fait de la boxe ? répéta-t-il.

— Je suis ceinture noire de krav-maga, j'ai donc quelques notions de boxe, karaté et ju-jitsu, mais je n'ai jamais fait de véritable entraînement de boxe. Alors mes connaissances restent vagues.

Il arqua un sourcil et sembla étonné. J'étais habituée à ce genre de réactions. Je n'étais pas plus haute que trois pommes et d'apparence plutôt frêle, apprendre que j'étais ceinture noire dans un sport de combat laissait donc plutôt sceptique.

— D'accord. Donc, j'imagine que tu as une bonne solidité, une bonne endurance et un bon mental.

— J'espère bien, dis-je.

Il sourit et attrapa le sac de frappe qu'il bloqua contre lui. Je savais que j'étais capable d'endurer un entraînement, je m'y astreignais tous les jours chez moi.

— On va commencer par travailler les jambes. Allez, frappe dans le sac.

Je m'exécutai. J'avais toujours été à l'aise dans une salle de sport, mais avec lui tout était différent. J'avais côtoyé mon lot de beaux mecs au krav-maga, mais, depuis mon viol, je ne ressentais plus rien pour les hommes hormis du dégoût. Les émotions que Nate faisait naître en moi m'effrayaient et me déstabilisaient.

J'essayai de me concentrer sur ses instructions et de me perdre dans le sport et le bien-être que cela me procurait.

— Plus haut, ta jambe, dit-il en se plaçant derrière moi après plusieurs coups contre le sac. Si tu continues comme ça, tu vas te faire mal aux adducteurs et au grand fessier.

Ses hanches rencontrèrent mes fesses. Je tressautai et la peur lapa ma peau.

Oh, mon Dieu…

Mon corps réagissait malgré moi. Je n'étais pas immunisée contre Nate et cela me terrifiait.

Il saisit mes hanches pour maintenir mon bassin en place, puis l'une de ses mains glissa sous ma cuisse pour l'attraper fermement. J'eus le souffle coupé. La panique m'empêchait d'inspirer convenablement.

— Tout va bien ? Je te fais mal ?

Je déglutis en me forçant à secouer la tête. Non, techniquement il ne me faisait pas mal, mais j'avais douloureusement conscience de son toucher.

— Certaine ? J'ai besoin de l'entendre, Dylan. Je veux savoir si je te fais mal.

— Non, dis-je. Tout va bien.

Son souffle chaud caressa ma nuque puis mon épaule en sueur. La chair de poule couvrit mes bras. Malgré nos vêtements, je sentais une chaleur irradier de lui, que j'avais envie d'aspirer, de conquérir.

— Vas-y, frappe, m'ordonna-t-il, s'écartant un peu pour me laisser libre de mes mouvements.

Je m'exécutai en silence. Il retint alors ma jambe en l'air. Ça tirait un peu.

— Plus haut…, comme ça, dit-il en guidant ma jambe et en la tendant un peu plus verticalement. (Ça tira un peu plus, mais je ne dis rien.) Comme ça tes muscles sont alignés, ta jambe reste droite et ton muscle ici, expliqua-t-il en glissant ses doigts sur ma cuisse cette fois-ci, est sollicité comme il faut. Tu ne risques pas de le froisser. D'accord ?

— Oui.

— Bien, montre-moi !

Il reprit place derrière le sac. Je frappai une fois. Bravant son regard, je le vis acquiescer avec un sourire. J'enchaînai alors plusieurs séries de coups.

— C'est parfait comme ça ! Tu as vraiment de très bonnes bases. Après quelques entraînements, tu pourras sans doute monter sur le ring pour faire un match avec Marlow...

J'étais en sueur. J'avais mal aux jambes. Mais je me sentais bien.

— De l'eau ? me proposa-t-il.

— Je veux bien, oui, répondis-je.

Il s'éclipsa dans une autre pièce. Je soufflai.

— T'es pas une débutante, hein ? demanda Asher en s'approchant.

— Pas tellement, non.

Il sourit.

— Enfin, on n'a pas vu grand-chose pour le moment.

Je plissai les yeux.

— Je pourrais t'étonner, tu sais ! répliquai-je avec un sourire en coin.

— J'en doute, mais je demande à voir...

Je lui fis un grand sourire et, dans un mouvement ample et rapide, je le fis basculer en arrière, ma main ouverte le toucha au visage, l'emportant avec moi. Les yeux écarquillés, il tomba en arrière, mais je le retins pour le faire atterrir à genoux.

— Je disais donc que je pouvais t'étonner, mais ça, c'est pas bien compliqué, c'est un classique.

— Oh, putain ! siffla Asher. C'est rapide, ton truc.

— Garanti, en moins de trois secondes.

— Si tu restes, Marlow va t'adorer, lança Mason. Elle va s'en vouloir d'avoir raté ça.

Je souris.

— Alors, Asher, ricana Nate, tu t'es encore pris une branlée… T'en as pas marre à force ?

— Je t'emmerde, Nate ! Quant à toi…, me dit-il en se redressant. (Je serrai les poings, prête à me défendre.) Reste avec nous, c'est sympa ici et il faut à tout prix que tu m'apprennes ce truc.

Je soufflai. Il me fit un clin d'œil.

— Je vais y réfléchir, répondis-je avec un sourire.

— Tiens, me dit Nate en me tendant une bouteille d'eau.

Je bus quasiment l'intégralité d'un seul coup.

— Tu faisais quoi comme sport ? demanda Asher.

— Du krav-maga.

— Cool !

— Bon, on y retourne, lança mon entraîneur. Il reste trente minutes, je voudrais voir tes coups.

Dans ma tête, cette phrase prenait une tournure beaucoup trop sensuelle. Je devais à tout prix me calmer et me focaliser sur le sport. La séance se poursuivit avec des coups de poing. Directs, crochets, uppercuts, overcuts, back-fist : je montrais à mon coach sexy ce que j'avais appris en krav-maga. Il m'enseigna d'autres coups comme le spamming back-fist, qui était un coup de poing en revers retourné, ou encore le jump-punch, un coup de poing que l'on effectuait en sautant.

— Waouh, t'as un de ces punchs ! lâcha Nate lorsque j'exécutai un spamming back-fist impeccable. Putain, je viens de te montrer ce coup ! Recommence !

Je pivotai de nouveau pour venir écraser mon poing dans le sac.

— C'est juste de la frime pour m'impressionner ou alors tu es vraiment douée ?

Son ton condescendant m'agaça. J'aperçus son sourire en coin et je plissai les yeux : pas question de lui sourire. Je frappai de nouveau avec force. Une fois, deux, cinq, dix… Après dix minutes de coups divers, j'étais en nage et mes bras me faisaient souffrir. C'était différent de s'entraîner avec quelqu'un, et puis j'avais déjà beaucoup frappé dans mon sac la veille.

— Tu as vraiment une âme de boxeuse. Une vraie Rocky en un million de fois plus sexy.

Je croisai son regard impressionné et mis toutes mes forces dans un dernier coup qui le fit reculer. Il ricana. Venait-il de dire que j'étais sexy ?

— Pardon ?

Je crus qu'il n'allait pas répéter ; pourtant avec un sourire plus que charmant il réitéra :

— Une âme de Rocky en plus sexy.

Je me mordis la lèvre pour ne pas sourire.

— Tu t'es vraiment bien débrouillée. Tu pourrais atteindre le même niveau que Marlow en peu de temps. Tu as la niaque.

On m'avait souvent dit que j'étais douée. Pourtant je voulais seulement être capable de me défendre et ne plus jamais revivre une telle chose.

— Tu peux relâcher, c'est bon pour ce soir.

Je souris et retirai mes bandages. Mes mains étaient douloureuses et enflées.

— Merde, siffla Nate. Tu…

Il attrapa mes mains dans les siennes. Ses pouces rugueux calmèrent la douleur, mais ses yeux intenses me déstabilisèrent. Je retirai vivement mes mains des siennes.

— Désolé, je ne voulais pas te faire mal.

Sa culpabilité fit enfler la mienne. Il n'avait rien fait. C'était moi. Il était tout ce que je m'évertuais à fuir. Je perdais pied en sa présence.

— Ça n'est pas ta faute, je me suis entraînée hier et j'ai un peu forcé.

— Un peu ? Tu rigoles ? Il faut que tu sois plus vigilante…, c'est quand même dommage d'abîmer de si jolies petites mains.

— Je m'en fous d'avoir de jolies mains, grommelai-je. Je frappe quand j'en ai besoin.

Il plissa les yeux et haussa les épaules.

— C'est quand même dommage, répéta-t-il. Viens…

Il m'entraîna plus loin dans la salle et me fit entrer dans une sorte de petite infirmerie. La pièce était plutôt sommaire, mais équipée de tout le nécessaire pour des premiers soins. Je m'appuyai contre la table, en silence, et le regardai appliquer un baume sur mes mains avec une douceur infinie.

— Ça devrait calmer la douleur et diminuer le gonflement.

— Merci.

— La prochaine fois, on ira plus doucement. Aujourd'hui, je voulais juste tester ton endurance.

— La prochaine fois ? Je n'ai jamais dit que je restais.

Il soutint mon regard.

— Tu ne veux pas ? demanda-t-il.

— Je ne sais pas trop…

— J'espère que ça n'est pas à cause de moi et, si c'est le cas, ne dis rien aux autres, ils me tomberaient dessus.

— J'ai vu que tu te débrouillais pas trop mal. Tu ne crains pas grand-chose, je pense.

— Certes, mais quand même ! admit-il en riant.

— Je vais y aller, si la séance est finie.

Nate acquiesça. Son regard se déplaça sur mon visage et descendit plus bas pour se poser sur la vallée entre mes seins couverts de sueur. Je me détournai en rougissant et quittai la pièce. Je me changeai rapidement dans les vestiaires, sans prendre le temps de me doucher. Je n'avais qu'une hâte : rentrer chez moi. Je ne me sentais pas suffisamment en confiance pour me mettre en situation vulnérable dans une douche à quelques mètres d'inconnus baraqués.

Lorsque je quittai les vestiaires, il ne restait plus qu'Asher et Nate qui se battaient sur le ring. Nate avait retiré son tee-shirt, révélant un torse tatoué et musclé. J'étais comme hypnotisée, Nate était une vision d'enchantement.

— Alors, me dit-il en esquivant un coup, tu comptes revenir parmi nous ?

Je clignai des yeux pour calmer mon chaos intérieur, avant de répondre sur le ton le plus neutre possible :

— Je vais y réfléchir. Bonne soirée, les gars.

Chapitre 4

Le lundi suivant, j'avais pris ma décision : je me rendis au club afin de confirmer mon inscription. Je fus accueillie par une ola du tonnerre. Tout le monde était là.

Je m'entraînai avec Marlow cette fois-ci, mais je ne pouvais pas m'empêcher de jeter des coups d'œil en direction de Nate. C'était plus fort que moi, j'essayai de me concentrer, mais dès qu'il apparaissait dans mon champ de vision il captait toute mon attention.

Putain, c'était fou l'effet que ce mec avait sur moi ! C'était la première fois depuis bien longtemps que j'éprouvais de l'attirance pour un homme. Nate était très beau, et admettre qu'il me plaisait plus que la normale me troublait de bien des manières. Depuis le viol, l'idée même de l'acte sexuel me dégoûtait profondément. L'intimité, la confiance, la proximité, l'amour, la vue de mon propre corps, tout était devenu un mur infranchissable... Moi qui avais été si tactile et sociable, je n'étais plus la même. Ce soir-là, ils avaient tout pris.

Aussi, je ne comprenais pas les émotions que faisait naître Nate en moi. J'aurais pu lui céder dans la laverie, j'en avais la conviction.

— Ça s'est bien passé ? demanda une voix derrière moi.

Je sursautai et pivotai. Nate, torse nu, le corps couvert de sueur, était appuyé contre le mur. Son large sourire se fit plus contrit :

— Décidément ! Je suis désolé de t'avoir fait peur, encore une fois.

Je balayai ses excuses d'un signe de la main nonchalant. J'étais trempée de sueur. Je pris ma serviette et m'épongeai le visage, le cou et la nuque avant de retirer l'élastique de mes cheveux. Ils tombèrent en cascade sur mes épaules.

— Oui, ça s'est bien passé. Et toi ?

Il rit.

— Impeccable. Tu as l'air encore en forme.

— J'aurais pu continuer un peu, j'adore me dépenser.

— Les soirs de semaine où c'est moi qui ferme, je reste plus tard. Si tu veux en profiter pour te dépenser, tu me dis.

J'acquiesçai en silence. Seule avec lui, ici ? Ça n'arriverait jamais.

— Tu veux boire un verre avec nous ? demanda Mason en passant son bras par-dessus mon épaule.

Je dus faire appel à mon self-control pour ne pas l'envoyer dans les roses. J'avais été à deux doigts de lui faire une prise de krav-maga par simple réflexe, sans compter que je n'aimais pas qu'on me touche comme ça sans que j'en donne la permission.

— Je ne sais pas…

— On veut fêter ton arrivée, expliqua Asher qui nous avait rejoints avec Mason.

Je souris. C'était sympa. Ils avaient vraiment l'air contents que je sois là. Je l'étais aussi.

— Tu ne peux pas dire non ! lança Marlow.

— Elle a raison, c'est interdit, ajouta Asher.

Je jetai un coup d'œil à Nate, il fixait le bras de Mason sur mes épaules.

— Pourquoi pas ! dis-je finalement.

Un petit verre, ça ne faisait pas de mal. Il me fallait créer des liens, parler avec des hommes, guérir, apprendre à être bien. Je devais me reconstruire et commencer à aller de l'avant.

— Et toi, tu viens ? demanda Jayce en regardant Nate.

— Non, je ne peux pas ce soir. Mais c'est à charge de revanche, ajouta-t-il en relevant la tête pour me fixer dans les yeux.

— T'es pas drôle, siffla Asher. La pauvre, elle va se sentir exclue.

Je pris feu.

— Non, je…

— Désolé, Dylan…

L'intensité dans la voix de Nate mêlée à son regard grisant me fit frissonner.

— Quant à toi, mon pote, reprit-il en s'adressant à Asher, tu sais bien que j'ai une vie qui me demande du temps. Les responsabilités, tu connais ?

— Non, le mot sonne mal à mes oreilles. Il ne fait pas partie de mon vocabulaire.

— Tu m'étonnes ! siffla Nate. Moi, c'est mon deuxième prénom. Allez, à demain, tout le monde. Dylan, une prochaine fois.

Il se détourna et disparut dans les vestiaires. Je ne pus cacher ma déception. Pourtant, j'aurais dû me réjouir de voir disparaître la cause de mes tourments intérieurs. J'étais une contradiction à moi toute seule.

— Bon, on va se changer, Dylan ? lança Marlow.

J'acquiesçai et je la suivis en silence. Comme nous sortions juste après, je pris mes affaires et me dirigeai vers la douche. Elles étaient ouvertes, mais ce n'était pas quelque chose qui me dérangeait. Mes parents n'avaient jamais été pudiques avec moi. Ma mère ne s'était jamais cachée et nous avions souvent pris des bains ensemble. Marlow m'imita. Elle n'avait pas l'air gênée, elle non plus.

— Au fait, tu as un mec ? me demanda-t-elle.

— Hein ?

— Un mec.

— Non, non, je suis célibataire, répondis-je en me savonnant.

Elle rit.

— Ne t'en fais pas pour Nate ; s'il ne vient pas, ce n'est pas contre toi. Il est plutôt solitaire. Je crois aussi que dans sa tête c'est un vrai capharnaüm. Il ne sort jamais avec nous les soirs de semaine. Il ne peut pas trop.

Il avait probablement une copine qu'il devait rejoindre. En même temps, c'était normal qu'un type aussi sexy soit en couple. C'était très bien, d'ailleurs ; ça le rendait inaccessible et d'ici à quelques jours il ne serait plus qu'un lointain fantasme.

— Pas de problème.

— Je te dis ça, car j'ai pensé que tu voulais peut-être le savoir, vu que tu n'as pas arrêté de le mater pendant l'entraînement.

Je retins mon souffle et passai ma tête sous le jet d'eau.

— Quoi ? Pas du tout ! répondis-je d'une voix un peu trop aiguë.

J'avais pourtant fait en sorte de ne pas le regarder devant elle. Mais, apparemment, j'avais échoué lamentablement. Marlow resta silencieuse, ignorant mon commentaire, ce qui me fit tourner la tête dans sa direction. La découvrant nue sous le jet d'eau, je ne pus admettre qu'une chose : elle était sublime. Je rinçai mes cheveux et m'enroulai ensuite dans une serviette.

— Je suis une fille, tu sais, lâcha-t-elle finalement. Et Nate est sexy…

— C'est vrai qu'il est… plutôt pas mal.

— Ha, ha, je le savais ! s'exclama-t-elle. Même si ton modéré « plutôt pas mal » sonne particulièrement faux.

Je grimaçai avant de sourire.

— J'ajouterai juste que lui aussi t'a matée pendant que tu t'entraînais et que tu ne le regardais pas.

Je pris feu instantanément, et tentai de masquer l'effet que cette nouvelle avait sur moi derrière ma serviette. Je secouai la tête et j'enfilai mes sous-vêtements. Si Marlow me disait tout ça, cela voulait sûrement dire que Nate n'avait pas de copine.

Je savais que je devais guérir et que ma guérison devait passer par des rencontres. Me faire des amis, sortir, apprendre à faire confiance de nouveau, comme j'avais pu le faire l'an passé avec Rynne. Mais ces réactions que je ne comprenais pas avec Nate et qui semblaient incontrôlables, c'était trop puissant pour moi. Je n'étais pas certaine de pouvoir y faire face.

— Et toi ? dis-je pour tenter de penser à autre chose. Tu as quelqu'un ?

— Moi ? Non, je n'ai pas de copain, moi non plus. Les mecs me fuient quand ils voient mon père ancien vice-champion du monde de boxe et qu'ils comprennent que je sais mieux me battre qu'eux. C'est vrai que dit comme ça je fais sans doute un peu peur.

Je souris.

— Si toi, tu fais peur, je vais perdre foi en la beauté alors. Et aucun de tes collègues de boxe n'attire ton attention ?

Elle détourna le regard.

— Je les connais trop bien, c'est comme une famille.

— Je comprends. Cela dit, avec tous ces types quand même… T'as reconnu que Nate était sexy.

— Il l'est, oui, mais j'ai dit ça pour t'embêter. Nate est comme un grand frère pour moi. J'avais quinze ans quand mon père a pris sa retraite et a rouvert cet endroit pour y entraîner des jeunes motivés. Nate est arrivé dans les jours qui ont suivi et a commencé à bosser pour lui.

— D'accord. Alors, Asher ?

Elle rougit.

— Asher ? Je… Non !

Ah, ça, c'est un « oui » ou je ne suis pas une fille !

— Menteuse, rigolai-je.

— D'accord, il est vraiment mon genre, très canon, mais je ne suis pas certaine d'avoir envie de quoi que ce soit avec lui…

— Pourquoi ça ?

— Je n'ai pas envie d'être une énième conquête de notre Don Juan national, lança-t-elle, la voix rauque.

Ses yeux s'embuèrent tout à coup, elle se retourna pour ranger ses affaires. Pas besoin d'être Einstein pour comprendre qu'il y avait une histoire derrière sa tristesse, et qu'elle ne voulait pas en parler, chose que je comprenais peut-être mieux que personne.

— Je comprends, repris-je l'air de rien. Pas de Don Juan. Jayce alors ?

— Oh non ! Il est en couple avec ma meilleure amie. D'ailleurs, on va te la présenter.

∞

Ce soir-là j'étais rentrée chez moi avec un boulot en poche. Jayce était le gérant du bar où nous étions allés boire un verre près du club, et il cherchait une serveuse supplémentaire pour les services du soir. J'avais pu rencontrer Celia, la serveuse et sa copine depuis deux ans. Je n'avais aucune expérience dans le domaine, mais Jayce avait décrété qu'il n'y avait rien de sorcier là-dedans, et, ayant besoin d'un revenu, je n'avais pas hésité.

Malgré une longue nuit sans cauchemars, j'étais éreintée. J'avais fait un peu de sport en rentrant du bar la veille, et je m'étais réveillée avec tellement de courbatures qu'en voulant prendre un verre dans le placard au-dessus de l'évier de la cuisine j'avais couiné de douleur. Ça m'avait dissuadée de faire du sport pour la journée. Cependant, je n'avais pas chômé pour autant. J'avais rangé mon appart, et un livreur était passé installer ma nouvelle machine à laver. Hors de question de retourner à la laverie ! D'ailleurs, depuis l'épisode de la laverie, je ne trouvais plus ma culotte favorite à têtes de dinosaures. J'avais cherché partout, pas moyen de mettre la main dessus. Cette pauvre culotte était d'abord tombée sur le petit Kyle, puis Domino l'avait enroulée autour de son cou avant d'aller réclamer des caresses à Nate. Et, depuis ce fameux soir, elle avait mystérieusement disparu. Je l'avais peut-être oubliée à la laverie... Ça m'embêtait parce que j'adorais cette culotte, c'était ma culotte fétiche, mon porte-bonheur, et elle me faisait surtout un cul d'enfer.

∞

Je commençais donc mon boulot de serveuse le soir même. Les horaires me convenaient parfaitement puisque je débutais mon service après les cours, qui reprendraient dans les jours à venir. Ma nouvelle vie se mettait en place et j'étais sur la bonne voie pour réaliser mon rêve.

Ce soir-là au bar, les shots de tequila et les pintes de bière étaient à moitié prix. Celia m'avait dit qu'ils organisaient ça une fois par semaine. Il y avait donc pas mal de monde. J'étais derrière le bar avec Jayce qui s'occupait des cocktails et autres commandes spéciales, et Celia servait en salle.

— Salut, ma belle.

Je souris. Je me disais bien qu'on viendrait me faire un petit coucou.

— Salut, Asher ! Qu'est-ce que je te sers ?

— Je ne sais pas, tu me proposes quoi ?

Il se pencha un peu plus sur le bar, sa chemise ouverte m'offrant une jolie vue sur son torse. Il était solaire, et son sourire était communicatif. Je comprenais pourquoi Marlow avait un faible pour lui.

— Un Coca ?

Il grimaça.

— Ce n'est pas bon pour ce que j'ai, tu sais.

— Et tu as quoi au juste ? demandai-je.

— Un corps de rêve. Et le Coca, ça fait des ravages.

Je lui lançai un regard en coin. Il arqua un sourcil comme pour me défier de le contredire.

— Donc, qu'est-ce que je peux faire pour toi ? Un verre d'eau ?

— Une bière, s'il te plaît.

— Parce que c'est mieux que le Coca ? Fais gaffe, si tu continues comme hier tu vas…

— Tu vois ça ? me coupa-t-il en soulevant sa chemise pour me montrer des abdos dignes d'en faire baver plus d'une. Rien ne pourra jamais le détruire. J'ai de la marge.

Je ris en lui servant une pinte.

— On verra, dis-je finalement. Ronaldo aujourd'hui, on dirait qu'il s'est bouffé lui-même. Mais bon, tu aurais aussi pu boire un Coca, c'était du pareil au même.

Il éclata de rire et attrapa son dû.

— Ronaldo n'est clairement pas aussi beau que moi. Si ?

— Est-ce que tu me quémandes un compliment là ? ricanai-je.

— Compliment ? Non, je veux la vérité.

— Il y a des tonnes de filles ici qui seraient probablement ravies d'acquiescer à tout ce que tu leur demanderas…

— Oui, mais tu es ma barmaid, alors si toi, tu n'acquiesces pas, comment veux-tu que j'aie foi en ce monde vil et cruel. Comment veux-tu que j'aie confiance en moi ?

— Mais bien sûr…

— T'es pas sympa ! De toute façon, je parie que tu craques pour Nathaniel Mine, le beau gosse.

« Mine » ? *Mien…*

Le feu m'empourpra les joues. Heureusement, il faisait chaud dans le bar et je devais déjà être rouge.

— Hé ! Salut vous deux ! lança Mason.

Merci de cette interruption à point nommé !

— Tu me sers la même chose que lui ?

J'acquiesçai.

— Vous parliez de quoi ? demanda-t-il en s'asseyant sur un tabouret à côté d'Asher.

— Ton copain me quémandait des compliments, raillai-je.

— Laisse tomber, ce mec est naze ! ricana Mason. Et estime-toi heureuse qu'il n'ait demandé que ça. C'est un pervers.

— Parce que toi, t'es mieux, peut-être ? répliqua Asher.

— Moi, je n'embête pas la p'tite nouvelle. Tu vas la faire fuir ! Remarque, non, vu la raclée qu'elle t'a mise l'autre jour…

— C'était un coup de bol…

Je rigolai et servis deux autres clients. Ils me remercièrent et allèrent s'installer plus loin. Celia s'activait toujours en salle, elle parlait à tout le monde et semblait vraiment dans son élément. Jayce était occupé avec un groupe d'habitués à l'autre bout du bar.

— Tu veux qu'on réessaie ? le taquinai-je.

Ils éclatèrent de rire.

— Pourquoi pas oui ?! Un cours en tête à tête avec toi pour que tu m'apprennes ce que tu sais faire, je veux bien, moi.

Il me fit un clin d'œil. Je secouai la tête :

— Je suis désolée, mon grand, mais je n'ai pas le temps pour ça.

— Oh, putain ! s'exclama Mason. Le râteau que tu viens de te prendre !

— Va te faire foutre. Elle est juste timide ou alors elle est lesbienne.

— Dis-lui que t'es lesbienne, ça ressuscitera son ego, que tu viens de détruire…

J'éclatai de rire et cela me fit un bien fou. Je servis une jeune femme et deux de ses copines avant de répondre :

— Non, je ne suis pas lesbienne. Je ne suis juste pas intéressée. Tu penses que c'est possible ?

Mason s'esclaffa et me tendit son poing pour que je tape dedans.

— Non, absolument pas ! s'écria Asher.

— C'est pourtant ce qu'il vient de se passer, mec ! Mais peut-être qu'elle a un mec ? tenta Mason.

— Non, je n'ai pas de mec. J'ai fait une croix sur les êtres dans votre genre.

— Définitivement ? demanda Asher. Non, parce que c'est dommage quand même. Tu vas en faire des malheureux.

— Définitivement jusqu'au prochain, enchérit Mason d'un ton amusé. Enfin, c'est comme ça, ce n'est pas toi qu'elle préfère. C'est moi.

— Marlow, dis-je en leur offrant mon plus beau sourire. C'est elle que je préfère. Je l'ai vue sous la douche, elle est à tomber.

Les yeux d'Asher flamboyèrent d'un coup. Oh, le beau Latino craquait pour la jolie Marlow. J'étais certaine que derrière les piques qu'ils se lançaient ils se plaisaient, tous les deux.

∞

— Tout s'est bien passé, finalement, dis-je alors que nous remontions les dernières chaises sur les tables.

— Tu en doutais ? s'exclama Celia tout sourires. Pas moi !

— Merci, j'avais vraiment besoin de ce job.

— Pas de problème, lança Jayce. Il nous fallait quelqu'un et tu t'es débrouillée comme une pro.

— Il n'y avait pas de gros lourds ce soir, remarqua Celia.

— Non, et si c'est le cas n'hésite pas à répondre, dit-il en me fixant. J'ai horreur de ce genre de gars. Et puis s'ils continuent malgré tout de t'emmerder tu m'appelles. D'accord ?

— Pas de souci.

— Bien, je vais sortir les poubelles, lança-t-il en disparaissant dans l'arrière-salle.

— C'est super d'avoir quelqu'un en salle avec moi, se réjouit Celia. Il y a toujours un monde fou, ici. Et encore, la saison de foot n'a pas encore commencé ; quand ce sera le cas, nous allons retranscrire le match sur le grand écran. Et là le bar sera vraiment blindé.

— Cool !

— Bon, on a bien bossé. Tu peux y aller si tu veux !

— Tu es sûre ?

— Oui, oui, tu aurais dû finir depuis trente minutes déjà.

J'acquiesçai, je récupérai mes affaires, la saluai et sortis du bar. Il faisait bon dehors, malgré le vent qui s'était levé. Je n'étais pas tellement rassurée d'être seule dehors à plus de 2 heures du matin, ma voiture me manquait, mais bon, il fallait que j'apprenne à ne plus avoir peur. Après tout, je savais me défendre.

J'arrivais à mi-parcours lorsque je trouvai un magasin de fleurs ouvert. À 2 heures du matin ? L'initiative était étrange, mais je la trouvais géniale. J'y entrai sans plus attendre.

Chapitre 5

Je ne connaissais rien de meilleur au monde que les douceurs de ma grand-mère, Granny. Il n'y avait pas de description possible, c'était un délice. Le temps que je prenne ma douche, l'odeur de la tarte dans le four avait embaumé tout l'appartement.

C'était jour de fermeture au bar, du coup j'avais un peu de temps pour moi ce soir-là. J'enfilai une robe légère vert pâle assez courte en sortant de la douche ; aujourd'hui encore il faisait une chaleur d'enfer. Je retirai la serviette de mes cheveux et les laissai sécher naturellement. Les petites gouttes d'eau qui tombaient des pointes me rafraîchissaient agréablement. L'esprit léger, je me dirigeai vers la cuisine en dansant. Arrivée dans le salon, une chose bien plus grosse qu'un chaton me sauta dessus. Je poussai un cri et Kyle éclata de rire.

— Salut, Dylan ! s'écria-t-il d'une voix aiguë.

Je baissai la tête, son visage d'ange m'accueillit avec un grand sourire. Difficile de ne pas tomber amoureuse.

— Tu m'as fait peur, bonhomme. Qu'est-ce que tu fais là ?

— C'était ouvert !

— Ouvert ?

Je plissai les yeux. J'avais mal fermé la porte ?

— Ce n'était pas fermé à clé, alors c'était ouvert, se défendit-il fièrement. Je voulais te dire bonjour et dire bonjour à Domino aussi.

Mon cœur fondit aussitôt. Rectification : difficile de ne pas tomber amoureuse et de lui en vouloir. Je lui caressai les cheveux et les joues, il serra ses bras autour de mes jambes.

— Tu es un petit malin, toi ! Tu tombes bien, j'ai justement un gâteau à sortir du four, viens par là.

Il me libéra et me suivit dans la cuisine. J'attrapai des maniques et je retirai la tarte du four.

— Marnie sait que tu es là ? demandai-je.

— Non.

— Elle ne va pas être contente, elle va te chercher partout.

— Elle est au téléphone et papa va bientôt rentrer de la bagarre.

Je déposai la tarte sur le plan de travail, il tira sur ma robe.

— Il est à quoi, le gâteau, Dylan ?

— C'est la tarte aux pommes de ma grand-mère.

— Je peux goûter ?

— Il faut attendre qu'elle refroidisse un peu, sinon tu vas te brûler la langue. En attendant, jeune homme, on ferait mieux d'aller voir Marnie avant qu'elle ne se demande où tu es et qu'elle ne s'inquiète !

Il acquiesça avec un semblant de culpabilité.

— On va prendre Domino avec nous, si tu veux.

— Trop cool !

J'attrapai le chaton et je le confiai à mon nouvel ami. Je fermais la porte derrière nous lorsqu'une voix grave s'éleva depuis les étages inférieurs :

— Kyle !

— C'est papa !

— Vas-y, bonhomme. Il doit s'inquiéter.

— Kyle !

Il dégringola l'escalier à toute allure. Je le suivis en silence.

— Je suis là, papa ! s'écria-t-il.

— Bon sang, champion, je t'ai déjà dit de ne pas partir comme ça. Marnie te cherche partout. Je l'ai retrouvé, merci encore de l'avoir gardé…

— Mais je suis été voir ma copine Dylan et Domino. Regarde, c'est lui, Domino.

— On dit : je *suis* allé ou *j'ai* été. Et je t'ai déjà dit de ne pas embêter les gens comme ça.

Arrivée en bas, je vis que le plus beau des petits garçons était dans les bras de son papa, qui me tournait le dos.

— Il ne me dérange pas, dis-je. Il est adorable. Je suis juste désolée de vous avoir inquiété…

L'homme se retourna et… mon cœur manqua un battement, puis deux. Il fallut quelques secondes à mon palpitant pour recouvrer un fonctionnement normal.

— Je suis vraiment désolé, il…

Pour la deuxième, peut-être même la troisième fois, je me retrouvai démunie devant lui. Nos regards se verrouillèrent. Kyle était le fils de Nate !

La révélation me coupait le souffle et m'émerveillait tout autant. Nate était papa. Un papa absolument torride. J'avais honte de penser ça, mais, bon sang, cela ne retirait en rien le désir qu'il m'inspirait chaque fois que je le croisais. Je comprenais mieux pourquoi il n'avait pas pu boire un verre avec nous l'autre jour. Je comprenais aussi pourquoi ce bambin était aussi mignon.

Décidément, ce type était partout : à la laverie, au club de sport et il habitait même dans mon immeuble ! Il semblait tout aussi surpris que moi.

— T'as vu, papa. C'est elle, ma copine. C'est Dylan !

— J'ai vu, champion, répondit-il en l'embrassant sur le front. Salut, Dylan.

— Salut, dis-je.

Il sourit et ses joues s'empourprèrent un peu. J'étais ébahie, je les dévorais des yeux tous les deux. La ressemblance était maintenant plus que frappante. De leurs yeux verts magnifiques à leurs traits, en passant par la forme de leur nez. Le regard de Nate était brûlant, vif ; il le planta dans le mien. Kyle, un bras accroché au cou de son père et l'autre autour de mon chaton, était plus mignon que jamais. Il riva ses grands yeux sur son père puis sur moi.

— Tu connais Dylan, papa ? demanda-t-il à Nate.

— Peut-être bien, champion.

Il le reposa au sol et lui fit signe d'aller s'asseoir. Kyle s'installa sur une marche, Domino toujours dans ses bras, et commença à le caresser tout en lui parlant.

— Salut, répéta Nate.

— Salut, dis-je.

Cette tension encore et toujours…

— Je… Merde.

Il sourit face à ma confusion et je rivai mes yeux sur Kyle.

— Alors, comme ça, Kyle est ton fils.

— Ouais, c'est mon bonhomme, répondit-il fièrement en regardant le petit qui se fichait éperdument de nous, son attention étant concentrée sur Domino. Alors, comme ça, tu es la fameuse nouvelle voisine dont mon fils est amoureux ?

— Amoureux ? répétai-je le rouge aux joues.

— Je crois bien, oui, depuis une semaine, il ne me parle que de toi et de ton chat. Il m'a aussi parlé d'une culotte qui lui serait tombée dessus, mais je n'ai pas tout compris…

Son regard se fit plus intense. *Oh, mon Dieu, la culotte !* C'était la même que père et fils m'avaient rendue avec cette même lueur dans le regard. Encore un truc qu'ils avaient en commun. Mon silence fit briller un éclat malicieux dans ses yeux. Je m'empourprai davantage.

— En tout cas, il est vraiment adorable.

— Ouais, je sais, j'y suis pour beaucoup. Et pour l'histoire de la culotte ? J'aimerais en savoir plus.

Hors de question qu'il en sache davantage.

— Papa !

Merci, Seigneur, sauvée par le gong !

— Oui, bonhomme ?

— On mange quoi ce soir ?

— Je ne sais pas, répondit Nate. Tu veux quoi ?

— Des nasales ?

Je gloussai.

— Des lasagnes, tu veux dire ? demanda Nate.

— Oui !

J'étais estomaquée par la puissance du décodeur de Nate. Une nounou aurait pu y passer des heures, un super papa avait mis deux secondes.

— Papa ?

— Oui, champion ?

— Dylan, elle mange avec nous ce soir ?

La chaleur m'empourpra les joues à la puissance max. Les yeux de Nate me scrutèrent plus intensément. Ils descendirent sur les gouttes d'eau qui perlaient de mes cheveux encore humides ; il suivit la route d'une perle qui disparaissait entre mes seins.

—Je…, bafouillai-je.

—Je ne sais pas, champion, répondit Nate.

Kyle se redressa alors, posa Domino par terre avec douceur et vint attraper la jambe de son père.

—Elle n'aime pas les nasales ? lança-t-il.

—Lasagnes, le corrigea Nate.

Il se pencha et attrapa Kyle dans ses bras. Celui-ci noua ses bras autour du cou de son père, et mon cœur se serra.

—Je ne sais pas si elle aime les lasagnes. Demande-lui !

Deux paires d'yeux absolument remarquables se tournèrent vers moi. *Waouh !* C'était flippant et adorable à la fois.

—T'aimes bien les lasagnes, Dylan ?

—Oui, répondis-je en lui souriant.

À eux deux, ils devaient en faire des ravages et en faire craquer des cœurs.

—Alors, tu veux manger avec nous ?

—Je ne sais pas, je ne veux pas…

—Tu ne veux pas ? Elles sont bonnes, les lasagnes de papa.

Je souris et j'attrapai Domino qui tentait tant bien que mal de remonter l'escalier.

—Je n'en doute pas, bonhomme. Mais je ne veux pas déranger, c'est tout.

—Tu ne déranges pas. Hein, elle ne dérange pas, papa ?

J'étais persuadée qu'aucun parent n'aurait pu refuser quoi que ce soit à ce gamin.

—Effectivement, elle ne dérange pas.

Je me mordis la lèvre, fuyant le regard de Nate de peur de m'y perdre. Je regardai Kyle qui, lui, avait les mirettes remplies d'espoir.

— Tu veux dîner avec nous ? demanda Nate. Si tu refuses, il va me tuer.

Je levai la tête pour rencontrer l'intensité de ses yeux.

— D'accord, avec plaisir. Même si l'invitation semble être lancée sous la contrainte.

Nate esquissa un sourire plus grand et haussa les épaules.

— Trop cool ! s'exclama Kyle. J'vais pouvoir te montrer ma chambre et mes jouets, et même que tu pourrais prendre le gâteau de ta mamie…

— Kyle ! le gronda son père. N'exagère pas, bonhomme.

Je souris en voyant la moue du petit garçon. Il était à croquer. Je m'approchai et lui ébouriffai les cheveux.

— Ça marche, bonhomme.

Il jubila, sauta au sol et monta les marches quatre à quatre.

— Allez, viens, papa, s'impatienta-t-il en sautant sur place. Viens vite…

Brusquement, lorsqu'il l'appela « papa », cela me rappela à l'ordre. Je pris conscience que Kyle avait une maman. Impossible qu'ils soient seuls tous les deux. Qui serait assez dingue pour laisser ces deux-là ?

— Je suis désolée, dis-je à Nate. Je ne voulais pas vous infliger ma présence ce soir. Je comprendrais si ça dérangeait ta copine ou ta femme… Je ne…

Je bafouillai, il fallait vraiment que je me calme ou je ne survivrais pas à la soirée.

— Tu ne m'infliges rien du tout, me coupa-t-il. Ni à lui d'ailleurs, mais ça, je pense que tu l'as vu. Et encore moins à sa mère là où elle est.

Ses yeux s'enflammèrent sur ces derniers mots et sa mâchoire se crispa. Le sang me monta à la tête. Que voulait-il dire par là ? Il n'ajouta rien et reporta son attention sur son fils. Je restai silencieuse, ce n'étaient pas mes affaires après tout. Je n'étais pas prête à partager mes secrets, je comprenais ceux qui voulaient en faire autant.

— Tu nous suis ? demanda-t-il en passant devant moi.

— Je… Oui, le temps de mettre Domino chez moi et de prendre le dessert, OK ?

— On habite à l'étage du dessus, m'informa-t-il en faisant un clin d'œil.

— D'accord, j'arrive.

Je le suivis dans l'escalier sans perdre une miette de son fessier parfaitement moulé dans son jean. Une fois chez moi, je posai Domino sur son coussin et je me laissai tomber dans le fauteuil. J'avais les jambes en coton et l'esprit emmêlé. J'avais besoin d'un moment pour me remettre de mes émotions. Je n'en revenais toujours pas de cette rencontre et de cette révélation. Je fermai les yeux et respirai un grand coup.

Nate était papa. Papa d'un petit garçon adorable que j'avais rencontré à cause d'une culotte à têtes de dinosaures. Et il me faisait toujours un effet effroyable.

Au bout de cinq longues minutes, je me redressai. J'allais dîner et… Je devais relativiser, ce n'était qu'un simple dîner, rien d'autre. Je mis ma tarte dans une grande assiette avant d'aller rejoindre Nate et Kyle à la vitesse d'une tortue. Avec ma petite robe d'été et ma tarte aux pommes, j'avais l'impression d'être Laura Ingalls. Je frappai à la porte.

— Bonsoir, lança Nate en m'accueillant.

Il planta ses grands yeux dans les miens. Il me paraissait bien grand tout à coup.

— Bonsoir, répondis-je.

Nate se déplaça sur le côté pour me laisser entrer. Il ferma la porte derrière moi et vint à ma hauteur. Il sentait très bon. Une fragrance forte et discrète à la fois. C'était agréable, assez en tout cas pour me donner envie d'en humer davantage.

— Tu as trouvé facilement ? demanda-t-il en souriant.

— Ha, ha ! Non…, j'ai failli me perdre entre les marches 6 et 7, et puis j'ai fait ça à l'instinct et j'ai trouvé.

Ma réponse le fit rire. D'un signe il m'invita à le suivre. Son appartement était chaleureux. Plus que le mien. Le salon était cosy et accueillant. Il y avait quelques jouets d'enfant qui traînaient sur la table basse et le fauteuil, mais tout me semblait en ordre. Je le suivis jusqu'à la cuisine. Là, il me prit la tarte des mains et jeta un coup d'œil sous le torchon :

— D'accord, je comprends mieux. Kyle adore les gâteaux. Tu veux boire quoi ? J'ai des sodas, de la bière, un peu de punch aussi, mais rien de plus fort.

— Une bière, ça ira très bien.

Il en sortit deux du frigo. Il déposa des chips au fond de deux coupelles, puis servit un verre de Coca à « Mini-Lui ».

— Dylaaan !

Une fusée se jeta sur moi. Ses petites mains entourèrent mes jambes.

— Kyle, vas-y doucement, s'il te plaît, râla Nate.

— Pardon, s'excusa-t-il.

Je souris.

— T'es jolie quand tu t'habilles en robe.

— Merci, bonhomme.

— J'y crois pas, on aura tout vu ici, soupira Nate. T'as pas fini de jouer les Casanova.

Kyle sourit à son père et me prit la main.

— Bah quoi ? C'est vrai. Viens, Dylan, je vais te montrer ma chambre.

Sans laisser le temps à Nate de réagir ni à moi de répondre, Kyle m'entraîna dans un petit couloir, puis dans son antre. Les murs de sa chambre étaient décorés de quelques posters de dinosaures. Il y avait des jouets et des peluches de dinosaures partout, même son couvre-lit représentait Rex de *Toy Story*.

— Tu aimes les dinosaures, on dirait, remarquai-je.

— Oui, répondit-il. Je les adore. Ils sont trop vieux, et puis c'étaient eux qu'ils étaient là les premiers sur Terre. Même que papa, il dit que ça se peut que ma chambre avant, c'était le nid d'un bébé. Et puis même que le plus puissant, c'est le T-Rex. C'est quoi, tes préférés à toi ?

— Je ne sais pas, en fait.

À vrai dire, mon père travaillait au musée des Sciences et d'Histoire naturelle, alors je m'y connaissais un peu, mais je voulais entendre Kyle me raconter ses histoires. C'était tellement plus passionnant.

— Viens, je vais te montrer.

Il m'amena devant son bureau et monta sur sa chaise. Même s'il était à hauteur de ses petites figurines, je le maintins de peur qu'il ne tombe. Il n'y trouva rien à redire et noua un bras autour de mon cou.

— Ici, c'est un diplodocus ; ça, c'est un tricératops ; ici c'est un saurolophus ; là c'est un stégosaure et ici c'est…

— … un tyrannosaure, c'est ça ?

Kyle ne devait pas avoir plus de cinq ans, le fait qu'il puisse connaître autant de termes aussi complexes à son âge m'impressionnait.

— Oui, acquiesça-t-il. Il en manque plein encore, mais avec papa on va en acheter d'autres bientôt pour mettre ici. Alors c'est lequel que tu aimes ?

—Je crois que j'aime beaucoup celui-ci.

—C'est un oviraptor.

—Tu t'y connais vachement, dis-je estomaquée.

—C'est parce que j'aime bien et papa me raconte plein de choses sur les dino.

Je le reposai au sol, c'était vraiment un gamin étonnant. Le plafond de la chambre était couvert de petites étoiles phosphorescentes. J'avais même l'impression qu'elles avaient été disposées de sorte à recréer à petite échelle certaines de nos constellations. J'adorais l'idée. Dans ma chambre chez mon père, j'avais encore des étoiles comme ça.

—C'est papa qui a fait ça. La nuit, ça brille comme de vraies étoiles.

—Tu as beaucoup de chance.

Il sourit.

—Si tu lui demandes, papa, il pourra mettre des étoiles dans ta chambre.

Oh là là ! Mon esprit a bien trop d'imagination pour une réflexion aussi innocente…

Je secouai la tête pour me remettre les idées en place.

—Tu as une très jolie chambre, mais on ferait mieux de retourner au salon. On a laissé ton papa tout seul, il va peut-être bouder.

Kyle attrapa une tablette sur son lit, glissa sa main dans la mienne et nous sortîmes de la chambre. Il s'installa dans le fauteuil du salon et je rejoignis Nate qui était en cuisine. Il s'affairait devant la cuisinière. Ça sentait drôlement bon. Mon ventre gargouilla.

Il se tourna vers moi avec un sourire d'excuse :

—Je suis désolé pour Kyle, il est…

—Oh, ça ne fait rien ! C'est fou comme il est éveillé, enfin… il est vachement malin.

Nate me tendit ma bière avec une lueur de fierté dans le regard.

—Il est très malin et il adore apprendre des choses. Surtout sur les dinosaures… Enfin moi, tant qu'il aime ça…

Il alla poser le Coca et les chips de son fils sur la table du salon, et ébouriffa les cheveux de Kyle qui jouait sur sa tablette.

—Merci, papa.

—Il est 19 heures, champion, donc la tablette, tu l'utilises encore trente minutes, pas plus. Après tu prendras un jouet ou un livre.

—OK!

Je le suivis des yeux alors qu'il revenait vers moi. Même en papa poule, il n'était pas si différent de l'homme que j'avais rencontré à la laverie ou à la salle de sport, il avait toujours cette même aisance, ce même parfum de danger.

—À l'école ils disent qu'il est plus ouvert que les autres, qu'il s'intéresse à tout et qu'il pose plein de questions.

—Il a quel âge exactement?

—Bientôt cinq ans.

Ce qui voulait dire que si Nate avait vingt-cinq ans ou moins que ça, il avait eu Kyle jeune. Il leva sa bière à mon intention.

—À la tienne! Pour me rattraper de ne pas avoir pu sortir avec vous l'autre soir.

—Ce n'est rien…, tu n'étais pas obligé.

—Tu te doutes bien que je ne peux pas sortir comme ça à l'imprévu avec Kyle. Marnie est déjà plus qu'adorable de me le garder la journée de temps en temps. Ça m'évite de payer une nounou en permanence.

—Bien sûr que je comprends.

Il se pencha pour mettre les lasagnes dans le four.

— Alors en plus de te battre plutôt bien, tu es aussi un cordon-bleu ? demandai-je.

— Alors d'une, je me bats mieux que « plutôt bien ». Et, non, pas du tout. Je suis loin d'être un cordon-bleu. J'étais une vraie merde en cuisine. J'ai fait cramer du riz, j'ai fait fondre une cuillère aussi en essayant de faire un bourguignon, j'ai aussi mis du sel au lieu du sucre dans des cookies une fois…

— Mais ?

— Mais, pour ne pas tuer ni empoisonner mon fils, j'ai dû faire pas mal d'efforts. Et aujourd'hui je m'en sors *plutôt bien*, dit-il avec un clin d'œil. Heureusement que dans les premières années de sa vie, il ne lui fallait que du lait et des plats tout faits pour bébés.

C'était adorable de l'entendre parler ainsi de sa vie de papa.

— C'est très honorable de ta part d'avoir fait des… efforts.

— Ouais, tu parles ! s'esclaffa-t-il.

Je ris à mon tour.

— Alors, tu viens de débarquer à San Francisco ou tu y habitais déjà avant d'emménager ici ? me demanda-t-il.

— Je… je débarque en fait. J'ai suivi ma meilleure amie et je me suis dit que c'était une jolie ville pour essayer de réaliser un rêve un peu bizarre.

— Quel genre de rêve ? demanda-t-il en penchant légèrement la tête.

Je rougis.

— C'est… Je voudrais ouvrir un magasin de fleurs.

— Ça n'a rien de bizarre, si tu veux mon avis. Un projet plutôt cool même. C'est ta passion ?

— Un peu, oui. J'ai vu ma grand-mère dans son jardin pendant toute mon enfance, elle m'expliquait la différence entre telle et telle fleur, celles qui étaient dangereuses et celles qui ne l'étaient pas. J'adorais ces moments quand j'étais petite. Il y avait des couleurs partout, ça sentait bon, et j'avais même le droit de me salir. Enfin, je te parle de ça, c'est…

— C'est de là que te vient ta passion, c'est important.

Je souris et baissai les yeux.

— Oui, en grandissant, cet intérêt pour les fleurs n'est jamais vraiment parti, au point qu'aujourd'hui je rêve d'avoir ma propre boutique pour partager ma passion.

— Et pourquoi à San Francisco ?

— Et pourquoi pas ? répondis-je simplement en haussant les épaules. Ma grand-mère m'a dit avant de partir : « Ne demande ton chemin à personne, tu risquerais de ne pas pouvoir te perdre… » Disons que je me suis perdue ici.

∞

— Au fait, j'ai quelque chose qui t'appartient, lança Nate alors que je franchissais la porte de son appartement pour rentrer chez moi.

— Ah ?

Perplexe, je plantai mon regard dans le sien. Il sourit et une lueur particulièrement malicieuse anima son regard. Il mit la main dans la poche arrière de son jean et me tendit une culotte à têtes de dinosaures.

Oh, mon Dieu !

Je devins écarlate. Je m'attendais à tout sauf à ça… C'était donc lui qui avait ma culotte fétiche ! Bon sang, j'allais bientôt pouvoir écrire les mémoires de Mlle Culotte Dino avec toutes ces péripéties ! Je la lui arrachai des mains.

— Euh… j'imagine que je dois te remercier ?

Son large sourire fit apparaître deux adorables fossettes. Kyle avait les mêmes.

— Tu l'avais oubliée à la laverie. Quand je suis revenu, il n'y avait plus aucune trace de toi, juste une petite culotte. Soit c'est un oubli, soit c'est un message, mais tu sais, faut faire gaffe par ici, y a des types pas très clairs.

— Genre des pervers comme toi qui la ramassent et qui la gardent en pensant que c'est un message ? répliquai-je.

Il haussa les épaules et s'appuya contre le mur.

— Je ne dirais pas ça… mais presque.

Il me fit un clin d'œil et gloussa comme un gamin. Des frissons malvenus dévalèrent mon échine, et mon bas-ventre s'anima.

— Mmm, tu te rends compte quand même que c'est particulièrement pervers ? Parce que c'est pas la première fois que l'on se voit depuis la laverie, tu aurais pu me la rendre depuis le temps.

Son sourire me déstabilisa.

— Alors non, parce que je n'en suis pas au point de l'avoir gardée sur moi comme un bon pervers qui s'assume, du coup ta culotte était ici. Et puis je ne suis pas non plus un chien de chasse.

— Tu aurais aussi pu la laisser sur place.

— Tu avais l'air d'y tenir. J'imagine qu'on ne garde pas une culotte comme ça, si on ne tient pas à elle, non ?

— Sans commentaires. Tu aurais aussi pu me la rendre au club.

— Oui, mais je ne savais pas comment te donner ça devant les autres. Du coup, je te la rends maintenant.

— Merci, c'est très honorable.

— Bien sûr, parce qu'un pervers, lui, l'aurait gardée !

— C'est ça, oui. Bonne nuit, Nathaniel.

Il écarquilla un peu les yeux puis sourit.

— Bonne nuit, Ruby.

Ruby ? Je ne lui demandai pas ce que ça signifiait, c'était peut-être dû à mes joues rouges. Je lui rendis un sourire perplexe avant de me détourner et de descendre les marches jusqu'à mon étage. J'avais le sentiment qu'il ne m'avait pas quittée des yeux. Ruby… Étrange surnom.

Chapitre 6

J'ignore combien de temps ça a duré quand il se retire de moi en un cri guttural qui m'arrache mes derniers pleurs. Il rit, ses copains aussi. Je pense que c'est fini, mais il m'empoigne brusquement pour me tourner face à lui.

J'ai peur, j'ai envie de mourir, j'ai mal…

Il attrape mon menton et m'embrasse, profondément. Sa langue, ses lèvres, ses dents, il me dégoûte. J'ai la nausée. Je lui mords la langue pour qu'il me lâche. Il me frappe. Ils partent. Je suis seule.

Je ne saurais dire combien de secondes ou de minutes s'écoulent entre le moment où je remets ma culotte et celui où j'enjambe la fenêtre pour m'enfuir. J'ai peur d'ouvrir la porte, peur de sortir de cette chambre et d'affronter le regard des gens. Ils étaient là, ils ne m'ont pas aidée…

Je cours dans la nuit, le froid me fait mal, mais la douleur me permet de me sentir vivante et lucide. Mon corps est endolori, mes muscles sont ankylosés, mais mon esprit est si clair que j'ai envie de m'éclater la tête contre un mur pour oublier. J'arrive enfin, là où mes pieds m'ont conduite. Il est tard, mais… il n'y a pas vraiment d'heure pour ce genre de choses.

— Que puis-je pour vous ? demande la secrétaire des urgences.

— Je m'appelle Dylan Seeken…

Des sanglots, de la peur, de la haine. Je bafouille. J'ai honte.

—Je m'appelle Dylan et… je viens d'être violée…

L'encadrement par l'hôpital se fait tellement rapidement que je n'ai pas le temps de souffler. On m'enferme dans une grande salle, me laissant seule et sale… De longues minutes plus tard, trois femmes entrent dans la pièce.

—Bonjour, Dylan, je m'appelle Arianna. Comment te sens-tu ?

—Vous plaisantez ? je crache.

Son visage change.

—Excuse-moi.

Je hausse les épaules dans un sanglot.

—Je suis gynécologue. Je vais t'ausculter devant Mlle Vincent qui est assistante sociale et l'agent Read, afin qu'elles puissent attester de la véracité de tes propos. Tu es d'accord ?

Je fonds en larmes. Elle regarde alors mes poignets couverts de marques et de bleus.

—Je voudrais prendre une douche.

La policière vient à mon chevet.

—La nuit va être longue et éprouvante, mais ne t'en fais pas, après cet examen tu pourras te laver. En attendant, nous avons besoin de regarder ton corps tel qu'il est…

J'étouffe de nouveaux sanglots. C'est atroce, je me sens tellement sale, je voudrais laver mon corps, frotter le plus fort possible pour retirer toute trace qui leur appartienne.

—Mais je…

—Je sais, Dylan, m'interrompt la gynéco. Même si c'est difficile, je vais te demander de te déshabiller et d'enfiler cette blouse afin que je puisse t'ausculter. Ça nous permettra d'inculper le coupable le plus rapidement possible. Ensuite, on te soignera.

J'acquiesce. Je m'exécute, puis je la laisse ausculter chaque parcelle de mon corps. De mes poignets marqués à mon intimité violée, elles observent tout avec attention.

Là encore, je compte les secondes dans ma tête pour fuir ce cauchemar…

Je me réveillai en gémissant, le visage baigné de larmes. J'étais en sueur, bouillante et nauséeuse. Soudain, un corps nu et brûlant m'attira dans une étreinte possessive. Je hurlai de terreur. J'ouvris les yeux, mais la pénombre était trop intense et mes yeux trop pleins de larmes. Je poussai un autre cri en me débattant, donnant des coups à la volée pour me libérer, quand une voix contre mon oreille, plus réelle que jamais, me réchauffa autant qu'elle me pétrifia.

— Dylan, mon ange, c'est moi.

Nate…

C'était Nate.

Comment il… ?

Je secouai la tête en lâchant un sanglot. Je me débattis de nouveau et le sentis se raidir contre moi.

— Dylan, c'est moi, Nate… Réveille-toi. Tout va bien.

J'avais la gorge douloureuse, comme si j'avais crié pendant des heures. C'était peut-être le cas, mon rêve m'avait semblé durer une éternité.

— Calme-toi, Ruby, c'est fini. Je suis là.

Je cessai de me débattre alors qu'il resserrait son étreinte. Que faisait-il ici ?

— Nate…

Sa bouche couvrit mon front puis mes cheveux. Je frissonnai. Il répéta mon prénom et mon surnom en boucle tout en caressant mes cheveux. Je frissonnai de plus belle. Il me serra plus encore contre lui. Peu à peu les battements de mon cœur se calmèrent et je cessai enfin de trembler comme une feuille. Alors, je pris brusquement conscience de la situation. Je relevai la tête.

Je vis enfin les sourcils froncés de Nate et l'éclat de ses yeux clairs. Il était dans mon lit et il me tenait dans ses bras. Les battements de mon cœur s'accélérèrent de nouveau. Nate était dans mon lit, chez moi ! Il m'avait tirée de mon cauchemar et il me tenait contre lui. Il m'avait vue dans un état lamentable… J'avais envie de disparaître sous terre. J'avais affreusement honte qu'il m'ait vue comme ça, si vulnérable. Je sentis la chaleur de ses bras sur mon dos malgré mon tee-shirt tandis qu'il me serrait contre lui. *Oh merde…* Il était torse nu.

— Ça va ? murmura-t-il contre mes cheveux. Tu te sens un peu mieux ?

Ses mains glissèrent le long de mon dos jusqu'à ma chute de reins.

— Oui, ça va… Nate ?

Il pencha la tête, frôlant ma peau.

— Oui ?

— Qu'est-ce que tu fais là ? parvins-je à dire.

— Ma chambre est au-dessus de la tienne. J'étais en train de bosser quand je t'ai entendue crier une première fois. Quand tu as crié de nouveau, je me suis inquiété. J'ai eu peur qu'il ne te soit arrivé quelque chose. Heureusement que tu n'avais pas fermé à clé, sinon j'aurais dû défoncer la porte…

Malgré mon état fébrile, l'idée qu'il puisse casser ma porte me fit sourire. C'était un trait de famille d'entrer chez les gens quand les portes n'étaient pas fermées à clé visiblement. Nate glissa son regard dans le mien.

— Merde, tu es certaine que tu vas bien, tu trembles encore…

— Oui, oui. Ce n'était qu'un cauchemar.

Il arqua un sourcil. Il n'avait pas l'air d'y croire vraiment. Pourtant, il allait devoir se contenter de ça, pas question de lui raconter les détails de mon rêve. Nate resta silencieux sans me lâcher. Il était si près de moi, il me tenait si fort que je sentais son souffle sur ma joue, son cœur battre la chamade contre mon oreille, presque aussi affolé que le mien. Je n'étais donc pas la seule à être affectée par notre proximité. Malgré mon rêve, je restais sensible à cette attraction entre nous… Il leva la main et me prit le menton. Je frissonnai de désir et de peur.

— Tu as l'air tellement fragile, Ruby.

Je secouai la tête en refoulant une nouvelle montée de larmes.

— Je ne suis pas fragile, murmurai-je.

— Je n'ai pas dit que tu l'étais, j'ai dit que comme ça, ce soir… (il me détailla de la tête aux pieds, intensément) tu as *l'air* fragile.

Je m'empourprai plus que de raison, il me regardait non pas comme une fleur fragile, mais plutôt comme une calla, cette fleur à la beauté épurée et aux formes sensuelles. Il éprouvait du désir pour moi malgré ce qu'il avait entendu et vu.

— Je ne suis pas fragile, répétai-je en essayant d'être convaincante.

— Je le sais, répondit-il dans un murmure.

Il avait l'air de ne pas y croire pourtant, il n'ajouta rien de plus. C'était ma faute, j'aurais dû le dire une fois seulement.

— Je sais, Ruby. Je le sais.

— Pourquoi m'appelles-tu comme ça ?

Il sourit et retira de mon visage les cheveux collés par la transpiration. Très sexy.

— Ruby, c'est le nom d'un personnage dans le dessin animé *Le Petit Dinosaure* que regarde mon fils. Les dinosaures ne me font plus seulement penser à Kyle, mais à toi aussi.

La culotte… Je pris feu.

— Et puis on peut aussi dire que c'est en rapport avec la couleur de tes joues. Tout ça pour dire que les dinosaures n'ont jamais été aussi sexy que depuis que je t'ai rencontrée.

J'ouvris la bouche sans réussir à répondre. Je ne savais pas si cela venait du stress de mon cauchemar, ou de cette flamme qui jaillissait dans mon ventre chaque fois que Nate était dans les parages. Ou bien l'éveil de cette bête sauvage restée enfermée en moi depuis trop longtemps. Mais toute cette situation, totalement terrifiante, était devenue terriblement excitante en l'espace d'une seconde.

J'avais tellement envie de succomber à son désir, j'étais prête à céder à cette alchimie. C'était la première fois qu'un homme me faisait cet effet-là. Nate était dangereux. Si le coup de la laverie m'avait rendue fiévreuse, celui de la boxe m'avait quasiment mise KO. Le fait qu'il habitait dans le même immeuble que moi était la goutte de trop. Je n'étais pas certaine de pouvoir supporter ça…

— Tu ferais mieux d'y aller… Kyle est seul chez toi.

— Je sais, admit-il avec passion dans la voix. Mais mon champion dort comme un loir et toi, tu viens de hurler à la mort à cause d'un rêve et… Je n'en sais rien. Quand tu as crié, il fallait que je vienne. Si l'amoureuse de mon fils venait à être en danger et que son père boxeur ne la protégeait pas, ça serait un comble, non ?

Il se mit à rire, c'était un son magnifique et doux qui résonna à travers mon corps et me réchauffa jusqu'à la moelle. Un long frisson accompagna sa délicate caresse le long de mon échine.

— Merci d'être venu, soufflai-je, mais tu ferais mieux de rentrer chez toi maintenant. J'ai besoin de prendre une douche…

Ses yeux s'enflammèrent. Je m'écartai doucement de lui, il me lâcha et se redressa. Je remarquai alors que le bouton de son jean n'était pas fermé, comme s'il l'avait enfilé à l'arrache avant de venir à mon secours… Mon ventre se noua alors que mes yeux glissaient sur des hanches et un bas-ventre tellement sexy que j'avais envie de toucher pour m'assurer que c'était réel.

— Tu… as sans doute raison.

Je me levai et sortis de la chambre. Il fallait que je m'éloigne de lui, j'avais besoin d'espace, d'être seule, d'évacuer mon stress. J'avais bien une idée de la manière de l'évacuer avec lui, mais c'était hors de question. Il me suivit en silence.

— Merci de t'être inquiété et déplacé, Nate.

— Ne me remercie pas, c'est normal. Est-ce que tu te sens mieux au moins ?

Ses yeux verts étudièrent mon visage tandis que les lumières du couloir s'allumaient. Il ressemblait à tout dans cet accoutrement, même à un ange de lumière venu pour me protéger. Il sourit, son regard se posa sur mes lèvres. Il les dévorait des yeux.

Oh non ! Seigneur, non ! Pas ça. Les baisers, jamais. Surtout pas après un tel rêve, surtout pas après avoir revu ça ce soir…

— Ne m'embrasse pas, murmurai-je. Ne cherche pas à m'embrasser, Nate. Jamais.

— Quoi ?

— Je n'embrasse pas sur la bouche.

Ses yeux se plissèrent. Je fermai les miens pour tenter de me calmer. Lorsque je les rouvris, il scrutait toujours ma bouche. Lorsque ses lèvres s'entrouvrirent, je fus plus rapide :

— Bonne nuit, Nate.

— Bonne nuit, Ruby…

Je fermai la porte derrière moi et je m'écroulai au sol, libérant les larmes que la présence de Nate avait contenues.

∞

Il y avait du monde au bar ce samedi soir. Il faisait chaud aussi. J'avais passé une journée difficile et je n'étais pas tellement dans mon assiette. Après le départ de Nate, j'avais eu beaucoup de mal à retrouver mon calme. Mon rêve m'avait bouleversée, et me réveiller dans les bras de Nate avait été d'autant plus perturbant. Très perturbant, car au-delà des souvenirs cauchemardesques je m'étais sentie bien dans ses bras. Depuis cette terrible épreuve, c'était la première fois qu'un homme me voyait si vulnérable. Je ne comprenais pas ce qu'il se passait avec lui. Il était très beau, mais cela ne suffisait pas à expliquer mon état fébrile quand il était là. J'avais ressenti la même chose chez lui à mon égard. J'avais même eu l'impression qu'il pourrait panser mes plaies et faire taire mes pensées les plus horribles, effacer les bribes d'images insoutenables que j'avais encore.

Et puis je lui avais dit de ne pas m'embrasser, de ne jamais le faire, et cela m'avait ébranlée au moins autant que cela l'avait surpris.

— Bon sang, je n'aimerais pas être ce type que tu regardes de travers comme ça, lança une voix masculine.

Je sursautai. J'étais partie un peu loin dans mes pensées.

—En tout cas, il est raide mort à l'heure qu'il est.

Je lui lançai un regard en biais. Nate me sourit. Cause à effet : je souris à mon tour. Depuis que je travaillais là, c'était la première fois que je le voyais au bar. Encore chamboulée par les événements de la nuit passée, je n'étais pas allée au club ce soir de peur de l'y voir. Je n'avais pas prévu qu'il viendrait sur mon lieu de travail...

—Tu me fixes depuis longtemps ? répliquai-je. Encore un comportement de pervers... Rassure-toi, je ne regardais personne en particulier.

—Alors, tu étais partie où, Ruby ?

Il s'appuya sur le bar. Sa chemise noire cintrée moulait parfaitement ses larges épaules. Il avait remonté les manches et, quand il se pencha légèrement, j'aperçus le début de son torse et de ses tatouages.

—Pas très loin.

Nate plissa les yeux.

—Je te sers quoi ? demandai-je.

—Une bière. Tu en prends une avec moi ?

—Je ne bois pas pendant le service.

Il sourit.

—Dommage. Après alors ? Tu finis à quelle heure ?

—Dans une heure.

—T'as prévu quelque chose après ?

—Oui, j'ai rendez-vous avec un type sympa. Grand, plutôt carré, assez silencieux, et très tendre. Il s'appelle Mon Lit. Tu connais ?

Nate esquissa un sourire et but une gorgée de bière avant de planter ses beaux yeux verts dans les miens.

—Je le connais, je l'ai rencontré vite fait hier...

Je sentis mon bas-ventre se nouer.

— Moi, je te propose un rendez-vous avec un type super sexy, grand, musclé – et pas qu'un peu –, sportif, plutôt carré, très sympa aussi…

Je rougis. Il me proposait quoi ? De sortir avec lui ? De boire un verre ? De rentrer ensemble ? Il fallait que je refuse. Peu importait ce qu'il proposerait, je ne pouvais pas. J'avais fait une croix sur les mecs. Je devais me concentrer sur mon boulot, mon avenir.

— Tu connais un type comme ça ? siffla Asher d'une voix amusée.

Je gloussai. Nate grogna. Asher éclata de rire. On ne l'avait pas vu arriver.

— Ta gueule, grand con.

— Ne te laisse pas amadouer, Dylan ; ce type, ce n'est pas un bon coup, ajouta le beau Latino en prenant la bière de Nate pour en boire une gorgée.

Je souris. Nate lui donna un coup dans le dos, le faisant recracher la bière sur le comptoir.

— Je ne te demanderai pas comment tu sais que ton pote est un mauvais coup, mais tu nettoies ça, mon grand.

Nate éclata de rire et je tendis une serviette à Asher. Je les laissai seuls pour aller servir d'autres clients qui attendaient.

— Que puis-je vous servir ? demandai-je à un jeune homme tout sourires.

— Un mojito, deux bières, deux shots de tequila et ton numéro de téléphone.

J'arquai un sourcil.

— Désolée, mais si c'est un nouveau cocktail sur la carte je ne le connais pas.

— C'est dommage, c'est celui que j'aurais préféré goûter.

— Dommage, en effet…

Il rit et me fit un clin d'œil. Tandis que je le servais, je sentais le regard de Nate sur moi. J'avais peut-être mal choisi mon nouveau job. Les mecs étaient taquins, dragueurs, et, même si je ne m'enfuyais plus en courant, cela me mettait toujours mal à l'aise.

Nate n'avait pas bougé de place. Ses bras étaient contractés, son visage l'était aussi. Son regard était sombre, ce qui le rendait encore plus sexy que d'ordinaire.

— Ton pote est parti ? demandai-je.

— Faut croire, répondit-il d'une voix rauque. Mais il a nettoyé avant.

Nos regards se verrouillèrent et se mêlèrent. Un sentiment qui n'avait plus rien à voir avec l'agacement détendit son visage. Mon ventre fut secoué de spasmes. Des spasmes qui progressèrent jusqu'à mon bas-ventre, puis plus bas encore, plus intimement.

— Alors, comment il s'appelle, ce type sexy, musclé et tout… ?

Il me fit un clin d'œil.

— Nate Mine. Un type vraiment bien.

— Et pourquoi veux-tu que je le rencontre ?

Un sourire vint étirer ses lèvres. J'essayai de contenir le mien, en vain. Ce n'était pas comme ça que j'allais dire non. *Merde* !

— Et Kyle, il… ?

— Il dort chez son meilleur copain ce soir.

— Ah…

— Chez la belle Mlle Jenkins ? nous interrompit Asher qui réapparut de nulle part. Et elle ne t'a pas demandé de rester, toi aussi ?

Mon sourire s'effaça. Les yeux de Nate restèrent verrouillés aux miens, alors qu'il frappait Asher à l'épaule. Celui-ci riposta.

— Arrête avec ça, grogna Nate avec un léger agacement dans la voix.

— Bah quoi ? se défendit Asher. Tu ne vas quand même pas nier que cette fille te regarde avec des yeux aussi grands que des soucoupes et qu'elle rêve sans doute de faire autre chose que d'avoir Kyle qui dort chez elle…

Nate haussa les épaules. Asher avait vu juste. Apparemment la mère du meilleur ami de Kyle avait un faible pour lui, et Nate le savait.

— Je ne suis pas intéressé…

— Tu sais que tu lui brises le cœur et tu fais ça sciemment… T'es vraiment un sale type.

— Un sale type ? Je ne lui donne pas de faux espoirs, et puis, si on se réfère à toi, je suis plutôt du bon côté de la Force.

— Ça, c'est pas faux, s'amusa Asher. Mais délaisser une jolie femme qui se soumettrait volontiers à tous tes caprices, c'est cruel. Si tu veux, je vais récupérer Kyle demain ; comme ça, je te débarrasse de la petite Jenkins et je la rends heureuse en même temps…

— La ferme, Asher ! Tu ne te serviras pas de mon fils pour baiser.

Asher éclata de rire et tapa dans le dos de Nate qui leva les yeux au ciel en le voyant se diriger vers un groupe de jeunes femmes. Quelques secondes plus tard, le Latino s'assit à leur table, face aux minettes sous le charme.

— Alors, on peut continuer notre conversation, maintenant que le singe est parti, reprit Nate. Ça te dit de passer un peu de temps avec moi après le boulot ou alors tu es trop crevée ?

Il n'avait pas l'air de vouloir lâcher l'affaire. Je n'étais pas fatiguée, mais passer du temps avec Nate, c'était tout ce que je devais fuir.

— Je ne sais pas, Nate. Je n'ai pas envie de sortir en boîte ou ce genre de choses.

— Non, je ne te propose rien de tout ça, dit-il doucement. Un truc plus physique…

Deux taches rouges apparurent sur ses joues, et les miennes prirent feu.

— Ouais enfin, je veux juste dire que si tu veux on peut monter sur le ring, histoire que tu puisses te défouler. J'ai les clés du club.

— Oh !

— J'ai l'impression que tu en as besoin… On peut monter sur le ring ensemble pour te libérer un peu la tête, pour faire retomber la pression.

Il n'avait pas oublié la nuit passée et ne comptait pas le faire. Sa proposition était à la fois tentante et déplaisante. Je ne voulais pas être le genre de fille qui a besoin d'aide. Je devais ressembler à rien pour donner ce genre d'impression.

— Nate, je ne crois pas que…

— Je ne te demande pas de me parler, juste de te défouler. J'en ai besoin, moi aussi. Juste un peu de sport. Ça te dit ?

Je me mordis la lèvre inférieure. Ses yeux cherchèrent la réponse dans les miens.

— D'accord.

Chapitre 7

Ce matin-là, après avoir fait le ménage, je me glissai sous la douche afin d'essayer de faire partir les vilaines courbatures que m'avait causées la séance de sport avec Nate la veille au soir. L'affronter sur un ring avait plusieurs effets : ça fatiguait, ça faisait mal et ça libérait l'esprit. Nate m'avait fait du bien ce soir-là. Énormément de bien. Grâce à lui, j'avais passé une nuit reposante et calme. La fatigue et la douleur dans mes muscles avaient anesthésié mon esprit.

Cela dit, ce matin mes pensées étaient en demi-teintes. Elles étaient perdues dans le chaos entre mes sombres souvenirs et Nate, troublant et sexy, qui faisait naître en moi des pulsions charnelles et un désir brûlant. Un désir qui allait à l'encontre des principes de ma nouvelle vie et du projet que je voulais à tout prix accomplir.

Je secouai la tête tout en augmentant la pression du jet d'eau. J'inclinai le pommeau de douche vers mon visage, j'aurais aimé que l'eau emporte mes pensées, mais elle n'en fit rien. Une fois sortie de la cabine, je me postai devant le miroir. J'avais perdu du poids. Encore. Pourtant je mangeais correctement. Remarque, en y réfléchissant, pas vraiment… Le dernier repas correct que j'avais eu, c'étaient les lasagnes chez Nate et Kyle, avec le délicieux gâteau de Granny.

À l'époque, après cette terrible épreuve, j'avais perdu plus de dix kilos, et il m'avait fallu batailler pour retrouver une silhouette normale. Je n'avais pas envie d'être de nouveau comme ça, mais il fallait croire que mon corps s'y était habitué.

Je libérai mes cheveux, que j'avais attachés pour ne pas les mouiller, et les brossai rapidement. Puis, je me passai de la crème hydratante sur le corps avant de sortir dans le couloir pour atteindre la chambre afin de m'habiller. Sur mon bureau, ma culotte dino m'appelait. Je l'enfilai en souriant comme une gamine. Domino passa entre mes jambes et s'installa sur mon lit. L'œil hagard, il surveillait mes faits et gestes. Ce soir, je mangeais chez Rynne. Cela faisait quelques jours que l'on ne s'était pas vues. J'enfilais un soutif quand mon téléphone sonna dans le salon. Je sortis pour répondre, Domino à mes trousses.

—Allô ?

—Bonjour, mon lapin en sucre.

—Salut, m'man ! Comment vas-tu ?

—Bien. Je viens aux nouvelles puisqu'elles sont plutôt rares.

—Je suis désolée, j'ai pas mal de choses à faire…

Je me dirigeai vers la porte d'entrée que j'avais ouverte pour créer un courant d'air afin que le sol sèche plus vite, mais Domino se faufila entre mes jambes.

—Merde !

—Pardon ? demanda ma mère au téléphone.

—Rien, c'est juste mon chat qui vient de se faire la malle.

Je calai mon téléphone contre mon oreille et sortis dans la cage d'escalier.

—Un chat ? s'étonna ma mère.

— Oui, répondis-je en fixant l'intéressé. Je l'ai trouvé dans une laverie, je ne pouvais pas le laisser seul.

— Alors, c'est ce nouvel ami qui te prend tout ce temps ou tu as un petit copain ?

— Je n'ai pas de petit copain, maman. Et je ne suis pas venue ici pour en trouver un.

— Tu devrais. Tu as besoin d'un gentil garçon, avec de bonnes manières et qui prendra soin de toi.

Ma gorge se noua. Je me rembrunis pour ne pas craquer. Ma mère étant un peu fragile émotionnellement depuis son cancer et ce qu'il m'était arrivé, j'évitais de la brusquer. Et je n'avais pas envie de discuter pendant des heures de ce sujet. Ma mère aimait les gens, la vie et, pour elle, l'amour était la chose la plus importante au monde. Elle s'insurgeait contre les guerres… Bref, ma mère était une *peace and love* qui pensait que l'amour me guérirait.

— Oui, je sais, maman…

— Alors, tu as réussi à trouver un petit boulot ?

La porte en bas de la cage d'escalier s'ouvrit, créant un courant d'air qui s'engouffra à travers mes fenêtres grandes ouvertes et fit claquer d'un coup sec ma porte d'entrée. J'entendis la poignée tomber de l'autre côté.

Oh, mon Dieu !

Je tentai d'ouvrir, en vain. Domino vint se nicher contre moi alors que ma mère me demandait ce qui se passait et que je me retrouvais dans le couloir en sous-vêtements.

Vilain Domino !

— Dylaaan !!

— Qu'est-ce qui se passe, ma chérie ? demanda maman qui n'avait pas pu rater le cri de Kyle.

Mes joues étaient écarlates. Impossible. Pas eux… Pas comme ça… Pas dans cette tenue… *Surtout avec cette culotte !*

— Rien, je… je dois te laisser.

— Pourquoi ? Qui t'a…

— Je te rappelle plus tard, dis-je en raccrochant. Je t'aime, embrasse Granny.

Lorsqu'il arriva à la hauteur de son fils, Nate emplit l'espace de sa carrure. Ses yeux croisèrent les miens et mon sang ne fit qu'un tour.

— Rentre à la maison, champion, lança-t-il.

— Mais…

— Fais ce que je te dis et prends Domino si tu veux…

— Je peux ? demanda Kyle en me regardant.

J'acquiesçai en silence, Kyle fila sans discuter davantage et monta l'escalier qui menait à son étage.

— Salut, dis-je les joues en feu.

Mon Dieu, j'étais en petite culotte ! Et pas n'importe laquelle… Il se passait un truc entre les Mine et cette culotte dino. Cela faisait trop de coïncidences. Je relevai la tête, essayant de paraître naturelle. Pas facile quand on était presque à poil sur son palier et enfermée dehors. Nate me fixait intensément.

— Salut, répondit-il tandis que ses incroyables yeux verts se posaient sur *la* culotte.

— Il fait chaud aujourd'hui, tu ne trouves pas ? déclarai-je.

— Très chaud, ouais, approuva-t-il. Un problème ?

— Non, pas du tout, je prenais l'air… C'est bien de s'oxygéner de temps en temps.

— Il faut dire que sans la clim il fait lourd dans les apparts…

— Ouais…, tout à fait.

— Si tout le monde s'oxygénait comme toi, le monde s'en porterait mieux.

Tout en rigolant, il ôta sa chemise et s'avança vers moi. Oh là là, il voulait s'oxygéner, lui aussi ? Je déglutis pour au final frissonner comme une biche quand il posa sa chemise sur mes épaules pour me couvrir.

— Cela dit, pas certain que la culotte dino aille à tout le monde.

— Comment ça ?

— Mieux qu'à toi, je veux dire, rectifia-t-il en souriant.

— Et comment sais-tu qu'elle me va ?

— J'ai de bons yeux et j'ai une vue périphérique. Tu sais, ce n'est pas ma faute si Dieu nous a dotés de la vision périphérique qui nous permet de voir sans que l'on veuille voir…

— Encore une excuse qui pourrait figurer dans les livres des pervers qui ne s'assument pas !

— Ce n'est pas moi qui accueille mes voisins à poil sur le palier.

Je plissai les yeux, puis souris tout en refermant les boutons de sa chemise. Mon regard tomba sur son torse.

— Je ne suis pas à poil, dis-je en haussant les épaules.

— Mmm, c'est vrai. (Son regard couleur menthe dansa sur moi et me troubla autant qu'il m'intimida.) D'ailleurs, ce n'est pas juste. Tu rentres chez toi et tu me vois comme ça, tu appelles les flics et ils me coffrent pour atteinte à la pudeur. Admettons, tu es gentille et tu me prêtes ta chemise comme je viens de le faire, ça fera… (Il grimaça en secouant la tête.) C'est quand même plus facile pour vous les filles.

S'il m'avait accueillie comme ça, je ne m'en serais pas plainte. Au contraire…

—Merci pour la chemise. Domino a filé entre mes jambes pendant que j'étais au téléphone et un courant d'air a fermé ma porte d'un seul coup. Elle est coincée, la poignée est tombée de l'autre côté.

—Alors c'est en partie ma faute.

—Tout à fait, pouffai-je comme une gosse.

—Tu veux attendre chez moi le temps qu'un serrurier vienne ? C'est quand même mieux que de rester dehors comme ça.

Je serrai sa chemise entre mes doigts. Je n'avais pas tellement envie de ça, mais je n'avais pas vraiment le choix.

—Un serrurier le dimanche ?

—Je connais quelqu'un, je vais l'appeler.

—Vraiment ?

Il acquiesça.

—Super ! m'exclamai-je. J'ai un rendez-vous ce soir, j'espère que ça va aller. Qu'il pourra être là à temps. Merci, Nate.

—Pas de quoi… Tu viens ?

Je le suivis en silence. Il me fit entrer chez lui et je pris alors d'autant plus conscience de ma tenue. Sa chemise bien que trop grande ne couvrait pas grand chose, je rougis en me retournant vivement. Le sourire taquin et pervers qui s'étira sur ses lèvres me donna envie de le cogner. Kyle était dans le fauteuil. Il jouait avec Domino et ses figurines de dinosaures.

—Je vivais dans ton appart l'année dernière et, quand l'ancienne locataire du haut est partie, j'ai pris le sien, me dit Nate recouvrant son sérieux. Il est plus grand et avec l'escalier qui mène au toit-terrasse Kyle peut jouer dehors parfois. La serrure était capricieuse aussi à l'époque. Je vais appeler mon pote et te donner un truc à te mettre.

Il quitta le salon, le téléphone à l'oreille, sans attendre ma réponse. Kyle releva la tête.

— Pourquoi tu étais en culotte dans le couloir ? demanda-t-il avec sa petite voix.

— Une longue histoire. J'ai cassé la poignée de la porte.

Il hocha la tête comme s'il comprenait.

— Papa, il t'a donné sa chemise parce que tu avais froid ?

— Peut-être bien.

Il tourna la tête quand Domino miaula pour réclamer une caresse.

— Domino, il est plus grand.

— Oui, il grandit vite, c'est parce qu'il boit beaucoup de lait.

— Comme moi ! s'écria-t-il avec un sourire charmeur. Comme ça, je serai grand et fort comme papa.

Nate refit surface au bout de quelques secondes. Je le dévorai des yeux alors qu'il remontait la fermeture d'un gilet à l'effigie des Giants de San Francisco. *Waouh !* Je n'avais pas les mots pour décrire ce sentiment bizarre qui me tordait le ventre en le voyant ainsi. Une intense excitation mêlée d'une envie plus qu'irrationnelle.

Arrivé à ma hauteur, il me tendit un jean pour femme. Je l'acceptai sans broncher, pourtant le fait qu'il ait ça chez lui ne me plaisait pas tellement. Il me sourit en m'adressant un regard incroyablement intense.

— Merci… Enfin, tu remercieras sa propriétaire pour ça, dis-je en désignant le jean.

— Il est à l'ancienne locataire. Elle a laissé un carton en partant et… j'imagine qu'elle ne va pas débarquer aujourd'hui pour le récupérer. Du coup, je la remercierai si j'en ai l'occasion.

Je n'aurais pas dû me réjouir d'apprendre que ce jean n'appartenait pas à une de ses conquêtes…

— Pas sûr qu'il soit vraiment à ta taille, mais c'est sans doute mieux qu'un jean de mec. Jerry viendra vers 13 heures, j'espère que ça ira pour ton rendez-vous ?

Ses yeux couleur menthe me sondèrent. Ça allait parfaitement, j'avais rendez-vous avec Rynne dans l'après-midi avant de manger chez elle et Zack, le soir. J'étais sincèrement soulagée. Sans Nate, je serais encore sur mon palier en train de tourner en bourrique.

— C'est super ! Merci infiniment, Nate. Sans toi, je…

— Tu serais en petite culotte sur le palier ?

Je rougis un peu plus et serrai entre mes doigts le jean que j'aurais déjà dû enfiler.

— Un truc du genre…

Sa chemise avait une odeur légère et délicate. J'avais envie de laisser traîner mon nez le long du col pour sentir les effluves de son corps.

— Sinon, tu es plutôt thé, café ou chocolat ? demanda-t-il.

— Pardon ?

— Au petit déj', tu préfères quoi ? Nous étions partis chercher de quoi bruncher. Puisque tu es là, pas question que tu n'en profites pas.

— Ah non, je…

— Il reste encore deux bonnes heures avant que Jerry ne vienne, et ici, le dimanche, on mange à pas d'heure. Alors ?

— Chocolat…

∞

Il était indéniable en voyant Rynne qu'elle respirait la confiance en elle et l'amour.

— Ça va toujours au pays de l'amour fou ? lui lançai-je.

— Ha, ha, ha ! Oui, tout va très bien. Ce matin, j'en suis encore venue à me demander si c'était bien réel, tout ça.

Elle rougit et glissa son bras sous le mien tandis que nous remontions à pied les rues commerçantes de la ville.

— Et toi ? Tu t'es faite discrète toute la semaine, il s'est passé quoi de ton côté ?

— Rien d'intéressant.

— Mais encore ?

Il était vrai qu'à part quelques messages nous ne nous étions pas beaucoup parlé. Rynne ignorait tout de la culotte et de Nate. Je m'étais bien gardée de le lui dire. Et par SMS interposés, c'était plus facile de ne rien dire que de visu. Elle plissa ses yeux bridés rehaussés par une touche de khôl et me fixa.

— Il faut à tout prix que je vienne te voir au bar où tu bosses d'ailleurs.

— Ha, ha, oui…

Elle sourit et s'arrêta devant un étalage de fruits et légumes.

— Bon et sinon ? demanda-t-elle.

— Tu te rappelles que je t'avais dit que j'allais faire de la boxe ?

— Oui.

— J'ai rencontré une bande vraiment sympa au club. Il n'y a qu'une fille, Marlow, mais on s'entend bien, je pense que toi aussi, tu t'entendrais bien avec elle. Elle est sympa.

— Pff…

— Quoi ?

— Je ne la connais pas mais je ne l'aime déjà pas, cette Marlow. Tu es mon amie à moi !

J'éclatai de rire. Elle tira la langue.

— Tu peux rire, je suis absolument sérieuse.

— Ils sont tous sympas, je me sens bien là-bas…

— Mais ?

« *Mais* » *?* Nate était-il vraiment un « mais » ? Oui, sans l'ombre d'un doute.

— J'ai oublié de te dire quelque chose.

Rynne déposa dans un sac de plastique l'orange qu'elle était en train de sentir.

— Continue…

— J'ai rencontré un type à la laverie quand ma machine a rendu l'âme.

— Oooh… et ?

— Je ne sais pas, c'était très étrange. Une rencontre brève mais intense. Tu sais, ce genre d'inconnu que tu ne rencontres qu'une seule fois. Tu penses que ce sera la seule et unique fois de ta vie que tu verras ce mec, alors tu te dis : pourquoi ne pas oublier tout le reste pendant quelques minutes, juste pour un inconnu…

— Mon Dieu, qu'est-ce que tu… ?

— Je n'ai rien fait. Je ne pourrais pas…

— Mais ?

Je secouai la tête et la suivis dans les allées du marché.

— Mais, quand je suis allée m'inscrire à la boxe, il était là. C'est un coach.

— *Sore wa unmeidesu*, lança-t-elle en souriant.

Je comprenais quelques mots de japonais depuis que je la côtoyais, mais je n'étais pas non plus une pro.

— Hein ?

— « C'est le destin », traduisit-elle en souriant.

J'eus un sourire timide. « Le destin » ? Dans mon cas, le destin était un bel enfoiré qui se foutait bien de ma gueule. Je n'aurais rien dit du tout s'il s'était contenté de faire de l'inconnu de la laverie mon coach en boxe, mais non, il avait fallu que Nate soit aussi mon voisin et le papa du plus adorable des gamins.

— Ce n'est pas tout, dis-je en me penchant pour sentir l'odeur sucrée des fraises. C'est aussi mon voisin. Il habite dans l'appartement juste au-dessus du mien. Il est père célibataire d'un gamin de quatre ans. C'est quand même dingue que dans une ville aussi grande on se rencontre autant !

— C'est le destin, je te dis ! Un destin qui serait hautement plus agréable s'il était à tomber. Il est à tomber, n'est-ce pas ?

— Je… Oui, il l'est ! (Je rougis quand elle arqua un sourcil, intéressée.) Mais je ne veux pas de tout ça pour le moment.

— « Pour le moment » ? Parce que tu voudrais potentiellement quelque chose avec lui ? Mon Dieu, il doit vraiment être à tomber !

Je secouai la tête. Je me gardai bien de lui dire que j'avais déjà mangé deux fois chez lui et qu'il m'avait même vue en petite culotte.

— Non, je ne veux rien ! Rien de concret, rien qui m'inciterait à faire confiance et à me dévoiler. J'ai tellement peur des hommes, de mon corps, des réactions que je pourrais avoir. L'intimité, tout ça, je ne sais plus faire.

— Je comprends, oui. Mais ces choses-là ne se commandent pas. Le chaos est incontrôlable. Que ce soit dans le bon comme dans le mauvais sens du terme.

— Je voudrais que ce soit facile, dis-je en mettant des fraises, des groseilles puis des framboises dans son panier, qui commençait à se faire lourd.

Lorsqu'elle s'arrêta dans le fond de l'allée en tenant son ventre, je m'inquiétai. Rynne était atteinte d'un diabète assez sérieux depuis qu'elle était enfant, et c'était dur à vivre. Il lui arrivait fréquemment d'aller à l'hôpital à cause d'une grosse crise. Elle devait faire attention à tout. Sans compter qu'elle devait gérer son taux et ses piqûres d'insuline.

— Ça va, Rynne ?

— Oui, oui... Quelques douleurs dans le ventre, mais tout va bien. Avec tous ces chamboulements dans ma vie, il faut juste que mon organisme se règle un peu. Mais c'est...

— ... plus facile à dire qu'à faire.

Elle sourit en acquiesçant. J'attrapai alors son panier pour qu'elle puisse souffler un peu.

— J'ai oublié de te dire, au fait, lança-t-elle dans mon dos.

— Quoi ?

— Un pote à Zack vient manger ce soir. Il l'a revu dans son studio, il était venu lui demander de faire des photos, et Zack l'a invité à venir manger avec nous. Je sais que tu vas dire que ça fait rendez-vous arrangé et tout, mais je t'assure que non ! Zack pensait que voir du monde te ferait du bien, et bien sûr, comme c'est un pote à lui du temps du lycée, tu te doutes qu'il se dit qu'il est forcément mieux que les autres. Je lui ai promis que si tu t'ennuyais et que tu faisais la tronche, ça serait ceinture.

J'éclatai de rire à défaut de me renfrogner. Rynne faire ceinture et mettre Zack à la diète de sexe ? Mais bien sûr, et puis quoi encore ?

— Je m'en fous, je veux juste passer une bonne soirée avec toi et m'amuser.

— Alors on va passer une super soirée !

∞

Rynne était une excellente cuisinière. Elle avait préparé un plat japonais et je m'étais régalée. Nous avions fini par jouer à la console, mais j'étais partie assez tôt prétextant que j'étais fatiguée. Le copain de Zack m'insupportait. Il avait passé sa soirée à me fixer et à me lancer des sourires quand je le surprenais en train de me mater les fesses ou la poitrine, comme si je trouvais ça sexy. Et, quand je lui avais demandé ce que signifiait l'anneau qu'il avait au doigt, il m'avait répondu, sans se démonter, qu'il venait de se fiancer. Un silence choqué avait accueilli sa déclaration.

J'errais à présent dans les rues de San Francisco. Il n'était pas encore très tard et je n'avais pas envie de rentrer tout de suite. Je savais qu'il y avait un cinéma dans le coin qui ne passait que de vieux films. Je le trouvai rapidement. Cette semaine il repassait *Hook*. Et, dès lundi, il changeait pour *Jumanji*. J'adorais les films avec Robin Williams. Il avait été une sorte de nounou pour moi, vu les heures que j'avais passées devant la télévision à voir et à revoir ses films. Je m'avançai jusqu'au guichet.

— Bonsoir, lança la vendeuse en relevant la tête de son livre.

— Bonsoir, une place pour *Hook*, s'il vous plaît.

Elle me tendit un billet et me rendit ma monnaie. Je m'avançai alors jusqu'au stand de friandises.

— Dylaaaaan !!

Mon sang ne fit qu'un tour. Impossible. C'était une blague. Pas encore ! À ce rythme-là, ce n'était plus le destin qui s'en mêlait, mais quelque chose de plus puissant encore. Kyle me sauta dessus. Il leva les mains, je me baissai pour l'attraper et le hisser contre moi. Il noua ses mains autour de mon cou et m'embrassa. Il avait les joues roses, les cheveux en bataille et des étincelles étranges dans les yeux. Qu'il était beau, ce gosse. Je l'embrassai à mon tour avant de lever les yeux vers son père. Il avait les mêmes yeux rieurs et étonnés que son fils, la même coiffure en bataille et cet air espiègle qui était de famille.

— Kyle, tu…

Je le saluai en esquissant un sourire, et la fin de sa phrase se perdit à jamais.

— Pourquoi tu es là, Dylan ? demanda Kyle. Toi aussi, tu viens voir le film sur la grande télé ?

— Je crois que oui, acquiesçai-je.

— C'est trop cool ! Hein, papa ?

— Bien sûr, champion.

— Tu vas t'asseoir avec nous ?

Le gamin lança un sourire radieux à son père tout en serrant mon cou avec ses petites mains tandis que sa version adulte avait les yeux rivés sur moi.

— Tu veux t'installer avec nous ? demanda Nate d'une voix plus posée.

J'étais toute chamboulée de les voir là, de sentir l'engouement de Kyle lorsqu'il me voyait et l'étonnement de Nate. Ce trouble, encore et toujours…

Pour tenter de retrouver mes esprits, je me penchai vers le comptoir à friandises :

— Je prendrai des pop-corn et un Coca. Tu veux quelque chose, bonhomme ? demandai-je à Kyle.

Il regarda son père de peur de faire une bêtise.

— Papa ne peut rien dire, c'est moi qui invite, alors tu choisis ce que tu veux !

Nate gloussa dans mon dos. Je frissonnai. Ses rires étaient toujours agréables à entendre, d'une infinie douceur.

— Tu veux quelque chose ? lui demandai-je.

— Rien, répondit-il d'une voix plus grave que d'habitude. Ça ira.

— Je peux prendre un paquet de M&M's ? fit Kyle.

— Oui. (Je me tournai vers le vendeur.) Un paquet de M&M's aussi, s'il vous plaît, et ce sera tout.

Je sortis mon portefeuille, mais Nate fut plus rapide que moi et déposa un billet sur le comptoir. Je lui lançai un regard en biais, il me fit un clin d'œil. Kyle attrapa son paquet de bonbons tandis que son père prenait le reste.

Quand nous eûmes passé la porte de la salle de projection, Kyle sauta à terre et se mit à courir entre les rangées pour choisir sa place.

— Pas trop près de l'écran, le gronda Nate. Remonte un peu.

Il s'exécuta sans un mot.

— Tu n'aurais pas dû, je pouvais payer ça à ton fils, dis-je contrariée.

— Comme je pouvais aussi te payer ton pop-corn. Ça me fait plaisir.

Je n'ajoutai rien. Je m'installai à côté de Nate, et Kyle s'assit sur mes genoux en souriant.

— Kyle, laisse Dylan tranquille.

— Je n'ai pas le droit ? me demanda-t-il.

— Autant que tu veux, dis-je en souriant.

— T'as vu ? T'es jaloux, c'est tout !!

Nate rit en ébouriffant la crinière brune de son fils. Soudain le tableau que nous formions me transcenda. Et quelque chose se déchaîna dans ma poitrine.

Chapitre 8

Dans la mythologie grecque, Chaos était désigné comme l'élément primordial de la théogonie hésiodique. Plus globalement, il représentait une profondeur béante. Comme celle que j'avais dans la poitrine, à laquelle s'ajoutait un poids de plus en plus oppressant qui m'empêchait peu à peu de respirer.

Ce soir, plus que jamais, le chaos déferlait dans mon corps et dans ma tête.

— Le monde est vraiment petit quand même, déclara Nate alors que nous marchions le long de la jetée.

Je souris. Il avait remonté les manches de son sweat, révélant ses avant-bras couverts de tatouages. J'étais toujours attirée par la fresque sur son bras droit.

— Ouais, répondis-je finalement, le regard perdu au loin. Si on compte toute la baie de San Francisco, il n'y a pas moins de sept millions d'habitants, alors quelles étaient les chances pour qu'après notre première rencontre on se retrouve encore et toujours… ?

Et encore et encore et encore… Rynne avait parlé de destin… C'était tellement irrationnel que chaque chose que j'entreprenais dans cette nouvelle vie me mène toujours droit vers eux.

— La probabilité statistique d'une autre rencontre après une rencontre fortuite ? souleva Nate. Je ne sais pas, mais je suis sûr qu'on pourrait en faire une thèse et découvrir des choses intéressantes. Compte tenu du nombre d'habitations et d'activités sportives ou culturelles, les probabilités devraient être minces, et pourtant c'est arrivé.

Je ne répondis rien. Marcher en silence ne me dérangeait pas. Le bruit de la ville me suffisait. La séance de cinéma était passée très vite, et, nous rentrions ensemble.

Kyle courait devant nous, tandis que nous marchions sur l'esplanade. Je n'avais pas osé refuser quand Nate m'avait proposé de faire un tour avant de rentrer. J'aurais dû dire non, j'aurais dû rentrer directement chez moi. À vrai dire, un oui était sorti de ma bouche très naturellement. Comme une envie profonde dont j'aurais pris connaissance à l'instant où Nate avait émis sa demande.

— On va au cinéma tous les dimanches soir, dit-il alors qu'il observait son fils courir. Depuis toujours.

— Comment ça ?

— Quand il était bébé, il ne faisait pas ses nuits, il pleurait tout le temps. Je l'ai toujours emmené ici, ça le détendait. Le fait d'être dans le noir, le son, il était fasciné par l'écran, il le regardait avec de grands yeux et ça le calmait. C'est devenu une tradition. En plus, c'est moitié prix pour moi, gratuit pour lui, et il adore y aller.

Mon ventre papillonnait, c'était trop mignon.

— Elle est cool, votre tradition !

Il sourit.

— C'est bientôt la rentrée pour lui ? demandai-je.

— Ça fait de moi un mauvais père si je te dis que je suis soulagé que ça arrive bientôt ?

— Très mauvais, oui, dis-je en souriant. Horrible même. Tu devrais avoir honte.

— J'assume complètement. Chacun son tour : il terrorisera ses gosses plus tard.

Je pouffai tout en fixant ledit bonhomme qui marchait devant nous en jouant avec ses petits dinosaures.

— Il entre en quelle classe ?

— En dernière année de maternelle.

— Ah, la maternelle ! C'est après que les emmerdes commencent. On sait dès le CP si on va mal tourner ou pas.

Nate gloussa et je souris.

— Enfin, il n'est pas le seul à y retourner bientôt, je reprends les cours, moi aussi.

Je relevai la tête d'un coup. Intriguée.

— Ah oui ?

— Ouais... Avec l'arrivée de Kyle, j'ai dû arrêter mes cours pendant sa première année. Je ne pouvais pas gérer un nourrisson et mes études en même temps. Mickey m'a recruté dans sa salle. Du coup, je pouvais le prendre avec moi et garder un œil sur lui. Tout le monde s'en occupait en fait. J'aurais pu continuer d'aller en cours, mais il était hors de question que je le laisse. (Il y avait tellement de douceur dans sa voix que j'en eus la chair de poule.) J'ai repris les cours après, quand j'ai pu le mettre à la crèche. Je n'ai pas beaucoup de cours en retard, juste quelques modules à rattraper pour avoir mon diplôme. À la fin de l'année, si tout se passe bien, ce sera bon.

Waouh ! Nate était vraiment un type merveilleux. J'admirais son courage et l'amour qui l'unissait à Kyle. Pourquoi était-il célibataire ? N'importe quelle femme rêvant d'une relation sérieuse devait être sous le charme. Et Kyle était tellement adorable qu'il ne pouvait poser un problème à aucune. Peut-être était-ce Nate qui ne cherchait pas de relations, après tout...

— Tu étudies quoi, alors ? demandai-je.

— Le droit. Pour devenir avocat.

— Vraiment ? m'exclamai-je étonné.

Lui ? Avocat ? Il n'en avait pas vraiment l'allure. Je rougis alors que ses yeux couleur menthe m'observaient avec attention.

— Un problème ? demanda-t-il en se penchant pour scruter davantage mon regard.

Mon ventre se contracta.

— Non. Aucun.

— « Aucun »... mais ? insista-t-il avec un sourire taquin.

Le rouge afflua encore sur mes joues.

— C'est juste qu'on ne t'imagine pas du tout avocat... au premier abord en tout cas.

— Ah non ? Et on s'imagine quoi au premier abord, alors ?

Je sentis un frisson descendre dans mon bas-ventre.

Sa carrure, son physique, ses tatouages, son look... On l'imaginait plus sportif professionnel qu'avocat. Je savais que j'avais l'air idiote avec mes clichés, mais je n'y pouvais rien.

— Disons plutôt prof de sport, dis-je finalement.

— C'est pas beau, les préjugés.

— Mais c'est aussi ce que tu es ! objectai-je. Tu es coach de boxe après tout. Et puis toi aussi, tu as eu des a priori me concernant quand tu as trouvé ma culotte, je te signale. Et, quand tu m'as vue au club, tu avais les yeux du type qui se disait : « Mais qu'est-ce qu'une fille aussi frêle fait ici ? »

— Pas du tout ! J'avais le regard étonné du type qui revoit la fille dont il a trouvé la culotte. Pour la culotte en revanche, c'est...

— T'es vraiment un pervers.

— Tu vois, tu ne peux pas t'empêcher de me juger. Tantôt pervers, tantôt crétin avec des muscles.

— Pervers, tu l'es ; pour le reste, je n'ai jamais dit que tu étais un crétin avec des muscles.

— Je sais, je voulais juste que tes joues reflètent ton surnom, Ruby. Et, pour mettre les choses au clair, je ne suis pas pervers, je suis un homme. La limite est mince, mais tout de même !

Le chaos se dissipa un peu pour laisser place à une chaleur diffuse dans mon bas-ventre.

— Papa ! appela soudainement Kyle.

— Quoi ?

— On peut prendre une glace, s'il te plaît.

— Pourquoi pas ! C'est bientôt la fin des vacances après tout.

Kyle exulta en s'élançant dans les bras de son père, qui l'attrapa avec une majestueuse aisance. Dire oui était un véritable bonheur rien que pour obtenir ce genre de réaction. Je regardai les petites mains de Kyle se perdre dans les cheveux de Nate tandis qu'il lui parlait à une vitesse folle. J'aurais aimé y glisser la main moi aussi, juste pour voir s'ils étaient aussi doux qu'ils en avaient l'air. Nate lui répondait en souriant. Ce lien entre eux était vraiment beau. En silence, je les suivis jusqu'au glacier. Il y avait un couple avant nous.

— Bonsoir, lança la vendeuse. Que puis-je vous servir ?

— Bonsoir, alors on va prendre…, commença Nate.

— Un cornet au chocolat ! le coupa Kyle. Que du chocolat et tout plein.

La vendeuse lança un regard tendre à Kyle alors que celui-ci venait de se changer en monstre affamé. Puis, elle nous regarda tous les trois. *Tous les trois…* Ces trois petits mots me donnèrent la chair de poule.

Je ne faisais absolument pas partie de l'adorable tableau que représentait « Lui & Mini-Lui », je n'étais qu'une imposture ; pourtant, dans les yeux de cette femme, on aurait dit que je faisais partie de la peinture.

— Tu veux quoi ? demanda Nate en rivant ses yeux aux miens.

Je sursautai presque, sortant de ma rêverie.

— Oh… euh…

— Je ne suis pas certaine qu'il y ait ce parfum sur la carte, Ruby.

Génial, je ne savais plus faire de phrase cohérente et il se foutait ouvertement de ma poire. *Ruby…*

— Fraise. Un cornet fraise.

— Et pour vous ? demanda la dame en focalisant son regard sur Nate.

— Vanille chocolat.

— Très bien.

Partager de tels moments avec Nate et Kyle était très déroutant. Déjeuner avec eux, aller au cinéma, se balader sur l'esplanade en mangeant une glace… Ça devenait trop récurrent. Je n'étais pas venue à San Francisco pour ça. J'avais des objectifs à atteindre. Je ne voulais pas de tout ça.

— Dès que tu as fini ta glace, on se dirigera vers la maison. Il se fait tard, champion.

— OK…

Je gloussai lorsque Kyle releva la tête. Son visage était barbouillé de chocolat. On aurait dit des peintures de guerre.

— Bon sang, mais il y en a plus sur ton visage que sur ta glace, grommela Nate. Tu manges avec ta bouche ou ton visage ?

— C'est pas facile, ça coule, répondit Kyle.

J'éclatai de rire. Nate aussi avant de s'accroupir face à son fils.

— Tiens ma glace, que je puisse te nettoyer un peu.

Lorsqu'il vit l'état des mains de son fils, il grimaça et renonça.

— Donne, je vais les tenir, fis-je.

— Merci.

Il sortit alors des lingettes de sa poche, ce qui fit grimacer Kyle. C'était pourtant bien mieux qu'à l'époque. Moi, ma mère crachait dans un mouchoir pour m'essuyer les joues.

Une fois son fils plus présentable, Nate lui tendit le cornet qu'il avait enveloppé dans un mouchoir.

— Essaie de viser la bouche cette fois-ci. Tu verras, c'est meilleur.

∞

Kyle était endormi dans les bras de son père et il s'accrochait à lui comme un petit singe.

— Ça va, ce n'est pas trop lourd ? demandai-je.

— Ce petit singe ? Non. L'air de l'océan l'a finalement mis KO.

Lorsqu'il arriva à mon étage, Nate s'arrêta.

— Quelle sera notre prochaine rencontre fortuite à ton avis ? demanda-t-il en souriant.

« Aucune », avais-je envie de lui répondre, mais ce mot n'arriva pas à franchir mes lèvres.

— Mystère…, répondis-je finalement. Laissons le destin en décider puisque, apparemment, il aime nous mettre sur le même chemin.

— Apparemment…

Il sourit et son regard couleur menthe se fit plus profond, se verrouillant au mien. D'accord : même avec son fils dans les bras il était capable d'un tel regard, et accessoirement de me rendre toute chose.

— C'était quand même une bonne soirée, dit-il.

— Oui.

— Je suis désolé pour Kyle. Il ne s'attache pas vraiment aux gens en général. Marnie doit faire des pieds et des mains parfois pour obtenir son attention, et elle n'est pas la seule. Il s'est attaché à toi, très facilement. J'ignore ce que tu as fait, mais…

— J'ai fait tomber ma culotte sur ton fils, c'est tout.

Les yeux de Nate s'écarquillèrent un peu. Je m'empourprai encore plus que ce matin quand il m'avait trouvée presque nue dans le couloir. J'avais dit ça tout haut… Kyle gigota dans les bras de son père, m'offrant une chance de détourner la conversation. Nate le serra contre lui tout en lui chuchotant qu'on était arrivés et qu'il allait le mettre au lit.

— Dylan, tu viens me coucher ? demanda Kyle d'une voix fatiguée.

Je souris avec tendresse, supportant le poids du chaos que ce gamin et son père causaient dans ma poitrine.

— D'accord, mais juste pour cette fois…

Il se redressa pour tendre les bras vers moi. Je l'attrapai et, tel un petit singe, il s'accrocha à moi. Je montai l'escalier jusqu'à l'appartement de Nate en silence. Il se passait des choses bizarres entre moi et les Mine. Cette alchimie qui était née dans la laverie entre moi et Nate ne s'estompait pas, et, même en présence de Kyle, je ressentais toujours ce trouble. Peut-être aurait-il fallu qu'il m'embrasse pour me dégoûter de tout… Quand un homme essayait de le faire et s'approchait de mes lèvres, ça me révulsait assez pour que ma coquille se reforme. Nate me fit entrer chez lui sans un mot et, me souvenant de l'emplacement de la chambre de Kyle, je m'y dirigeai pour le coucher. À moitié endormi, il se laissa glisser dans son lit.

— Voilà, trésor. On n'est pas bien dans son lit ?

Il sourit. Lorsque je me retournai, Nate n'était pas là. Je retirai donc les chaussures du bambin, ses chaussettes, son pull et son jean. Une fois qu'il fut en slip et tee-shirt, je l'emmitouflai dans sa couverture. Il peinait à garder les yeux ouverts, mais j'admirai la persévérance dont il faisait preuve pour avoir l'air de se montrer fort. Je souris et il tendit ses petites mains vers moi. Je me penchai, il posa alors ses toutes petites paumes et ses doigts potelés sur mes joues, et son regard d'enfant éveilla en moi une douleur si vive qu'elle me transcenda. Le chaos et le trou béant dans ma poitrine étaient déjà en train de m'oppresser et de me faire suffoquer.

— Ton visage, il est tout doux, pas comme papa. Lui, il pique des fois ; toi, tu as la peau d'une maman.

Je caressai ses cheveux et lui souris tout en m'efforçant de refouler la montée de larmes et de sanglots bloqués dans ma gorge.

— Dors, bonhomme, murmurai-je. Il est tard.

— Toi aussi, tu vas aller dormir ?

— Oui, avec Domino ; il m'attend sûrement sur mon lit.

— La chance…

— Je te le prêterai peut-être un soir, si tu es sage et que tu dors comme un grand.

Il acquiesça, puis il se redressa un peu et enlaça mon cou avant de m'embrasser. J'étais à deux doigts de craquer. Ce gosse, c'était plus que je ne pouvais en supporter. Il fallait que je sorte pour respirer un coup.

— Bonne nuit, Dylan.

— Bonne nuit, mon trésor.

La lumière s'éteignit et seule la lueur du couloir éclaira la chambre. Nate entra et se pencha sur son fils, qu'il embrassa sur le front. Je me redressai et reculai sans pouvoir détacher mon regard d'eux.

— Dors bien, mon grand.

Kyle acquiesça et serra le cou de Nate avec ses petites mains. Lorsque Nate frotta son nez contre celui de Kyle, lui arrachant un éclat de rire adorable, ma main se crispa sur ma poitrine, et les insoutenables pensées qui m'assaillirent me coupèrent le souffle.

— Je t'aime, champion.

— Je t'aime aussi, papa.

Je sortis brusquement de la pièce avec une furieuse envie de fuir, de m'enfermer chez moi et de cogner mon sac de frappe jusqu'à oublier certaines choses qui refaisaient surface de manière inopinée et brutale.

— Tu commences déjà à faire des promesses, s'amusa Nate en fermant la porte de la chambre derrière lui. Tu as déjà l'étoffe d'une bonne mère.

— Je dois y aller, Nate ; j'ai…

Ma voix se brisa de sanglots alors que je fuyais son regard.

— Hé !

Il m'attrapa par le bras et me bloqua dans le couloir. Je ravalai mes émotions et fermai les yeux de toutes mes forces pour ne pas pleurer. Lorsque je les rouvris, nos regards se rencontrèrent, et il plissa les paupières, faisant naître de charmantes petites ridules au coin de ses yeux.

— Hé, est-ce que tout va bien ? demanda-t-il.

— Bien sûr, répondis-je avec énergie. Je dois y aller, je suis fatiguée et…

— Non, ça ne va pas, tu as les yeux…

— Je n'ai rien du tout, Nate.

— Ruby, on peut…

— J'ai mis ton fils au lit, car il est difficile de lui refuser quoi que ce soit, maintenant je voudrais aller me coucher.

Il acquiesça mais ne me lâcha pas pour autant. Ses yeux étaient verrouillés aux miens, comme s'il cherchait à lire à travers eux, à travers moi et mes silences. Puis, son regard sembla devenir plus lourd et s'assombrit. Il avança, je reculai et me retrouvai acculée contre le mur. Je déglutis. J'avais peur. Mais pas de ce que pourrait me faire Nate, non. J'avais peur de ce qu'il représentait et de ce qu'il me faisait ressentir.

— Bon sang, qu'est-ce qui te prend ? pestai-je en essayant de me dégager.

— Je n'en sais rien. Je n'aime pas les mensonges, tu ne vas pas bien.

— Lâche-moi, Nate. Je ne suis pas d'humeur à plaisanter.

— Ça tombe bien, moi non plus.

— Nate, lâche-moi. Je ne te le répéterai pas une troisième fois.

Il rit nerveusement. Mes menaces et mon regard noir ne semblèrent pas l'intimider outre mesure.

— Et qu'est-ce que tu vas faire, Ruby ? me menaça-t-il en se serrant un peu plus contre moi.

Une technique de krav-maga plus tard, il desserrait sa prise. Je pressai un peu plus mon pouce sur le dos de sa main, plus particulièrement contre une veine et le capitatum. Même un homme aussi costaud soit-il trouvait ça douloureux, mais Nate ne me lâcha pas pour autant.

— Je ne suis pas Asher.

— Je ne suis pas un jouet.

Il sourit et se massa la main en grimaçant.

—Ça fait mal, ton truc.

Je soupirai et, pour ne pas réveiller le gamin qui dormait, je laissai ma tête partir en arrière. *Merde!* Nate était plus fort que moi et s'il le voulait il pouvait... *Non!* Nate n'était pas ce genre d'homme. Mon Dieu, j'avais mal, j'avais peur.

—Lâche-moi, Nate. Je veux rentrer chez moi...

Il ne m'écoutait pas. Ses yeux étaient à présent rivés sur mes lèvres. Il me fixait comme si m'embrasser était devenu son plus ardent désir. *Non...* Je plaquai ma main sur sa bouche en secouant la tête pour lui cacher mes larmes.

—Arrête... arrête...

—Pourquoi? demanda-t-il simplement en pressant ses lèvres contre ma paume.

Je frissonnai.

—Je t'ai déjà dit de ne pas essayer de m'embrasser. Je ne plaisantais pas. Je ne veux pas, je n'en ai pas la moindre envie.

—Merde... Suis-je si repoussant?

—Ne cherche pas à comprendre, Nate. Je n'en ai pas envie, c'est tout.

—Ouais, mais alors pourquoi j'ai l'impression du contraire? Tu es en total décalage avec tes mots.

Il pressa doucement son corps contre le mien, relâchant la pression de ses muscles jusqu'à maintenant tendus.

—Parce que tu es un pervers et que tu es stupide.

—Et peut-être que tu te voiles la face et que tu es aussi stupide que moi.

—Si je retire ma main, promets-moi de ne pas essayer de le faire.

Il acquiesça silencieusement, en hochant simplement la tête, et il me lança un sourire tellement tendre qu'il m'arracha un frisson. Il vint coller son front contre le mien.

— Et après ? demanda-t-il.

— Après, rien du tout. C'est peut-être ridicule, mais la règle est simple et on ne peut plus claire. Ne cherche pas à m'embrasser. Jamais. Je n'ai pas envie de ça. Comme du reste. En plus de ça, tu as un fils, Nate.

— Qu'est-ce que Kyle vient faire dans la conversation ? soupira-t-il.

— Je ne sais pas, je sais juste qu'il est là et que moi, je ne devrais pas y être.

Il secoua la tête, m'empêchant de continuer, et inclina son visage vers le mien.

— Kyle n'est pas là. Il est dans les bras de Morphée, et ce qu'il ne sait pas ne peut pas lui faire de mal.

— Je ne veux pas.

— Je le sais, soupira-t-il. Tu ne veux pas que je t'embrasse... (Son visage était trop près du mien, ses lèvres étaient dangereusement trop près de ma peau, et moi certainement trop prête à lui céder.) Mais je me demande si cela s'applique à toute ta peau. Ton cou par exemple, ton corps, tes lèvres, celles qui sont cachées... La règle s'applique-t-elle pour ça aussi ?

Ma réponse fut trop longue à venir, car lorsque j'ouvris la bouche pour parler mes mots restèrent bloqués par ses lèvres sur mon cou. Je frissonnai.

— Qu'est-ce que... ?

— Où étais-tu partie durant ces longues secondes, Ruby ? demanda-t-il.

Loin d'ici. Était-ce vraiment trop demander de garder mes distances, de ne plus tomber sur lui à chaque coin de rue, d'être capable de le fuir pour préserver ma santé mentale ?

— Nate…

Bon sang, j'avais perdu ma capacité à formuler des phrases construites ! C'était pourtant l'une des premières choses que l'on apprenait à l'école. Il pressait ses lèvres chaudes contre ma peau et je sentis son sourire, ce qui, brutalement, éveilla ma colère.

— C'est bien ce que je pensais, souffla-t-il contre ma peau, animant des frissons dont je n'avais pas envie.

La colère enfla encore. Il m'avait eue, et moi… Moi qui avais toujours un tour d'avance, qui ne laissais jamais un homme m'atteindre, je venais de le laisser faire avec une facilité écœurante. De rage, je frappai contre sa poitrine.

— J'espère que tu en as bien profité, Nathaniel. Parce que la prochaine fois que tu me toucheras de cette manière, tu le paieras cher.

Il me lâcha alors en riant.

— J'aurais peut-être dû t'embrasser, alors. T'as raison, je suis sans doute stupide finalement.

Je lui lançai un regard noir avant de traverser le couloir sans un mot. Je filai jusque chez moi sans me retourner. Et, une fois dans ma chambre, je me roulai en boule dans mon lit, Domino dans mes bras.

Nathaniel Mine, espèce de bel enfoiré !

Si le point était pour lui ce soir, le prochain serait pour moi.

Chapitre 9

Les cours avaient repris en fin de matinée. J'étais contente d'y aller et d'enfin appliquer une des règles primordiales que je m'étais fixées en arrivant ici. Et puis ça me permettait également de me changer les idées et d'essayer d'oublier tout ce qui se mettait trop souvent sur mon chemin. Même si je n'avais pas cessé de penser à ce qui s'était passé chez Nate. Je craignais de le croiser de nouveau.

Je soupirai dans le couloir en me rendant à mon dernier cours. Il s'agissait de celui de management qui avait lieu tous les après-midi, en dernière heure. J'avais cours jusqu'à 19 heures, ensuite je travaillais au bar jusqu'à minuit. Cela ne me dérangeait pas de bosser le soir, compte tenu du fait que mon emploi du temps était loin d'être surchargé.

J'entrai dans un amphithéâtre d'une centaine de places, dont près de la moitié étaient occupées. Je m'installai en haut, seule, et scrutai la salle. Il y avait des étudiants de tous âges. Hommes comme femmes.

— Bonjour !

Je redressai le buste et relevai les yeux. Le professeur qui venait de nous saluer se tenait debout derrière son bureau. L'homme d'une trentaine d'années posa sa sacoche sur sa chaise, posa ses paumes sur le bureau et s'y appuya.

— Je m'appelle Grant Hugher. Je serai votre professeur de management pour l'année à venir. Je sais que je verrai chacun d'entre vous cinq fois par semaine et ce, jusqu'à la fin de l'année, tandis que je ne verrai certains que quelques fois, avant qu'ils ne décident de renoncer…

— Excusez-moi, c'est bien le cours de management ? lança une voix familière qui coupa le bel élan du professeur.

La voix vibrante de l'importun me fit frissonner. Je tournai la tête à une vitesse fulgurante. *Impossible… Pas encore !*

— Oui, c'est ici.

— Excusez-moi, j'ai eu un petit imprévu. Le temps de mettre mon fils chez la nounou et de revenir…

— Il n'y a pas mort d'homme, vous n'avez raté qu'une partie de ma tirade de début d'année censée terrifier tout le monde.

Je me recroquevillai à ma place. Bon sang, s'il y avait bien un Dieu là-haut, c'était un putain de sadique ! Qu'est-ce qu'il avait contre moi ? J'avais dû faire un truc pas clair pour qu'il m'en veuille comme ça.

Nate scruta la salle, et ses yeux se posèrent sur moi. Pourquoi me voyait-il dans un amphi presque rempli ? Le velours de son regard et la menthe dans ses yeux me firent rougir. Ce sale type avec ses tatouages et sa gueule d'ange, qu'il aille au diable ! J'aperçus son sourire en coin avant de détourner la tête, et mon ventre s'agita furieusement.

— J'assomme de nouveau vos camarades ou ça ira ? demanda le prof.

— Ça ira, répondit Nate. La fille du fond me racontera ce que j'ai manqué de si important.

Il pouvait toujours courir.

— Très bien, asseyez-vous, il y a justement une place à côté de la fille en question.

Tout le monde me regardait à présent.

— Hé ! chuchota-t-il une fois à côté de moi.

Je ne répondis pas, je me contentai de détourner la tête pour regarder le prof. Il ricana tout en étirant ses grandes jambes sous son bureau, qui paraissait minuscule tout à coup.

— Sachez que je ferai mon possible pour être à l'écoute de chacun d'entre vous et répondre à vos besoins, reprit M. Hugher. Je suis ici pour enseigner et je le ferai avec passion si vous avez, vous-mêmes, la passion d'apprendre. Mais, avant d'entrer dans le vif du sujet, vous allez vous présenter un à un, ce qui permettra, à moi comme aux autres, d'en apprendre plus sur vous. Alors qui commence ?

Personne ne leva la main.

— Vous ? lança-t-il en me pointant du doigt.

Il me sourit et me fit signe de me lever. Je rougis et me redressai.

— Je m'appelle Dylan Seeken et je viens d'ici et là. J'ai souvent voyagé à travers le pays et j'ai atterri cet été dans cette grande ville pour commencer une nouvelle vie, on va dire. Si je me suis inscrite à ce cours, c'est parce que j'ai besoin de valider un diplôme pour réaliser un projet un peu ridicule mais qui me tient beaucoup à cœur : j'ai très envie d'ouvrir mon magasin de fleurs. Voilà.

— En quoi est-ce ridicule ? me demanda-t-il.

— Pardon ?

— Vous dites que c'est ridicule, alors je vous demande pourquoi. En quoi croyez-vous que votre projet soit ridicule ? S'il l'est pourquoi vous embêtez-vous à tenter de le réaliser ?

Je rougis sans savoir quoi répondre. Tous les yeux étaient braqués sur moi.

— Quelqu'un pourrait-il nous dire ? Oui, le retardataire.

Mon ventre se noua. Putain, moi qui pensais que ce cours allait me permettre de souffler. Bon sang, mais il foutait quoi ici ?

— Ce n'est pas ridicule. C'est simple mais pas ridicule.

« Simple » ? Je le regardai en coin, le cœur battant à tout rompre dans ma poitrine. Il me sourit.

— Rien n'est plus simple qu'une fleur, pourtant rien n'est plus significatif et sensuel que cela, poursuivit Nate. L'edelweiss est symbole de protection, la rose rouge est l'amour et la beauté, l'iris est l'espoir et la purification. Si le projet est simple, il n'est en aucun cas ridicule, encore moins s'il est agrémenté et poussé par la passion. Au contraire, la passion se transmet si elle est réelle, elle se communique et alors, grâce à ça, la plus simple des choses devient belle. Comme une fleur, comme un bouquet sauvage, ou le sourire de la fleuriste.

Oh, mon Dieu!

Toutes les femmes étaient en émoi devant Nate. Moi aussi. Sa voix rocailleuse, son allure désinvolte et son sourire contrastaient avec ses paroles douces et sensuelles. *Connard…*

— Exactement, la passion, renchérit M. Hugher. Quand vous montez un projet, il vous faut de la passion, de la rage et de la force. Même si l'idée d'ouvrir un magasin de fleurs est très simple, il en va tout autrement pour le travail à fournir. Mais si la passion est présente, alors vous avez quasiment tout gagné. Vous comprenez ?

J'acquiesçai et me rassis en silence sans prêter la moindre attention à Nate. Je sentais pourtant le poids de son regard sur moi. L'esprit complètement ailleurs, j'écoutai mes camarades de classe parler tout comme moi de leur projet et de leur envie sans arriver à m'y intéresser vraiment. Seul Nate attira toute l'attention de la salle, comme un orateur très doué. Il parlait de Kyle et de ce qu'il m'avait dit sur l'esplanade. Ce cours était un module qui l'aiderait à avoir son diplôme et à obtenir une note qu'il espérait suffisante pour acquérir des points en plus. Et, étant donné la passion qui émanait de lui lorsqu'il parlait de son fils, je ne doutais pas un seul instant de lui : à la fin de l'année il décrocherait son diplôme.

Lorsque le prof annonça la fin du cours, je n'avais qu'une envie : fuir. Tel un animal pris au piège j'envisageai de courir, voire de passer par la fenêtre… Mais il fallait combattre le feu par le feu et le mal par le mal. Je devais me prouver que j'étais assez forte pour résister à Nate. Quand je redressai la tête, il m'attendait. Ses affaires étaient déjà rangées, je n'étais pas certaine qu'il les ait sorties. J'avais passé l'intégralité des deux heures de cours à fixer mon prof avec une insistance malsaine. J'espérais qu'il n'avait rien remarqué, ou sinon il allait me prendre pour une barge.

— On y va ?

Je hochai la tête. Mes lèvres étaient soudées.

— Au revoir, dis-je à M. Hugher.

J'avançai vers la porte. Il nous salua. Nate vint se placer à côté de moi et me tira légèrement vers lui quand un type déboula à toute vitesse dans le couloir. Je grognai à défaut de l'insulter.

— Qui aurait cru que tu serais encore sur mon chemin ? s'exclama-t-il. Je devrais peut-être porter plainte.

— Tu rêves, Nathaniel, grommelai-je. C'est toi qui te trouves sans cesse sur mon chemin, et c'est moi qui devrais probablement alerter la police qu'il y a un pervers par ici. J'étais déjà en cours, c'est toi qui es arrivé en retard.

—Si tu te la joues comme ça, alors c'est bel et bien ta faute à la base. C'est toi qui es venue à San Francisco et as emménagé dans mon immeuble.

J'arquai un sourcil en me dégageant de son étreinte. Il n'avait sans doute pas tort. Mais c'était dingue, cette probabilité statistique que je rencontre Nate à chaque moment de cette putain de nouvelle vie. À croire que pour l'éviter il fallait que je change de ville.

—Ouais, t'as sans doute raison.

—Quoi ? C'est tout ? Tu laisses tomber ? Tu ne me traites pas de pervers, rien d'autre ?

Je souris, j'aurais effectivement pu me battre avec lui à l'infini, mais ç'aurait été une perte d'énergie.

—Non, parce que ça te ferait trop plaisir.

Il gloussa et me tint la porte une fois que nous fûmes arrivés devant la sortie. Je passai devant lui, sentant une vilaine blessure alourdir le poids sous ma poitrine.

—Je te ramène en voiture ? demanda-t-il.

—Non, merci.

—Ça ne me dérange pas. Enfin, ce n'est pas comme si tu habitais à l'autre bout de la ville, et du reste, si ç'avait été le cas, ça ne m'ennuierait pas non plus.

—Non, non, c'est bon... Je bosse ce soir. Je dois y aller d'ailleurs, je vais être en retard si je traîne.

—Je te dépose.

—Ça ira.

Il plissa les yeux, faisant disparaître de moitié le sublime vert de ses pupilles. Je me pinçai les lèvres. Après les cauchemars, la petite tenue sur le palier et notre dernière altercation, il me paraissait évident qu'il me fallait prendre mes distances. Il y avait vraiment un truc entre nous. Un truc palpable et particulièrement étrange. Quelque chose d'intense, de sauvage, comme un choc entre le chaud et le froid, comme la folie quand survient le chaos.

Chaos, hein ? Ce mot était parfait pour désigner Nate. Quand il était dans les parages, mon esprit était en désordre et dans la plus totale confusion. Tout ce bordel me mettait les nerfs à fleur de peau.

— Tu n'as pas vraiment le choix en fait, je n'ai pas tellement envie que tu y ailles toute seule. Il fait nuit et c'est assez dangereux dehors.

— Nate, je suis une grande fille, je sais me défendre et j'ai même un spray au poivre, au cas où. Je n'ai pas besoin que tu me chaperonnes.

— Oui, oui, mais je t'amène, lança-t-il en m'ignorant.

— Bon sang, tu comprends quoi quand je te dis non ?

— Je comprends ce que tous les mecs normalement constitués comprennent et ce que malheureusement les pervers et les types mal intentionnés pourraient comprendre.

— Ce qui veut dire ?

— Que tu es à croquer, Ruby. Tu es très belle, tu es seule la nuit dehors et tu es une femme. Maintenant, monte, je t'amène au club.

— Et je suis une femme ? Ça veut dire quoi, ça ?

Il se pencha vers moi et appuya sa paume à plat contre la portière. Je fulminais, lui avait l'air énervé aussi. Pourtant, quelque chose de violent, de sensuel crépitait dans l'air, tout autour de nous.

— Ça veut dire : monte, Ruby.

Sa main glissa sur la tôle de sa voiture, et son bras effleura le mien tandis qu'il attrapait la poignée. Il l'ouvrit, m'obligeant à m'approcher bien trop près de lui.

— Monte, tu es déjà en retard, insista-t-il en me brandissant son portable sous le nez.

Je fixai l'heure, me délectant au passage de la photo de Kyle qu'il avait comme fond d'écran. Effectivement, papoter avec lui m'avait mise en retard. L'enfoiré, il l'avait sans doute fait exprès… En silence, je m'installai sur le siège passager. Il fit le tour de la voiture et s'installa de son côté. Il mit le contact, et la radio se mit à émettre un rap bien trash. Je grimaçai, me retenant de ne pas changer cette merde sonore. Il me fixa tandis qu'il engageait sa marche arrière. Voyant mon expression il s'arrêta net, bloquant le passage derrière lui.

— Quoi ? demanda-t-il.

— Déjà que tu m'as bien eue, je te préviens : cette musique de merde, ça va pas être possible. Mes oreilles saignent…

Il éclata de rire. Une douce chaleur s'insinua dans ma poitrine.

— Tu n'aimes pas ?

— Non, répondis-je cash. Il faudrait refaire ton éducation musicale, Nathaniel. Tu veux me punir d'avoir refusé ton offre alors que d'ordinaire quand tu ramènes une fille elle dit oui avant même que tu n'aies formulé ta demande ?

— Alors d'une, je n'escorte jamais personne. Et de deux, il faudra que tu dises ça à Mason, on a échangé nos voitures ce matin.

— Mouais…

Il jura tout le long du chemin qu'il n'écoutait pas ce genre de musique et me déposa dix minutes avant l'heure.

— Tu n'as pas ton permis ? demanda-t-il.

— Si, j'ai même ma voiture, mais ça me coûterait un bras de la faire rapatrier de Friendship jusqu'ici. Vu le tas de ferraille que c'est, je crois que j'aurais plus vite fait d'en racheter une. Cela dit, je n'en ai pas vraiment besoin, tout est assez proche de l'appartement.

— C'est toujours plus prudent. Cela dit, vu qu'on fréquente les mêmes endroits, je me propose d'être ton chauffeur.

Il recommençait. Il était chiant avec ça.

— Non. Je n'ai besoin de personne, Nate.

— Tu sais te défendre, mieux que la plupart des femmes, et je sais que tu mettrais un mec bourré KO, mais, sans vouloir être macho, une femme seule contre plusieurs mecs, même avec les techniques que tu as apprises, ne fait pas le poids.

La colère refaisait surface. Cette logique me rappelait mon passé.

Pour qui se prenait-il à croire que j'étais sans défense ?

— Nathaniel, je n'ai pas besoin de toi. Je n'ai besoin de personne.

Ses yeux verts scintillèrent furieusement. J'ignorais si c'était parce que je l'appelais par son prénom entier ou parce que je le contredisais ; dans tous les cas, il avait l'air plus animal. Mais j'étais en colère moi aussi. Contre lui. Contre moi.

— Moi, je pense que si, grogna-t-il. Je ne sais pas ce que tu as, mais tu n'es pas obligée de te blinder contre tout le monde.

— Je ne me blinde pas.

— Si. Aujourd'hui, hier soir, la fois où tu as fait un cauchemar. Tu te braques constamment et tu fuis les gens. Je veux juste t'aider.

— Si tu veux m'aider, quand je te dis non ne me force pas. Commence déjà par assimiler ça et ensuite on verra. Peut-être que…

— Écoute, je suis désolé pour hier… Enfin, je n'en sais rien en fait, je ne suis pas vraiment sûr de l'être. C'est juste que j'ai une furieuse envie de t'embrasser, et le fait que tu refuses, ça m'obsède encore plus. Cela dit, je ne suis pas un salaud, je ne le ferai pas si…

— Tant mieux parce que ça n'arrivera pas.

— C'est là où tu te trompes. Je sais que ça arrivera et tu le sais aussi, n'est-ce pas ? (Il se pencha un peu plus et mon souffle se coupa.) Sauf que tu te voiles la face. N'essaie pas de m'embobiner, je le sens. C'est pareil pour moi. Cependant, je ne suis pas un putain de pervers. J'ai un fils, je l'élève et je bosse quatre fois plus qu'un autre pour qu'il soit heureux et qu'il n'ait pas honte de son père. J'ai autre chose à foutre qu'à échafauder un plan pour te violer, Dylan. Bon sang, pourquoi tu ne me fais pas confiance ?

J'accusai le coup avec un pincement au cœur mais sans broncher.

— Tu es un papa génial, Nate. Trouve une maman géniale au lieu de perdre ton temps avec moi.

∞

Je passai la soirée à bosser, en essayant de garder la tête haute et d'afficher un sourire commercial pour ne pas faire fuir les clients du bar et les habitués. Difficile… Nate me retournait le cerveau.

Nate, Nate, Nate…

Sa présence éclipsait un peu de noirceur et me soulageait. Pourtant, dès qu'il était là, il me repoussait dans mes retranchements pour essayer de me comprendre.

Jamais personne ne m'avait atteinte depuis cette nuit, personne ne m'atteindrait plus. Pas question. Mon âme, mon corps, mon intimité : ils avaient tout pris, j'avais tout laissé là-bas ce soir-là et je savais que jamais je ne récupérerais ce qui avait été brisé. Je n'allais pas bien, ce n'était pas un scoop, mais je ne voulais pas de la pitié des gens. Nate n'allait certainement pas me changer et je n'allais certainement pas le laisser s'approcher suffisamment pour comprendre quoi que ce soit.

Je devais me concentrer sur mon projet d'avenir. Si j'arrêtais de croire en mon futur, en ce magasin de fleurs, alors c'était fini pour moi…

∞

Après le service, je me changeais quand Celia débarqua dans les vestiaires.

— Un taxi t'attend dès que tu es prête pour t'amener où tu veux, déclara-t-elle en souriant.

La colère pulsa dans mes veines, pourtant j'éclatai de rire.

Nathaniel, un jour je gagnerai le point…

Chapitre 10

La police appelle. Il est tard dans la matinée, dix jours ont passé depuis que c'est arrivé, mais j'ai l'impression que c'était hier. Je perds du poids, je ne mange plus rien de solide. Je bois, beaucoup. Peut-être parce que je pleure beaucoup et que j'ai peur de m'assécher… Mon père est amaigri lui aussi. Jusqu'à ce que ça arrive, j'ignorais que j'étais aussi importante à ses yeux. C'est le cas. C'est lui qui prend l'appel. Je vois son regard devenir noir, sa mâchoire se crispe et son teint change de couleur. Il écoute son interlocuteur jusqu'au bout, raccroche puis il explose son téléphone au sol avant de partir aux toilettes pour vomir.

Quand il revient, il me dit qu'on doit aller au poste, que c'est important. Je me prépare. Enfin, je mets du déodorant et j'attache mes cheveux. Puis, nous nous mettons en route. C'est la première fois que je sors. J'ai l'impression que tout le monde me regarde. Il ne me dit pas pourquoi nous allons au poste. Je ne demande rien. J'ai l'impression qu'il veut me protéger.

La brigade des mineurs prend soin de moi, de nous. On nous installe dans un bureau, et un colonel et sa collègue nous rejoignent. C'est la policière qui était présente à l'hôpital et l'homme qui a pris ma déposition quand j'ai porté plainte.

Le colonel nous explique alors clairement le pourquoi de notre visite :

— Lors de votre viol, la quatrième personne présente dans la salle vous a filmée avec son téléphone portable.

Malheureusement, ils ont mis la vidéo en ligne sur des sites pornographiques et pédophiles… Il y a d'ailleurs d'autres vidéos, d'autres victimes.

Je fonds en larmes, je pleure si fort que mon père sort de ses gonds. Jamais je ne l'ai vu si furieux, si hargneux. Il s'insurge, crie si fort que deux autres flics viennent pour essayer de le contenir. Alors, pour qu'il se calme, je prends sur moi en lui disant que ça ira, que je connais les faits, car je les ai vécus.

Puis je regarde la vidéo qui commence par mes cris, car je dois confirmer qu'il s'agit bien de moi. C'est encore plus dur de voir ça, de savoir que ça circule sur Internet et que ça excite des gens. Mon père sort du bureau pour aller vomir au bout d'une minute, il n'a pas supporté. Le colonel a une tête à faire peur, comme si lui aussi était près de vomir. Sa collègue est à côté de moi, comme si elle se préparait à m'étreindre à la moindre larme. Je l'entends dire : « Oh, mon Dieu ! » et je me dis que son Dieu est un fils de pute, car il n'a rien fait pour moi, mais je garde mes pensées pour moi. Je regarde jusqu'au bout. C'est comme si je me faisais violer une seconde fois, mais je le fais parce que… parce qu'au stade où j'en suis je suis déjà à l'article de la mort.

Le colonel nous explique ensuite que toutes les vidéos sont en cours de traitements et qu'une équipe d'experts est en train de travailler pour les supprimer. Il nous parle aussi des coupables et du procès. Ils ont avoué, grâce à mon témoignage et aux vidéos d'autres filles qui ont osé porter plainte.

Nous rentrons à la maison. Aucun de nous ne parle sur la route. Papa essaie, je le vois, mais je ne fais rien pour l'aider. Quand nous sommes arrivés chez nous, je m'enferme dans ma chambre. Je l'entends appeler ma mère, il lui explique. Malgré leur séparation ils s'aiment toujours. Puis je l'entends pleurer, alors je pleure moi aussi…

Les jours qui suivent ne sont qu'une longue descente aux enfers. Un enfer profondément sombre et sans fin. Je ne fais que m'asseoir dans le salon et fixer l'écran noir de la télé, ou alors je monte dans ma vieille cabane dans l'arbre.

Mon père se met à me crier dessus. Il crie, car je ne bouge pas, je ne fais plus rien, je ne ris plus, je ne me nourris plus, je ne m'hydrate plus non plus... Je hurle en lui disant que je suis malheureuse, que je n'arrive pas à penser à autre chose, que je ne vois que ça quand je ferme les yeux, que j'entends leurs rires...

Il se calme, mais je lui fais du mal en lui rappelant la vidéo et mon calvaire.

—Je te promets que bientôt tout ça sera... loin de nous, murmure-t-il.

—Pas la peine de mentir.

—Je ne mens pas, ma chérie. Je te promets que bientôt ça ira mieux.

Quand il dit ça, on dirait qu'il est prêt à faire un meurtre...

D'autres jours passent. Ils ont la même saveur que les précédents.

Mon père finit par reprendre le boulot, il me dit qu'il m'aime et me laisse seule. Je me rends compte qu'un mois est passé et que je ne suis plus que l'ombre de moi-même. Je sors de la chambre, je me rends dans la salle de bains et je me force à me regarder. On voit mes côtes... Je n'ai plus que la peau sur les os. Je me pèse.

Quarante-quatre kilos.

Je ne pleure pas. Je me dis qu'aujourd'hui il faut que je mange parce que j'ai perdu onze kilos en un mois. Je me lave rapidement et je vais à la cuisine. Sur la table mon père a laissé mon ordinateur et mon portable. Peut-être qu'il espérait que je m'en serve. Pourquoi pas ?! Il est plus que patient avec moi. Pour la première fois depuis des semaines, j'allume mon téléphone.

Je constate que j'ai des dizaines de messages. Je souris en me disant que mes amis ne m'ont pas oubliée. Mais l'enfer me happe de nouveau…

Ce sont des messages d'insultes.

Tous.

Je me demande si je mérite ça. À croire que certaines sont jalouses de ce que j'ai vécu…

« SALOPE »…

« SALE PUTE »…

« TRAÎNÉE »…

« Ça suit les mecs dans les chambres du haut et ensuite ça accuse à tort. Sale menteuse ! »

« La putain n'a eu que ce qu'elle méritait !!!! »

Certains messages contiennent des captures d'écran de la vidéo, d'autres sont des photomontages issus d'Internet montrant des positions atroces. Et, même si je sais que ce n'est pas vraiment moi sur les photos, mon chagrin explose. Je ne comprends pas l'acharnement ni les insultes. Je n'avais jamais été détestée avant.

Puis la nausée m'assaille et je vomis…

∞

— Comment vas-tu, ma chérie ? me demanda mon père au téléphone.

— Tout va bien, et toi ?

Je collai mon téléphone contre mon oreille puis je fourrai mes affaires de sport dans mon sac.

— Boulot, boulot, boulot. Et toi ? Raconte-moi un peu San Francisco !

— C'est aussi atypique que ça l'est dans les films.

Il rigola.

— Il fait chaud et la ville est très jolie. Surtout la baie.

— Tu es déjà allée faire un tour à Chinatown ?

— Pas encore, non. Je n'ai pas eu le temps.

J'aimais mon père, il était le premier homme de ma vie, et il existait entre nous une souffrance invisible qui nous liait, qui nous lierait toujours.

— Tu as repris les cours ? demanda-t-il.

— Oui, des cours de management. J'ai trouvé un petit boulot aussi et je fais de la boxe dans un petit club. Les adhérents m'apprennent plein de trucs, c'est très convivial.

Faire du sport était une idée de mon père à la base. Lorsque nous nous étions rendu compte que les séances de psy ne menaient à rien, il m'avait amenée au club de sport qui se trouvait à côté du musée dans lequel il travaillait. Ce jour-là, j'avais découvert les joies des sports de self-défense et je me suis rendu compte qu'une séance intense était plus bénéfique que tous les discours de merde que pourrait me faire un de ces charlatans. J'avais pris goût à l'adrénaline, j'avais pris goût à l'idée de savoir me défendre et de ne plus jamais laisser quelqu'un me toucher de la sorte.

Cependant, je savais que mon père pensait que ça ne serait qu'une passade. Il savait que si je continuais à y aller, c'était que je n'étais pas guérie. Ça n'était jamais parti ; aujourd'hui encore, j'avais besoin de canaliser grâce à ça les souvenirs qui me hantaient. Ils seraient toujours présents, ils me gâcheraient toujours la vie. Pour m'aider, je n'avais que ça et un projet bancal que je m'efforçais de réaliser.

— C'est bien, c'est bien, tant que tu te sens bien. Au fait, Dylan ?

— Oui ?

— J'ai eu ta mère au téléphone hier et on s'est dit qu'on pourrait venir te rendre visite pour Thanksgiving, avec ta grand-mère aussi.

— Tu as appelé maman pour organiser ça ? demandai-je perplexe.

— Oui, enfin non… J'ai appelé ta mère pour lui dire que j'avais rencontré quelqu'un. Ta mère compte toujours beaucoup pour moi, comme tu le sais, et je voulais lui présenter Clara. J'aimerais qu'elle fasse partie de la famille. Elle a émis l'idée qu'on pourrait tous se retrouver chez toi pour que tout le monde se rencontre. Je trouve ça sympathique. Qu'en penses-tu ?

— Tu es amoureux ? demandai-je lentement.

Il ricana nerveusement.

— Oui, je la fréquente depuis deux mois déjà.

— Et tu ne m'as rien dit ? On s'appelle toutes les semaines… Amoureux en plus !

— J'avais peur, ma chérie. Je ne savais pas trop si je pouvais y croire. Clara a trente-neuf ans, elle est maman d'un garçon de quinze ans avec qui je m'entends plutôt bien quand j'arrive à déchiffrer son langage de jeune. Je l'ai rencontrée au travail et puis, une chose en entraînant une autre, nous nous sommes vus en dehors du boulot. C'est une femme très douce qui adore rigoler. Elle est vraiment… (Oui, mon père était mordu !) Bref, je parle tellement de vous qu'elle aimerait vous rencontrer. Elle me rend très heureux et, bien sûr, comme vous faites partie de moi, pas question de vous écarter de ma vie.

— T'as intérêt ! m'exclamai-je en souriant.

— Est-ce que tu es d'accord ? Pour la rencontrer et aussi pour que l'on passe les fêtes tous ensemble ?

— Bien sûr, quelle question !

Ça me ferait du bien de voir tout le monde.

— Bien sûr que oui, mais mon appart ne supportera pas beaucoup de monde, c'est assez petit chez moi.

— On s'arrangera, on s'est toujours arrangés !

∞

Plus tard, je me rendis à la salle de sport pour évacuer ma nuit…

Il y avait quelque chose que j'aimais au club, une odeur d'adrénaline, une tension grisante. Au mur, il y avait des affiches de boxe, mais aussi des photos. Ce n'était pas la première fois que je les regardais, pourtant chaque fois j'étais fascinée. L'endroit respirait la vie, les années qui passent et l'amour. J'étais certaine que la grande photo qui représentait une femme sur un ring aux côtés de Mickey était la maman de Marlow. Regarder Marlow s'entraîner avec son père, c'était comme voir un ballet à la télé, c'était quelque chose d'extrêmement précis et d'absolument incroyable. Elle était faite pour ça. Son corps bougeait parfaitement comme si elle exécutait une chorégraphie, le ring semblait être rempli de mines invisibles qu'elle cherchait à esquiver du mieux possible. Elle était douée, elle m'avait dit qu'elle adorait ça. Elle avait dû s'entraîner dur pour obtenir un tel niveau de talent et de concentration. Son père lui disait d'esquiver à droite, à gauche, de contrer, de frapper autant de fois de chaque côté, de donner autant de coups de pied, elle ne ratait jamais son coup. Elle était d'une justesse parfaite et impressionnante. Pourtant Mickey ne cessait de lui en demander plus, de lui dire qu'elle ne se donnait pas assez et qu'elle était trop molle, trop lente.

— Va souffler quelques minutes et bois ! On reprend dans cinq minutes !

— OK, chef ! répondit-elle en haletant.

Elle descendit du ring et fila au vestiaire. Mickey vint près de moi.

— Je sais ce que tu vas dire, que je suis un gros salaud…, qu'elle est parfaite.

J'ouvris la bouche, puis je ris. Ouais, c'était tout à fait ça ! L'amour vache. Il n'y avait rien de pire que de se faire entraîner par quelqu'un de sa famille.

— Elle est incroyable ! dis-je.

— Elle est magnifique, elle est prête et parfaite, je le sais mieux que personne. Mais si je le lui dis, alors elle va se relâcher et si c'est le cas, c'est à moi qu'elle en voudra et ça, je ne le veux ni pour elle ni pour moi.

— Elle se présente quelque part ?

— Oui, elle va essayer de se qualifier pour le championnat mondial de boxe amateur en janvier prochain.

Je souris. Pas étonnant.

∞

— J'arrive ! criai-je en réponse à la sonnette de ma porte d'entrée.

J'ouvris et je découvris un Nate étrangement mal à l'aise et un Kyle à côté de lui, en pyjama, les yeux rouges…

— Oui ? demandai-je soudain inquiète. Un problème ?

Il sourit et attrapa son fils dans ses bras, qui se pencha pour me réclamer un baiser. J'embrassai sa joue avant de me reculer sans lui proposer d'entrer.

— J'ai un service à te demander. Un très grand service, même.

Je penchai la tête sur le côté pour le fixer dans les yeux.

— Je t'écoute.

— J'ai un rendez-vous demain matin pour décrocher un stage dans un grand cabinet et probablement un boulot aussi par la suite, si j'ai mon diplôme et que j'assure un max en tant que stagiaire. J'avais postulé sans y croire. C'est une put… Une sacrée belle occasion pour nous, si j'arrivais à décrocher ce job, se reprit-il pour ne pas jurer devant Kyle. C'est une chaîne de gros cabinets d'avocats avec différents départements.

— C'est génial ! dis-je en souriant.

— Le problème, c'est que le siège de la société, là où j'ai rendez-vous, est à Sacramento et je ne peux pas m'y rendre avec Kyle. Je dois partir ce soir pour y être à l'heure demain. J'ai plein d'entretiens et des tests et… Ils ne m'ont prévenu qu'aujourd'hui. Marnie est partie jusqu'à lundi et je n'ai pas de famille dans le coin. Est-ce que tu pourrais le garder ?

Mes yeux s'ouvrirent en grand.

— Je ne sais pas, je…

Il serra Kyle contre lui et fit un pas vers moi. Il était grand, chaque fois je m'en étonnais, tout comme je m'étonnais de le trouver encore plus beau que la dernière fois à chaque nouvelle rencontre.

— Sacramento, c'est seulement pour les entretiens, ensuite l'un de leurs départements juridiques est à San Francisco. C'est inespéré, ça tombe comme ça, mais c'est une belle occasion. Je ne peux pas la laisser passer, si je n'essaie pas je vais m'en mordre les doigts, tu comprends ? J'ai vraiment besoin de toi, Dylan.

— Oui, je comprends.

— Il y a tout ce qu'il faut chez moi…

— Chez toi ? répétai-je en coupant son élan.

— Oui, c'est plus pratique qu'il garde ses repères, tu sais. Il y a à manger et à boire dans le frigo. Kyle sait se laver et s'habiller seul, il n'a pas école le samedi, donc tu n'auras pas à l'y amener demain ni même à t'inquiéter pour ton boulot, je serai rentré à temps pour…

— Attends, je n'ai jamais… Tu dois partir quand ? Comment je…

— J'ai un avion qui décolle dans deux heures, je dormirai à l'hôtel. Tu vas t'en sortir comme un chef. Il est sage, il t'adore et je sais que c'est réciproque. Je ne te le demanderais pas si je savais que tu n'en étais pas capable. Je te le revaudrai, je te le promets.

— D'accord, soupirai-je.

Mon souffle se coupa quand il m'attira à lui pour me souffler un « merci » au sommet du crâne. Kyle m'embrassa aussi en riant. Nate me relâcha, mais ses yeux semblaient dire bien plus que de simples remerciements.

— De rien, murmurai-je. Il faut que je donne à manger à Domino et que je prenne mes affaires pour ce soir…

Il acquiesça et m'attendit dans le salon avec son « Mini-Lui » toujours accroché à son cou. Je fis mon sac, je préparai des vêtements pour le lendemain, je pris mon téléphone portable et mon ordinateur. De toute manière, si je manquais d'un truc, mon appartement était tout près. Je revins au salon tandis que mon cœur battait à cent à l'heure et que la peur dans ma poitrine se faisait étouffante. Nate m'amena chez lui, je déposai mes affaires dans le salon et j'épiai un père incroyable dire au revoir à son fils.

— Tu es sage surtout, tu écoutes bien Dylan. C'est une adulte, comme papa, alors si elle te dit quelque chose tu l'écoutes. Tu ne fais pas de bêtises parce que je le saurai. Papa sait tout.

—Tu reviens ? demanda Kyle.

—Bien sûr que papa revient. Très, très vite. Tu vas être tellement bien avec Dylan que tu ne verras pas le temps passer.

Kyle hocha la tête, mais très vite son cœur d'enfant trop petit pour être séparé de son père se serra.

—Je n'aime pas quand tu t'en vas, sanglota-t-il.

—Viens là, champion, soupira Nate en le câlinant contre son torse. Qui t'aime comme un fou ?

—Toi.

—Et qui m'aime comme un petit fou ?

—Moi !

—Alors, on est d'accord, personne ne t'aime comme papa, donc je vais revenir très vite.

Mon ventre se serra douloureusement. Ils étaient déroutants ensemble.

—Je serai là avant le dodo de demain soir. D'accord, champion ?

—Oui, acquiesça Kyle en frottant ses larmes et son nez sur son pyjama.

—Voilà, ça, c'est mon fils !

Il l'embrassa dans le cou et sur le front. Kyle alla s'asseoir dans le fauteuil. Nate reporta toute l'attention du monde sur moi.

—Il y a tout ce qu'il faut ici, fais comme chez toi. J'ai changé les draps de mon lit, tu peux y dormir. (Un frisson me parcourut.) Sur le frigo, il y a le numéro des urgences et de tout ce qu'il faut. Moi, en revanche, je peux avoir le tien ? Je veux l'appeler…

Je le lui donnai sans discuter. Il l'enregistra en me remerciant. J'étais très silencieuse, surtout sous le choc d'être devenue en moins de dix minutes la nounou de Kyle. Je n'avais jamais gardé d'enfant, encore moins la nuit ni dans l'appartement de son père.

— Merci encore, Ruby. Je ne sais pas quoi te dire !

Je souris ; au moins, malgré ses yeux couleur menthe à la limite de l'intense, il avait l'air aussi troublé que moi par cette situation.

— Je veux un chinois et t'as intérêt à revenir avec une bonne nouvelle pour ton fils !

Il rit et fit un pas vers moi. Ses yeux redoublèrent d'intensité, comme s'il était certain que tout irait bien.

— Je ne suis pas certain que le Chinois soit d'accord pour être kidnappé ; remarque, vu la ravisseuse, faut voir ! Moi, je n'y verrais pas d'inconvénient à sa place.

— T'es con ! pouffai-je.

— Un restau chinois et une bonne nouvelle ? Je peux le faire, mais pour ça il me faudrait un porte-bonheur.

— Je ne peux pas t'aider sur ce coup-là !

— C'est quoi, ton porte-bonheur à toi ? demanda-t-il.

— Ma culotte dino, répondis-je sans réfléchir avant de plaquer la main sur ma bouche et de secouer la tête.

Mais merde, pourquoi avais-je dit ça ? Quand je vis son regard briller, je secouai la tête de plus belle pour le dissuader dans sa connerie.

— Non, je ne te donnerai pas ma culotte dino. T'es un pervers, c'est pas possible, il faut te faire soigner ! C'est ma culotte et elle ne marche que lorsqu'on la porte.

— Elle marche si on y croit, en plus un porte-bonheur prêté marche deux fois plus. Tu veux compromettre mes chances ?

— T'es gonflé de retourner la situation comme ça…

— T'es cruelle, soupira-t-il. Une photo de ta culotte dino, alors ? Ça marche aussi…

— Tu n'y connais rien en porte-bonheur et c'est non, pas question que je t'envoie une photo de ma culotte.

— Ma foi, ce ne sera pas faute d'avoir essayé… (Il sourit.) Bon, j'y vais. Je dois être à l'embarquement, une heure avant. Un bisou porte-bonheur ? demanda-t-il en souriant de plus belle.

J'ouvris la bouche mais je me mordis la lèvre comme pour m'empêcher de dire une bêtise, puis je me dressai sur la pointe des pieds pour embrasser sa joue. Il sentait bon, autant qu'il avait la peau douce.

— Bonne chance et défonce tout, murmurai-je contre sa joue.

Il marqua un temps d'arrêt, comme surpris par mon geste, une nouvelle lueur dans le regard.

— Ça, c'est certain, ne t'en fais pas, Ruby. Garde ton téléphone surtout, je t'appellerai pour prendre des nouvelles de Kyle.

J'acquiesçai en souriant de le voir si gaga de son petit bonhomme. Je ne fis aucune réflexion, car il ne me venait que des répliques mignonnes, et pas question qu'il sache que je le trouvais adorable quand il s'occupait de son fils. Nate attrapa son sac et se dirigea vers son fils, qu'il prit dans ses bras. Il l'embrassa dans le cou, sur les joues et le front en lui disant encore une fois qu'il devait être sage et qu'il l'aimait. L'alchimie entre ces deux-là était tellement belle… Puis il s'éclipsa, me laissant seule avec Kyle et une peur bourdonnante dans le ventre.

— Tu vas bien, Dylan ? me demanda Kyle de sa petite voix.

Je me retournai en souriant. Non, ça n'allait pas, mais je ferais avec.

— Oui, et toi, bonhomme ?

Il acquiesça sans sourciller et me tendit la main pour m'entraîner vers le salon.

∞

Plus tard, lorsque ses yeux eurent du mal à rester ouverts, je l'emmenai dans sa chambre. Je le bordai et lui racontai une histoire comme ma mère le faisait, en changeant de voix dans les dialogues pour le faire sourire. Jusqu'à ce que sa respiration lente et douce m'indique qu'il s'était endormi. Je remontai la couette jusque sous son menton et caressai son visage pour retirer les cheveux qui lui tombaient devant les yeux. Kyle avait tout de son père, autant de douceur que d'intensité. Il était beau. Je souris en le contemplant et caressai ses joues rondes. Je sortis mon téléphone puis le pris en photo sans flash pour l'envoyer à Nate et lui dire qu'il s'était bien endormi. Je l'embrassai sur la joue avant de me lever. Quand il sourit dans son sommeil, mon cœur vacilla et se serra lorsqu'il agrippa ma main pour y glisser la sienne.

— Je t'aime, Dylan, geignit-il d'une voix endormie.

J'embrassai son front tandis que mes yeux me brûlaient déjà.

— Moi aussi, répondis-je doucement avant d'allumer la veilleuse au sol et de sortir de la pièce.

Une fois dans le salon, je me laissai tomber sur le fauteuil, en serrant un coussin contre ma poitrine. Kyle me touchait, il était aussi dangereux que son père mais d'une manière radicalement différente. Il était innocent, tout petit… Il me rappelait malgré lui un moment de ma vie que je m'efforçais d'oublier. Je me demandais où était sa mère. Était-elle morte ? Elle ne pouvait pas être en vie, on ne quittait pas un trésor pareil ni un type comme Nate. Il était merveilleux avec son fils. J'ignorais ce qu'il s'était passé dans leur vie à tous les deux et plus je les côtoyais, plus j'avais envie de savoir… Quand la sonnerie de mon portable retentit, je sursautai comme une gosse.

J'espère que tout va bien. Je viens d'arriver.

Je répondis tout de suite :

Oui, opération dodo réussie.

J'accompagnai mon message de la photo de Kyle. Nate m'envoya un deuxième message dans la seconde :

Tu vois, ce n'est pas sorcier. Une photo de la culotte, ce n'est pas possible ?

J'éclatai de rire tout en reposant mon téléphone sur le fauteuil. Il allait falloir que je trouve comment me détacher de lui et de ces émotions qu'il faisait naître en moi, que je trouve un moyen pour qu'il arrête de me triturer ainsi les méninges.

Fais attention à toi… Si tu veux des nouvelles de Kyle, envoie des messages quand tu veux.

Nate répondit immédiatement :

Mmm, dire que tu dors dans mon lit et que je n'y suis pas. Je me pensais plus malin que ça, t'as raison, je suis vraiment stupide.

Je ricanai nerveusement en laissant partir ma tête en arrière. « Stupide » ? C'était moi, la fille stupide. J'avais l'impression d'être un paradoxe ambulant, une équation impossible à résoudre. Que pouvais-je bien répondre à un message pareil ? Le fauteuil m'irait très bien pour une nuit, j'avais déjà l'impression de me perdre dans l'immensité du néant, alors ce n'était pas pour m'endormir dans son lit, dans son odeur, dans ses draps. Je reçus un autre message qui me sortit de ma léthargie :

Bonne nuit, Ruby. J'appellerai demain matin.

Je reposai mon portable avant de m'allonger dans le fauteuil, la boule au ventre, l'estomac dans les talons et le chaos dans la poitrine.

Chapitre 11

Je n'étais pas du matin, je ne l'avais jamais été, et ça, depuis toujours. Il était 8 heures quand une boule de vie toute chaude se serra contre moi dans le fauteuil et se glissa sous la couette pour venir me faire un câlin. Je ne grognai pas lorsque je vis le plus adorable des bambins, les cheveux en bataille et la marque de l'oreiller sur le visage se coller contre moi. Il n'avait pas l'air du matin, lui non plus. Mon cœur se serra, mais je l'attirai contre moi pour prendre la tendresse qu'il m'offrait. Bizarrement ce matin, même si j'étais troublée, c'était son amour qui remportait la bataille.

— Bonjour, Dylan, lança-t-il d'une toute petite voix. Même que Krokmou, il te dit bonjour lui aussi.

Il frotta contre ma joue la peluche d'un dragon noir. J'embrassai la petite bête en lui adressant mes salutations, ce qui le fit rire. Il s'installa tranquillement et posa sa tête contre ma poitrine. Mon cœur se mit à battre plus fort.

— Tu vas bien ? Tu as bien dormi ? demandai-je.

— Oui. Tu n'as pas dormi dans le lit à papa ? Si tu avais peur, j'aurais dormi avec toi.

Je souris tandis que ses mots laissaient se répandre en moi une douceur agréable.

— Non, j'étais trop fatiguée, je me suis endormie ici.

— Papa aussi, il s'endort là parfois, même que c'est quand il travaille, alors des fois il a oublié d'enlever ses lunettes et c'est moi qui le réveille.

Nate avec des lunettes ? L'idée me fit sourire. Zut, en parlant de lui, il avait peut-être appelé ! Je me redressai un peu et j'attrapai mon téléphone sur la table. Pas d'appels ni de textos. Je me calai de nouveau dans le fauteuil.

— Toi aussi, tu as un papa ?

— Oui, répondis-je. Mais il est plus vieux que le tien.

— Il s'appelle comment ?

— Bill.

— Et il fait du travail de quoi ? De la bagarre comme papa ?

— Non, mon papa travaille dans un musée. Il est paléontologue, ça veut dire qu'il travaille avec des os de dinosaures.

Il releva la tête vers moi sans se redresser, son regard me mettant au défi de lui mentir.

— C'est vrai ?

— Oui, dis-je.

Il ouvrit la bouche, mais aucun son n'en sortit. Il la referma et sembla réfléchir quelques instants, puis il esquissa un sourire et ses grands yeux verts étincelèrent. Mon Dieu, il était mignon au possible, ce gosse ! J'avais l'impression d'avoir illuminé sa journée, d'être devenue en une seconde la nounou la plus cool du monde.

— Il doit être trop fort, ton papa. Je pourrais aller dans son travail pour regarder des dinosaures ?

— Je crois que ça lui ferait plaisir.

— Trop cool ! Je vais le dire à papa !

Je souris. Sa passion pour les dinosaures était dévorante ; si mon père le rencontrait, ces deux-là auraient des milliers de choses à se raconter. Je me redressai légèrement et je caressai ses cheveux.

— Bon, je vais aller me laver. Ensuite, on déjeune et on ira dire bonjour à Domino. Ça te va ?

— Oui !

Bon, la phase réveil avait l'air de bien se passer. Espérons que pour la suite tout aille aussi bien. Je me redressai, j'attrapai mon sac au sol et j'allumai la télé pour lui mettre des dessins animés.

— Tu regardes sagement la télé, je me dépêche, d'accord ?

Il acquiesça et serra sa peluche avant de se caler confortablement sous la couette. C'était possible de tomber amoureuse d'un petit garçon ? Bon sang, ça avait l'air encore plus mal parti que je ne le pensais. Il n'y avait pas seulement Nate d'horriblement mauvais pour mon cœur, son fils l'était tout autant.

Je m'enfermai dans la salle de bains sans toutefois activer le verrou, au cas où il y aurait une urgence et qu'il ait besoin de moi. J'allai entrer dans la douche quand mon téléphone sonna. Pas besoin de jouer aux devinettes. C'était Nate.

— Oui ? dis-je après avoir pris l'appel.

— Salut, Ruby ! lança-t-il d'une voix très grave. Tu vas bien ?

— Oui, et toi ?

— Impec. C'est le fait d'attendre qui est le plus stressant, tout compte fait. Et Kyle ? demanda-t-il.

— Il va bien, tu veux lui parler ?

— Non, s'il va bien et qu'il ne me demande pas, je ne préfère pas lui parler. Je rentre dès que j'ai fini de toute manière.

— Il a bien dormi, il est en forme. Il est venu me faire un câlin pour se réveiller. (J'entendis un souffle rauque et un semblant de grognement, ce qui m'entortilla les entrailles.) Et là je l'ai laissé devant la télé pendant que je suis partie me laver.

Autre grognement.

— Super ! Mon fils te fait des câlins pour se réveiller, tu es toute nue dans ma salle de bains et moi, je suis définitivement un crétin d'être à des kilomètres de là…

— Ton fils est encore petit, alors les câlins sont autorisés ; quant au fait d'être nue dans ta salle de bains, c'est précisément parce que tu es loin de moi que j'y suis.

Il rit et, quelque part, j'étais heureuse qu'il ne soit pas là, car, s'il avait ri comme ça en plantant ses yeux menthe dans les miens, j'aurais eu du mal à rester de marbre.

— Tu pourrais y être avec ta culotte à têtes de dinosaures, je ne m'en plaindrais absolument pas. Je ne suis pas difficile, comme mec !

— Tu n'étais pas censé prendre des nouvelles de ton fils ? demandai-je en soupirant.

— Je sais qu'il va bien et j'ai besoin de me détendre.

— Mmm, soit ! Tu pourrais aussi te détendre en arrêtant de te comporter comme un pervers, non ?

— À vrai dire, je suis aussi dans la salle de bains.

Je m'appuyai contre la paroi de la douche en soufflant.

— Nate…, il ne se passera jamais rien entre nous. Ni dans ta salle de bains ni ailleurs.

— Qui cherches-tu à convaincre, Dylan ? Toi ou moi ? Même au téléphone dans une autre ville, je le ressens, et je sais que toi aussi.

Je fermai les yeux. Je pouvais toujours raccrocher, mais je n'en avais pas la force.

— Merde, ces choses-là, celles qui naissent sans que l'on fasse rien, ce sentiment que le monde aurait beau s'effriter, on voudrait profiter de cette alchimie sans se soucier de ce qui se passera après, c'est unique, Ruby. Sans bon sens, tu crois qu'il se serait passé quoi à la laverie ?

Mon ventre se contracta violemment.

— Je prends tout de toi, même sans t'embrasser, soupira-t-il.

Une vague de chaleur me submergea.

— Je prends tout de toi, dans ma salle de bains, dans n'importe quelle pièce de ma maison, de la tienne, car depuis Kyle tu es la seule avec qui j'ai envie de passer du temps.

— Pourquoi est-ce que tu... t'embrouilles l'esprit avec ça ce matin ? bafouillai-je.

Il rit nerveusement.

— Je n'en sais rien. Le stress, sans doute. Je dois y aller de toute manière, faut surtout pas que je sois en retard aux entretiens.

— Tu... tu m'appelles pour me tenir au courant ? demandai-je.

— Bien sûr.

— Bonne chance...

Il raccrocha, et mon idiot de cœur qui battait déjà la chamade ne se calma pas. J'avais conscience de cette alchimie, mais jusque-là j'ignorais qu'il ressentait les mêmes choses que moi, et ça me perturbait tellement que le calme qu'avait instauré Kyle dans ma poitrine fut noyé par un flot de chaos intense. Je fis alors un truc surréaliste : j'enfilai ma culotte dino et la pris en photo, puis l'envoyai à Nate avec un petit message :

> Merde pour tes tests ! Et si avec ça tu ne casses pas la baraque, c'est que tu es vraiment stupide, Nathaniel.

Je ne vis la réponse à son message qu'après ma douche.

Ruby, comment te dire que tu viens de détruire tous mes concurrents avec ta photo ?! Les pauvres, ils n'ont plus aucune chance !! Cela dit, tu parles trop souvent de « stupidité », à mon goût… Va falloir que je remédie à ça…

∞

Plus tard dans la journée, après un petit déjeuner avec mon petit amoureux, un peu de ménage et un passage par la salle de bains, nous avions rejoint Domino qui s'abandonna volontiers à toutes les attentions dont Kyle le couvrait. Entre les papouilles sur le ventre, celles derrière les oreilles et sous le menton, il ronronnait et pas qu'un peu. Pire qu'un moteur de mobylette. J'ignorais si je savais m'y prendre ou si Kyle était un gamin facile à vivre, mais la journée se déroula sans accroc. Le midi, je l'emmenai manger au McDo, puis jouer au parc, et nous rentrâmes à la maison en dégustant une glace. Il avait été adorable. Il était déjà plus de 16 heures lorsque nous arrivâmes à l'appartement. La journée était passée super vite. Je m'arrêtai à mon palier quand il me demanda s'il était possible d'aller voir Domino. Je le laissai dans le salon avec le chat et me dirigeai vers la cuisine. Je retirai quelques plats pour attraper une bouteille d'eau.

— Beurk, qu'est-ce que c'est ? demanda Kyle en désignant mon assiette avec une grimace.

— « Beurk » ? Est-ce que tu y as goûté avant de dire « beurk » ?

Mon Dieu, je venais de prendre dix ans d'un coup. C'était Granny et ma mère qui me disaient ça quand j'étais gamine.

— Non, mais c'est pas beau…

Bon, je ne pouvais pas lui donner tort. Les tempuras n'étaient pas très reluisants à première vue, mais j'adorais ça.

— C'est moche, oui, mais c'est délicieux. C'est comme les pieds, c'est moche, ça pue, mais c'est pratique.

Il éclata de rire en secouant la tête.

— Papa, il dit que j'ai des petits pieds.

— Tu me fais voir ? J'adore manger les petits pieds, moi !

— Non, s'écria-t-il en gloussant. C'est les miens !

Je grognai comme un zombie et j'avançai vers lui lentement, lui laissant le temps de s'enfuir. Il cria, mais courageux il attrapa Domino en lui disant qu'il le protégerait. Je l'attrapai au vol et le chatouillai, provoquant des éclats de rire adorables.

— Ne me mange pas, ne me mange pas, mes pieds ne sont pas bons !

Je ris et le posai sur le plan de travail. Nous n'avions pas encore de nouvelles de Nate, ses tests devaient prendre plus de temps que prévu. J'espérais qu'il ne rentrerait pas trop tard pour mon boulot, mais je commençais à en douter. Ça m'embêtait, mais j'allais attendre un peu avant d'appeler Celia, au cas où.

— Ça s'appelle comment ? demanda Kyle.

— Des tempuras.

— C'est quoi ?

— De la nourriture japonaise.

— J'aime pas le japonais.

Je le fixai dans les yeux.

— Tu es sûr, bonhomme ?

Il bouda puis haussa les épaules.

— Je vais t'en préparer et je suis certaine que tu trouveras ça très bon.

— Et si j'aime pas ? me défia-t-il.

— Alors j'aurai un gage. Ça vous va, jeune homme ?

J'emportai tous les ingrédients qu'il fallait chez Nate pour leur faire à manger pour ce soir : tant qu'à nourrir « Mini-Lui » autant nourrir « Lui » aussi.

Le temps que j'installe tout ce dont j'avais besoin sur le comptoir de Nate, l'huile était déjà presque à bonne température. Kyle me rejoignit.

— Je peux avoir un verre de lait, s'il te plaît ?

J'acquiesçai, me rendant compte de la complicité évidente et des sentiments que je nourrissais pour ce bonhomme pas plus haut que trois pommes. Je me dirigeais vers le frigo pour sortir le lait quand il poussa une chaise contre l'armoire près de la gazinière. Il grimpa dessus et se mit sur la pointe des pieds pour attraper une grosse boîte métallique.

— Attends, je vais te la donner, dis-je.

— Non, je l'ai presque, je…

Il persévéra, mais il dérapa et la chaise tomba en arrière, l'emmenant dans sa chute. Le dossier cogna la gazinière. L'huile sauta sur mon pantalon, mais je n'y prêtai pas attention, car la grille du gaz et la casserole pleine d'huile étaient sur le point de tomber sur Kyle. Je repoussai le tout avec les mains et me jetai sur lui pour le protéger. Il se mit à pleurer, j'attrapai son visage, la peur au ventre. J'essuyai ses petites larmes.

— Tu n'as rien, mon trésor ? demandai-je.

Il sanglota en secouant la tête. J'inspectai tout de même son visage, ses mains et ses vêtements pour être certaine qu'il ne s'était pas brûlé. Le soulagement me galvanisa et je l'embrassai sur le front et les joues pour le réconforter.

— Tout va bien. Tu n'as rien.

— Dylan, tu…

— Le principal, c'est que tu ailles bien. Mais il faut faire attention, surtout dans une cuisine. Le gaz, le four, le feu, ce sont des choses très dangereuses. Autant pour les petits que pour les grands.

— Dylan, ton bras. Il est tout rouge et brillant.

Ce ne fut qu'à cet instant, une fois passé la peur qu'il ne soit blessé, qu'une violente douleur me lança dans le bras. Je baissai les yeux pour voir. Effectivement, ma peau était rougie et boursouflée. Je poussai un cri et me redressai pour passer ma main et mon avant-bras sous l'eau froide.

— Dylan…

Il s'accrocha à mes jambes en sanglotant, certainement conscient que je venais de me faire très mal, et croyant qu'il en était responsable. *Merde !* Quand j'avais repoussé la plaque et la casserole pour ne pas que ça le touche, l'huile avait sauté sur tout mon avant-bras. La douleur mordante était atroce.

— Ce n'est rien qu'un petit bobo, mon ange. Avec un bandage, je ne sentirai plus rien.

J'allai dans la salle de bains, où je trouvai, bien sûr, mon bonheur. Nate avait tout ce qu'il fallait dans sa pharmacie. Je passai mon bras sous l'eau pendant quelques minutes avant de le bander. Il me lançait horriblement. La douleur était lancinante et profonde. Lorsque je rejoignis Kyle, il s'était recroquevillé dans le fauteuil du salon.

— Je suis désolé de t'avoir fait mal, Dylan, sanglota-t-il.

Je souris et l'embrassai encore sur le front. Ça me faisait mal au cœur de le voir si malheureux.

— Ne t'en fais pas, je suis super forte. Je vais nettoyer la cuisine avant que ton père ne rentre et, ensuite, on regardera ce que tu veux à la télé, d'accord ?

Il acquiesça. Je repartis à la cuisine et nettoyai la gazinière à fond. Je remis la chaise en place et passai un coup de serpillière sur le sol, puis j'attrapai la fameuse boîte en métal qui avait foutu un sacré bordel et en sortis des gâteaux que j'apportai à Kyle avec un verre de lait.

— Ça te fait mal, le bobo ?

— Mmm, non ! mentis-je en souriant.

Il sembla s'apaiser un peu. Je préférais largement voir ses sourires que de la tristesse sur son visage d'enfant. Je repartis dans la cuisine, quand mon téléphone sonna dans ma poche. Je le sortis en grimaçant.

— Allô ?

— Dylan, je suis désolé…

Décidément, les hommes de la famille Mine savaient s'excuser.

— Ça a duré plus longtemps que prévu au final.

— Est-ce que ça s'est bien passé ? demandai-je en essayant de me distraire de la douleur.

— Oui, oui, je pense que oui. J'ai foncé à l'aéroport dès que je suis sorti. J'attends mon vol là.

— Ils ne t'ont pas donné de réponse ?

— Non, ils m'ont dit qu'ils appelleraient très prochainement pour prévenir les gens. Le truc, c'est que « prochainement », c'est quand même assez vague comme réponse…

— Il y avait du monde ?

— Ouais, une trentaine de personnes. Mais plus des trois quarts sont partis en début d'après-midi. On n'était plus que cinq à la fin, alors j'ai de bonnes chances.

En dépit de la douleur, je me rendis compte que je souriais. Je me réjouissais pour lui. J'espérais infiniment qu'il ait réussi et qu'il décroche ce job.

—Je sais que je te le dois, Dylan.

Je frémis.

— Ton avion décolle dans combien de temps ? demandai-je.

—Dans une heure, répondit-il. Je suis vraiment désolé, je n'arriverai pas à rentrer à l'heure pour te permettre d'aller au boulot. Mais tu peux y amener Kyle si tu veux et je viendrai le chercher tout de suite en rentrant.

Je n'aimais pas tellement l'idée d'emmener Kyle dans un bar, surtout un samedi soir.

—Non, je vais appeler Celia pour lui expliquer. Elle devrait comprendre.

—Merci, Ruby, souffla-t-il comme s'il était soulagé de ma réponse. J'irai la voir pour m'excuser et lui dire que c'est ma faute.

Je souris tout en fixant mon bras bandé, dont la douleur était en train de me brouiller l'esprit.

—Et sinon, à la maison, comment ça se passe ?

—Bien. Ton fils est adorable. (Il rit.) Mais il m'a lancé un défi ; du coup, je lui fais à manger pour ce soir, faut que je gagne sinon j'ai un gage. J'espère que ça ne t'ennuie pas ?

—Je ne vois pas où j'irais me plaindre.

Je souris sans qu'il puisse le voir.

—Tu veux lui parler ?

—Non, je veux surtout le retrouver.

Ça, c'était trop mignon.

∞

Lorsque Nate passa la porte, Kyle lui sauta amoureusement dans les bras. Il attrapa son « Mini-Lui » et le serra contre lui avant de le caler sur sa hanche. Ils étaient tout aussi déroutants l'un que l'autre. Séparément aussi, mais le pire, c'était quand ils étaient ensemble. Je souris lorsque Nate planta ses yeux dans les miens et qu'un sourire taquin s'étira sur son visage. Il reposa son fils au sol et laissa tomber ses affaires.

—Alors c'était bien, ton truc, papa?

—Oui.

—T'as réussi?

—Bien sûr, je suis un champion!

—T'as vu, papa? Dylan et moi, on a fait à manger et c'est moi qui ai mis la table.

Le visage de Nate s'adoucit et son regard se fit plus profond comme s'il était touché par ce que Kyle lui racontait. Je me redressai avant de fermer les yeux pour tenter de passer outre à la douleur de mon bras, ma brûlure me causait à présent d'horribles maux de tête.

—Tu as été sage? demanda Nate.

—Oui.

J'acquiesçai quand il m'interrogea du regard.

—Bon, je meurs de faim, je n'ai rien mangé de la journée.

—Je vais vous laisser, alors, dis-je.

—Va te laver les mains, Kyle.

Le bambin se précipita à la salle de bains.

—Non, reste, Dylan. Tu as préparé à manger pour nous, pas question que tu rentres chez toi et que tu n'en profites pas.

—J'ai un peu mal à la tête, dis-je. Je crains de ne pas être de bonne compagnie.

—Dylan…

Murmurant mon prénom sur un ton presque suppliant, il agrippa mon bras et m'arracha un cri aigu.

— Merde ! jura-t-il confus. Merde, je...

Lorsqu'il aperçut le bandage, il ferma les yeux quelques secondes. Lorsqu'il les rouvrit, il semblait plus sombre, plus intense. Kyle arriva, apeuré, courant jusqu'à moi pour attraper mes jambes.

— Va jouer un peu dans ta chambre, Kyle, ordonna Nate.

Il obéit sans piper mot.

— Il s'est passé quoi ? demanda Nate lorsque nous nous retrouvâmes seuls dans son salon.

— Rien de grave, répondis-je.

— Rien de grave ? grogna-t-il entre ses dents serrées.

Il attrapa mon autre bras et me conduisit jusqu'au fauteuil, il s'assit et m'attira debout entre ses jambes, puis entreprit de dérouler doucement mon bandage. Je tentais de garder la face, mais la douleur était toujours lancinante. Lorsqu'il arriva au tissu qui était tout contre ma peau, la douleur se fit plus vive encore. Ses beaux yeux verts se voilèrent quand il découvrit ce que je découvris en même temps que lui. Ma peau était à vif, rouge, luisante et couverte de cloques jaunâtres. Il croisa mon regard.

— Bon sang, tu...

— Ça va, ne t'en fais pas. Demain ça ira beaucoup mieux.

— Non ! Putain, non, ça ne va pas ! s'exclama-t-il en bondissant sur ses pieds. Tu es au moins brûlée au deuxième degré, si ce n'est pas au troisième. Tu...

Lorsqu'il vit mes yeux rougis par les larmes, il grogna de plus belle. Il vint coller son front au mien en soupirant. Son souffle enivra chaque centimètre carré de ma peau, même celle à vif.

—Comment ?

Je souris sans tenir compte de la douleur. Nate était papa, un vrai protecteur.

—J'ai fait ma gourde en faisant à manger.

—À cause de Kyle ? demanda-t-il.

—Non, en fait, c'est l'histoire d'une gourde qui fait à manger et qui se crame comme une grosse abrutie.

Il fronça les sourcils, je n'allais certainement pas lui dire. Kyle en avait assez sur le cœur comme ça et Nate s'en voudrait aussi.

—Je t'emmène à l'hôpital, décréta-t-il.

—Quoi ? Non !

—Pas de non qui tienne. Je t'y emmène, point final. Il te faut à tout prix soigner ce bras.

—J'ai mal à la tête, murmurai-je pour toute réponse avant de me laisser aller contre lui. J'ai l'impression que ça me ronge la peau et les os.

Lutter contre la douleur avait épuisé mes forces. Il m'enlaça tendrement. Groggy, les bras ballants, je relevai la tête.

—Tu es inconsciente, tu aurais dû appeler les pompiers ! Et…

Il se tut, mes larmes eurent sans doute raison de sa leçon de morale. Sa bouche se perdit sur mon front, mes joues, mon cou, où il déposa des baisers pour me calmer.

—Je vais mettre un manteau à Kyle et on y va…

Chapitre 12

Le verdict était loin de me réjouir : j'étais brûlée au deuxième degré, ce qui signifiait un usage restreint de mon bras pendant deux à trois semaines, le temps que la peau se régénère. Donc, le sport c'était *niet* pour un bon moment. Et sans ça j'ignorais si j'allais réussir à canaliser tout ce qui bouillonnait constamment dans ma tête.

Lorsque Kyle et Nate m'avaient rejointe après que le médecin se fut occupé de moi, le petit avait fondu en larmes dans mes bras en s'excusant. Sous l'interrogatoire de son papa, il n'avait pas résisté et avait avoué qu'il avait voulu attraper des gâteaux et que la chaise était tombée contre la gazinière. Nate était en colère, Kyle triste, et moi, j'étais perdue. Je ne supportais pas que Kyle soit triste pour moi. Ses larmes et son chagrin d'enfant me touchaient profondément.

∞

Au fait, si le chinois tient toujours et que tu te sens mieux, je t'invite au restau ce soir. Sinon, c'est le chinois qui viendra à toi !!

Je souris. Nate avait pris de mes nouvelles dès le lendemain matin. J'avais passé une nuit horrible, la douleur m'avait empêchée de fermer l'œil. Je m'étais endormie au matin dans mon salon, et c'était finalement Nate et Kyle qui m'avaient réveillée en m'apportant des pancakes tout chauds. J'avais toujours l'intention de prendre mes distances avec eux, mais comment résister à un comportement si adorable ?

J'attrapai mon portable pour lui répondre :

En gros je n'ai pas le choix…

Il répondit deux minutes plus tard :

Si, tu as le choix entre le restau ou chez toi !

Je lui devais bien ça, après tout. Il avait été exemplaire la veille au soir. Il avait tout géré aux urgences, s'occupant de moi avec précaution. Il m'avait gardée dans ses bras jusqu'à la prise en charge du médecin et je n'avais pas trouvé à y redire. Sa présence suffisait à contenir ma douleur. Il était allé chercher mes médicaments et m'avait ramenée chez moi.

Sans pouvoir me défouler sur mon sac de frappe, je me sentais atrocement vulnérable. J'avais besoin de compagnie, de quelque chose à quoi me raccrocher pour éviter de sombrer dans le chaos.

Je tapai ma réponse :

Quitte à se faire inviter, autant que ce soit sur place quand même. Histoire que le monstre au bras plein de cloques sorte un peu…

Je secouai la tête, et Domino pressa sa patte sur mon bras pour réclamer des caresses. Je levai les bras et il vint s'installer sur mes cuisses. La réponse de Nate ne se fit pas attendre :

Je sors le monstre à cloques quand il veut !!

Je lui répondis tout de suite :

Bah, ça tombe bien, puisque tu viens le chercher ce soir à 19 heures.

J'ignorais pourquoi, mais j'étais certaine qu'il était en train de rire.

Parfait, à 19 heures, je serai là, Ruby.

∞

Je passai le reste de la matinée à travailler sur mon projet d'étude comme nous l'avait demandé le prof. Je devais monter un dossier sur ma passion, mon idée. J'avais bien avancé, mais il était difficile de retranscrire une passion avec des mots, j'avais plutôt envie de la montrer. Je sortis de mon classeur une grande feuille blanche sur laquelle je me mis à esquisser le croquis de la devanture fleurie du magasin de mes rêves et la façon dont je l'imaginais. Sur l'enseigne, j'écrivis « *Les Mauvaises Graines* » un nom que je trouvais génial. C'était Granny qui m'appelait comme ça quand je boudais. J'avouais bien volontiers que c'était un surnom qui m'allait bien parfois.

Quand je me trouvai satisfaite du résultat rendu, je dessinai l'idée que je me faisais de l'intérieur du magasin. Ma grand-mère avait largement éveillé mon esprit avec ses jardins et je savais ce que je voulais. Une fois mes dessins colorés avec des tons pastel, je les scannai pour les inclure dans mon dossier. La photo d'un bouquet de fleurs pourrait être sympa aussi, je pourrais alors expliquer ce qui m'inspirait.

Je servis du lait à Domino qui ronronna en guise de remerciement puis j'attrapai mon sac, mon téléphone, enfilai mes chaussures à la porte et je sortis.

J'arrivai rapidement chez le fleuriste que j'avais repéré l'autre nuit. Il y avait quelques clients, j'entrai en disant « bonjour ». Il y avait un écriteau sur lequel était noté : « Ici vous pouvez faire votre bouquet vous-même pour plus d'authenticité. » J'adorais le concept ; l'idée de faire son bouquet soi-même, c'était tellement plus personnel et romantique. Je l'avais inclus dans mon projet, car être fleuriste, c'était aussi transmettre sa passion et pousser les gens à la comprendre.

— Vous êtes douée, me complimenta la fleuriste.

Je sursautai, elle sourit. Trop absorbée par ce que je faisais, je n'avais pas vu qu'il ne restait que moi. La dame devant moi me rappelait ma Granny. Elle était le même genre de femme.

— Merci, j'adore les fleurs. C'est une passion…

— Pas besoin de me le dire, ça se voit dans la beauté de votre bouquet.

— Merci.

— Le pouvoir des fleurs est mystérieux, n'est-ce pas ?

J'acquiesçai.

— Vous savez qu'il y a une chanson française qui porte ce titre ? *Le Pouvoir des fleurs*, lança-t-elle en français. J'ai appris la langue juste pour en connaître la signification, c'est l'une de mes préférées.

— Ma grand-mère est une botaniste et une jardinière hors pair. Elle m'a transmis son amour pour les fleurs.

— Une femme très sage.

Je souris.

— Quelles sont vos fleurs préférées ? me demanda-t-elle.

— Les anémones et les renoncules. Quand elles sont réunies dans un bouquet, je trouve cela magnifique. Et vous ?

— Mon mari m'a offert des callas, la première fois qu'il m'a invitée à sortir à l'époque. Je dois dire que j'ai une nette préférence pour celles-ci, mais j'aime aussi beaucoup les céanothes.

— J'aime beaucoup le concept de votre magasin : faire un bouquet soi-même, je trouve ça super !

— Oh merci ! C'est en voyant ma petite fille prendre des fleurs dans les pots pour faire un bouquet pour la fête des mères que j'ai eu cette idée. Je l'ai mise en place l'année suivante à la même époque, et tous les pères de famille qui venaient avec leurs enfants les ont laissés faire, ça a tellement bien marché que ce qui ne devait durer qu'une journée dure encore.

— Je trouve ça tellement plus personnel, un peu comme un bouquet sauvage en pleine nature qu'on essaie de rendre le plus beau possible.

Elle sourit en remontant ses lunettes sur sa tête. Elle me faisait vraiment penser à Granny.

— Ces fleurs sont pour vous ?

— Oui, acquiesçai-je. J'ai un projet d'étude à rendre pour mon cours de management et, comme je veux ouvrir une boutique de fleurs, je voudrais agrémenter mon dossier de beaux visuels. J'avais pensé photographier ce bouquet pour l'illustrer.

— À la bonne heure ! Avec envie et passion, travailler devient un plaisir. Bien sûr, je ne vous cacherai pas que certains week-ends sont fatigants, mais quand bien même ! Des cours de management ? Vous n'en avez pas besoin. Enfin, de mon point de vue ce n'est pas à l'école que l'on apprend la passion du métier, c'est sur le terrain. Moi, j'ai appris sur le tas, vous auriez plus vite fait de travailler chez un professionnel pour apprendre les ficelles du métier.

Je souris en la remerciant de ses conseils.

— À vrai dire, je crois que si je suis ces cours, c'est pour me conforter dans mon idée. J'ai peur de me lancer dans quelque chose d'aussi fort, car je suis jeune et c'est un projet qui me tient beaucoup à cœur. Ce n'est pas tous les jours que l'on peut se permettre de se lancer dans une aventure comme celle-ci, alors autant ne pas tout foirer.

— Vous avez raison.

Je rajoutai une rose à mon bouquet et un dahlia noir.

— À mon époque l'école, c'était quelque chose d'abstrait surtout pour les femmes. J'ai arrêté à quinze ans et je me suis mise à travailler pour un fleuriste les dimanches sur les marchés. Je travaillais vite et bien, j'adorais ce que je faisais et il m'a confié la gestion d'une boutique quelques années plus tard. C'était celle-ci, il me l'a cédée à sa mort sur son testament. Aujourd'hui, les mœurs sont différentes. On étudie pour gagner beaucoup d'argent, mais on oublie de penser à ce qu'on aime faire et on se retrouve avec de trop gros diplômes à bosser derrière un bureau et à rêver à ce qu'on aimait faire à l'époque. Cela dit, pour vous je ne me fais aucun souci. Vraiment !

— Merci.

C'était gentil. J'avais eu tendance à oublier la sympathie des gens à un moment, je prenais chaque acte de bonté comme une sorte de baume.

— Si vous avez des questions sur la gestion, ou n'importe quoi d'autre, la boutique est grande ouverte. Je m'appelle Lilas, n'hésitez pas à venir me voir.

— Dylan, me présentai-je.

— Dylan, je suis ravie de constater que la nouvelle génération reste rêveuse.

Je souris. Si je perdais mes rêves, alors je perdais l'espoir de m'en sortir.

— Je vais vous prendre ce bouquet, dis-je en me dirigeant à la caisse.

— C'est pour moi ! me lança-t-elle en l'emballant dans un film transparent.

— Comment ça ?

— Je vous l'offre. Ça me fait très plaisir.

Elle me couvrit d'un regard tendre.

— Je…

— Vous ne pouvez pas refuser. Ça me fait plaisir !

— Merci beaucoup.

∞

Plus tard, lorsque quelques coups m'annoncèrent l'arrivée de Nate, mon ventre se serra. J'ouvris la porte et je le découvris seul. Zut, j'avais pensé que Kyle serait là… J'étais un peu déçue de ne pas le voir car j'adorais cette petite gueule d'amour. Et puis, à deux, ils formaient un duo indissociable à mes yeux. *Tant pis.* J'avais, je crois quelques craintes à me trouver seule rien qu'avec Nate. Je laissai mon regard vagabonder sur lui, me délectant de tout ce qu'il représentait. Nate était un tout tellement délicieux. Il me sourit et je remarquai qu'il tenait un bouquet de fleurs. Le nœud dans mon ventre se transforma en désir.

— Tu es le genre de type à offrir des fleurs ? demandai-je.

— Non, répondit-il. Jamais. Mais je sais que tu es le genre de fille à aimer les fleurs, alors je me suis dit : pourquoi pas ? En plus, tu as héroïquement protégé mon idiot de fils, alors c'était la moindre des choses. Elles te plaisent, j'espère ?

Il me tendit le bouquet nuancé de rose et de blanc. Il était original.

— Il est magnifique, soupirai-je en attrapant les dahlias.

Il l'était vraiment. J'adorais même. Il avait une saveur étrange à mes yeux. C'était la première fois qu'un homme m'offrait des fleurs. En dehors de mon père ou d'un membre de ma famille. Ce crétin avait retenu ce que je lui avais dit et voilà que j'étais tout émue. Une vraie midinette.

— Comme j'ignorais quelles étaient tes fleurs préférées, je me suis lancé en débutant.

— Peut-être que si tu me demandais je te répondrais.

— Je suis sûr que non.

Je souris. *Pas bête…* Il rit devant mon absence de réponse et se pencha pour attraper Domino venu se frotter à ses jambes pour réclamer de l'attention.

— Tu es prête ?

— Je ne sais pas, tu en penses quoi ? demandai-je en jetant un coup d'œil à ma tenue.

Au départ, j'avais opté pour un jean et un chemisier, mais je m'étais dit que porter une petite robe ne me ferait pas de mal après tout. Elle était bleue et mon gilet noir comme mes chaussures.

— Je pense que tu dois faire partie des plus beaux monstres qui existent sur terre. Tu es très belle.

Je rougis et tentai de dissimuler ma vulnérabilité en allant mettre les fleurs dans un vase. Je jouais avec le feu, je le savais, mais je le faisais parce que ça me faisait du bien. Étrangement avec Nate, j'avais le sentiment d'être protégée. Il ne m'inspirait pas cette méfiance et cette répulsion que j'éprouvais pour tous les mecs que j'avais rencontrés depuis cette nuit-là. Il était différent. Et c'était dangereux. Je devais prendre mes distances. J'allais le faire. *Dès demain, après cette soirée ! Pour sûr !*

— Kyle n'est pas là au fait ? demandai-je en enfilant ma veste.

— Non, il dort chez son copain.

— Ah !

— Déçue ? grommela-t-il.

— Disons que comme vous êtes un duo, je pensais qu'il serait là. Ça ne m'aurait pas ennuyée.

— Je voulais être le seul à capter ton attention. J'espère que je ne te décevrai pas trop alors.

— Je ne sais pas encore, la soirée n'est pas finie.

Il rit.

∞

Lorsqu'il gara sa voiture une quinzaine de minutes plus tard aux abords de Chinatown, mon cœur bondit de joie. Je devais y aller avec Rynne, c'était finalement Nate qui m'y emmenait.

— À San Francisco, pas question de bouffer chinois ailleurs que dans ce quartier.

— J'approuve à deux cents pour cent, je voulais y aller justement, mais je n'avais pas encore eu le temps.

Il sourit et passa un bras autour de mes épaules avant d'avancer dans la rue principale. Je frissonnai à la fois de peur et de désir. Ce contact, son bras autour de moi… Je me sentais trop à l'étroit d'un coup. Je relevai la tête pour le regarder dans les yeux. Il arqua un sourcil.

— Un problème ?

— Ton bras, répondis-je.

— Pour ta sécurité, lança-t-il en souriant de plus belle.

— Tu veux qu'on s'embrouille de nouveau, Nathaniel ?

— Non et c'est justement pour ça que tu ne vas rien dire. C'est le principe de base quand tu as un rencard avec une fille. Tu es assez grand, sexy et galant pour qu'elle accepte, et elle est plus que jolie pour que tu aies envie de le faire.

Je plissai les yeux puis je ris. Son regard ne dévia pas de moi.

— C'est ridicule. Ton ego enfle dangereusement, Nate. Tu risques de finir la soirée à l'hôpital si ça continue.

— Alors, permets-moi de faire ça différemment, soupira-t-il. J'ai envie de te tenir contre moi, car ça frustre tous ces types amateurs de jolis monstres. J'ai envie de te tenir contre moi parce que tu as froid, mais tu l'ignores encore. J'ai envie de te tenir contre moi, car tu en as terriblement envie, mais tu ne le sais pas encore ou tu refuses de te l'avouer. J'ai envie de te tenir contre moi, parce que j'en ai envie tout simplement, et si ça te dérange je me verrai dans l'obligation de le faire quand même, car il y a trop de monde pour te lâcher comme ça dans la nature. Choisis ce que tu veux, mais je ne retire pas mon bras.

Perdue entre peur et fascination, je gloussai. Son regard pétilla, j'avais déjà remarqué la même expression dans les yeux de Kyle.

— D'accord, t'as gagné si ça m'évite de t'entendre plus, espèce de malade.

— Futur avocat, je préfère. Et ceci était ma plaidoirie.

— Tu n'es pas net !

Il m'attira à lui en réaffirmant sa prise autour de mes épaules. Une chaleur diffuse se logea dans ma poitrine et s'étendit dans mon ventre.

— T'as choisi quelle option ? demanda-t-il.

— La première était saisissante, les deux du milieu étaient grotesques et la dernière, j'aime beaucoup !

Il ne répondit rien mais il avait un sourire de trois kilomètres de long sur le visage. Je souris comme une gosse tout en regardant autour de moi. J'adorais l'ambiance. Plus impressionnante encore que dans les films.

— On mange où tu veux, glissa Nate à mon oreille, me faisant sursauter.

— Comment ça ?

— Tu choisis le restau, je t'emmène où tu veux.

Dans sa bouche ça sonnait tellement sexy et indécent que mon esprit déluré s'imagina tout et n'importe quoi, mais pas vraiment un restaurant…

— D'accord, dis-je, amusée.

Avec la multitude de restaurants, de magasins divers et variés, les musiciens de rue qui faisaient voyager, le dépaysement était total. J'étais vraiment sous le charme et ravie qu'il m'ait amenée là. Mes pensées sombres étaient relayées aux oubliettes. Cette pensée me galvanisa. Tout comme cette culture, ces couleurs, j'avais l'impression d'être ailleurs, qu'un autre univers s'était ouvert à nous et nous avait emmenés dans des contrées lointaines. On s'arrêta quelques minutes plus tard devant l'*Empress of China* pour en ressortir plus de deux heures trente plus tard, le ventre plein. J'étais repue.

On reprit place dans la voiture, mais quand il me demanda si je voulais rentrer je secouai la tête :

— Non, avec l'état de mon bras je ne peux pas frapper dans mon sac. Du coup, je m'ennuie.

Ses yeux menthe à l'eau me scrutèrent et il acquiesça sans un mot. Il mit le contact et démarra. La circulation était encore très dense, il s'inséra sur la voie et baissa le chauffage. J'adorais sa voiture, on s'y sentait bien. Elle respirait Kyle avec les jouets sur la banquette arrière, un pull qui traînait et des bonbons sur le tableau de bord. Il n'y avait rien de prétentieux, rien de tape-à-l'œil, mais ça reflétait ce qu'ils représentaient tous les deux.

— Pourquoi tu as tant envie de frapper ? demanda-t-il.

— Parce que je suis une mauvaise graine et que je suis trop agitée. Ma grand-mère m'a appris le jardinage pour me canaliser quand j'étais gamine, mais en appartement c'est… Comment dire ? Difficile.

— Rien ne t'empêche de monter sur le jardin du toit et d'y mettre toutes les fleurs que tu veux.

— J'ignorais qu'il y en avait un.

— Il n'est accessible que par la fenêtre de mon salon.

Je me mordis la lèvre avant de lâcher un soupir avec un sourire. De mon point de vue, la seule chose qui m'empêchait de le faire, c'était lui. Cependant, ce jardin m'intriguait.

— C'est comment ? demandai-je.

— Le toit ?

J'acquiesçai :

— Reposant et aussi agréable l'été que beau l'hiver.

D'accord, d'accord, comment me donner encore plus envie d'y aller ?

— Si tu veux, au lieu d'aller voir le pont du Golden Gate, je t'y emmène et je te prépare un chocolat chaud ?

D'accord, d'accord, comment résister à une telle proposition ?

— Pourquoi pas ?!

Un sourire taquin sembla le plonger dans un bain de pensées peu recommandables. Je déglutis tout en essayant de reprendre une certaine contenance, mais c'était peine perdue. Mon souffle se coupa quand l'alchimie déjà bien présente ensevelit totalement l'habitacle de la voiture. Nos regards se croisèrent, un brasier m'envahit la poitrine, puis Nate reporta son attention sur la route.

En silence, nous entrâmes chez lui, la pièce était la même pourtant, mais sans Kyle il manquait quelque chose. Nate ouvrit une petite fenêtre dans le salon et s'y glissa pour sortir et atteindre un escalier métallique. Il me tendit la main, mais j'hésitai. Un sourire moqueur se dessina sur son visage, je me pinçai les lèvres. Il me fit passer avec précaution avant de m'attirer à lui. Pour le coup, cela me rassurait parce que je n'étais pas tellement à l'aise avec l'altitude, surtout sur un escalier aussi rouillé.

— C'est haut…

Il rit et m'entraîna plus haut encore. Une fois sur le béton, je respirai un peu mieux. Au premier coup d'œil, je fus sous le charme. Le mur du fond était couvert de lierre. Il y avait deux chaises longues d'un côté et une table avec quatre chaises de l'autre. La vue de la ville était grandiose, on pouvait même voir la baie. C'était envoûtant.

— Mon Dieu ! soufflai-je. C'est magnifique. L'été pour regarder les étoiles, ça doit être extra.

— Pour y mettre une petite piscine aussi ou faire des bonshommes de neige, l'hiver.

Je souris : son côté paternel refaisait surface.

— C'est pour ça que je n'ai pas hésité à changer d'appartement, en attendant de pouvoir me permettre d'avoir une maison.

— Pour jeter des bombes à eau, aussi, ça doit être cool ! pouffai-je. Ou traiter les gens de connards sans qu'ils sachent d'où ça vient.

Il laissa échapper un rire grave et rauque qui me fit frissonner.

— Je ne savais pas que tu étais du genre espiègle.

— Genre tu n'y as jamais pensé ? Je crois que c'est le genre de connerie que j'adorerais faire.

Il m'adressa un regard faussement innocent.

— Tu l'as déjà fait, hein ? dis-je avec un sourire moqueur.

— Faut avouer que l'endroit est parfait, non ? Surtout si tu te mets ici, me montra-t-il en pointant l'angle gauche du toit. Il y a un millier de passants et tellement de possibilités...

Je me surpris à éclater de rire.

— Tu peux y venir quand tu veux pour y mettre des fleurs à défaut de pouvoir cogner dans ton sac de frappe.

— Tu ne serais pas en train de m'engager subrepticement comme paysagiste pour décorer ton toit à l'œil ? demandai-je.

— Non, je te dis juste que tu peux venir, que ça ne me dérange absolument pas.

— Merci, répondis-je. J'y penserai.

Il sourit.

— Installe-toi où tu veux, je reviens.

J'acquiesçai tout en le regardant s'éloigner de moi puis je me dirigeai vers la balustrade pour regarder la rue. J'étais plus à l'aise ici que sur l'escalier. En bas, un couple était en train de se bécoter.

— Tu joues les mateuses en plus, j'ignorais que tu avais autant de vices cachés.

Je sursautai, je ne l'avais pas entendu revenir. Il avait un air moqueur et particulièrement satisfait qui me donnait envie de le frapper. Je m'éloignai du bord sans faire de commentaire. Il me suivit du regard. Il était tellement intense comme ça sous le ciel nocturne. Il avait remonté les manches de sa chemise, révélant ses bras tatoués. Il me captivait. Captivait tout en moi, aussi bien mes neurones que mes pauvres hormones. Son regard changea.

Merde !

J'allais boire bien poliment la tasse de chocolat qu'il avait pour moi dans les mains puis rentrer sagement chez moi avant de faire une très grosse connerie. *Mon Dieu !* Des années à maintenir et à renforcer une barrière entre les hommes et moi, et voilà qu'elle n'avait aucun effet face à lui.

— C'est comme ça que tu dragues les filles ? demandai-je.

Il arqua un sourcil et me tendit le gros mug fumant. Je le pris dans les mains en frissonnant.

— Non, répondit-il d'un ton las. C'est comme ça que j'élève mon fils. (Je fondis, Kyle encore et toujours.) En revanche, si ça te plaît à toi aussi, je peux aussi en faire une technique de drague.

Avec Nate, j'avais toujours l'impression de flotter au-dessus du sol et d'être sur le point de basculer dans un de ces moments uniques qui ne duraient qu'un temps, mais qui seraient plus intense que cent autres. Il me faisait l'effet des bulles de Coca dans la bouche, une impression délicieuse et acide. On était au cœur de l'un de ces moments, j'étais en train de basculer vers le chaos, son chaos, et il était hors de question que lui s'approche du mien. Je reculai d'un pas et posai la tasse sur la table. J'avais oublié depuis si longtemps ce que signifiait le désir et voilà qu'il était à l'instant si puissant qu'il me lapait la peau. Je serrai les poings avec force, ignorant la douleur que ça provoquait sur ma brûlure.

— Ça te fait mal ? demanda-t-il en désignant mon bras.

— Je…

Il était là, contre moi. Je ne l'avais pas vu approcher. Je déglutis, ma respiration se bloqua quand je relevai les yeux vers lui. Grand, il était tellement grand que j'avais l'impression d'être minuscule. Le souffle qui fila de mes lèvres laissa échapper un filet blanc qui sembla nous lier comme si nos âmes s'étaient rencontrées. Je secouai la tête et je me retrouvai à la limite d'un trépas aussi virulent qu'angoissant.

— Non, ça va.

— Tu serres les poings, Dylan.

— Arrête, soufflai-je d'une voix rauque. Arrête…

Il enlaça ma taille et m'attira contre lui. Tellement longtemps que je ne m'étais pas blottie contre un homme, que personne ne m'avait enlacé la taille de cette manière, ni approché de si près…

— Tu crois que je fais quelque chose ?

— Oui, tu es là…

— Toi aussi.

Si longtemps que…

— Tu sens que c'est un de ces moments, Ruby ? souffla-t-il. Tu crois vraiment qu'on peut les contrôler ? Qu'on peut s'en détourner ? Parce que, si c'est le cas, dis-moi comment faire, car ça ne s'arrêtera jamais. Et tu le sais.

— Tais-toi…

— À la laverie, c'était la première fois que je ressentais l'envie de poser une femme – *toi* – sur la machine et de lui – *te* – faire l'amour comme un fou.

Je frissonnai et secouai la tête. Pour la première fois depuis une éternité ce genre d'allusions ne me dégoûtait pas.

— J'avais envie de profiter de ce moment unique. Tu me prends pour un malade ? Dis-moi que tu n'as pas ressenti ça aussi la première fois et je reconnaîtrai que je suis un sale pervers. Je suis papa et je me consacre à Kyle à deux cents pour cent, depuis lui tu es la seule chose incontrôlable qui me soit arrivée. Cette alchimie, impossible de mettre des mots dessus, de la dompter.

Le désir lécha ma peau comme une flamme. Je fermai les yeux et baissai la tête, mais il agrippa mon menton pour m'empêcher de me défiler. J'étais en train de me consumer, de lui succomber.

— Non…

J'ignorais à quoi j'avais répondu. Si c'était à sa question ou si alors je lui avais soufflé un non pour tout ce que cette satanée alchimie, ce salopard de destin et mes salopes d'hormones étaient en train de produire. Son discours était tellement vivace dans ma tête que j'en avais le tournis. J'avais une image de nous très claire dans mon esprit et je ne trouvais pas cela sale, au contraire.

— Nate, je… Et alors ?

— Alors tout, Ruby. Absolument tout. Dis-moi tout ce que tu veux, tout ce que tu désires et je serai ton homme. Dis-moi d'arrêter et je m'éloignerai de toi.

— C'est insensé.

— Non, c'est unique du moment qu'on est sur la même longueur d'onde.

— Ça ne rime à rien…

— Tu y crois ? demanda-t-il. Tu crois vraiment ce que tu me dis ?

Si seulement. J'aurais tellement aimé…

— Nate, je… Pas la bouche, pas mes lèvres. Ne m'embrasse pas… Jamais.

Son regard se résigna.

Merde !

Chapitre 13

— Où ça ? Où ai-je le droit de t'embrasser ?

— Si tu touches mes lèvres, ce sera fini.

— Où, Ruby ?

— Où tu veux sauf sur la bouche.

Il grogna de contentement, et ce bruit qu'aucun autre homme n'avait jamais émis en ma présence m'excita.

— Tu me rends fou.

D'un mouvement vif, il me plaqua contre le mur. Mes doigts agrippèrent le lierre. Je soupirai, le souffle presque coupé.

— Complètement fou. Aucune femme ne m'avait jamais retourné l'esprit comme tu le fais. Putain, tu… es un véritable chaos, Dylan !

Mon cœur se serra douloureusement, et se réchauffa lorsque je vis son sourire.

— Mais j'adore le bordel.

— Nate…

Il parlait avec une telle intensité que ça me ravageait le ventre. Il me mettait les nerfs à fleur de peau, j'étais fébrile. J'avais peur de lui, de nous, de cette chose entre nous… et de moi. Je craignais mes réactions, mes cauchemars, mon corps souillé, cette part de moi que je n'avais jamais retrouvée. Je n'allais pas assurer, j'avais déjà perdu le contrôle. Mais Nathaniel « Nate » Mine, cet homme beau comme un dieu, ce papa sexy aux bras tatoués, pansait mes blessures de par sa présence. Il était doux, il n'avait rien à voir avec la rudesse et la brutalité que j'avais connues.

—Je ne sais pas si tu te rends bien compte. Si tu imagines un peu le chaos qui règne dans ma tête, poursuivit-il.

Ni lui dans la mienne ?

—J'ai tellement envie de ta bouche, tellement envie de t'embrasser… Je n'ai jamais été aussi obsédé par la bouche d'une femme. Tes lèvres, j'en rêve jour et nuit… Comme ce putain de soir à la laverie et ta fichue culotte. Une culotte avec des dinosaures, bordel !

Ses mains glissèrent sur mes jambes, et il me souleva en un mouvement précis et tellement sexy…

Oh, mon Dieu !

Mon ventre palpitait, il avait les mains agrippées à mes cuisses. Même avec mon collant je le sentais tellement fort que le désir se propagea plus bas. Je secouai la tête tandis que son corps me pressait contre le mur et que mes bras se nouaient autour de son cou. Je n'étais pas dégoûtée, son corps ne me meurtrissait pas, il ravivait des sensations divines. Il n'y avait qu'une seule chose que je ne pouvais concéder.

Pas de baisers, jamais de baisers !

Pas de baisers, pas de…

—Je sais, dit-il avec rage comme s'il avait lu dans mes pensées. Je sais…

Il colla son front au mien et arrêta sa bouche à quelques centimètres de mes lèvres. Il haletait. Ou peut-être était-ce moi…

—Nate, nous…

Nous étions perdus dans le chaos sur le toit de notre immeuble.

— Puisque je ne peux pas avoir ta bouche ni tes lèvres douces, je veux dévorer les autres...

Je pris feu en comprenant ce qu'il avait en tête. Mon intimité se contracta.

— Je vais te dévorer, Ruby. Mais sache que lorsque je t'embrasserai, parce que ça arrivera un jour, ça durera infiniment longtemps et tu te rendras compte que rien n'est comparable au plus intense des baisers...

Non, ça n'arriverait jamais. Pourtant, je gémis en buvant ses mots. Son visage disparut dans mon cou, et sa bouche se pressa contre moi, aspirant ma peau sous ses lèvres. Je lâchai un soupir, il mordilla alors la chair très fragile derrière mon oreille puis la suça. Mon Dieu, c'était si bon !

— Nathaniel...

— Tu sais que tu es la seule femme à m'appeler comme ça ? J'adore entendre mon prénom quand tu le prononces avec ta voix cassée, tu le rends érotique.

Je ris nerveusement et il déplaça sa bouche jusqu'à ma gorge. J'aimais son prénom, il était aussi sensuel que son diminutif.

Nathaniel...

J'ignorais si je venais de le prononcer dans ma tête ou si je l'avais dit tout haut, mais il grogna contre ma gorge et me mordilla comme s'il était avide de moi tout entière. Je glissai alors mes mains dans ses cheveux et je me perdis dans le regard qu'il me lança.

— C'est complètement fou, mais je crois que je t'aurais laissé faire, murmurai-je.

— Comment ça ?

— À la laverie, je crois que je t'aurais laissé faire.

— Et maintenant ? demanda-t-il d'une voix rendue grave par le sombre désir qui l'habitait.

—Aussi.

Il sourit contre ma peau, m'enlaça et me décolla du mur. Mon corps épousa le sien et, comme si nous avions frotté la tête d'une allumette contre sa boîte, je pris feu. J'enfonçai les doigts dans ses épaules. Je me rendis compte que nous avions bougé au moment où il me posa sur une surface plate et fraîche. Je rejetai la tête en arrière pour voir que j'avais atterri sur la table et qu'il écartait la tasse un peu plus loin.

—Je veux t'embrasser, grogna-t-il.

J'écarquillai les yeux. Ça, jamais!

—Là, dit-il en pressant ma cuisse. À défaut de n'avoir que ça, ne m'en prive pas, Ruby.

Je déglutis et hochai la tête. Il retira mes chaussures et glissa ses mains agiles sur l'élastique de mon collant. Lentement, il le fit glisser. La fraîcheur de la nuit fit courir la chair de poule sur mes jambes, il s'en amusa et me caressa délicatement.

—Tu veux rentrer?

—Non, ici c'est parfait.

—« Parfait », c'est peu dire et puis disons que c'est presque à hauteur d'une machine à laver.

Je ris en rougissant. Il se pencha et arrêta sa bouche contre mon oreille.

—Je peux? demanda-t-il.

Mon rire cessa instantanément et l'air se bloqua dans mes poumons. Il demandait s'il pouvait? Ça m'ébranlait à un point inimaginable.

—Oui…

Ma culotte glissa le long de mes jambes pour atterrir quelque part au sol. J'étais plus vulnérable que jamais. Il remonta ma robe et son regard se fit presque animal comme si me voir ainsi avait éveillé un instinct bestial en lui.

— Merde, t'es tellement belle.

Il s'écarta un peu et me scruta avant d'esquisser un sourire sombre qui ne me disait rien. J'avais envie de me cacher, de m'enfuir, mais pour la première fois depuis mon viol j'avais aussi envie de laisser parler le désir qui m'habitait. La douceur de ses mains, de sa peau d'homme contre mon corps chaotique était belle. Mon cœur loupa quelques battements quand, impatiente, je croisai son regard. Je me sentais si fragile et belle en même temps. Nate revint vers moi sans cesser de me scruter, sa bouche disparut de nouveau dans mon cou qu'il couvrit de caresses.

— C'est encore mieux que dans mon fantasme. Tellement mieux.

Je fermai les yeux pour laisser se répandre la chaleur qui envahissait lentement chaque partie de mon corps et pour me délecter des sensations qu'il m'inspirait. De ma bouche s'échappa un soupir, j'ignorais ce que je pouvais bien répondre. Les autres se contentaient d'essayer de franchir mon bouclier, lui avait passé ce stade depuis si longtemps. Ses mots à lui m'atteignaient en plein cœur. Tout comme ses gestes. Lorsque sa main sur ma cuisse se déplaça pour me caresser intimement, je gémis. De son autre main, il écarta les cheveux qui étaient tombés sur mon visage puis il la déplaça sur ma nuque, qu'il agrippa. Je ne redoutais qu'une seule chose : qu'il ne me désobéisse et qu'il n'enfreigne la seule règle que j'avais instaurée.

— Tu trembles, constata-t-il.

— Je sais, admis-je

— Dylan, on n'est pas obligés de faire quoi que ce soit.

C'était peut-être la seule chose que j'avais envie d'entendre. Peut-être avais-je juste besoin de savoir que je pouvais arrêter si ça devenait trop difficile.

—J'en ai envie, murmurai-je.

Il caressa ma nuque avec tendresse et se serra contre moi.

—Tu as déjà fait ça là ? demandai-je.

—Non, répondit-il d'une voix grave en pressant ses doigts à l'entrée de mon intimité. Jamais. Je ne présente aucune femme à Kyle.

D'un geste tendre, il entra ses doigts en moi. Puis d'un mouvement cadencé il joua avec un savoir-faire certain en allant et venant chaque fois un peu plus loin. Ça, je pouvais gérer. Je gémis en rejetant la tête en arrière. C'était bon.

—Je n'ai jamais fait ça sur ce toit ni même sur cette table, encore moins avec une fille dont la culotte fétiche porte des têtes de dinosaures.

—Je n'ai jamais fait ça avec un papa tatoué.

Je pris alors conscience de mes mains inactives et caressai ses avant-bras, que sa chemise ne couvrait pas. Il sourit, une sorte de satisfaction dans le regard le rendit plus sauvage encore.

—Je pourrais te montrer ce que ça fait, un papa aux bras remplis de gribouillages.

Il m'enflamma encore plus.

—Oui…

Il ne me laissa pas finir ma phrase et disparut entre mes cuisses. Je voulus resserrer les jambes, subitement prise par un vertige idiot, mais son regard de quasi-admiration me dissuada de bouger d'un poil. J'adorais la manière qu'il avait de me regarder, je me sentais tellement belle. Il remplaça ses doigts par sa bouche, et mon soupir se transforma en un cri sauvage qui déchira le calme qui régnait autour de nous. Nate grogna et la vue de *ce tout* ainsi contre moi, plus intime que jamais, fut tellement forte que je fermai les yeux pour tenter de contenir le flot de désir qui avait déjà envahi tout mon corps. Je crispai mes mains sur la table tandis que de long en large il me découvrait, et dans un souffle son prénom franchit mes lèvres :

— Nathaniel…

Il grogna encore et sa langue remplaça ses lèvres pour me taquiner langoureusement. Je gémis de nouveau, soumise par le contact doux et savamment redoutable de cet homme. Nate m'avait demandé de lui laisser ça à la place de ma bouche, qu'il n'aurait jamais. Sa langue était tantôt douce, tantôt sauvage, mais que ce soit l'un ou l'autre le but recherché était le même et j'étais à deux doigts du plaisir ultime.

J'avais le sentiment de découvrir de nouvelles sensations, de retrouver celles que j'avais perdues. Je ne m'étais plus touchée ni caressée depuis des années. C'était la première fois que je laissais un homme entreprendre quelque chose, la première fois qu'un homme me touchait intimement, depuis qu'ils m'avaient brisée. Mais Nate… Nate n'était pas comme les autres. Aussi bien physiquement que mentalement. Ses mots transperçaient le bouclier que d'autres arrivaient à peine à érafler, et sa présence éclipsait tout, absolument tout.

Quand je sentis ses doigts accompagner son langoureux baiser, je perdis toute connexion avec mes pensées, et un autre cri se perdit dans la nuit. Quelques immeubles dépassaient le nôtre et j'étais certaine qu'on pouvait nous voir, mais je m'en fichais, rien ne m'importait plus que le plaisir qui me faisait tout oublier. La combinaison de sa langue sur mon bouton de chair gonflé et de ses doigts en moi était en train de me mener loin du chaos. Lorsqu'il ralentit et que nos yeux se captèrent, c'en fut trop pour moi.

— Oh, gémis-je. C'est… Oh !

Son bras s'enroula autour de ma taille, et ses doigts s'enfoncèrent dans ma peau après m'avoir rapprochée plus près de lui. J'explosai délicieusement en laissant les spasmes me faire danser tandis que le plaisir se répandait partout en moi.

Quand il remonta, je me mordis la lèvre. Il sourit et embrassa ma joue.

— Délicieuse, murmura-t-il.

Je me laissai glisser à terre et je me collai contre lui, ses bras s'enroulèrent autour de ma taille. Il était grand, j'aimais ça. Il l'était assez pour que je me sente parfaitement calée contre lui. Je respirai son odeur, me délectant de son parfum viril. Enivrée, j'ouvris les boutons de sa chemise pour découvrir son torse parfait, tout en muscles harmonieux. Chaque centimètre carré semblait avoir été sculpté minutieusement. Je caressai sa poitrine puis les contours d'un tatouage tribal avant de descendre vers ses abdos. Je sentis ses muscles durcir au contact de mes doigts. Il grogna et sa bouche affamée aspira la peau sous mon oreille. L'entendre réagir à mes caresses, ça aussi, c'était sexy. Je poursuivis l'exploration de son corps et j'ouvris les boutons de son jean. Je me figeai d'un coup devant la vision la plus érotique que j'aie jamais vue. Lui, chemise et jean ouverts, son corps parfait, ses tatouages…

— Dylan, ne fais pas ça, arrête de me regarder comme ça.

— Quoi ? Pourquoi ?

— Parce que ça me rend fou, grommela-t-il en attrapant mon menton. Tu imposes des limites, je n'ai pas le droit de t'embrasser, d'accord je l'accepte, mais ne te mords pas la lèvre en me regardant avec tes putains d'yeux bleus de cette manière.

Je déglutis. Je ne m'étais pas rendue compte que je le regardais d'une manière si affamée.

— Je suis patient, en général… Mais j'ai envie de toi. Depuis des jours. Ce qui met ma patience à rude épreuve.

Je me pressai contre lui en me dérobant du joug de ses doigts, qui retenait mon visage. J'embrassai son pectoral, là où l'encre colorait sa peau, tandis que mes doigts se perdaient sur l'une des branches de son merveilleux muscle en V. Il soupira, ce qui me rendit fébrile. L'alchimie, la tension. J'ignorais quel nom donner à cette chose entre nous. C'était de l'attraction et une chose que je ne parvenais pas à expliquer. C'était aussi et surtout tellement puissant que ça me laissait en transe, je n'avais jamais ressenti ça.

— C'est un autre genre de bataille finalement, murmurai-je en me rapprochant de son sexe. Une autre option pour évacuer le stress. Tu crois que c'est aussi efficace que le sport pour se dépenser ?

— Je crois que ça vaut tous les sports du monde et que ça devrait être considéré comme médicament dans certains cas.

— Dans lesquels ?

— Dans notre cas, par exemple. Ça peut sans doute nous aider, au moins le temps que ton bras guérisse, susurra-t-il en pressant délicatement ses lèvres sur le bandage. Juste au cas où les fleurs ne suffiraient pas…

— Il n'y aura que cette fois-ci, Nate.

— Tu y crois, Ruby ? demanda-t-il.

Je fermai les yeux en souriant. Mon plan, ma ligne de conduite... Oui, j'essayais vraiment d'y croire. Il le fallait en tout cas.

— J'essaie et j'essaie aussi d'être une fille bien.

Un rire grave le secoua, faisant onduler ses muscles.

— Je vois bien quelques adjectifs pour te qualifier, mais « fille peu convenable » n'en fait pas partie, Dylan. Pas du tout.

J'acquiesçai timidement.

— Tu sais que sur le registre des nounous tu serais en pole position. Tu es l'héroïne de mon fils, il est probablement amoureux vu le nombre de fois où il me parle de toi. Tu l'as sauvé. (Je souris.) Tu es aussi un peu comme le tonnerre, tu es toujours là où l'on ne t'attend pas. (Ça, c'était plutôt lui.) Tu as une culotte dino très sexy et tu la portes très bien. Je ne suis pas certain qu'une fille peu convenable ait toutes ces qualités.

— Et jolie ? pouffai-je. Tu n'as pas dit « jolie ».

— C'est parce que tu es bien plus que jolie.

— De toute façon, tu dis tout ça juste pour coucher avec moi.

— Aussi, approuva-t-il.

J'éclatai de rire en pressant mon nez sur son torse. Bon sang, mais quelle gamine ! Qu'étais-je en train de faire ? Qui essayais-je de leurrer avec mes histoires ?

— Je ne t'oblige à rien, Dylan. Si tu ne veux pas aller plus loin, je me contenterai de ça, avec plaisir. La soirée n'en sera pas entachée pour autant. Loin de là. J'ai eu un double dessert. Et je peux t'assurer que le deuxième était exquis. Je l'ai adoré.

Je me mordis la lèvre.

— Moi aussi, j'ai envie de toi, Nathaniel.

Il grogna, ce qui me rendit fière. Je glissai un doigt sous l'élastique de son boxer, il se crispa et mon ventre se noua.

— Tu as une capote ? demandai-je.

— Dans ma poche arrière, répondit-il d'un ton espiègle.

Je ris en glissant ma main à l'intérieur de sa poche pour y trouver le petit étui en plastique. Je le sortis et conduisis Nate jusqu'à l'une des chaises longues. Il se laissa tomber, se contentant de me regarder avec des yeux comme des soucoupes. J'aimais beaucoup le doute et l'émerveillement qui se lisaient sur son visage. J'adorais aussi qu'il soit tout à moi et qu'il me laisse faire. Il se débarrassa, je ne sus comment, de son pantalon, m'offrant la vue la plus sexy du monde. Je glissai le préservatif sur son sexe et il m'attira à lui. Ses mains glissèrent sous ma robe pour attraper ma poitrine, qui répondit tout de suite à ses caresses. Soumise aux caresses de ses doigts légèrement rugueux sur les pointes de mes seins, j'attrapai son membre excité pour le caresser à mon tour avant de le diriger là où j'avais irrépressiblement envie qu'il soit. D'une poussée impatiente, il s'enfonça en moi. Mes mains se crispèrent contre la peau dure et douce de ses abdos tant j'étais prise par la sensation d'étirement que son corps en moi me procurait. *Seigneur !*

Un profond désarroi voila nos regards quand ils se verrouillèrent.

L'alchimie et le chaos…

J'étais troublée, ébranlée plus que jamais par cette sensation que je ressentais pour la première fois.

— Merde ! jurai-je sans plus pouvoir bouger.

Il rit.

— Tu es tellement douce et étroite, grogna-t-il dans un murmure. Et mouillée… J'adore ça.

Je bougeai d'abord lentement le long de son excitation plus dure encore, et ses mains s'enfoncèrent dans mes hanches pour me maintenir plus près de lui. C'était merveilleux, plus intense que tout ce que j'avais jamais éprouvé.

—Doucement, m'intima-t-il d'une voix rauque.

Je trouvai rapidement un rythme cadencé qu'il sembla approuver. Chaque fois que je glissais sur son corps pour le posséder totalement, le plaisir était plus puissant, tellement que je laissai échapper un cri rauque.

—Dylan…

Il se redressa et colla son corps contre le mien. Son visage disparut dans mon cou. Il me mordilla et aspira ma peau sous ses lèvres. La douleur du plaisir me fit crier.

—Si tu ne ralentis pas, tu vas avoir raison de moi, ma beauté.

—Je ne peux pas, gémis-je en rejetant la tête en arrière pour lui laisser plus accès à ma peau. Je ne peux pas, j'en ai besoin. C'est trop bon, Nate.

Je continuai de le chevaucher jusqu'à ce que ses hanches se mettent à accompagner ma danse pour venir me rencontrer plus intensément. Je courbai l'échine en soupirant de plaisir. Je soulevai mes hanches en m'agrippant à ses épaules, et la cadence de nos mouvements s'intensifia, animant une braise qui s'enflamma. Je le sentis enfler en moi, devenir plus dur. Et, bientôt, nous eûmes besoin de plus et nos corps en demandèrent davantage. J'enfouis mon visage dans son cou et je le suppliai d'aller plus vite, de prendre le relais. J'avais besoin de me libérer de cette tension qui enflait toujours plus. Il m'obéit. Ses coups de reins s'accélérèrent, accélérant notre respiration et le battement frénétique de nos cœurs. Je ne tenais plus.

—Nate…

— Mon Dieu…, regarde-moi !

Nos yeux se verrouillèrent de nouveau. Il caressa la ligne de ma mâchoire puis dessina le contour de mes lèvres. Il ne fallut pas longtemps pour que le plaisir vienne, bientôt suivi par l'orgasme. Un orgasme foudroyant qui se déversa dans tout mon être. Mon corps entier s'électrifia de ce contact merveilleux. Nate explosa juste après, enfouissant son visage dans mon cou, qu'il parsema de baisers. Son souffle ne se calma que lorsque ses hanches cessèrent de trembler. Au bout d'une longue minute, il se laissa tomber sur la chaise longue en me maintenant contre lui. Je me laissai aller moi aussi et posai la tête sur son torse. Ses bras m'enlacèrent et je caressai son bras tatoué. Je me sentais loin. Fébrile et loin… C'était tellement intense. J'étais bien trop petite joueuse et mon corps bien trop faible pour un homme comme lui. Il passa une main sur mes cuisses en murmurant mon nom. Ses doigts descendirent le long de mes jambes et je me sentis brusquement submergée par l'émotion. Mon menton trembla…

— Tu pleures ? Merde, Dylan…

Je cachai mon visage, mais il grogna tout en me forçant à le regarder dans les yeux. Nate appuya son front contre le mien et essuya mes larmes. La honte. Je pleurais, oui, mais je n'en avais pas envie. Je ne comprenais pas. C'était ce désir si intense et cette manière dont ça avait explosé en moi. Son visage peiné me donna envie de me foutre des claques. J'étais nulle, faible et stupide.

— Dylan…

— Je suis désolée.

— Putain, je… J'ai fait quelque chose de mal ? demanda-t-il doucement.

— Non, ce n'est pas toi, c'est simplement l'intensité. Je… n'avais jamais ressenti ça. Ne te moque pas, je…

— Jamais de la vie. Je ne me moquerai jamais de ça, encore moins de toi. Je suis heureux et je ne m'excuserai pas non plus de t'avoir fait pleurer pour ça.

Je souris. Je n'avais plus côtoyé la douceur depuis longtemps, ni le plaisir, et voilà que j'étais comblée. Je me lovai contre lui et je posai ma tête contre son torse. Il m'enferma dans ses bras.

— Un de ces quatre, il faudra que tu me racontes l'histoire de ton gribouillage.

— C'est une longue histoire, pour ça il nous faudrait plein de tête-à-tête.

Je ris en me rendant compte que l'idée de rester là, dans ses bras, pour l'éternité ne me dérangeait pas…

Chapitre 14

Trois mois, c'est le temps qu'il m'a fallu pour sortir de la maison.

Mon père est tellement fier et content de voir que je reprends du poil de la bête. Je le suis aussi, en quelque sorte. J'ai repris deux kilos et je rattrape mes cours grâce à la bienveillance de mes professeurs. J'ai encore des nausées, des sautes d'humeur, mais ça va mieux, je fais en sorte de sortir la tête de l'eau pour ne pas les laisser gagner. Ma copine Mandy est venue me voir plusieurs fois, pour parler, me soutenir, m'aider. Contrairement à beaucoup d'autres, elle ne m'a pas laissée tomber.

Ce soir, je vais chez elle. C'est elle qui vient me chercher et mon père est ravi. Il me dit que je peux rentrer à l'heure que je veux et qu'il sera à la maison, et que je pourrai l'appeler à n'importe quelle heure.

Je sors. Sur la route le stress monte, mais je prends sur moi pour ne pas être lourde vis-à-vis de Mandy. Elle me parle, je l'écoute. Avant je parlais tout le temps, maintenant je me terre, j'écoute ce qu'on a à me dire. On arrive chez elle, elle se gare et ses yeux se rivent à la fenêtre de sa chambre juste au-dessus du garage. J'ignore pourquoi, mais j'ai le sentiment qu'elle change.

Je comprends en entrant chez Mandy que quelque chose ne va pas. Elle a une voix bizarre, un air faussement gentil, une allure étrange. Elle m'invite à monter dans sa chambre.

Je refuse. J'ai envie de partir. Je suis de nouveau assaillie par la panique. C'est alors que les filles qui m'attendaient en haut pour me faire une « surprise » descendent. Elles sont trois. Avec Mandy ça fait quatre contre une. Inutile de compter pour savoir que je suis là pour passer un sale quart d'heure.

Ces « salopes », je les connais toutes. Elles sont dans mon lycée, dans ma classe pour certaines. Je ne réagis pas à temps. Je suis encore trop faible pour me défendre. Elles me défoncent la tête en me traitant de tous les noms, en me disant que je mérite ce qui m'est arrivé et elles imitent mes cris de douleur et mes supplications dans la vidéo. Je n'arrive pas à croire qu'elles l'aient regardée et qu'elles n'en aient même pas honte. Je n'aurais souhaité à personne de vivre le calvaire qui m'attire chaque jour vers le fond, mais à elles, je le leur souhaite, car je ne mérite pas mon sort ni l'acharnement que je subis. Et puis je ne comprends pas pourquoi je suis devenue une paria de cette manière. Les gens n'ont-ils aucune pitié ? Je suis haïe pour une chose que j'ai subie et qui m'a détruite.

Quand elles décident que je ne suis plus qu'un vieux jouet qu'elles se sont lassées de tourmenter, elles me jettent dans le jardin, allument l'arrosage automatique et menacent de me faire le « sourire de l'ange » si je raconte ce qu'elles ont fait. Puis, elles rentrent chez Mandy en ricanant comme des hyènes. Mandy jette un regard dans ma direction, j'y perçois de la tristesse. Elle est désolée. Les larmes coulent sur mes joues et je perds les derniers grains de poussière de foi que j'ai.

Je marche en ville pour rentrer chez moi et mon esprit est assailli de pensées plus morbides les unes que les autres. Le vide et le silence entraînent le calme qui lui mène à la paix... Je n'ai qu'une seule option en tête pour ne plus subir. Une solution radicale qui m'apparaît comme une solution divine pour ne plus jamais souffrir.

Je vais mourir.

Je veux mourir.

J'en ai marre, je suis épuisée, vidée, malheureuse. Je ne sais plus quoi faire pour être en paix, pour ne plus côtoyer ce monde horrible. L'être humain est pire qu'un animal. C'est la seule option.

Je suis décidée, résignée… Autant qu'on peut l'être à dix-sept ans après avoir été bafouée, violée, tabassée. Je suis seule, infiniment seule. Je veux pleurer, mais je ne suis plus que haine et néant. Le néant n'a pas de larmes même si j'en avais besoin.

Je décide de le faire. Je ne choisis pas la manière la plus courageuse, ni la plus rapide ni la plus expéditive. Non, je choisis la manière la plus lâche, la plus facile pour une fille de mon âge.

Le pharmacien ne semble même pas remarquer que j'ai l'air d'un cadavre, que je suis trempée, que je viens d'être tabassée, que ma lèvre est ouverte et que mon arcade est en sang. Il me vend des anxiolytiques sans prendre le temps de me regarder dans les yeux. Il accepte simplement mon billet sans interrompre sa conversation téléphonique. Je passe ensuite par la supérette ouverte de nuit et je prends une bouteille d'alcool. La vendeuse aussi paumée que fatiguée ne voit rien non plus ou si, mais elle décide que ce ne sont pas ses affaires. Elle ne me demande pas mes papiers.

Papa dort dans sa chambre, il se fait tellement de souci pour moi que me voir sortir lui a fait du bien et l'a mis KO. Je retire ses lunettes, il s'est endormi sur une étude pour le musée. Je l'embrasse doucement et je m'enferme dans ma chambre. Je n'écris rien pour expliquer le pourquoi du comment. Ma tête en dira suffisamment, je n'ai pas envie de me justifier. Je suis simplement malheureuse, vide, fatiguée. J'ai perdu foi en la vie, et je ne supporte simplement plus de vivre avec ça. J'éparpille les médicaments sur mon lit et je les fixe un long moment avant de commencer à les gober en buvant l'affreuse vodka à moins de 5 dollars qui m'arrache la gorge.

Je continue jusqu'à me sentir faible, pleine et engourdie. La prise de conscience ne me vient pas. Puis, je me couche sur mon lit en fixant les petites étoiles au plafond que j'ai accrochées avec papa et maman quand j'étais petite. Et je me sens partir, mes paupières me paraissent tellement lourdes que je ferme les yeux. Mon ventre me fait mal. Terriblement mal. Comme jamais, mais mon corps lourd engourdit petit à petit la douleur. Alors, je me laisse mourir.

Oh, putain ! Je me redressai en sursaut et dans la panique fis tomber mes livres au sol. Je me penchai, groggy, pour les ramasser. Je bâillai, je m'étais endormie à la bibliothèque. Je scrutai les alentours ; heureusement, j'étais seule visiblement. *Bon sang !* S'endormir à l'université, dans la bibliothèque, la honte. J'avais passé une mauvaise nuit avec mon bras, et un de mes cours avait été annulé, j'étais venue pour réviser un peu mais les livres soporifiques avaient eu raison de ma fatigue. J'attrapai mon téléphone pour regarder l'heure.

Merde ! J'étais en retard. *Merde, merde, merde !* J'étais même carrément en retard pour le cours de management.

Je rassemblai mes affaires à la hâte et je sortis en vitesse. Je m'arrêtai aux toilettes vite fait. Mon reflet dans le miroir était loin d'être flatteur, mes cheveux étaient en bataille et la sueur ruisselait sur mon visage. J'aspergeai mes joues avec un peu d'eau pour me rafraîchir et j'attachai ma tignasse blonde en un semblant de chignon.

Mauvais rêve…, très mauvais rêve. Un cauchemar. Putain, j'allais arriver en cours avec une gueule à faire peur ! Ce rêve merdique ne voulait pas partir, et ce, malgré le fait que j'étais bel et bien réveillée.

Mon père disait que la peur était résiduelle, il disait aussi qu'à ne pas y faire face elle surgissait comme bon lui semblait. J'ignorais de quoi j'avais peur réellement. De la vie peut-être et de moi-même, car j'étais consciente et je n'arrivais pas à oublier. La vie me faisait plus peur que la mort. La *mort* était un mot de quatre lettres, qui faisait pourtant réagir à tous les coups. Parce que la mort, c'était la fin, définitive, irrémédiable, et l'être humain n'aimait pas ce qui se terminait, ce qui lui était inconnu et qui impliquait le néant. Nous étions dotés de plusieurs capacités intellectuelles, dont celles de l'analyse, du raisonnement et de la résolution de problèmes, mais la fin de la vie demeurait un mystère insoluble, nous n'y pouvions rien et elle demeurait une certitude. Je n'avais pas eu peur de me faire du mal ni de « tenter » de me suicider, j'avais eu peur de continuer à vivre.

Je sortis une bouteille de mon sac et bus une gorgée d'eau. *Pense à autre chose !*

J'avais de nouveau besoin de cogner dans quelque chose pour me soulager de ce flot de pensées morbides qui m'assaillaient et je ne pouvais pas. Je tremblais de frustration.

∞

J'arrivai tout juste à l'heure en cours. Je me dirigeai vers le fond en saluant la salle. Nate était déjà là, assis à sa place. Affalé sur sa chaise pour être plus précise. Ses jambes étaient étendues devant lui, il se laissait aller en arrière avec un bras entourant l'arrière du dossier. C'était dingue comme à première vue il avait l'air de ne pas avoir sa place ici. Il se replaça un peu plus convenablement et rapprocha discrètement sa table de la mienne une fois que je m'y installai. Je rougis comme une gamine. Il avait l'air particulièrement en forme et heureux.

— Salut, me lança-t-il en souriant.

Il portait un tee-shirt noir avec des motifs blancs, qui laissait voir ses bras. Il ne m'en fallut pas davantage pour me souvenir de la sensation que j'avais éprouvée dans leur étreinte. Deux nuits plus tôt. Comment oublier ? Nous avions couché ensemble et le premier constat était que j'en avais encore envie. Toutes mes pensées le lendemain avaient été anesthésiées. Du début à la fin, j'avais passé une des plus belles soirées de ma vie. Rien que d'y repenser, j'en avais des palpitations. Le regard de Nate rencontra le mien et je vis alors que des pensées communes animaient encore l'alchimie entre nous. Son regard glissa sur moi pour m'étudier. Je n'étais pas très sexy, en plus je devais aller bosser après les cours.

— Salut, répondis-je.

— Tu es en retard.

— Sache qu'une femme n'est jamais en retard, ni en avance d'ailleurs, elle arrive précisément à l'heure prévue… et quand elle s'est fait assez désirer.

Il rit.

— Tu m'étonnes, approuva-t-il. Mais tu as piqué la réplique de Gandalf. J'étais à deux doigts de t'envoyer un message pour te traiter de sadique.

— Impatient !

Il rit, j'en profitai pour sortir mes affaires de mon sac. Je posai Sophie, ma trousse girafe, sur la table. Elle était presque aussi vieille que moi.

— Sympa, la trousse ! se moqua-t-il.

— Ne parle pas mal de Sophie, elle me suit depuis le collège !

— T'as des crayons à paillettes ? Du Scotch licorne ? Et des gommes magiques aussi ?

— Ne sois pas jaloux, je te prie. Je te prêterai un crayon rose brillant, si tu veux. Comme ça tu pourras gribouiller la place qui reste sur tes bras.

Il rit à nouveau. J'adorais ce son harmonieux. Mais mieux valait ne pas y penser et ne pas trop m'y attacher. J'avais sur moi ma clé USB afin de pouvoir montrer mon dossier au prof. Durant tout le cours, il nous parla de merchandising. Il bifurqua ensuite sur les études de marché que nous pouvions mettre dans notre dossier d'étude. Nate n'écrivait pas grand-chose tandis que je prenais autant de notes que possible. Lorsque, à la fin du cours, je me levai pour aller voir le prof, je sentis son regard sur moi. Un frisson me dévala l'échine et j'eus l'impression qu'il le capta.

— Mademoiselle Seeken, en quoi puis-je vous être utile ?

— J'ai bien avancé dans mon dossier, dis-je. Vous pourriez y jeter un coup d'œil et me dire ce que je dois rajouter ou pas, et si tout est correct ?

Il sourit et enfonça ma clé dans le port USB de son ordinateur portable.

— J'ai remarqué, ajoutai-je, qu'il est très difficile de retranscrire une passion avec des mots, mais plus j'essaie et plus je me rends compte que j'aime vraiment ce projet.

— Ça, vous voyez, mademoiselle Seeken, c'est ce que j'appelle une victoire personnelle. Le but premier est de vous montrer à quel point vous aimez votre projet. Si ce n'est pas le cas, alors peut-être qu'il faut changer quelque chose.

Je retournai à ma place pour récupérer mes affaires avec les pensées de Lilas en tête. Elle avait peut-être raison, la passion primait sans doute l'enseignement dans ce métier. Je devais juste acquérir le plus de connaissances possible pour pouvoir bien gérer les choses et pour que mon futur magasin soit parfait. J'allais réaliser mon rêve et dire merde à tous ces connards qui m'avaient brisée.

— Donne-moi ça ! lança Nate en attrapant mon sac et mes bouquins.

— Tu fais quoi ? pouffai-je.

Il enlaça mes épaules et m'attira près de lui. Je grognai en essayant d'ignorer le vacarme incessant de mon stupide cœur qui battait la chamade. Malgré mes résolutions et mon envie de m'éloigner des hommes, j'étais irrémédiablement attirée par lui.

— Tu es blessée, alors je porte tes livres et je t'accompagne jusqu'à destination. Vu que tu n'as plus tous tes bras pour une période indéterminée, c'est à moi de m'occuper de toi, et t'escorter en fait partie.

Passé l'agacement de me sentir frêle et incapable, mon côté midinette apprécia d'être choyé de cette manière. Mon cauchemar m'avait rappelé à quel point je n'avais pas côtoyé la gentillesse très souvent après mon viol.

— J'aurais peut-être voulu quelqu'un d'autre que toi.

Il se rembrunit, puis il rit et m'attira plus près encore comme s'il voulait m'amener à lui, en lui. Mon souffle se coupa quand il posa sa bouche sur mon front.

— Je ne crois pas, non.

— Et pourquoi ça ? raillai-je.

— Parce que je suis moi et que je suis parfait.

— « Parfait » ? C'est vrai qu'il me semble avoir vu ta photo dans le dico à côté de la définition du mot.

— Moque-toi ! Des tas de filles rêveraient que je porte leur sac et leurs livres, elles n'en feraient pas toute une histoire, elles. Elles accepteraient avec grand plaisir.

— Mais ne te gêne pas. Moi, je ne suis pas les autres filles.

— Effectivement, tu es bien plus chiante et difficile à apprivoiser.

J'écarquillai les yeux puis je lui enfonçai mon coude dans les côtes. Il grommela un :

— Tu vois, ça confirme mes dires.

J'éclatai de rire et il m'imita de bon cœur. Que ça faisait du bien de rire et de ne plus penser à rien.

— Du coup, tu es dix fois plus intéressante que les autres filles.

Je souris.

— Tu sais que tu as de faux airs de Dylan dans *Beverly Hills,* quand on y regarde de plus près ?

Cette fois-ci, il grimaça. Je ne précisai pas que, par conséquent, il était sexy à tomber et qu'il me donnait des coups au ventre tellement intenses que mon désir descendait jusqu'à mon intimité.

— Ça va, ton bras ? me demanda-t-il en m'ouvrant la portière de la voiture.

— Oui.

— Et en vrai ? Je t'ai vue grimacer en cours sans rien dire.

Je le regardai dans les yeux comme son bras était posé sur la vitre et qu'il me bloquait le passage. Il sourit, apparemment fier de lui.

— En vrai, ça fait un mal de chien. Mais ça va, en fait je me suis réveillée à la hâte tout à l'heure juste avant le cours et je n'ai pas pris mes antidouleurs. Avec les cachets, c'est plus que supportable.

Il attrapa alors ma main et noua ses doigts aux miens. Il caressa ma paume et, comme s'il avait lancé un envoûtement, mon bras s'engourdit, me faisant oublier un peu la douleur.

— Tu bosses quand même ?

— Oui, je serai au bar et Celia m'a dit que je n'aurais pas grand-chose à faire.

— Si tu penses que ça va aller…

— Oui, ça ira, approuvai-je en souriant. Et comment va Kyle ?

— Mon petit idiot va bien. Merci de t'en inquiéter.

— Tu as le bambin le plus adorable de la terre.

— Je sais, il est comme moi.

— Non, toi, tu n'es pas adorable.

Un sourire s'étira sur ses joues.

— Et je suis quoi ?

— Intensément adorable…

Il grogna et se pressa doucement contre moi. Je posai ma tête contre sa poitrine et je respirai son odeur, qui m'enivra tout de suite. Pour ce qui était de mes résolutions je ne savais absolument pas où j'en étais, mais je n'avais pas l'impression d'être tout à fait sur le bon chemin.

— Pourquoi c'est encore là, alors qu'on l'a fait ? demandai-je.

— On l'a sûrement mal fait, soupira-t-il.

— Non.

— Tu m'étonnes…

Je soupirai à mon tour, tout en serrant son tee-shirt. J'étais tellement fébrile, je le fus encore plus quand Nate grogna et qu'il avança doucement, jusqu'à me coincer contre la voiture.

— Dis-moi une chose d'absolument ignoble sur toi, un truc dégoûtant qui me force à ne pas t'empêcher d'aller bosser. Un truc qui me coupe toute envie de toi.

— Nate…

— Dis-moi !

Je réfléchis. Difficile avec cette proximité entre nous. Un truc immonde et improbable ? Il y en avait bien quelques-uns qui me venaient en tête, comme mon viol, ma tentative de suicide ou d'autres choses encore. Mais il était hors de question que je lui parle de ça. Il captura mon regard et m'éloigna de mes pensées sordides.

— Je me suis déjà rongé les ongles des pieds. Plusieurs fois…

Il sourit tout en posant son front sur le mien. Cela n'avait pas l'air de marcher tant que ça ; pourtant en y repensant c'était absolument horrible.

— J'en déduis que, du coup, tu es plutôt souple, Ruby. Autre chose.

— L'autre fois, je me suis curé le nez et je n'avais pas de mouchoir, alors j'ai étalé ma crotte de nez sur le manteau d'une connasse raciste qui parlait très mal à une caissière parce qu'elle était afro-américaine.

— Pas étonnant que tu t'entendes si bien avec Kyle ; l'année dernière c'était son activité préférée, il adorait en foutre partout sur ses tee-shirts, probablement pour les rendre plus attrayants. Autre chose ?

Je fermai les yeux, rien ne me venait.

— Je ne me suis pas rasé les jambes, parce que merde, c'est ultra chiant de faire ça tous les jours et qu'avec un jean on ne voit rien. C'est franchement gavant d'être une femme.

— J'adore les cactus. C'est super mignon.

Je pouffai en laissant ma tête partir en arrière. J'avais chaud, mon ventre était barbouillé. J'avais mal au bras aussi.

— T'es chiant ! Je joue ton jeu, j'essaie de me rendre dégueulasse, essaie d'être arrangeant de ton côté.

— Je t'ai dit que je n'étais pas compliqué comme mec.

— Je peux péter sur commande. Si tu veux, je te lâche une grosse bombe bien odorante, tu ne me désireras plus du tout.

— Ouais, mais non, même à ça je pourrais passer outre.

— T'es malade…

Il sourit de toutes ses dents et son visage disparut dans mon cou, où il m'embrassa plusieurs fois. *Mon Dieu !*

— Deux de mes chansons préférées sont chantées par les Backstreet Boys et la troisième par le groupe Ozone…

— Je trouve ça bien d'assumer ses penchants pour de la musique de merde, mais c'est comme ça, si ça te rend heureuse…

Je fermai les yeux en soupirant, puis je répondis la plus logique des réponses.

— Il faut que j'aille au boulot, Nathaniel, et ton fils t'attend.

— Je me disais bien que tu finirais par dire ça, souffla-t-il contre ma peau.

— C'est le cas, non ?

— Ouais.

Il remonta ses lèvres sur mon oreille et, quand la pointe de sa langue titilla mon lobe, je poussai un gémissement que j'étouffai contre son torse. Il grogna et son corps me pressa contre la tôle en un geste incontrôlé. Mon Dieu, c'était encore plus fort que l'autre fois !

Merde ! Merde, merde, MERDE !

Je m'étais promis de toujours tout contrôler. J'avais fauté en couchant avec lui, j'avais rompu mes beaux principes établis pour une nouvelle vie et j'étais encore en train de me laisser aller. Une erreur, c'était pardonnable, mais deux…

—Arrête, Nate.

Lorsqu'il s'éloigna de moi et qu'il ouvrit la portière pour me faire monter sans un mot, je frissonnai. Pas à cause du froid, mais plutôt à cause du manque de lui. Je le regardai faire le tour de la voiture et pris sur moi pour ne pas le chevaucher là, comme ça, quand il s'installa derrière le volant. Il mit le contact et m'amena au boulot dans un silence des plus pesants et des plus électriques.

—Tu as l'air dans les vapes, remarqua Celia un peu plus tard tandis que je venais d'essuyer trois plateaux de verres propres d'affilée.

—Non, non, j'ai un peu mal au bras.

—Oui, je me doute, tu es sacrément arrangée quand même. Kyle a eu de la chance que tu sois là.

—C'est clair ! approuva Marlow. Tu es une héroïne. Je te déteste d'ailleurs. Ce gosse était amoureux de moi avant. Quand Nate est venu avec lui à l'entraînement tout à l'heure, il ne parlait que de toi. Dylan, elle se bat avec toi, Marlow ? Dylan, elle a un chat et c'est moi qui ai choisi son nom. Dylan par-ci, Dylan par-là…

—Je suis désolée, pouffai-je.

—Tu peux, c'était le seul mec convenable dans ce bled.

—Pas un peu trop jeune pour toi ? se moqua Celia.

—Si mais, vu Nate, je jouerais bien les couguars, moi !

J'éclatai de rire quand mon téléphone vibra.

—Y a pas grand monde, tu peux répondre ! lança Celia en me faisant un clin d'œil.

— Merci !

C'était Rynne :

Je suis rentrée de week-end et c'était fou, je te jure, c'était génial de rencontrer ces personnes. Et toi, ça va ?

Je tenais énormément à Rynne, c'était ma plus proche amie et celle à qui j'avais dévoilé mes secrets. Dès notre rencontre, je l'avais adorée, et j'étais vraiment chamboulée qu'elle me zappe comme ça, si facilement. Ces derniers temps, elle se faisait rare. D'accord, j'étais peut-être un peu jalouse de son bonheur. Pour autant, j'étais contente de tout ce qui lui arrivait de bon. Elle le méritait.

Oui, ça va. Je suis au boulot, je ne peux pas discuter. On se voit quand tu as le temps…

D'accord, c'était peut-être un peu sec, mais c'était aussi pour lui faire comprendre que merde, j'en avais gros sur le cœur. Je rangeai mon téléphone dans ma poche et reportai mon attention sur Celia et Marlow.

— Pour en revenir à toi, ton regard, ce n'est pas celui d'une femme qui a mal, me fit la serveuse avec un sourire en coin.

— Ouais, on dirait que tu as bien ! renchérit la boxeuse.

— Ça se dit, ça ? demanda Celia en remplissant deux verres de bière.

Marlow haussa les épaules et but une gorgée de Coca.

— Nate, hein ? me dit-elle en reposant son verre sur le comptoir.

— Comment ça, Nate ? demandai-je.

— Rien, me lança-t-elle. Rien du tout. Juste que vous avez une belle complicité.

Je sentis mes joues rougir un peu.

—Il est très gentil et Kyle est adorable, dis-je le plus posément possible.

—Ouais, approuva Celia. Je veux le même ! Un petit homme, comme ça !

—Oooh, t'es trop mignonne ! siffla Marlow. Vous pensez à avoir un bébé avec Jayce ?

Elle acquiesça et sourit en posant son index devant sa bouche pour nous faire garder le secret.

—N'empêche, je ne comprends pas comment la mère de Kyle a pu les abandonner comme ça, reprit Marlow. Ces deux mecs sont des amours, je ne pige pas comment on peut partir de cette manière.

—C'est clair, approuva Celia.

Je ne dis rien, pourtant j'étais tout ouïe. Je ne comprenais pas, moi non plus, et c'était la première fois que j'entendais quelque chose à ce sujet. Je ne demandais rien à Nate au même titre que je ne voulais pas qu'il me pose des questions personnelles.

—Tu en penses quoi, toi ? me demanda Marlow.

—Je ne suis au courant de rien, j'ai juste compris qu'il était père célibataire, rien de plus.

—Ah ! On pensait que justement tu aurais deux ou trois informations que nous, on ignore, vu que vous vous voyez souvent.

—Non, je n'ai jamais posé de questions. J'ai cru qu'elle était morte, ce n'est pas le cas ?

Elle sourit. Celia partit nettoyer quelques tables alors que je rangeais les derniers verres propres derrière moi.

—Non, répondit Marlow. C'est mignon que tu penses ça, d'ailleurs.

—Ah ? dis-je en grimaçant.

— Bah ouais, « mignon » dans le sens où tu n'as pas du tout envisagé qu'on puisse les abandonner, tous les deux.

— Je ne sais pas, c'est la première chose à laquelle j'ai pensé, car la seule fois qu'il m'a parlé d'elle, c'était en disant que là où elle était elle n'avait plus rien à dire.

Elle pencha sa tête sur le côté comme pour comprendre mon point de vue.

— Moi, je sais juste qu'elle est partie et qu'il s'est retrouvé seul avec ce petit ange. Elle était droguée, je crois. Mais Nate n'en parle jamais, encore moins devant Kyle.

— Et moi, ce que j'en pense, lança Celia en revenant, c'est qu'elle aura de la chance, celle qui obtiendra le cœur de ces deux-là. Et que l'autre, elle peut bien revenir en se morfondant, elle n'obtiendra rien. Je jure que s'il y retourne je lui casse une bouteille sur la tête.

— Tu m'étonnes, rajouta Marlow en me fixant derrière son verre. Je lui en casse une deuxième.

J'ignorais à quoi elle répondait en me fixant ainsi, mais je me sentais mal à l'aise tout à coup. En sortant après mon service, un taxi m'attendait. Je ris en remerciant mon chauffeur quand il m'ouvrit la portière. J'attrapai mon portable :

Merci pour le taxi. Bonne nuit, Nathaniel.

Je m'installais derrière le chauffeur quand Nate me répondit :

De rien, Ruby. Bonne nuit aussi…

Chapitre 15

Ma réponse avait dû faire mouche, car Rynne m'envoya plusieurs messages le lendemain. Des messages où elle me demandait si j'allais vraiment bien et où elle me disait que depuis le temps il faudrait peut-être que l'on se voie. J'étais restée froide et distante dans mes réponses. Je le regrettais un peu, car je la savais fragile, mais c'était compliqué pour moi aussi. J'avais du mal à gérer mes émotions.

— J'ai l'impression que tu m'en veux ! Je *sais* que tu m'en veux ! Je suis nulle, excuse-moi, Dylan.

— Excuse-moi aussi.

— Je n'assure pas, n'est-ce pas ? Je me suis sentie trop mal en voyant ton message et je me suis rendu compte que je t'avais mise de côté.

Je souris en sentant mon émotivité de midinette me monter aux yeux. Rynne me serra contre elle et s'écarta en reniflant bruyamment. Je pressai mes doigts sous mes yeux pour effacer mes larmes. Elle sourit et nous éclatâmes de rire en même temps. Nous étions en plein centre-ville, rien de mieux pour réconcilier deux copines que d'aller faire du shopping. Je faisais rarement les magasins, ce n'était pas une activité que j'affectionnais particulièrement. J'y allais à petite dose et je me contentais du strict nécessaire. Comme quand mon réfrigérateur criait plus famine que mon propre estomac. Cependant aujourd'hui je me sentais d'humeur dépensière.

—Seigneur, on est débiles ! s'exclama Rynne.

—C'est vendu avec les chromosomes X et Y. Nous sommes des filles, on pleure, dis-je en souriant. C'est mécanique.

—Oui, mais excuse-moi quand même.

—Tu es amoureuse, voilà tout ! Tu vis ton bonheur, je ne peux tout de même pas te le reprocher.

Elle sourit, elle avait l'air vraiment touchée.

—Oui, mais ça n'excuse pas tout. Je suis sur un petit nuage, j'ai du mal à croire à tout ce qui m'arrive, mais je n'aurais pas dû te laisser sur le côté et t'envoyer si peu de nouvelles alors que je te dois tant.

—Arrête, tu ne me dois rien du tout !

—Mais si ! Tu m'as soutenue pour mon histoire avec Zack ou pour mon livre !

—Évidemment pour l'un comme pour l'autre ça ne pouvait que marcher.

Nous venions d'arriver dans la rue commerçante. Il y avait du monde. Je profitais de quelques heures de répit car le samedi soir était la plus grosse soirée au bar.

—Comment il va ? demandai-je.

—Très bien. Il a commencé à bosser et il reçoit déjà du boulot. Il adore ce qu'il fait, il est doué pour ça.

—On parle toujours de la photo ? la taquinai-je.

Elle gloussa comme une gamine et acquiesça :

—Oui, aussi.

—Et ton week-end, alors ?

Ses yeux s'illuminèrent. Elle était plus qu'heureuse de ce qui lui arrivait ; en même temps difficile de ne pas l'être.

—C'était incroyable. Je ne pensais pas que les gens allaient être si gentils et si impressionnants. C'était un grand bâtiment, du genre de ceux qu'on voit à la télé. Je te jure, c'était immense et il y avait du monde partout et je débarque avec ma petite histoire, sans expérience. J'ai rencontré mon éditrice, celle qui va s'occuper de moi.

— Elle est sympa ? demandai-je.

— Oh oui, elle m'a tout de suite mise à l'aise parce que j'étais super stressée. Enfin, tu imagines !

Je souris en acquiesçant.

— On a beaucoup parlé du texte, des améliorations qu'on pourrait y apporter. Elle m'a donné un contrat d'édition que je dois lui renvoyer quand je veux et elle m'a aussi demandé de commencer la suite.

Elle avait les joues rouges quand je me tournai vers elle.

— Une suite ? Vraiment ?

— Ouiiii ! s'écria-t-elle. Une suite. Je suis si contente, Dylan.

Je gloussai comme une hyène, j'étais tellement fière d'elle.

— C'est trop cool, mais je te préviens, t'as pas intérêt à prendre la grosse tête, sinon je viendrai te piquer avec une aiguille pour dégonfler tout ça. Et je veux lire ton livre en avant-première ; si tu me mets à l'écart, je te boude.

Rynne éclata de rire.

— L'un comme l'autre, il n'y a pas de risques, crois-moi, lança-t-elle. Puis, ce sera toi, l'héroïne de la deuxième histoire.

— Bah, ma pauvre, tu vas t'emmerder !

Elle rit de plus belle en attrapant mon bras. Je poussai un petit cri. C'était le mauvais bras et elle serrait ma plaie. Elle me lâcha tout de suite.

— Je… Qu'est-ce qui se passe ? bredouilla-t-elle. Ça va ?

Je remontai la manche de mon chemisier, elle plissa les yeux et se mordit la lèvre.

— Pas de mal, ça va !

Elle fit la moue et me contourna pour attraper mon autre bras et nous faire avancer dans la rue.

— Raconte-moi tout ce qui t'arrive, en commençant par ce que tu as à ton bras !

— Ça ? Oh, ce n'est rien, juste une brûlure !

Je sentais pourtant que mon bras était encore fragile. Quand j'essayais de trop solliciter ma main ou mon épaule pour n'importe quoi, je ressentais au bout d'un moment un fort lancement. Du coup, j'évitais d'en faire trop pour guérir au plus vite et reprendre le sport dès que possible.

— Juste une brûlure ? Ça m'a l'air plus grave que ça. Tu t'es fait ça comment ?

— En gardant Kyle. Il est tombé devant la gazinière, et quand il s'est cogné la plaque et la casserole d'huile sont tombées. C'était soit lui, soit…

— Soit ton bras ? Quel héroïsme ! Mais merde, tu dois douiller…

— Oui, c'est ça ! acquiesçai-je. Ça va, quand je ne le sollicite pas.

— Kyle, c'est… Attends, c'est pas le gamin de Nate, le…

— Le ?

— Le papa tatoué très sexy, ronronna-t-elle. Celui dont tu m'as parlé plusieurs fois et avec qui tu as terminé ta soirée quand tu es venue manger à l'appartement ?

Mmm, cette description lui allait divinement bien.

— Effectivement, c'est son fils.

— Oh là là ! Attends, comment ça se fait que tu gardais le fils du papa tatoué très sexy ? demanda-t-elle.

Je sentis que je m'étais lâchement trahie quand un sourire très con s'étira sur mes lèvres. Rynne ouvrit les yeux en grand, souriant comme un succube. Elle ne savait rien de rien sur ce qui s'était passé avec Nate. Depuis que j'avais mangé chez elle et que je lui avais expliqué ma fin de soirée. Elle ignorait tout de l'alchimie, du chaos et du trouble délicieux qui nous coupaient du reste du monde quand le désir se faisait plus primordial encore que le fait de respirer.

— Il n'avait personne, devait se rendre à un rendez-vous et m'a demandé si ça ne m'ennuyait pas, alors j'ai gardé son fils.

— Et ?

— Et ? répétai-je.

— Qu'est-ce qui se passe entre vous ? Et ne me dis pas « rien », tu n'as pas la tête de la fille qui n'a rien à me dire.

— Rien, il ne se passe rien. C'est mon voisin, alors bien sûr, quand je le vois débarquer chez moi avec son bambin en pyjama, tu te doutes bien de mon étonnement.

— La grognasse ! Comment oses-tu me mentir aussi délibérément ?

Nous entrâmes dans un magasin de fringues.

— Dis-moi tout, *aie confiance*...

Je pouffai.

— Pour tout te dire, dans une ville aussi grande que celle-ci je ne comprends absolument pas comment ce mec peut se trouver chaque fois sur mon chemin. En plus d'être mon voisin, c'est mon coach au club et en plus de ça il est au même cours de management que moi.

— Je ne peux pas te dire, les maths et les statistiques, ce n'est vraiment pas mon fort.

Elle fouina un peu sur les portiques et sortit une robe rouge qu'elle me tendit.

— Tiens, elle est trop belle. Ensuite, il s'est passé quoi ?

— Pour me remercier d'avoir gardé Kyle, il m'a invitée à manger chinois à Chinatown et après on a couché ensemble.

— Quoi ? s'écria-t-elle.

Les clients se retournèrent sur nous. Elle m'attira plus loin, ignorant les regards.

— Tu viens de me dire quoi comme ça de but en blanc sans ciller ?

Le souvenir de cette soirée me rendait encore très fébrile. Le déroulement du début à la fin, nos taquineries jusqu'à nos ébats… Cela faisait très longtemps que je ne m'étais pas sentie si heureuse. Sous le regard insistant de Rynne, je répétai :

— J'ai fait l'amour avec lui.

— Merde, j'en reviens pas ! Je… Mais toutes tes belles paroles sur les hommes, sur le fait que tu faisais une croix sur tout ça ? Est-ce qu'il… ?

— Il a été parfait. Doux, tendre. À vrai dire, il sait comment annihiler mes neurones. J'étais bien, il a ravivé des sensations disparues depuis longtemps. Et puis avec mon bras je ne peux plus faire de sport. Du coup, je me suis dit : quitte à évacuer mon stress…

— Autant pratiquer un autre genre de sport avec le même coach.

Je me mordis la lèvre puis j'éclatai de rire. C'était ça en quelque sorte, Nate me faisait du bien, Kyle aussi. Tous les deux, ils apaisaient mes pensées, mais, lorsque je les quittais et que je me retrouvais seule, le chaos m'attendait, trois fois plus puissant. D'une certaine manière, c'était à double tranchant.

— Et alors ? demanda Rynne. Après ?

— Rien.

— Comment ça ?

— Rien, j'essaie de garder mes distances.

— Pourquoi ?

— Il a un fils et puis…

— Ça te dérange qu'il soit papa ? demanda Rynne en me tendant d'autres fringues.

— Non, répondis-je. Kyle est un gamin adorable.

Vif et amusant aussi avec une bouille à croquer et une tignasse brune trop craquante, mais je gardai ça pour moi. J'ignorais s'il y avait quelque chose de mal ou de malsain à adorer un gosse à ce point.

— Je me sens égoïste, je ne veux pas lui donner de faux espoirs.

— Qui parle de faux espoirs ? S'ils te font du bien et que Nate accepte que tu sois auprès de lui et de son fils, je ne vois pas vraiment où est le mal. Il sait mieux que personne ce qui est bon pour eux.

Elle me lança un de ses regards appuyés qui me mettaient au défi de lui répondre. Je souris en acquiesçant, sans faire de commentaires. Je ne savais pas quoi lui dire de toute manière. Le duo « Lui & Mini-Lui » était adorable. Passer du temps avec eux était vraiment incroyable. Je désirais Nate, ça, c'était certain, autant que son fils était une véritable douceur dans ce monde pourri ; pour autant, je n'avais rien à voir avec eux. Je n'avais clairement pas ma place sur le long terme dans leur vie. J'avais vécu des trucs bien trop glauques et je n'étais clairement pas faite pour ça, mais, surtout, je ne voulais pas le leur infliger.

— Je t'ai coupé la chique, hein ?

— Pas du tout, madame Depuis-que-je-suis-en-couple-je-suis-devenue-une-experte.

Elle éclata de rire. C'était un peu vrai et un truc que tous les couples faisaient : se permettre de donner des conseils aux célibataires alors que bon, Rynne et Zack avaient quand même bien galéré avant de se mettre ensemble pour de bon.

— Enfin, tu diras ce que tu veux à qui veut bien l'entendre, mais tu as un sourire de trois kilomètres de long quand tu parles d'eux. Ce qui veut dire que tu es complètement sous le charme… C'est extra, Dylan ; ils te font du bien ! Depuis ton viol c'est la première fois, ce n'est pas rien.

Je déglutis.

— Oui, soufflai-je. Mais je ne veux pas leur infliger mon passé. Ils ne le méritent pas.

— Seigneur, tu n'as rien fait de mal ! Tu n'infliges rien à personne, Dylan. Tu es une belle personne, ton passé tout ça, on s'en fout. Ce qui compte, c'est ton cœur et tes sentiments, pas ce que tu as vécu. Il te mérite, toi, point final, et je t'interdis de me contredire.

Je souris, sentant les larmes me monter aux yeux, et je ne dis rien, laissant sa gentillesse et ses mots se répandre en moi comme un onguent réparateur.

∞

Un taxi me déposa devant l'immeuble après mon service du soir. J'étais exténuée, je comptais profiter de mon dimanche pour me reposer. Armée de mes nombreux sacs, que je n'avais pas eu le temps de déposer à la maison avant d'aller au bar, j'entrai dans l'immeuble. Je montais l'escalier quand je tombai nez à nez avec Nate.

— Salut, Ruby.

— Nate ? Un problème ? m'inquiétai-je en le trouvant assis en bas de l'escalier qui menait à son palier.

— Non, répondit-il.

— C'est Kyle ?

Je me rendis compte que mon cœur battait la chamade. Il secoua la tête vivement, l'air toujours un peu perdu. Je lâchai mes sacs et m'avançai vers lui.

— Non, tout va très bien, Kyle dort comme un bébé. Je… j'ai été accepté, Dylan !

— Hein ? fis-je sans comprendre.

— Le stage et le boulot en fin d'année si j'obtiens mon diplôme, j'ai été accepté, lança-t-il d'une voix grave et profonde comme s'il n'arrivait pas à y croire. J'ai réussi !

Même si cette nouvelle n'avait, à proprement parler, rien à voir avec moi, la joie inonda mon cœur. Il esquissa un merveilleux sourire, le plus beau que j'aie jamais vu de ma vie. Ses yeux brillaient de fierté. Je me mordis la lèvre et me penchai vers lui pour l'embrasser sur la joue en murmurant :

— Félicitations, Nathaniel.

Il m'attira entre ses jambes et me serra contre lui. J'en eus le souffle coupé, et cela ne s'arrangea pas lorsqu'il nicha son visage contre mon chemisier en nouant ses bras autour de ma taille.

— Merci ! Je suis si heureux, tu n'imagines pas à quel point.

— C'est une merveilleuse nouvelle. Kyle est au courant ?

Il secoua la tête, et son souffle chaud contre mon chemisier me fit tourner la tête. Je le ressentais comme si j'étais nue :

— Non, ils m'ont appelé dans la soirée. Il dormait déjà. J'ai… C'est pour lui offrir une belle vie que je fais ça, pour le rendre fier et heureux. (Je souris avec tendresse.) J'ai tellement voulu décrocher la timbale et… Putain, je suis vraiment fier, Dylan.

Ça se voyait, ça se sentait. Il avait de quoi. Je l'étais moi aussi, j'étais heureuse pour eux. Il serrait ma taille, et son front ainsi que son visage étaient nichés contre mon ventre. Sa chaleur m'inondait. Mon cœur battait à présent la chamade, le sentir si fébrile contre moi me donnait des frissons. Je passai mes mains dans ses cheveux et les caressai doucement. Il frissonna, ils étaient plus courts sur le côté que sur le dessus. Je remontai pour glisser mes doigts sur la longueur. Il releva la tête, et la couleur sublime de ses yeux me transcenda.

— Tu dois être crevée, tu reviens à peine et je t'embête avec ça. Je suis désolé.

— Il n'y a pas de mal ; demain matin, je dors. Et tu ne m'embêtes pas du tout. Je suis heureuse pour toi, pour vous deux. D'autant plus que ma culotte dino y est pour beaucoup.

Il rit et me serra plus fort encore, et la combinaison d'alchimie et de chaos refit surface.

— La culotte dino, hein ? répéta-t-il. Tu m'étonnes ! C'est grave si je te dis que j'ai bandé quand tu m'as envoyé ton message ?

Son regard, la couleur menthe de ses yeux… Je me perdis dans un océan de doutes. Ses mots me rendaient folle. Décontenancée, je serrai ses cheveux entre mes doigts. Le repousser, c'était ce que j'aurais dû faire, oui, mais il était la seule chose d'agréable qui faisait barrage à mes cauchemars.

— Nate…

— Tu me troubles, Ruby.

Je le trouble ? Je soufflai, je suffoquai presque. C'était encore là. Plus fort encore que les autres fois, plus puissant que ce jeu entre nous sur le parking de l'université.

Nate décrispa ses doigts de mes hanches et effleura mon ventre à travers le tissu de ma chemise. Ma peau prit feu sous ses doigts, comme s'il avait marqué mon corps.

— Je veux te voir dans cette culotte, je veux te faire du bien dans cette culotte, je veux te l'enlever et te voir la remettre.

— Tu fais très pervers, tu sais ? On est à la limite du fétichiste psychopathe.

— Je m'en rends compte et, crois-moi, j'en suis le premier étonné. C'est la première fois que ça m'arrive.

Un rire nerveux m'échappa. Il sourit et posa de nouveau sa tête contre mon ventre.

— La prochaine fois, murmura-t-il en caressant la ligne de ma mâchoire, je veux que tu portes cette fichue culotte quand je te ferai l'amour.

— Qu'est-ce qui te fait croire qu'il y aura une prochaine fois ?

— Toi. Tu ne me repousses pas, tu n'essaies même pas de le faire. Tu m'imposes juste une condition, ne pas t'embrasser. À part cela, tu es plus que réceptive à mon contact.

— Il me semble pourtant que l'on s'est embrouillés plusieurs fois à ce sujet.

— C'est ce que je dis, tu es plus réceptive.

Je ris, il froissa mon chemisier.

— Ça me rend fou, je voudrais savoir pourquoi je ne peux pas t'embrasser.

— Je n'aime pas ça, c'est tout.

— Je pourrais te faire aimer ça…

Je me figeai. Non, rien que de l'imaginer, j'en avais la nausée. Je n'étais certainement pas prête à jouer à ce petit jeu.

— Non, pas de baiser…

— Je sais.

— Mais tu peux m'embrasser où tu veux…

Je rougis de mes propos tandis que, sans un mot, il ouvrait les premiers boutons de mon chemisier et découvrait mon soutien-gorge bleu pâle.

— Merde, tu es magnifique.

Je me mordis la lèvre, puis je fermai les yeux tandis que son souffle contre ma poitrine me donnait la chair de poule. Il écarta mon sous-vêtement et, une fois ma poitrine à nu, il en caressa le galbe arrondi avec une profonde douceur. Je gémis, sa bouche embrassa la vallée entre mes seins tandis que mon corps se crispait de plaisir. Mon ventre était secoué de spasmes qui se propageaient de toutes parts, aussi bien dans ma poitrine que plus intimement, où un plaisir liquide me rendait moite et chaude.

— Nate, soufflai-je en priant n'importe quoi pourvu qu'il continue de me toucher ainsi.

Son regard croisa le mien. Personne ne me regardait ainsi. Personne n'avait des yeux comme les siens dans lesquels se perdre était un jeu d'enfant. Il n'y avait pas de perversité dans son regard, il me scrutait comme s'il me trouvait belle, comme s'il voyait autre chose qu'une blonde paumée.

— Papa !

Hein ? Il se figea, et moi aussi.

— Papa, t'es où ? sanglota Kyle. J'ai fait un méchant rêve…

Je souris en me mordant la lèvre. La bouche de Nate n'avait pas quitté mon corps. Il releva la tête, Kyle n'était heureusement pas sur le palier.

— Voilà un signe qu'il est temps de rentrer, soufflai-je

— J'arrive, champion ! lança Nate en se redressant.

Il se pencha vers moi et replaça mon soutif en souriant d'un air sombre. Tandis qu'il me rhabillait, il embrassait doucement la naissance de mon cou.

— Je suis désolé, ma beauté.

— J'espère bien, dis-je doucement.

Son regard sombre et ses pupilles particulièrement intenses firent grimper une fois de plus ma température.

— Dépêche-toi de le rejoindre, le pressai-je.

— On pourrait...

Je me mordis la lèvre puis secouai la tête. Non, l'appel de Kyle était arrivé à point nommé.

— Bonne nuit, Nate.

Il acquiesça en souriant.

— Bonne nuit, Ruby.

Lorsque je fermai la porte de mon appartement, je me laissai glisser le long de celle-ci. Mon corps brûlait encore d'envie pour lui. Domino se glissa sur mes jambes en bâillant.

— T'as de la chance, la vie est facile pour toi. Dormir, dormir, marcher du divan à mon lit pour dormir, manger, dormir tout l'après-midi, manger et dormir, et rebelote le lendemain.

Il miaula et pressa sa patte sur ma joue pour réclamer des caresses. Je les lui offris tandis que je laissais ma tête partir en arrière. *Nate...* Nous nous étions perdus une nouvelle fois dans le chaos à cause de cette alchimie que nous n'arrivions pas à contrôler. Merde, je l'avais laissé me caresser dans un couloir, là où tout le monde aurait pu nous surprendre, même son fils. Je l'avais laissé faire encore une fois, je le ressentais encore sur ma poitrine.

Tu fais quoi ?

Je ris nerveusement en découvrant son message. Si Kyle ne s'était pas réveillé, en ce moment nous serions en train de faire l'amour, lui et moi. Ce n'était pas plus mal ; pourtant, son corps me manquait atrocement. J'avais une envie folle de le rejoindre, mais je devais trouver un autre moyen que lui pour canaliser mes démons.

Après une bonne séance de shopping entre filles et un long service au bar, je vais me glisser dans mon lit et mettre un film que je ne regarderai pas en entier. Et toi ?

Je restai assise par terre, Domino sur les genoux. La réponse ne se fit pas attendre :

J'imagine que je vais mettre un film en tentant de ne pas penser à ce que mon amour de fils vient d'interrompre…

Je rougis en lisant, puis souris en écrivant :

La police du sexe, on a beau dire, elle est très efficace. Encore bravo en tout cas pour ton stage.

Mon téléphone vibra de nouveau :

Ça te dit de venir fêter ça avec Kyle et moi, demain soir à l'appart ? À 19 heures ?

Pour repartir sur des bases saines, je devais répondre non. Sauf que j'écrivis l'inverse :

Oui, avec plaisir. Bonne nuit, Nathaniel.

Bonne nuit, ma beauté.

Je fermai les yeux, plissai fortement les paupières pour tenter de retrouver ma ligne de conduite et de comprendre ce qui m'arrivait.

Chapitre 16

— Waouh ! lança Kyle lorsqu'il m'ouvrit la porte le lendemain.

Je souris, mon palpitant battait déjà très fort.

— Tu aimes, trésor ? demandai-je en tournant sur moi-même.

Il ouvrit ses grands yeux, et sur ses joues deux taches rouges apparurent. J'avais mis la robe rouge que Rynne avait tenu à ce que j'achète dans la première boutique que nous avions faite. C'était une robe patineuse rouge boutonnée de haut en bas sur le devant, elle faisait un peu années 1990. J'adorais la forme, la matière et la manière dont elle tombait sur moi en épousant parfaitement mes courbes. J'avais un gilet noir, des chaussures un peu compensées noires aussi et j'avais laissé mes cheveux libres. Avec le soleil de la côte californienne, ma chevelure naturellement blonde était encore plus dorée et claire.

— T'es belle, plus belle que les mamans moches de l'école.

Je me mordis la lèvre, j'aimais beaucoup son compliment. Il était inédit et sincère. Je me baissai pour l'embrasser sur les joues, il ne fit pas dans la demi-mesure, il serra ses bras autour de mon cou et m'embrassa à son tour.

— Papa ! Dylan, elle est là, même qu'elle est habillée en belle femme.

J'éclatai de rire et mon cœur déjà bien affolé se mit à battre plus fort encore lorsque Nate apparut. Il avança jusqu'à nous et ébouriffa les cheveux de son fils avant de planter son regard dans le mien.

— Waouh ! dit-il d'un air sombre.

C'était une blague, hein ?

— C'est comme j'ai dit ! lança fièrement Kyle.

— Bien, mon fils ! Allez, va !

Il hocha la tête, se tourna vers moi et esquissa un sourire, puis il trottina jusqu'au salon.

— C'est une sorte de technique de drague, c'est ça ? Le fils, ensuite le père.

Nate esquissa un sourire puis secoua la tête en avançant d'un pas supplémentaire. Il était toujours aussi beau, un rien me suffisait pour affoler mon cœur, mais avec lui c'était plutôt une sorte de tout.

— Non, c'est qu'on a très bon goût dans la famille.

— Et un vocabulaire limité, me moquai-je.

Il se pencha vers moi et m'embrassa la joue. Mon souffle se coupa momentanément. Il le ressentit et gloussa.

— Oui, mais sincère. Il a raison, tu es très belle.

— Tu trouves ? demandai-je alors en tournant sur moi-même comme je l'avais fait pour Kyle.

Il me répondit d'une autre façon que son fils, plus intense, plus érotique. Nate baissa les yeux, je suivis son regard, et la vue de son excitation des plus visibles sous son pantalon me fit rougir. Note pour moi-même : je pouvais jouer avec Kyle, avec Nate c'était plus dangereux. Je me mordis la lèvre puis je ris, son regard brûlant remonta lentement le long de mes jambes, puis il gloussa à son tour.

— Tu as apporté quelque chose ? Il ne fallait pas.

Je lui tendis un plat ainsi qu'une bouteille de cidre.

— Ma grand-mère m'a envoyé une tarte aux pommes, comme c'est un peu gros pour moi toute seule je me suis dit que ce serait plus sympa de la partager.

En silence, il acquiesça. Il attrapa mes maigres présents et s'avança vers la cuisine. Je le suivis mais je m'arrêtai devant Kyle qui jouait avec sa tablette sur un jeu éducatif avec des dinosaures.

— C'est quoi dans tes mains ? me questionna-t-il lorsqu'il m'aperçut.

— Un cadeau, répondis-je.

— Ah, c'est pour moi ?

— Kyle ! râla Nate. De la subtilité et des bonnes manières, mon fils.

Je souris.

— C'est quoi de la sustilé, papa ?

Mon Dieu, c'était trop mignon !

— Sub-ti-li-té, répéta-t-il. C'est quand on pose une question avec habileté et raffinement, mon fils. On ne dit pas : « C'est pour moi, le cadeau ? » mais : « Pour qui est ce cadeau avec un papier Toy"R"Us ? »

— Dylan, c'est pour qui, le cadeau avec le papier Toy"R"Us ? demanda-t-il.

— Toi !

Ses yeux s'illuminèrent et son sourire s'agrandit. Je lui tendis le paquet, il arracha l'emballage en deux secondes, inspecta le paquet et cria comme un fou.

— Waouh, papa ! Papa, regarde !

Nate que je n'avais pas senti arriver se pencha vers son fils. Il me lança un drôle de regard que j'eus du mal à interpréter. Il scruta son fils et s'illumina en voyant ses yeux. Il sourit, lui parla à l'oreille et « Mini-Lui » acquiesça. Tout à coup, j'avais peur d'avoir fait une bêtise, mais, quand j'avais vu ça la veille en allant récupérer le colis de

Granny pendant la séance de shopping, j'avais craqué en pensant illico à Kyle. Peut-être n'aurais-je pas dû, peut-être était-ce déplacé.

— C'est quoi, la télécommande, papa ?

— La manette, rectifia Nate sans le quitter des yeux. C'est un robot dinosaure que tu vas pouvoir faire avancer tout seul.

J'avais le cœur qui battait à cent à l'heure.

— Comme un vrai ?

Nate acquiesça et embrassa le front de son fils.

— Trop cool !

— Tu as dit merci ?

Kyle se jeta sur moi tellement brusquement que j'en tombai à la renverse. Je n'étais pas préparée à recevoir un tel boulet ni un tel élan d'amour. Je l'enroulai dans mes bras pour ne pas qu'il se fasse mal puis j'éclatai de rire avant que Nate n'ait pu gronder son fils.

— Merci, Dylan ! s'exclama Kyle.

Son père m'aida à me redresser et, après avoir mis des piles dans la manette et le dinosaure, il expliqua à son fils comment faire marcher le robot. Ensuite, il m'entraîna dans la cuisine tandis que Kyle s'amusait comme un fou.

— Nate, je suis désolée si…

Il s'arrêta brusquement et je me cognai contre lui. À l'abri des regards du bonhomme, il caressa l'arrondi de mon visage. J'essayai de me dérober sans grand résultat.

— « Désolée » ? répéta-t-il en secouant la tête. Merci pour lui, il est aux anges.

— J'ai pensé à lui en le voyant, ça me fait plaisir.

— Je sais, répondit-il de la même manière qu'il me disait ses « je sais » quand je lui demandais de ne pas m'embrasser.

Je répondis à son sourire et je m'installai sur le tabouret qu'il me montra. Sans un mot, je le regardai faire, c'était tout à fait banal, mais Nate semblait capable de rendre les situations banales attrayantes à mes yeux.

— Champagne, ça te va ? Sinon, j'ai des sodas en tout genre.

— Oui, champagne ! Il faut fêter ton stage !

— Tu as l'âge de boire ? demanda-t-il en souriant.

Je haussai les épaules en grommelant.

— Ha, ha… Va te faire voir. Oui, j'ai l'âge.

— Certaine ? Je m'en voudrais de faire consommer de l'alcool à une fille qui n'y a pas droit…

— Me servir de l'alcool, ça te pose un problème de conscience, mais pour le reste tout va bien ? Je te signale au passage que la première fois que tu m'as invitée tu m'as donné une bière.

— « Le reste » ? demanda-t-il en papillonnant des cils. Je ne vois pas de quoi tu parles.

— Pervers, lâchai-je dans un souffle.

Il se planta en face de moi et sourit en posant deux coupes devant nous. Il remplit la coupe en face de lui puis s'arrêta devant l'autre. Je secouai la tête d'agacement, pourtant je sentais que mon sourire faisait trois kilomètres de long.

— Tu as quel âge, Ruby ?

— Ça ne se fait pas de demander son âge à une femme. Franchement, j'ai la tronche d'une gamine de douze ans ? On peut le connaître, ton âge à toi ?

— Vingt-quatre ans.

— T'es vieux…

Et sexy…

Il rit et une nuée de frissons me dévala l'échine tandis que dans mon ventre un gargouillis constant s'installait pour me tirailler.

— Dans l'État de Californie la majorité sexuelle est à dix-huit ans ; du coup, je n'ai absolument, mais alors absolument, aucun regret d'avoir fait l'amour avec toi, ma beauté, et je le jure sur la tête de ce que j'ai de plus précieux au monde. Maintenant, vu que tu grognes, je dirais que tu n'as pas tout à fait vingt et un ans.

— Et alors ? Tu vas me servir un Coca ? Ça me va, ça veut dire que comme les petits j'aurai le droit de me gaver de chips et de soda sans passer pour une grosse dépressive.

Il éclata de rire, la douleur dans mon ventre s'étira.

— Parce que je suis trop vieux pour ça ?

— Oui, c'est jusqu'à vingt ans.

— Il n'y a qu'une seule majorité qui m'importe, ma beauté, lança-t-il en remplissant la deuxième coupe.

— Trop tard, je vais aller m'installer près de ton fils, au moins lui n'a pas l'air de trouver à redire à mon âge.

— Je n'ai rien à en redire, c'est parfait. C'est juste que je suis un presque avocat, j'essaie de ne pas enfreindre trop de règles.

— Et les règles de bienséance ? demandai-je.

— Rien à voir.

Je secouai la tête. Il me fit un clin d'œil.

— Papa, tu m'appelles pour claquer dans le verre, hein !

— Alors, viens, champion.

Kyle arriva en courant et dérapa avec une extrême maîtrise sur le carrelage. Il tendit les mains vers moi, je le saisis et le posai sur le tabouret à côté du mien.

— Tu veux boire quoi ? demanda Nate.

— Du jus d'orange qui pique la bouche.

Nate le servit dans un petit verre qu'il posa devant lui. J'attrapai la coupe et levai la main.

—Alors, on fête quoi ? demandai-je.

—À papa ! s'écria Kyle, ce qui me fit rire.

—Tu as tout compris, mon bonhomme, approuva Nate. À moi !

—À papa, cria Kyle une seconde fois. Parce que maintenant c'est un avocat comme à la télé.

Je portai la coupe à mes lèvres et bus une gorgée. Le champagne était délicieux, mais ce n'était pas tant ça qui enchantait ma soirée de la sorte. Non, c'étaient eux…

—Maintenant, papa, tu vas pouvoir acheter plus de sous, hein ?

Je gloussai, il n'y avait rien de plus hilarant et adorable que des mots d'enfants. Surtout ceux de celui-là. Il était tellement craquant que j'aurais pu l'écouter pendant des heures.

—Non, je vais travailler pour avoir plus de sous. Les sous ne s'achètent pas. On travaille et on nous en donne.

—Ça dépend, c'est pas le principe des crédits ? plaisantai-je.

Nate me lança un regard en biais pour m'inciter à me taire. Je gloussai.

—Ça, c'est pour plus tard, grommela-t-il.

—Alors tu vas travailler plus ? demanda Kyle après une gorgée de jus d'orange.

—Oui, un petit peu.

—Et tu vas arrêter de travailler au club de bagarre de tonton Mickey ?

—Oui, mais je continuerai de m'entraîner pour rester fort.

Mon ventre gazouilla un peu. Kyle esquissa un grand sourire en hochant vivement la tête.

— Dis, papa, tu pourras m'en prêter un peu des sous ?

Nate gloussa, je posai les coudes sur le bar pour regarder Kyle qui affichait une expression très sérieuse.

— Tu as besoin d'argent, toi ? Pour quoi faire ? demanda son père avec le même sérieux.

— Bah oui, répondit-il en haussant les épaules d'un air soudainement exaspéré. C'est pour faire un cadeau à Dylan comme elle m'en a fait un.

J'éclatai de rire tandis que mon palpitant, lui, repartait de plus belle. J'étais déjà tombée sous le charme de cette petite boule de vie de quatre ans, là il venait de me rendre plus accro encore. J'ébouriffai ses cheveux noirs, attirant son regard vers moi. Je me penchai vers lui et je l'embrassai sur la joue. Ses yeux couleur menthe s'ouvrirent en grand, le rose sur ses joues devint rouge et s'étendit jusqu'à ses oreilles. Je n'avais jamais suscité autant de passion auprès d'un petit garçon et je me sentais flattée.

— Tu es adorable, mon trésor. C'est très gentil, mais je n'ai pas besoin de cadeaux.

— Bah, papa, il dit que les filles, ça aime bien les cadeaux.

Je lançai un regard en biais à Nate qui gloussa et haussa les épaules.

— Si papa le dit, c'est qu'il doit avoir raison, hein ? dis-je sur un ton piquant. Mais garde tes petits sous pour toi, d'accord ?

Il acquiesça en hochant vivement la tête et, tel un casse-cou, sauta au sol. Je le suivis du regard jusqu'à ce qu'il disparaisse.

— Comment peut-il être aussi adorable avec un père aussi misogyne et pervers ? demandai-je avant de boire une nouvelle gorgée de champagne.

— C'est mon fils, il est parfait.

∞

— J'ai encore faim, mais…

— Vas-y, le priai-je. C'est fait pour ça.

Il sourit et se dirigea vers la cuisine avec nos tasses de chocolat vides. Je le suivis sans remettre les chaussures que j'avais abandonnées pour m'installer dans le fauteuil quand nous nous étions installés tous les trois pour regarder un film. Ils avaient fait l'impasse sur leur traditionnelle séance de ciné dominicale parce que nous avions pris le temps de manger, de fêter le succès de Nate et qu'il était trop tard pour la séance. Kyle avait opté pour *Toy Story* et je n'avais pas résisté quand il m'avait demandé de rester avec eux. Je m'appuyai contre le comptoir en regardant Nate s'affairer.

— Tu as encore mal ? demanda-t-il en voyant que je massais mon bras.

— Non, plus vraiment. Je sens juste que c'est sensible quand je change le bandage et que l'on appuie dessus.

— Tu aurais pu décaler Kyle, me gronda-t-il. Il a dormi contre toi, il avait la tête contre ton bras.

— Et risquer de perturber le sommeil d'un futur découvreur de dinosaures, m'esclaffai-je. Sûrement pas ! C'est trop dangereux.

Il rit. Une délicieuse tension se logea dans mon ventre, j'aimais beaucoup l'entendre rire.

— Tu en veux ? me proposa-t-il en me montrant la tarte de Granny.

— Non merci, mais fais-toi plaisir.

— C'est ta grand-mère qui fait ça ? Elle utilise quoi ? Je n'ai jamais mangé de tarte aux pommes aussi bonne.

Je ronronnai en secouant la tête. Les gâteaux de Granny faisaient fureur chaque fois. Elle aurait pu réconcilier des nations avec ça. C'était ma Granny à moi.

— Granny emportera sa recette avec elle, elle ne l'a jamais dite à personne. Elle m'a écrit dans la lettre qui accompagnait le colis qu'elle avait été contactée par un grand pâtissier qui voudrait connaître sa recette et commercialiser ses gâteaux dans son enseigne.

— Elle peut ! m'assura-t-il. C'est divin.

— Je sais, mais elle ne voudra jamais. Elle fait ça par amour et c'est tout ce qui l'importe.

— Rien de tel que ce qui est fait avec amour.

J'acquiesçai en me demandant s'il avait conscience de la portée de ses mots ou de l'effet qu'ils me faisaient.

— Merci pour le repas, c'était délicieux, dis-je. J'ai l'impression d'être comme Domino après son repas : repue et fatiguée.

— Tu ronronnes comme lui, aussi ?

— Peut-être bien…

Il contourna le bar et vint contre moi. Il était impressionnant dans son tee-shirt qui lui collait à la peau d'une manière enchanteresse, laissant place aux fantasmes les plus osés. Il était tout. Audacieusement, je fis le dernier pas qu'il me restait pour être sous son joug et dans ses bras. Voilà, c'était de nouveau là.

Rectification : c'était là depuis des semaines, ça ne s'estompait pas, c'était là en arrivant, ça avait flotté dans l'air toute la soirée et, à l'instant, je lui permettais de nous faire succomber, car j'étais dévorée par mon envie de lui.

— Raconte-moi tes gribouillages, dis-je tandis qu'il nouait ses doigts aux miens.

Il sourit et laissa ma main libre vagabonder le long de son bras quelques secondes. Puis il se pencha vers moi, m'enlaça et me souleva pour me poser sur le plan de travail. J'écartai les jambes pour lui laisser la place. Il ne se fit pas prier et se serra tout contre moi.

— Celui-ci, c'était mon tout premier. J'avais juste envie de me la jouer caïd, dit-il en me montrant une tête de mort mexicaine.

Il déplaça mon doigt jusqu'au tatouage d'un crâne de cerf dont les bois formaient une magnifique couronne.

— Celui-là, c'était le deuxième.

— Pourquoi un cerf?

— J'ai vécu une majeure partie de ma vie au Canada.

Je m'émerveillai. Je rêvais de visiter le Canada.

— Vraiment?

— Oui, j'habitais dans l'Ontario avant de venir par ici. Alors ce tatouage, c'était pour ne pas oublier d'où je viens. (Il déplaça de nouveau mon doigt.) Ces deux dessins ici viennent de Kyle.

— Comment ça? Ce sont ses dessins?

— Oui, approuva-t-il avec fierté. Je les ai faits l'année dernière quand il a eu ses quatre ans.

— C'est... fou, dis-je ébahie en caressant les dessins imparfaits.

Le premier était une fleur sommaire, comme pouvait le faire un gamin de quatre ans, aux nombreux pétales irréguliers et dont la tige et les contours étaient noirs, le cœur de la fleur était vert et les pétales bleus. Le second était un bonhomme avec une grosse tête, un sourire et de longues jambes, à côté d'un plus petit bonhomme dessiné de la même manière.

— C'est vous? demandai-je.

— Oui. On a choisi ensemble deux dessins et je les ai fait tatouer. J'imagine que beaucoup trouvent ça stupide;

pour ma part, je me fiche de ce que peuvent penser les gens du moment que je suis son héros et que ça nous plaît.

Seigneur ! Je fondais.

Il disait ça avec un tel aplomb. Il était tellement remarquable. C'était insolite et tellement plus intéressant que de se faire tatouer un simple prénom ou un visage. J'adorais l'idée, c'était tellement mignon, adorable et intense.

— Je trouve ça génial ! Tellement plus qu'un prénom.

Il sourit et se mordit la lèvre en penchant la tête sur le côté.

— Merci. Pour le reste, disons que ça raconte ce que je suis. Les gens trouvent ça vulgaire et se permettent des préjugés souvent idiots. J'ai des tatouages alors forcément je me drogue, je bois et mon fils finira mal. Tu vois le genre ?

J'acquiesçai, me délectant des œuvres d'art qui coloraient ses bras saillants.

Une fois, je récupérais Kyle à l'école, c'était avant l'été. J'étais en tee-shirt et bien sûr je ne peux pas cacher ça. Il y avait plusieurs mères d'élèves, et pendant que Kyle me racontait sa journée ces bonnes femmes me critiquaient en disant : « Quelle vie il aura ce pauvre petit… »

Je grimaçai ; les rumeurs, je savais qu'elles pouvaient faire mal.

— Mais, pendant que mon fils me parlait et me faisait des câlins, elles ne prêtaient même pas attention à leurs propres enfants !

— Elles auraient mérité qu'on leur colle deux ou trois crottes de nez.

Il grogna tout en éclatant de rire.

— Ce qui me dérange le plus, c'est que parfois Kyle les entend. Moi, je m'en fous, je fais avec, ça me passe par-dessus la tête, mais je n'aime pas que ça l'atteigne.

— Tu es un papa en or. Tatoué, oui, mais en or quand même. Il n'y a qu'à voir ton fils pour le comprendre, dis-je en glissant mes doigts sur ses motifs tribaux et floraux.

— Ils font partie de mon identité, ils me rappellent chaque jour qui je suis.

— Tu es un SPTTS…

— Quoi ?

Je me mordis la lèvre, ce qui attisa plus encore sa curiosité.

— Super Papa Tatoué Très Sexy…

Il ne répondit rien, du moins pas tout de suite, puis avec une extrême tendresse il laissa ses doigts rugueux parler et murmurer contre ma peau des choses que personne ne m'avait jamais dites. Il remonta langoureusement le chemin de mon genou à ma cuisse.

— J'aime assez ta manière de résumer les choses, souffla-t-il. C'est clair, concis, sexy… Pourquoi ai-je l'impression qu'il n'y a pas de préjugés avec toi ?

Je souris en lui confirmant qu'il n'y en avait pas, ce qui le fit sourire à son tour. Quand ses mains remontèrent plus haut et disparurent sous ma robe, mon souffle se coupa et mon regard se troubla. Nate s'inclina vers moi et posa brièvement sa bouche sous mon oreille. Mon Dieu, je succombais à sa maîtrise, esclave de notre trouble commun !

— Il paraît que sous le bras, c'est là où ça fait le plus mal, dis-je en caressant la rose qui était tatouée à cet endroit.

— Oui, on peut dire ça, mais au bout d'un moment ce n'est plus qu'une question d'habitude. Et toi, est-ce que tu en as ?

— Quoi donc ?

— Des tatouages, répondit-il en pressant ses lèvres contre ma main.

— Oui, murmurai-je. Deux. Mais ils sont plus discrets que les tiens.

Il se redressa. Son sourire se figea, la menthe dans ses yeux redoubla d'intensité, sa mâchoire se crispa légèrement.

— Où ça ?

— Un en dessous de la nuque et un autre dans le bas du dos.

— Et j'ai raté ça ? grommela-t-il.

Je ris en hochant la tête. L'un était discret, l'autre plus important mais tout aussi secret.

— Tu peux déjà découvrir le premier, dis-je en basculant la tête sur le côté.

Il écarta mes cheveux puis se pencha vers moi tandis qu'il décalait un peu ma robe.

— Un pissenlit, lança-t-il d'une voix devenue grave. C'est inspirant…

Je sentis son souffle contre ma peau, ce qui me fit frissonner de toutes parts.

— Très inspirant… Je pourrais passer des heures à souffler dessus pour essayer de faire s'envoler les graines.

C'était idiot, mais ses mots m'affolaient. Je crispai mes doigts sur ses bras et je resserrai mes jambes autour de lui. Un grognement très sexy s'échappa de sa gorge, je fermai les yeux en me rendant compte de l'effet que ça me faisait, de la puissante alchimie qu'il y avait de nouveau entre nous.

— Le pissenlit est la plus banale et la plus abondante des fleurs des champs. Quand j'étais petite, je regardais ma mère souffler dessus pour laisser les graines s'en aller au vent dans le ciel. Elle disait que si on les soufflait toutes d'un seul coup, ça exauçait un vœu.

— Je peux en faire un, tu crois ?

Je fermai les yeux en lâchant un oui, tandis que sa bouche sublimait ma nuque des plus belles attentions. J'ignorais pourquoi, mais, après m'être réveillée et avoir subi l'enfer pour la dernière fois, faire ce tatouage avait été le premier signe de ma rébellion, le premier pas vers l'envie de guérir. Malgré sa forme, malgré son insignifiance et sa pousse abondante, sa signification était belle. La pureté, l'innocence, la nostalgie ainsi que l'envie de prendre son envol, ça me correspondait bien.

— C'est fait ? demandai-je.

Il releva la tête.

— Peut-être bien, oui.

— Tu me racontes ?

— Non, ça porte malheur et surtout il ne se réalise pas. J'ai très envie qu'il se réalise là, tout de suite.

Je ris, alors il plaça son pouce contre ma bouche.

— Chut, nous ne sommes pas seuls, Ruby. (J'acquiesçai silencieusement.) Ça fait des jours que j'attends ça, que je pense à toi, que je t'imagine de mille et une façons. Alors évitons d'alarmer la police du sexe.

Ses mains glissèrent de ma nuque à mes épaules, il effleura le galbe de mes seins, caressa ma taille puis arrêta sa descente sur mes cuisses. Je lâchai un gémissement.

— Tu sais que ça me laisse une vague idée de ce qu'a pu être ton vœu.

Il posa sa bouche sur mon menton ; son sourire, ses yeux rieurs, il était un tout si délicieux. Je mourais d'envie de lui, de retrouver les sensations qu'il avait fait naître les fois où nous nous étions retrouvés dans cet état.

— C'est un peu l'idée, ma beauté. (Ses lèvres glissèrent jusqu'à la naissance de mon cou.) J'ai envie de découvrir ton deuxième tatouage, de te faire l'amour ici et maintenant…

— Moi aussi, j'en ai envie…

Il rit et serra ses bras autour de ma taille, il me tint serrée si fort contre lui qu'il me fit presque mal. Je fermai les yeux, il continua de m'embrasser avec délicatesse dans le cou. Il murmurait contre ma peau des compliments que je n'acceptais que de lui. Il disait que j'avais la peau douce, que je sentais bon, que j'étais belle… Et mon corps lui répondait en frissonnant. Lorsqu'il se redressa, le manque de sa chaleur me glaça les os.

— Je peux ? demanda-t-il.

J'aimais sa délicatesse, j'aimais qu'il demande chaque fois s'il pouvait me toucher :

— Oui…

Il ouvrit les premiers boutons de ma robe avec lenteur et, lorsqu'il découvrit que je ne portais pas de soutien-gorge son regard se troubla. Sans un mot, sans laisser une seconde supplémentaire lui échapper, ses mains chaudes m'accaparèrent. Il se pencha, colla son visage sur la vallée entre mes seins et les pressa doucement dans ses paumes tout en lâchant un souffle ardent, impatient. J'étouffai un gémissement et je me pressai plus fort contre lui. Alors sa bouche couvrit de caresses les galbes de ma poitrine avant d'en attraper les pointes en un geste délicat qui fit monter la fièvre et la tension entre mes jambes. Tandis que ses lèvres gourmandes me sublimaient, il continua d'ouvrir les boutons de ma robe. Lorsqu'il défit le dernier, je le sentis à sa manière de me serrer, à sa façon de respirer, à son regard. Il avait découvert ma culotte.

La culotte à têtes de dinosaures.

—Oh merde, Dylan !

—C'est fou, tu as la même expression que ton fils dans les yeux quand tu reçois un cadeau. C'est mignon !

—Seulement l'expression, ma beauté. Parce que mes pensées sont horriblement salaces et, si je te les dévoilais, tu me trouverais moins mignon, je peux te l'assurer. Tu me traiterais même de pervers, pour changer.

Je souris tandis qu'il me dévorait des yeux, puis je rougis en me rendant compte à quel point j'étais vulnérable à côté de lui. Encore une fois, j'étais nue ou presque, lui était encore habillé, mais, surtout, c'était lui qui menait la danse. Je n'avais aucun contrôle de la situation, mais je ne voulais pas qu'il s'arrête, je voulais tout de lui…

—Tant mieux, c'est tout à ton honneur, murmurai-je.

Il jura entre ses dents, s'éloigna de quelques centimètres pour mieux me prendre dans ses bras.

—C'est…

Ses mains se crispèrent sur mes cuisses, je me mordis la lèvre. Il en perdait ses mots, j'en perdais mon souffle. Nous n'étions que deux âmes de nouveau perdues dans le chaos.

—Enfin, tu savais ce que je te ferais si tu avais cette fichue culotte, non ?

—C'est tout l'intérêt de la porter.

—Merde, tu es tellement belle ! Tu me rends dingue.

Nate se pencha vers moi, sa langue titilla la pointe de mon sein, qu'il fit disparaître sous ses lèvres, tandis que sa main s'insinuait plus intimement. Il me caressait à travers le tissu de ma culotte, pourtant j'avais l'impression d'être nue. J'avais l'impression de sentir sa peau contre la mienne.

—Nate…

—Oui ? répondit-il malicieusement.

Je ne dis rien, me contentant de ressentir le plus pleinement possible ses caresses et le plaisir intense que cela me procurait. C'était aussi délicieux que son regard, qui m'offrait silencieusement les plus beaux compliments. J'ignorais pourquoi il avait une telle intensité dans les yeux. Il n'avait devant lui qu'une pauvre fille avec une culotte à têtes de dinosaures, pourtant on aurait dit qu'il venait de découvrir Shakira toute nue assise dans sa cuisine.

—J'ignore de quelle manière je te veux, ma beauté. Tu m'inspires bien trop de choses.

Je m'agitai contre sa main en gémissant faiblement. Je me pressai contre sa bouche, qui ne quittait pas ma poitrine, pour qu'il m'embrasse plus intensément, puis j'attrapai les pans de son tee-shirt pour le lui retirer. Il l'enleva dans la seconde, et, aussi affamée qu'assoiffée de lui, je le caressai jusqu'à buter contre son jean. Je défis les boutons comme il l'avait fait plus tôt avec les miens. Un grognement remonta de sa poitrine lorsqu'il me vit me mordre la lèvre. Je venais de libérer son sexe de son boxer pour le caresser, et ça me rendait folle.

—Dylan…

—Oui ?

Il sourit en posant son front contre le mien. Il me caressa profondément en enfonçant deux doigts en moi, je lui répondis en faisant glisser sa peau tendue jusqu'à la base, puis je remontai avec douceur. Nous tremblâmes ensemble, partageant le même frisson, le même trouble ; nos peaux se couvrirent d'un léger voile de sueur et de chair de poule. Nos regards se verrouillèrent et, alors que nous nous caressions simplement, nous nous retrouvâmes liés, son corps parfaitement emboîté dans le mien. Je me cambrai pour accueillir sa poussée le plus profondément possible et je me laissai aller contre lui. Sa main se plaqua soudainement sur ma bouche, et je compris qu'il contrôlait une envie que je lui refusais encore et toujours...

— Et ce vœu ? demandai-je dans un souffle quelques instants plus tard.

— Il ne s'est pas réalisé, répondit-il d'une voix tout aussi saccadée que la mienne. Mais je ne désespère pas de le voir s'accomplir dans un futur proche.

Ses doigts glissèrent langoureusement le long de ma colonne vertébrale, il progressa sur ma nuque, s'amusa avec mon tatouage quelques secondes puis termina sa course sur mes lèvres, qu'il caressa amoureusement. Ce fut à cet instant, quand nous tremblâmes l'un contre l'autre, que je compris la nature de son vœu et la force avec laquelle cela me perturbait.

Chapitre 17

Partout, on peut entendre que la mort est difficile, je sais par expérience que c'est faux. La mort est la partie la plus facile. Une fois qu'on est mort, tout est fini, il n'y a plus rien que la tristesse et le désespoir qu'on laisse derrière soi. Vivre, c'est affronter ses peurs, ses douleurs, faire face au monde. Être vivant, c'est avancer malgré les épreuves. Je n'ai jamais aimé les choses compliquées. J'aurais préféré que tout reste facile. J'ai toujours fait partie de celles et de ceux auxquels une équation mathématique pouvait causer une violente migraine. Mon cerveau avait décidé d'arrêter de comprendre après les divisions et les premières équations. Après ça, j'avais décrété que les mathématiques étaient trop dangereuses pour mes neurones.

J'ignore ce qui me pousse à ouvrir les yeux. Pas l'envie de vivre ni d'affronter le monde en tout cas. La douleur sans doute, car lorsque j'ouvre les yeux alors que je croyais plonger dans les ténèbres pour l'éternité, c'est la douleur qui m'accueille. Mon ventre me fait souffrir. La lumière vive me brûle les yeux et, tandis que je refais surface, j'entends que l'on s'affaire autour de moi. Je me force à garder les yeux ouverts, je me redresse mais quelque chose me bloque : un tube dans mon nez et dans ma bouche. Je panique, mais des voix familières me prient de me calmer. Mon père se penche le premier vers moi, son visage est méconnaissable. Il me gifle avec rage.

—Refais ça, ma fille, et je te promets que la prochaine fois je t'aide, et on verra si tu veux vraiment mourir. Refais ça et je te jure que…

Il se met à pleurer et fond dans mes bras en me serrant très fort contre lui. Ma mère se joint à lui. Granny caresse mes cheveux en me murmurant que je n'ai plus rien à craindre. Je comprends vite que mon père m'a trouvée à temps et qu'ils m'empêcheront tous de les abandonner de nouveau. Puis mon père se redresse et part chercher le médecin. Ma mère me caresse le visage en silence, et je m'excuse d'avoir pris une décision hâtive, égoïste, stupide et minable. Elle me borde, me dit que ce n'est pas grave, Granny en fait autant. Mon père revient avec le médecin, et je vois dans les yeux de celui-ci, qui est accompagné de deux femmes en blouse bleue, que quelque chose ne va pas…

—Je suis heureux de vous revoir parmi nous, Dylan. On vous a soignée à temps…

Quand il annonce la nouvelle, mon père balance son poing dans le mur en criant, ma mère se met à pleurer. Sur l'instant, je ne comprends pas, mon esprit marche au ralenti, j'ai du mal à mettre de l'ordre dans ma tête. Je me sens groggy et affaiblie.

Quand Granny se penche vers moi et qu'elle pose sa main sur mon ventre, en me murmurant que ça ira, qu'après ça le plus dur sera passé et que je n'aurai plus qu'à remonter la pente, j'acquiesce :

—D'accord…

—Nous allons préparer la salle de travail et je vous y emmène sur-le-champ, décrète le médecin.

Je n'ai rien vu, je n'ai pas compris les symptômes, je ne les ai pas interprétés comme il le fallait.

J'étais enceinte depuis mon viol.

Cet enfoiré m'avait mise enceinte.

J'ai quelque chose en moi. J'avais…

Les coups que j'ai reçus et les médicaments que j'ai ingurgités ont tué ce… cette…

Je secoue la tête en me rendant compte que je ne parviens pas à mettre un nom dessus, à formuler la pensée que c'est mon bébé.

Le temps me semble long entre le moment où l'on m'allonge sur le lit et celui où les sages-femmes commencent à sortir de mon ventre un petit prématuré de quatre mois. J'ai mal, extrêmement mal, mon ventre me fait souffrir. Je ne ressens pas l'amour inconditionnel que je devrais éprouver pour ce petit être. Rien. Hormis une tristesse infinie et le poids sur mon cœur d'un chaos insoutenable.

— Voulez-vous savoir le sexe ?

Je hoche la tête, mais je me rends compte que je m'en fiche. Ça n'a aucune importance.

C'est une fille. Elle est frêle, minuscule, un peu bleue et ensanglantée. Elle est tellement petite qu'elle ressemble à une poupée. Ses mains, ses pieds, je n'ai jamais vu une chose aussi petite, aussi triste.

— Je peux la tenir ?

La sage-femme acquiesce et pose contre moi cette petite chose qui me semble irréelle. Je n'ai pas l'impression qu'elle vient de moi. J'ignorais qu'elle était en moi et qu'elle avait commencé à vivre, et la pauvre est morte sans amour. Je m'en veux de lui avoir fait croire que j'allais lui donner la vie. Je m'en veux, car si j'avais su bien plus tôt je ne l'aurais pas gardée.

J'aurais voulu ne pas être si insensible et éprouver pour elle des sentiments d'amour, mais je ne peux pas. Pas dans mon état.

Je ferme les yeux alors que je sais très bien que tout le monde guette mes réactions. Je plisse les paupières le plus possible pour essayer de pleurer, mais rien ne vient, alors je serre le bébé contre moi. Sa chaleur, qui venait de moi, me réveille et je jure de vivre. Je lui promets que je vais vivre et prendre ma revanche sur la vie pour l'honorer.

Je ne l'embrasse pas quand je la rends à la sage-femme.

Je ne pleure pas.

Je fais face à la putain de réalité qui m'inflige ça.

— Voulez-vous lui donner un nom ?

— Non…

Je n'en ai pas la force.

Je n'en ai pas envie.

Je n'ai pas assez d'amour pour ça.

Ce n'est pas mon bébé.

Ce n'est pas un désir, mais la conséquence désastreuse d'un viol.

Je me sens horriblement égoïste. La sage-femme me dit que ce n'est pas grave, que mon cas n'est pas isolé, que l'hôpital se chargera de le faire, et puis elle l'enroule dans une étoffe avant de la déposer dans quelque chose qui ressemble à une boîte à chaussures.

Elle sort de la pièce avec la boîte, celle qui reste se penche vers moi :

— Parfois la vie est difficile, elle se montre chienne et injuste, mais ce n'est pas une raison pour renoncer à elle. Un de ces quatre, Dieu mettra sur ta route ce quelqu'un ou quelque chose qui te permettra de te réconcilier avec elle et avec toi.

Je répète cette phrase dans ma tête un long moment.

J'espère de tout cœur…

∞

S'il y avait bien une chose à laquelle je ne m'attendais absolument pas, en ouvrant la porte de si bon matin, c'était de découvrir ma mère et Granny sur le palier. En entendant les coups, j'avais pensé à Nate et à Kyle. J'étais surprise, agréablement. Je m'écartai pour les laisser entrer et me fondre dans leurs bras.

— Mon Dieu, que tu es belle ! s'extasia ma mère. Tu es divine, regarde-toi, tu es bronzée et tes cheveux sont encore plus longs…

Je plissai le front et le nez, un TOC que je tenais de mon père. J'avais une gueule à faire peur. Je n'étais pas lavée ni même démaquillée de la veille…

— Tu as repris un peu de poids, renchérit Granny en m'embrassant. Tu es belle comme un cœur.

— Merci, mais… qu'est-ce que vous faites là ? demandai-je.

— On s'ennuyait, alors nous nous sommes dit : « Pourquoi ne pas venir passer une journée entre filles ? » À moins que tu n'aies quelque chose à faire ou quelqu'un à voir ?

Je souris en secouant la tête. *Sacrée maman !* Quelle manière subtile d'essayer de savoir si j'avais quelqu'un dans ma vie.

— Je suis libre comme l'air !

J'attrapai le sac de Granny pour la soulager, lançant un regard à ma mère pour lui faire comprendre qu'elle devrait ménager les vieux os de ma Granny, mais elle m'ignora.

— Alors c'est ton petit chez-toi ? C'est coquet.

— Merci, dis-je en ouvrant la fenêtre du salon pour aérer un peu.

Fort heureusement, j'avais fait le ménage la veille en rentrant du boulot. Elles firent le tour très rapide du salon pour inspecter les lieux, et ma mère s'extasia de nouveau en voyant Domino s'étirer puis bâiller. J'entraînai ma grand-mère dans la cuisine.

— Tu es bien ici ? demanda Granny.

— Très. C'est calme, assez grand et surtout c'est près de tout ce dont j'ai besoin.

— Tu as repris des couleurs, un peu de poids, tu as l'air bien, effectivement.

J'acquiesçai en souriant. J'adorais Granny, elle était unique, et parfaite à mes yeux. Je l'aimais d'amour de m'avoir appris les choses qu'elle connaissait et qu'elle aimait. Et j'étais contente qu'elle se sente fière de moi.

— Ça va, oui. Tu veux du café ou tu préfères du thé ? Il m'en reste encore au caramel, au jasmin, à la rose et aussi du Earl Grey.

— Un thé à la rose, ma douce.

J'acquiesçai et je sortis ma bouilloire, que je remplis d'eau minérale. Je la posai sur le gaz. Je savais que ma mère, elle, était une inconditionnelle du café.

— Je t'ai fait une autre tarte aux pommes et je t'ai préparé des petits plats faits maison que j'ai congelés. Tu en as pour une bonne semaine avec tout ça, comme ça tu économiseras un peu de ton salaire pour te faire des petits plaisirs.

— Tu ne devrais pas faire ça, dis-je. Et moi, je ne te mérite pas le moins du monde.

— Si je ne peux plus préparer de petits plats pour ma petite-fille, ma carrière de mamie est foutue !

— Tu es la meilleure des mamies, pour rien au monde je ne t'échange. Tu es à moi.

Elle sourit et m'enlaça, puis s'assit.

— Tu as mis des fleurs, ça égaie les lieux.

— Une maison sans fleurs est une maison sans âme.

Elle rit. Je tenais cette réplique d'elle. Je mis en route la cafetière et sortis trois tasses. Elles n'étaient pas venues les mains vides; je disposai les petites douceurs sucrées dans un plat. C'était bizarre, de les avoir chez moi. L'appartement prenait vie d'une manière différente. Plus douce, plus agréable, plus tendre. Vivre avec elles me manquait, tout autant que de vivre avec mon père. Cet appartement était mon premier bond en avant.

—Alors, qu'est-ce que tu racontes de beau? demanda ma mère en s'asseyant à côté de Granny.

—Rien de particulier, les cours la journée, le boulot le soir, la boxe quand je peux, et je me repose le dimanche.

—Tu as un petit copain?

—Non.

Granny sourit, comme si, à travers ma réponse, elle avait lu toute mon histoire avec Nate. Ma mère fit la moue, déçue. J'étais certaine qu'elle pensait qu'en venant à l'improviste elle allait trouver un mec dans mon lit. Ma mère n'était pas du genre à vouloir me voir marier à un beau parti, mais elle estimait que les relations amoureuses étaient la base d'une vie. Pour elle, cela avait une importance capitale, bien plus que l'argent. Ma mère était une originale. Volage, libre, amoureuse. Amoureuse de tout. Amoureuse de la vie, de l'amour, des gens, de tous les êtres vivants, du monde. Aux yeux de beaucoup, elle était folle, un peu bohème, voire hippie. Moi, je l'adorais telle qu'elle était; autrement, elle n'aurait pas été ma mère. Elle incarnait tout ce qu'elle voulait et c'était pour ça que je l'admirais tant. Elle revendiquait, affirmait et défendait avec ardeur ses sentiments et son ressenti. Elle n'attendait qu'une chose: que je lui présente un garçon. Elle pensait que c'était par là que j'allais trouver le chemin de la guérison et de la rédemption, en rencontrant l'amour.

Avec mon père, ils avaient formé un couple très nature, éperdument amoureux et fusionnel. Un peu comme ce que je partageais avec…

Non. NON!

Je secouai la tête pour faire partir de mon stupide cerveau l'idée que ma relation avec Nate faisait des étincelles et qu'elle était fusionnelle. Nous n'étions pas un couple.

Pour en revenir à mes parents, ils avaient divorcé quand ma mère avait eu son cancer, car mon père, trop protecteur, l'empêchait de se soigner comme elle le voulait. Après avoir été embauché au musée des Sciences et d'Histoire naturelle, il avait perdu de sa folie qui le connectait à ma mère. Il s'était assagi. Elle était repartie chez Granny, et, malgré l'amour qu'ils ressentaient encore l'un pour l'autre, ils avaient convenu que le mieux était de se séparer.

— C'est dommage quand même ! Tu n'as rencontré personne dans une si belle ville ?

Oh si !

— Non.

— Alors tu t'y prends mal.

— Mais laisse-la donc aller à son rythme, la gronda ma grand-mère.

— Merci, Granny !

Alors que je versais du café dans deux tasses et le thé pour ma grand-mère, elles virent les marques de brûlure sur mon bras et poussèrent des exclamations alarmées.

— Mon Dieu, que s'est-il passé ? demanda Granny en caressant ma peau.

— Je me suis brûlée avec de l'huile.

— Comment as-tu fait ton compte pour être aussi marquée ? Tu as plongé ton bras dans une friteuse ?

Je secouai la tête.

— Je gardais Kyle, le fils de… (Je compris que j'avais fait une erreur en voyant leurs regards étonnés. Trop tard.) Le fils du voisin et il est tombé à côté du gaz sur lequel il y avait de l'huile. Je me suis interposée pour le protéger, et c'est moi qui ai tout pris.

Granny inspectait méticuleusement mon bras.

— Tu as bien cicatrisé. Tu aurais dû nous en parler, je t'aurais envoyé des onguents, je te posterai une pommade cicatrisante en rentrant.

J'acquiesçai.

— Merci.

— Ça te fait mal ? demanda maman. Tu es bien marquée.

— Pas du tout. Je pensais justement me faire un tatouage, peut-être à cet endroit du coup. Une manchette de fleurs, autour de mon poignet.

— Tu aurais dû nous le dire !

— Ça va, je suis allée à l'hôpital et puis ça ne me fait plus mal. Je me prends en main, j'essaie de faire les choses comme une grande.

— Depuis quand tu joues les baby-sitters ? Et c'est qui, ce garçon ?

Si j'avais gardé cette histoire pour moi, c'était justement pour ne pas avoir à m'étendre sur le sujet et être questionnée. Je connaissais assez ma mère pour qu'elle voie dans mon geste un acte d'amour héroïque. J'adorais Kyle, ce gamin faisait battre mon fichu cœur dès qu'il riait, mais je n'étais pas prête à parler d'amour…

Je n'avais pas tellement envie de parler de ma relation avec Nate et Kyle. Parce que, lorsque j'y pensais, j'avais le sentiment d'être une imposture, une souillure dans leur vie. Je savais, au fond de moi, que je ne les méritais pas.

Ni la tendresse charnelle de Nate ni les sourires de Kyle. Je me faisais l'effet d'une égoïste. Je savais aussi que ça n'allait pas durer, qu'un jour j'allais devoir mettre un terme à cette relation, que ça ne mènerait à rien. Je ne voulais pas aimer ni être aimée. Je n'étais pas prête à ça… Et je n'avais pas la moindre envie d'expliquer ça à ma mère. Elle ne comprendrait pas.

— Kyle est le fils de mon voisin du dessus. Il a quatre ans.

— Oh, il est mignon ?

— Adorable.

— Et son papa ?

— Maman…

Granny rigola, alors que ma mère poussait un soupir d'exaspération. J'éclatai de rire comme une gosse. Après le petit déjeuner, je me dirigeai vers la salle de bains pour y prendre une douche rapide afin de les emmener en ville pour une balade entre filles. Une fois sous la douche, j'entendis la porte puis ma mère. Je ne me cachai pas. Je n'étais pas pudique, encore moins avec ma mère. Le corps humain ne m'avait jamais dégoûtée, mes parents n'avaient jamais eu honte de se promener nus devant moi. Et il nous arrivait encore de partager un bain ensemble, ma mère et moi. C'était un truc entre nous. Un moment entre mère et fille.

— Tu me fais une place, mon bébé ?

Elle avait retiré ses vêtements. Je me décalai pour lui laisser la place et elle se glissa sous le jet d'eau.

— Tu me manques, tu sais, me dit-elle.

Mes lèvres tremblèrent. Elle m'attira contre elle. Je fermai les yeux, respirant l'amour de la femme de ma vie.

—Je suis heureuse que tu prennes ton envol et que tu ailles bien.

—Je ne ferai plus de bêtises, c'est promis…

On ne parlait jamais de mon viol ni même de ma tentative de suicide, du moins pas tant que je n'abordais pas le sujet en premier. C'était une règle d'or à la maison, pour autant nous nous parlions toujours, nous nous disions toujours tout. Mon « drame », comme l'appelait mon père, était un sujet tabou, et j'avais encore du mal à en parler sans me retrouver complètement chamboulée… C'était trop moche pour en faire un sujet de conversation.

Ma mère glissa ses mains dans mes cheveux et m'embrassa le front.

—Je sais, mon cœur. Je sais, mais je suis fière de toi. (Je souris en essayant de ne pas pleurer.) Tu t'en sors admirablement bien, j'ignore ce qui te rend aussi belle et sûre de toi, mais surtout continue et ne lâche rien, parce que je te retrouve, ma fille. Tes taquineries, tes sourires, ta joie de vivre sont mon mantra, mon bébé. Ce sont mes plus beaux trésors. Je ferai tout pour les préserver.

Je plissai les yeux, elle sourit. J'avais le cœur au bord des lèvres, j'avais envie de pleurer et de lui dire de se taire. Je n'étais plus la même, je ne le serais plus jamais, mais je ne désespérais pas de me sentir mieux. Ma mère me souffla un « je t'aime » comme une formule de guérison qui libérerait d'un maléfice mon esprit perdu. Je lui répondis, elle m'embrassa le front de nouveau, puis se lava rapidement avant de sortir.

—Au fait, j'aime beaucoup le look entièrement rasé.

Je rougis à la puissance mille.

—Je devrais peut-être essayer…

Sans prendre le temps de sécher ses cheveux, elle enfila ses vêtements et sortit de la salle de bains pour rejoindre

Granny. Je terminais de me laver et de m'habiller quand des coups à la porte se firent entendre. Je passai devant ma mère en me dirigeant vers l'entrée.

— Je pensais que tu n'attendais personne.

— C'est le cas.

Elle sourit, je tirai la langue. J'ouvris la porte et mon sourire s'effaça.

— Nate ? Qu'est-ce que… ?

Il avait une mine horrible, son visage était crispé, ses cheveux étaient en bataille. Il avait l'air fatigué et dans ses bras se tenait un petit singe pendu à son cou, complètement débraillé. Mon cœur se souleva. J'aurais voulu me nicher contre eux, j'aurais voulu les serrer contre moi pour les soutenir.

— C'est Kyle. Il est malade, j'ai filé ma voiture à Asher hier et il doit me la rapporter dans la journée, mais…

Je soupirai. Kyle était dans les vapes, il n'avait pas l'air de se rendre compte où il était. Je posai ma paume sur sa joue. Il était bouillant. Il tourna la tête vers moi et tendit ses petites mains pour réclamer un câlin. Je m'approchai pour l'embrasser sur le front.

— T'es malade, mon trésor ?

— Un petit peu, oui.

— Qu'est-ce que je peux faire pour toi ? demandai-je à Nate qui me regardait avec des yeux brûlants.

— Tu pourrais le garder une petite heure, le temps que j'aille à la pharmacie ; je ne veux pas le laisser seul ou qu'il prenne plus froid encore… Je ne sais pas trop quoi faire, il n'est jamais malade. Du moins pas comme ça. On dirait un gros rhume, mais je ne sais pas… Je m'inquiète sûrement pour rien.

— On ne s'inquiète jamais pour rien ! lança Granny derrière moi.

Nate sursauta et plissa les yeux.

— Je suis désolé, je t'embête…

Ma mère et Granny apparurent derrière moi. Il releva la tête et glissa sa main libre dans ses cheveux, il était à tomber… comme toujours. Kyle se cacha contre le torse de son père.

— Bonjour, dit-il un peu perdu. Excusez-moi de vous déranger, j'ignorais que Dylan n'était pas seule. Je vais me débrouiller autrement, je…

— Ce n'est rien, lança ma mère pour le rassurer. Vous ne dérangez personne. Je suis Lauren, la mère de Dylan. Et vous êtes ?

Je lui lançai un regard noir. Elle recommençait.

— Nate, je suis le voisin de… Dylan.

— Ooh, enchantée !

Je plissai les yeux, elle haussa les épaules. Elle n'était vraiment pas croyable. J'allais en entendre parler de mon voisin ; tant qu'elle ne l'avait pas vu, ça allait, mais maintenant c'était mort.

— Je suis guérisseuse et infirmière retraitée, vous voulez que je jette un coup œil ? proposa Granny. J'ai soigné celle-ci, ajouta-t-elle en me désignant, pendant toute son enfance et, promis, elle se porte bien.

Je rougis, j'aurais voulu me cacher. Nate sourit, il avait l'air bizarrement content de voir des membres de ma famille.

— Je ne…

— Si je vous le propose, c'est que ça ne me dérange pas, mon garçon.

— Merci, répondit-il.

Il murmura dans le cou de Kyle quelque chose qu'eux seuls comprirent. Je laissai ma grand-mère s'avancer vers Nate qui riva ses yeux sur moi. Je souris en hochant la tête, il n'y avait pas mieux qu'une Granny pour prendre soin de soi quand on était malade. Mon petit amoureux allait vite s'en remettre.

—Bonjour, petit père.

Kyle se cacha dans le cou de Nate en grommelant un « bonjour ».

—T'es qui ? demanda-t-il méfiant.

Nate s'apprêtait à le réprimander quand Granny éclata de rire.

—Je suis la grand-mère de Dylan. C'est moi qui lui fais des gâteaux et qui soignais ses bobos quand elle était aussi petite que toi.

Elle capta aussitôt son attention.

—C'est vrai ?

—Oui, même que pour guérir des bobos de la gorge je lui faisais des sucettes au thé et au miel.

Les yeux de Kyle s'agrandirent, il toussa puis sourit.

—Tu veux bien me laisser voir ce que tu as pour que je puisse t'aider à aller mieux ?

—Oui.

Il tendit alors ses bras sous le regard éberlué de Nate. Granny l'attrapa et l'emmena dans mon appartement. Elle avait l'art de mettre les gens en confiance.

—Tu t'appelles comment ? demanda-t-elle.

—Kyle. Et toi ?

—Granny. Et tu as quel âge ? Parce que tu me sembles être un grand garçon…

—J'ai quatre, dit-il. Et toi ?

—Kyle…, gronda Nate.

—Soixante-quatre ans, répondit Granny. J'ai juste un six de plus devant le même quatre que toi.

Granny le posa sur le bar. Kyle rit. Je souris. Nate soupira. Et ma mère le dévorait des yeux.

— Tu connais les dinosaures, Granny ? Parce que moi, je connais plein de trucs sur eux.

— Un peu, oui, mais tu peux me raconter, j'aime apprendre des choses.

Je détournai le regard de Granny et de Kyle pour voir ma mère scruter Nate avec beaucoup trop d'attention. Je lui fis les gros yeux pour qu'elle arrête, mais elle m'ignora superbement.

— Tu veux un café ? proposai-je à Nate.

— Oui, je veux bien, merci.

J'allai lui chercher une tasse dans la cuisine, j'en pris une autre pour moi, j'allais en avoir besoin. Granny était en train de toucher le ventre de Kyle tandis qu'il lui expliquait sa passion pour les dinosaures. Elle l'écoutait avec attention, acquiesçait et s'esclaffait. Elle faisait mine d'apprendre tout ce qu'il lui racontait, et ça le rendait heureux. Il en oubliait presque d'être malade. Je rejoignis ma mère et Nate.

— Alors comme ça, vous habitez au-dessus ? demanda-t-elle.

— Oui, répondit-il poliment.

Et voilà, c'est parti !

Elle n'en était pas à son coup d'essai. Mon premier petit copain avait subi un interrogatoire dans les règles de l'art, et cela avait été la même chose chaque fois.

Nate était une mine d'or pour elle. Elle allait s'en donner à cœur joie.

— Vous êtes marié ?

Ah ouais, quand même !

Je grommelai.

— Non, je suis père célibataire.

— Vraiment ? C'est étonnant, vous êtes si mignons tous les deux.

— Il faut croire que pas assez.

Ma mère éclata de rire, ce qui ne pouvait signifier qu'une chose : elle adorait Nate. Il sourit, pour le coup il avait l'air un peu mal à l'aise. Il regrettait sans doute d'être venu.

— Vous faites quoi dans la vie ?

— Je travaille dans un club de sport.

Ma mère répéta les mots « club de sport » et me jeta un regard. Elle avait compris en deux secondes.

— En parallèle, je poursuis mes études de droit.

— Vous avez un métier en tête ?

— Oui, j'espère devenir avocat.

— Vous avez quel âge ?

— Vingt-quatre ans.

— Bon, maman, t'as fini ? râlai-je.

Nate rigola.

— Il n'est pas venu pour subir un interrogatoire !

— Bah quoi ? se défendit-elle. Je m'intéresse à ce charmant jeune homme, je veux comprendre pourquoi il est célibataire, pourquoi par exemple ma propre fille n'a pas encore mis la main dessus.

J'ouvris la bouche, offusquée. Nate éclata de rire. *La honte !*

— Si ça ne t'intéresse pas, tu n'es pas obligée de rester, conclut-elle.

— Eh bien, bon courage ! dis-je à Nate. T'es vraiment tarée, maman.

— Mais c'est comme ça que tu m'aimes, mon bébé.

Je rejoignis Granny qui dorlotait Kyle dans la cuisine. Lorsqu'il me vit, il sourit et pencha la tête pour me réclamer un câlin. J'embrassai son front en caressant ses petites ondulations brunes, qui descendaient plus bas qu'avant dans la nuque. Je croisai alors le regard de ma grand-mère, qui me disait tant de choses. Ce gamin était dingue de moi et j'avais la tête de la fille qui l'était tout autant de lui. Elle prit soin de lui, comme s'il était un membre de sa famille, et le chaos se déchaîna dans ma poitrine…

Chapitre 18

— Je dérange ? demandai-je.

Quelques traces d'inquiétude présentes sur son beau visage s'effacèrent. Une esquisse de sourire étira ses lèvres. Il avait toujours l'air fatigué, il avait les cheveux en bataille, et ses joues étaient légèrement ombrées d'une barbe naissante. Pourtant, c'était dingue comme il était beau.

— Pas du tout. Toi, jamais.

Je souris, mon palpitant cognant fort contre ma cage thoracique.

— J'ai… fait de la soupe pour Kyle et j'ai apporté deux parts de gâteau de la part de Granny.

— Entre. (Il s'écarta et me fit passer.) Merci de te soucier de lui, mais tu n'es pas obligée de faire ça, tu sais.

Mon ventre se serra, ma respiration se fit plus erratique. Je me rembrunis, je venais parce que je m'inquiétais pour Kyle. J'avais le cœur en vrac à l'idée de le savoir malade. C'était sans doute la fin, Nate ne voulait peut-être plus que j'approche son fils. Je me rendais compte que mise au pied du mur comme ça, j'en avais les jambes qui tremblaient et le souffle court.

— Je… Ça t'embête ? soufflai-je.

Je levai les yeux vers Nate, et il se nicha contre moi. Je déglutis tandis qu'il m'enserrait la taille d'une main.

— Pas le moins du monde, mais ne te sens pas obligée de venir. Passer ta soirée avec un papa crevé et son fils malade, ça n'a rien de très séduisant.

Je me fichais de tout ça, j'aimais être là où je me sentais bien.

— Tu as raison, je devrais sans doute être ailleurs, mais je voulais savoir comment allait Kyle, et puis…

Il glissa une main dans mes cheveux et colla son front au mien.

— « Et puis » ?

— Je ne serais pas là si je n'en avais pas envie.

Il serra ma hanche dans sa main et hocha la tête. Son regard était différent, l'inquiétude s'effaçait de son visage. Il était incroyablement beau quand il avait cette expression sur le visage, comme si ma présence avait calmé ses doutes.

— Alors, reste autant que tu veux, j'allais me faire un truc à manger. Des macaronis au fromage, ça te va ?

— J'adore ça.

Il me lâcha et libéra mes mains des Tupperware de ma grand-mère.

— Kyle va mieux ? demandai-je.

— Oui, la fièvre est tombée. Il dort dans sa chambre depuis deux bonnes heures. Ta grand-mère est une magicienne.

J'acquiesçai :

— Je peux aller le voir ?

Il hocha la tête. Je me dirigeai sans plus attendre dans la chambre du garçonnet. Kyle était recroquevillé en boule dans son lit, sous ses couvertures. Je caressai ses joues roses, puis son front humide pour y repousser les mèches brunes collées par la sueur. Il avait l'air exténué, sa respiration était calme, mais il gémissait de temps en temps. Il semblait quand même plus en forme que tout à l'heure. J'aurais voulu le protéger de ce mal, comme j'avais pu empêcher l'huile de l'atteindre. J'ignorais pourquoi j'avais ce genre de sentiment à son égard, pourquoi c'était si fort, pourquoi ça me rendait si triste, mais c'était là et ça pesait lourd dans ma poitrine. Quand il poussa un gémissement qui le réveilla, je le câlinai contre moi, tout en fredonnant la même comptine que me chantait mon père le soir quand j'étais enfant :

— Dylan ?

Il sourit malgré son état fébrile. Je lui caressai les joues, pressant ma paume contre lui pour le rafraîchir. Il ferma les yeux, mais lutta comme pour rester avec moi. Je l'embrassai sur le front.

— Chante encore…

J'entendis des pas dans le couloir et, même si je ne le vis pas, l'ombre de la silhouette de Nate se dessina sur le mur de la chambre. Je fermai les yeux, comme gênée qu'il m'entende ou qu'il me surprenne à être aussi douce et affectueuse avec son fils. Tout à coup, je trouvais mes gestes déplacés, mais je n'arrivais pas à me défaire de Kyle.

Brille, brille, petite étoile
Comme j'aimerais savoir qui tu es !
Si haut au-dessus du monde
Comme un diamant dans le ciel
Brille, brille, petite étoile
Comme j'aimerais savoir qui tu es !

Je répétai la chanson une fois, puis plusieurs, jusqu'à ce qu'il s'endorme profondément et qu'il trouve une respiration apaisée. Je me redressai et mis la couverture sur son ventre avant de rejoindre Nate.

— Il va bien ? demanda-t-il d'une voix grave.

— Il s'est réveillé mais il dort à nouveau. Il est moins fiévreux, ça va mieux, on dirait.

— Tu es… douce avec lui.

Je frissonnai au son de sa voix.

— Merci de prendre soin de lui comme ça. Merci d'être si gentille.

Il avait l'air de peser ses mots. Il me fit face avec une expression déterminée sur le visage.

— Je n'ai pas l'impression de devoir être remerciée, répondis-je. C'est normal. Et puis il est adorable quand il dort. Un truc qu'il tient de toi, encore ?

— Je ne sais pas, reste dormir avec moi et tu me diras.

Je souris. Je rougis. Mes jambes devinrent flageolantes et mon ventre se transforma en guimauve.

Il sourit. Son regard s'intensifia d'une teinte plus sombre et il me fit signe de le suivre dans la cuisine. Je m'avançai jusqu'à lui tandis qu'il s'occupait du repas.

— Kyle est la personne la plus importante de ma vie, il est ma priorité, mon leitmotiv chaque matin. Toi, tu es différente, tu ne le considères pas comme un fardeau. Depuis toi, ça faisait longtemps que je n'avais pas eu de relations, du coup…

— Combien de temps ?

— Trois ans.

Waouh, trois ans ? Je n'en revenais pas, j'avais du mal à croire qu'un homme tel que Nate n'ait pas eu de relations pendant trois ans. J'avais aussi beaucoup de mal à imaginer que la fille qui avait rompu ces trois années d'abstinence, ce soit moi. En tout cas, il n'avait rien laissé paraître.

— « Du coup… » ?

— Du coup, tu es la première depuis bien longtemps.

Je sentis tout le sang dans mon corps affluer vers mes joues. Mes jambes étaient encore en compote.

— Et…

Je me tus tout à coup. Il retroussa le nez et tourna son visage vers moi pour m'interroger du regard.

— Quoi donc ? demanda-t-il.

— Rien.

Je n'aimais pas les questions personnelles, cela me semblait hypocrite d'en poser moi-même. Je ne voulais pas parler de mon passé, je n'avais pas à demander aux autres de me révéler le leur. Cependant, je ne pouvais m'empêcher de m'interroger sur la mère de Kyle. Qui était cette femme ?

— Tu peux me poser toutes les questions que tu veux, Ruby. (Il se pencha vers moi, sa bouche effleura mon oreille.) Absolument tout ce que tu veux.

Mon cœur battait la chamade, un simple effleurement, même celui de son souffle contre ma peau, suffisait à me faire me sentir toute fébrile et à faire naître en moi une irrépressible envie de lui. Je glanai quelques secondes en me nichant contre lui pour m'enivrer de son odeur. Je sentis alors son sourire, et la chair de poule gagna mon corps tout entier.

— La mère de Kyle… Pourquoi n'êtes-vous que tous les deux ? J'ai l'impression que vous êtes seuls au monde.

Il soupira et déposa un baiser d'une douce pression dans mon cou. Lorsqu'il releva la tête, il avait une mine sérieuse, l'éclat dans ses yeux était différent.

— Il faudrait que je te parle de mon passé alors, pour que tu comprennes mieux.

— Tu n'es pas obligé de parler, je…

— Je sais, me coupa-t-il. Je vais faire court. Mon père était un ivrogne qui nous frappait, moi et ma mère. Il était stérile à cause de l'alcool et d'une trop grande consommation de drogues, et ma mère l'avait trompé avec son meilleur pote.

J'avais le souffle coupé. Il mélangea les macaronis et déposa le fromage sur les pâtes.

— Quand tu sais que tu ne peux pas avoir de gosse et que ta femme te dit qu'elle en attend un, tu as vite fait de comprendre... Il est resté avec elle quand même, mais son pote, il l'a tabassé à mort.

J'écarquillai les yeux, Nate esquissa un petit sourire comme pour me rassurer.

— Il était déjà ivrogne et violent avant, ça ne l'a pas aidé. Il a écopé de cinq ans de prison, dont trois ans ferme.

Je grimaçai. Nate caressa ma joue en souriant davantage.

— En sortant de prison, il est revenu avec elle... Et je t'épargne mes retrouvailles avec lui. Il s'est mis à me cogner très jeune, quasiment dès son retour. J'ai appris à me battre dans la rue et dans un vieux club de boxe pour pouvoir me défendre, et pour protéger ma mère. Un soir, je suis rentré, ma mère bossait et il était en train de se taper une fille dans le salon. Ma copine.

— Oh, mon Dieu! soufflai-je écœurée.

— J'ai pété un câble. Ma copine a eu tellement peur qu'elle s'est enfuie de la maison à poil. J'ai défoncé mon père et je l'ai foutu KO. Je voulais qu'il se barre, je savais que ma mère ne supportait plus qu'il la frappe. Je suis allé la retrouver à son boulot et je lui ai dit qu'on pouvait partir tous les deux, que rien n'était pire que de vivre avec lui. Elle m'a frappé et m'a engueulé. Quand elle est rentrée à la maison, le gros enfoiré était encore dans les vapes. Elle a appelé la police et a porté plainte contre moi.

— Porter plainte contre toi, mais... pourquoi?

— Je ne sais pas. La peur peut-être, toujours est-il qu'elle m'a foutu à la porte et m'a renié, purement et simplement. Un avocat en or m'a défendu au tribunal et je m'en suis sorti sans rien, juste quelques travaux d'intérêt général à faire, et… je me suis barré de chez moi.

— Du Canada ?

— Oui, acquiesça-t-il. Je suis parti loin d'eux.

J'étais si triste pour lui que j'en avais la gorge nouée.

— Je suis désolée… Ça craint.

Il versa les pâtes dans deux petits plats et les déposa dans le four. Une fois libre, son bras se noua autour de ma taille.

— Ce n'est rien, c'est juste une part sombre éclipsée par le bonheur que j'ai trouvé avec Kyle. (Je me mordis la lèvre, il me caressa la joue avec douceur.) Je n'avais pas de fric, j'étais seul. J'ai vécu dans quelques squats et je me suis mis à faire des combats de rue pour gagner un peu d'argent. J'avais quand même de l'ambition, je voulais reprendre mes études. Je ne voulais pas être un bouffon comme mon père. Je me suis présenté dans des tas de magasins, dans des clubs de sport… Seul Mickey m'a proposé un job : faire le ménage dans son club. Je l'ai envoyé chier. Et c'est ce soir-là qu'elle s'est pointée chez moi avec un bébé dans un couffin.

— La fille qui te trompait avec ton père ?

— Oui, acquiesça-t-il. Je n'avais couché que quelques fois avec elle. On était ensemble depuis pas longtemps alors je m'en fichais, ce n'est pas vraiment ce qui m'a foutu en rogne quand je l'ai vue avec mon père, c'était une accumulation de tout. Cependant, le peu qu'on a fait ensemble a suffi à la mettre enceinte. Elle avait l'air d'un cadavre. Cette conne se piquait et elle puait l'alcool. Et elle se pointait un an après cette nuit-là avec un gamin âgé de trois mois. Elle m'a dit que c'était mon fils, qu'elle l'avait appelé Kyle. Elle avait un test de paternité. J'en ai quand même fait un de mon côté. Résultat : cent pour cent.

Je souris.

— J'allais avoir vingt ans, j'étais sans le sou, j'étais un pauvre type et elle m'apprenait que j'avais un fils. Elle m'a demandé de le garder pour une journée, qu'elle avait une chose importante à faire et qu'elle n'avait personne à qui le confier. Au fond, je savais que c'était faux, que cette connasse était en train de l'abandonner. Quand je l'ai pris dans mes bras, il était réveillé, il a agité ses bras vers moi et a serré mon doigt avec sa petite main.

Mon cœur flancha.

— Ç'a été la plus belle sensation de toute ma vie, le plus beau des sentiments que j'aie jamais ressentis de toute ma putain de vie. J'ai aimé infiniment pour la première fois.

J'avais les larmes aux yeux, tellement c'était beau.

— Il est devenu ma vie en deux secondes. Je savais qu'il serait un tout qui allait régir ma vie. Elle n'est pas revenue le chercher, je crois que je ne le lui aurais jamais rendu. Surtout après avoir passé la nuit à le regarder sans pouvoir le lâcher des yeux. Je n'aurais pas pu. Il avait besoin de moi autant que j'avais besoin de lui. Il avait besoin d'assistance, de quelqu'un, d'amour. Il était mal nourri, en mauvaise santé. Je suis retourné voir Mickey au matin et je lui ai dit que, si ça tenait toujours, je prenais son boulot, que j'en avais besoin. Il m'a aidé avec les services sociaux, il est devenu mon père de substitution et il m'a fait confiance… Aujourd'hui, je suis…

— Merveilleux. Nate, tu es un papa incroyable, mais pas seulement : tu es un homme merveilleux.

— Je n'en sais rien, j'essaie de faire de mon mieux pour lui, pour le rendre heureux et être à la hauteur. J'essaie de lui suffire, d'être son superhéros, si j'y parviens alors je me dis que je n'aurai pas tout foiré.

—Oui, tu es son héros. Je ne comprends pas que tu puisses douter d'être un père incroyable.

—Je ne sais pas. Je me dis que ce n'est pas très équilibré pour lui. Entre les remarques des inconnus qui nous jugent, l'absence de famille autour de nous… Et puis je sais qu'il se demande pourquoi il n'a pas de maman. Il y aura bien un moment où je ne lui suffirai plus et où il aura besoin d'une présence féminine.

Je comprenais ses craintes.

—Tu sais ce qu'ils sont devenus ?

—Ma famille ?

J'acquiesçai.

—Quand Kyle a dit « papa » pour la première fois, j'ai eu peur qu'on ne vienne me le prendre ou qu'on n'essaie de s'en emparer de quelque manière que ce soit, alors j'ai bossé comme un fou pour connaître nos droits et leurs droits à eux vis-à-vis de lui. Et puis j'ai cherché ma famille pour savoir s'ils étaient toujours en vie ou s'ils avaient changé… Georgina, la mère de Kyle, a été la plus dure à trouver. Elle vivait dans des foyers et dans des squats avec des drogués, elle était encore défoncée et accro à toutes ces merdes. Je ne voulais pas qu'elle s'approche de Kyle. Je n'ai jamais eu de nouvelles, je ne sais pas où elle est et c'est bien mieux comme ça.

—Et tes parents ?

—Eh bien, ma mère a porté plainte contre mon père… Mais bon j'ai pas l'intention de m'en mêler, elle se démerde, je m'en fous.

Mon Dieu, cette histoire… Nate était… Je l'avais toujours considéré comme un homme merveilleux avec son fils, mais il était plus que ça. Avec une telle histoire, il était devenu un homme et un père si époustouflant qu'il me rappelait le mien lorsque j'avais subi mon agression et qu'il avait tout fait pour prendre soin de moi. Ce n'est que lorsqu'il se pencha vers moi et qu'il essuya mes joues que je me rendis compte que je pleurais pour lui, pour Kyle, pour leur histoire. Son regard menthe à l'eau se troubla et il pressa sa main contre ma hanche.

—Dylan…

—Je suis désolée… C'est tellement triste.

—Ne pleure pas pour moi, c'est du passé, je suis très bien comme je suis. Aujourd'hui, je vais bien. Toi-même, tu me considères comme un bon père, alors je n'ai pas tout foiré.

—Je sais…

Il sourit. Je me pressai contre son torse en serrant son pull entre mes doigts froids et tremblants. Il lâcha un juron et m'attira contre lui pour m'enlacer plus fort encore. On resta un long moment comme ça, l'un contre l'autre, en silence. Mes larmes n'étaient pas seulement pour Nate, je pleurais aussi pour moi et pour d'autres choses que je ne comprenais pas vraiment.

—Merde, je suis en train de me moucher dans ton pull… Je suis désolée.

Il éclata de rire.

—Tout va bien, ce n'est pas grave. Le pipi, le caca, les crottes de nez, je suis rodé.

Je fronçai le nez en reniflant bruyamment.

—C'est dégueu.

—Ouaip, approuva-t-il en me tendant un mouchoir. Mais ça fait partie du jeu, et puis tu peux bien te moucher sur moi si ça me permet de t'avoir dans mes bras.

J'acquiesçai en souriant. Il m'embrassa le front, puis s'éloigna pour sortir du four les deux petits plats à l'odeur délicieusement aguichante. Mon estomac gargouilla.

— T'as faim ?

— Trop.

— Ta mère et ta grand-mère sont déjà parties, alors ? demanda-t-il en préparant ce qui ressemblait à un plateau-repas.

— Oui, mais on se revoit à Thanksgiving. Ils viennent tous ici pour qu'on fête ça ensemble.

— Je sais. Elle m'en a parlé, elle m'a même invité. Je suis désolé d'avoir plombé votre journée…

— Ça n'a dérangé personne, le coupai-je. Surtout pas Granny. Elle adore s'occuper des gens, et ma mère est…

Il gloussa.

— Spéciale ?

— Oui, pouffai-je. Je suis désolée pour toutes ces questions, ma mère est folle. Elle adore les gens, elle aime les écouter et s'intéresser à leur vie. Ce n'est même pas du voyeurisme, elle aime vraiment les gens. Si elle t'a posé autant de questions, tu peux être certain qu'elle t'apprécie vraiment.

— Et si tu me parlais un peu de ta famille à toi. Je suis certain que c'est beaucoup plus agréable.

Je frissonnai à la simple idée de ce que le passé signifiait pour moi, mais je lui devais bien ça. Et puis je n'étais pas obligée de tout dévoiler, je pouvais me contenter de parler de mes proches. Décidément, plus je passais du temps avec Nate et plus mes principes s'effritaient à vue d'œil.

On s'installa dans le salon, il posa sur mes genoux un petit plateau et s'installa près de moi en mettant à la télévision *Miracle sur la 34e Rue*. Je me calai confortablement, le cœur mi-figue mi-raisin, à la fois calme, apaisé et ravagé.

— Mes parents sont… Je ne sais pas… Ma famille est folle mais soudée.

Nate sourit et se pencha vers moi pour déplacer une mèche de cheveux qui me tombait devant les yeux.

— Kyle adorerait mon père. Il est paléontologue au musée des Sciences et d'Histoire naturelle. Il étudie les dinosaures et la Voie lactée. C'est un grand passionné.

— Je sais, oui, Kyle m'en a touché deux mots.

Je souris.

— Un jour alors qu'il donnait un petit cours sur les étoiles aux visiteurs du musée, il a trouvé la sienne… : ma mère. Ils étaient diamétralement opposés, pourtant ils s'entendaient à merveille. Ma mère, elle, vivait d'amour et d'eau fraîche, et de petits boulots.

J'enfonçai ma fourchette dans l'assiette et pris une bouchée. Dieu, c'était délicieux !

— Elle est tombée malade il y a cinq ans. Un cancer.

La compassion se dessina sur le visage de Nate.

— Je suis désolé…

— Elle va bien, elle est en rémission maintenant, le rassurai-je. À l'époque, elle avait sa vision de la guérison, mon père une autre. Quand elle en a eu marre qu'il l'enferme dans une prison dorée, elle est retournée chez Granny. Ils s'aiment encore, je le sais, plus d'amour comme avant, mais ils sont liés à jamais. Chaque fête, chaque anniversaire, on se retrouve tous ensemble. Ce n'est pas comme dans les autres familles où tout est divisé. Ils se sont quittés en s'aimant et quand ils se voient ils s'entendent toujours aussi bien. D'ailleurs, mon père veut nous présenter une femme à Thanksgiving.

— Ça ne t'ennuie pas ?

— Pas le moins du monde, dis-je en souriant. Je suis même plutôt contente qu'il refasse sa vie et qu'il soit heureux.

— Tu as des frères et sœurs ?

— Non, et toi ?

— Idem. Et qu'est-ce qui t'a poussée à t'éloigner d'eux ?

— L'aventure, l'envie de prendre mon envol, et je n'ai pas tellement résisté quand Rynne me l'a proposé. Nous en parlions l'année dernière sans être trop sérieuses, et quand l'occasion s'est présentée je me suis jetée à l'eau.

Je pris une autre bouchée. C'était vraiment délicieux.

— C'est trop bon, gémis-je. Ce sont les meilleures que j'aie jamais mangées.

Il rit.

— C'est le premier plat que j'ai réussi vraiment et que Kyle a approuvé, j'ai perfectionné ma technique depuis. C'est son plat préféré, ça et les lasagnes.

Je souris. Maintenant que je connaissais le passé de Nate et celui de Kyle, je trouvais encore plus touchant ce qu'il me racontait. Il avait beau dire ce qu'il voulait, Nate était bien un héros. Un super papa avec tous les superlatifs possibles.

— Ah, les fameuses « nasales », dis-je en riant. Il a raison. C'est qu'il a bon goût, ton bonhomme. C'est vraiment trop bon.

Il me lança un regard qui en valait des milliers. Un de ces regards qui vous font prendre conscience de bien trop de choses. J'en glapis presque et je brisai la connexion en me concentrant sur mon assiette. Je n'avais plus faim, mon ventre était trop noué, pourtant je n'arrêtai pas. On termina de manger en silence, seul le film faisait office de conversation dans la lourde pesanteur qui emplissait la pièce.

J'attrapai mon verre et je constatai que mon corps était bouillant, que j'avais les mains moites. Il posa son plateau sur la table, fixa la télé quelques secondes puis reporta son attention sur moi. J'avalai la dernière gorgée et je posai mon verre. Il attrapa alors mon plateau, qu'il déplaça.

—Maintenant, si tu veux bien, ma beauté, je veux passer au dessert. Immédiatement.

J'en perdis la faculté de penser et même de réfléchir. Ses doigts se mêlèrent aux miens et il m'attira à lui. L'alchimie et le chaos se transformèrent en trouble plus puissant que jamais, et le désir se fit abrupt. Il se pencha le long de mon corps et me saisit. Je nouai jambes et bras autour de lui quand il m'ajusta à sa taille. Nos regards se verrouillèrent et nos chaos respectifs se mêlèrent.

—Nate…

—Oui?

—Qu'est-ce que tu fais?

—C'est évident, non?

Son nez se promena le long de mon cou, sa bouche pressa ma peau, il remonta jusqu'à ma mâchoire, me faisant trembler comme une feuille. Je perdis le fil de mes pensées pour me perdre dans les sensations qu'il faisait naître avec de simples effleurements. C'était si doux.

—Je veux t'embrasser.

Je me figeai.

—Nate…

Je frissonnai en secouant la tête. Il plaqua alors sa main contre mes lèvres et posa sa bouche contre sa main à l'endroit où son interdit était caché. Il avait un regard furieux. Rien ne le séparait vraiment de moi, il pouvait enlever sa main à tout moment, et cette idée me retournait l'estomac, elle me faisait froid dans le dos. Je fermai les yeux dans l'espoir de trouver une solution qui aurait pu m'aider à nous délivrer tous deux de cette emprise, mais rien ne me vint.

— Non... Je t'ai dit tout sauf ça.

— Pourquoi ?

— Je ne veux pas, c'est tout. Tu n'as pas à savoir.

— Si, j'estime que si. Ma bouche, ma langue, je te fais l'amour avec elles, je te donne du plaisir avec elles. Alors pourquoi je ne pourrais pas t'embrasser ?

Je soupirai. Il grommela quelque chose qu'à travers mes pensées je ne compris pas. Il fallait bien qu'on en arrive là, et c'était trop. Je ne pouvais pas. Vraiment. C'était plus fort que moi. Le baiser, c'était la dernière chose qu'il avait faite et c'était de cette manière qu'il m'avait prise, marquée et bafouée. Il n'était pas parti, non ; il avait scellé son acte en posant ses lèvres sur les miennes. Le goût de sa victoire et le sang qui avait coulé ne m'avaient jamais quittée. Il avait pris mon innocence, il avait volé la saveur des choses, il avait signé son œuvre en me privant de la joie du plus simple des actes charnels : le baiser.

— Je ferais mieux de partir, Nate. Je devrais partir parce que je ne t'embrasserai pas, je ne te laisserai pas faire. Je ne veux pas qu'on m'embrasse. Jamais. Ni toi ni un autre, personne, jamais.

Son regard se fit furieux, il laissa sa tête partir en arrière. J'essayai de me dégager, pourtant je ne parvenais pas à bouger du moindre centimètre, il me tenait trop fort contre lui. Je ne l'avais jamais vu comme ça, tout à coup il était une contradiction à lui seul. Son visage était crispé, son regard dur et en colère, et son corps refusait de me lâcher. Je sentais combien il était excité, combien il me voulait. Mais je ne pouvais pas lui offrir ce qu'il demandait, c'était plus fort que moi.

Je savais pourtant que c'était son vœu. Que c'était ça qu'il avait souhaité ardemment et ça me pesait, plus que je ne l'aurais cru. Chaque fois qu'il me touchait, qu'il me mettait à nu, qu'il couvrait mon corps des plus belles caresses et des plus beaux compliments, j'y pensais. Aucun homme ne m'avait si bien traitée.

— Nathaniel…

Il grogna en entendant son prénom. Je soupirai, cherchant des mots qui ne venaient pas.

— Je vais y aller… C'était une mauvaise idée de venir, et ça l'est encore plus de…

— Pourtant c'est… un baiser, c'est la base de tout, c'est par là que passe l'alchimie la première fois, c'est par là qu'on se rend compte si la compatibilité est réciproque… Dylan, je veux t'embrasser.

— Je ne peux pas te donner davantage, je ne peux pas te donner plus que ça. Oublie les baisers, je ne peux pas. C'était la règle, la seule. Arrête. Si c'est trop, c'est fini, Nate.

Je le repoussai dans un effort surhumain, il vacilla mais me rattrapa, et sa bouche trouva mon cou pour le sublimer des plus belles attentions. Il se laissa aller contre le mur du salon tout en me maintenant blottie au creux de ses bras, contre la chaleur de son corps.

— Ce soir, je te veux dans mon lit. Pour une fois, je te veux dans mon lit, je vais prendre le temps, ma beauté.

— Oh !

J'aurais voulu avoir la force de le repousser, mais je n'y parvins pas. C'était plus fort que moi, sa présence me rassurait. Je me sentais vivante à ses côtés, j'oubliais mes mauvais rêves. J'aurais voulu avoir la force de lui dire pourquoi je ne pouvais pas lui offrir ce qu'il désirait, mais je n'y arrivais pas.

Lorsqu'il m'allongea sur son lit dans un grognement affolé, je me cambrai pour réclamer qu'il vienne contre moi. Il me rejoignit et je le sentis absolument partout. Le soulagement gagna mon cœur et mon corps. Je laissai échapper un son rauque face au plaisir intense que me procuraient ses gestes et ses caresses. Ses mains étaient partout sur mes hanches, mes seins, mon ventre, mes cuisses. Toutes les fois avec lui étaient dingues, celle-ci était au-delà de tout. J'ignorais de quoi nous avions l'air, mais j'étais certaine que nous étions plus proches d'animaux que d'autre chose. Et je m'en foutais complètement, qu'importe à quoi ça ressemblait, c'était puissant et nécessaire au moins autant que le fait de respirer.

— Merde, ça va nous tuer !

Je gémis et posai mes mains contre son torse. Sa poitrine se souleva à un rythme effréné, comme s'il était essoufflé. Je n'arrêtai pas, je ne pouvais pas, c'était trop sauvage, trop délicieux. Avide, je glissai une main dans son pantalon et j'attrapai l'objet de toutes les convoitises, du moins des miennes. Il grogna et soupira en même temps.

On se déshabilla ensemble, l'un et l'autre, jusqu'à n'avoir sur nous que notre sueur, notre désir commun et l'impossibilité de pouvoir affronter le trouble qui s'abattait toujours entre nous.

Quand sa bouche attrapa mon sein pour le sucer, je gémis. Il voulait me mettre KO, je le savais, mais j'avais envie d'en faire autant, c'était un truc absolument ahurissant, cette manière de combattre ainsi, mais c'était notre façon d'être. Je le caressai plus fort, sentant qu'il était sur le point de basculer à tout moment. Si tout n'était pas aussi sauvage, tout était toujours aussi intense et fort. Nate lâcha un grognement, et sa main se perdit au creux de mon intimité. Je lâchai un soupir de bonheur, mais pas question de perdre. Je me redressai et, avant même qu'il ne gagne le round, je glissai ma bouche le long de son sexe. Je me délectai de son goût, de son odeur, de lui. J'achevai ma caresse en passant ma langue sur son gland.

— Mon Dieu ! siffla-t-il. Dylan…

Je l'embrassai, je le caressai, je le sublimai, je l'aspirai, lentement, puis fort puis profondément, avec passion, jusqu'à ce qu'il explose contre moi.

Lorsqu'il s'allongea sur moi, après, et qu'il noua nos mains au-dessus de ma tête, un coup de jus nous fit sursauter, je lâchai un cri étouffé. Sa poitrine se souleva en un rire et je l'imitai. Toute trace de crispation, de frustration s'envola.

— Il faut croire qu'il y a de l'électricité dans l'air, dis-je.

— Jusque-là ça reste cohérent, ma beauté.

Je ne pouvais m'empêcher d'y voir un signe. De l'électricité dans l'air, un coup de foudre…, tellement d'intensité. Il serra plus encore nos mains liées et s'enfonça en moi d'une poussée. Je me cambrai pour l'accueillir dans toute sa longueur. Mon Dieu, c'était parfait ! Je poussai un cri. Mon corps trembla et je restai béate de stupéfaction quand il s'enfonça totalement en un grognement animal. Je levai la tête et nos regards se croisèrent. Nate avança quelque peu et, tandis qu'il commençait ses premiers va-et-vient en moi d'une lenteur grisante et déroutante, il posa son front contre le mien, nous liant autant physiquement que mentalement.

C'était plus intense que jamais. Peut-être à cause de notre dispute plus tôt… Ses gestes étaient différents, il était différent.

— Nathaniel…

J'adorais murmurer son prénom entier durant l'amour, j'ignorais pourquoi mais je le trouvais poétique, doux, sensuel, aphrodisiaque. C'était peut-être idiot, mais il y avait tant de sensations que j'avais perdues que je profitais de chacune qui me faisait du bien. Son regard se fit sombre et sa bouche s'ouvrit en un soupir :

— J'adore quand tu m'appelles comme ça, j'adore la forme que prennent tes lèvres, j'adore le son grave de ta voix… On dirait que tu fais l'amour à mon prénom.

J'ondulai des hanches. Il me répondit avec les siennes. Je laissai échapper un gémissement à travers mes lèvres entrouvertes. Il glissa sa bouche dans mon cou, puis sur mes seins, probablement pour oublier la seule et unique règle que j'avais imposée depuis le début.

— Nate, c'est… trop bon !

— Oui, je sais, souffla-t-il.

Son rythme devint effréné, et bientôt l'orgasme me submergea d'une manière si étourdissante et virulente que tout explosa en moi, avant de se répandre délicieusement dans chaque partie de mon corps. Je criai son nom puis je laissai ma tête partir en arrière, accueillant les dernières brèches du plaisir. Il continua quelques secondes et me suivit tout en me serrant plus fort contre lui. Je poussai un autre cri, comme si je n'étais pas allée au bout. Il enfouit sa tête dans mon cou et murmura mon nom jusqu'à ce qu'il ait recouvré son calme.

— Waouh !

Je sentis son sourire contre ma peau humide. Il releva le visage et se décala pour se mettre sur le côté, mais ne rompit pas le lien entre nous. Il me caressa le visage et remonta les draps sur nous. Ce faisant, il scruta ma bouche d'un air affamé, et pour la première fois l'hypothèse de sentir ses lèvres contre les miennes m'envoya une onde de douceur et de plaisir. Ses paroles me revinrent en mémoire : « Sache que lorsque je t'embrasserai, parce que ça arrivera, ça durera infiniment longtemps et tu te rendras compte que rien n'est comparable au plus intense des baisers. »

Chapitre 19

Je me réveillai en sursaut tôt le lendemain matin. Je me redressai en me frottant le visage. Mon corps était bouillant, j'avais l'impression d'étouffer. Je venais de faire un cauchemar. Je ne me sentais pas bien. Surtout ici. Si la présence de Nate était un réconfort incroyable, faire des cauchemars dans son lit était autre chose, et ça, je ne le gérais pas. Je me défis de son étreinte en douceur. Je devais quitter son lit, sa chambre, son appartement. Je n'aurais pas dû rester cette nuit ni accepter de faire l'amour avec lui dans sa chambre. Plusieurs fois. Encore moins lui réclamer toute la tendresse possible la deuxième fois en ne rêvant que d'une chose : qu'il m'embrasse. Le chaos avait été remplacé par une infinie tendresse. Il avait été lent, tendre, délicat… Il m'avait fait l'amour.

Je le regardai, il dormait paisiblement. Même dans les bras de Morphée, il restait intense. Et je pus constater qu'en dormant il était aussi adorable que son fils.

Je n'avais plus aucun doute quant au fait qu'il pourrait être le seul homme à qui j'accepterais de donner mes lèvres… Et je ne doutais plus des sentiments que j'éprouvais pour lui.

Ça enflait en moi. Ce sentiment, la joie qu'il apportait, la douceur qui me caressait, c'était tiède, doux, tendre… Mais un sentiment plus fort encore lécha ma peau et engloutit tout le reste : la peur. J'étais amoureuse.

Définitivement amoureuse de cet homme et de son fils, qui avaient enchanté ma vie. Je ne les concevais pas l'un sans l'autre. Je les voulais tous les deux.

Mais je n'étais pas faite pour eux, je n'étais pas encore prête pour ça, je n'étais pas capable de leur dévoiler mon passé, ma terreur, mes peurs. Je n'aurais pas la force d'expliquer à Nate pourquoi j'avais perdu foi en tant de choses, pourquoi je ne méritais pas un homme comme lui ni pourquoi il était devenu si important à mes yeux. Il m'avait guérie de tout.

Je me redressai jusqu'à sortir des draps, puis je me figeai pour le regarder. Il ne bougea pas, sa respiration était douce, calme, sa poitrine nue se soulevait doucement comme s'il était profondément apaisé. Je me penchai vers lui. Il était beau, mais ce qui m'attisait, ce que mes yeux convoitaient avec envie, c'était sa bouche ourlée et ses lèvres charnues. J'avais tant envie de ça… De goûter et de ressentir ce que ses lèvres à lui auraient comme effet sur mon corps. Il avait guéri et sublimé tout le reste. J'avais peur. Peur de ne pas aimer, peur d'aimer, peur de tout. Je me penchai un peu plus. Je posai ma bouche contre la sienne pour voler subrepticement et égoïstement le goût de ses lèvres et de sa peau. Alors le chaos explosa en moi, m'ébranlant comme jamais. Une montée de larmes me piqua les yeux et roula sur ses joues.

Oh, mon Dieu!

Lorsqu'il ouvrit les yeux, horrifié, et qu'il glissa son regard dans le mien, le monde s'arrêta…

Je me redressai et son expression m'effraya davantage. Il vit mes larmes, mon regard perdu et troublé, il sentit le goût de mes lèvres sur les siennes. Il restait figé. Je pleurais de plus belle, frissonnant comme jamais. Il recula, le visage baigné d'ombre et d'incompréhension. Je sortis de son lit, attrapant mes vêtements au passage. Il enfila son jean et vint me rejoindre.

Ce qui était censé être un baiser volé et secret ne l'était plus, et ce que je pensais être un acte doux et heureux s'était changé en cauchemar. Ce baiser piquait mes points faibles, ravivait des souvenirs, soulevait des évidences…

Il m'enlaça.

— Dylan…

— Merde !

Merde ! Merde !

Je me dégageai de son emprise et me dirigeai vers la porte, encore nue alors que je le sentais sur le point de basculer. Les larmes coulaient encore sur mes joues. J'étais en train de péter un plomb. J'avais atteint mon point de non-retour. Je ne pouvais plus supporter tout ça, toute cette pression était en train de m'enliser dans un nouveau chaos.

— Il se passe quoi, Dylan ?

Je ne répondis rien et je m'enfuis dans le couloir, priant pour qu'il ne me suive pas, mais ses pas résonnèrent derrière les miens.

— Dylan… Merde, je suis perdu, là.

Je me retournai, mais je n'aurais pas dû, car il ressemblait trait pour trait à l'homme que j'aimais, à la plus belle personne que je connaissais en dehors des miens, à la plus belle des rencontres… Et le voir ainsi, le visage fermé, crispé et attristé, me brisait le cœur. Son torse se souleva, il avait l'air à bout de souffle.

— Je suis désolée, soufflai-je.

— Putain de merde, explique-moi ! Je veux savoir ce qui te prend. Je ne comprends rien…

— Il n'y a rien à comprendre.

— Je crois que si, justement.

Il plissa les yeux et se pinça le nez. Lorsque je fis un pas de plus, il grogna. J'enfilai alors mon jean et mon pull, gardant mes sous-vêtements et mes chaussures dans mes mains. Mais il en profita pour se planter devant moi, à quelques centimètres à peine.

—Je crois que non, répliquai-je.

—Mais tu t'écoutes ? siffla-t-il d'un seul coup en haussant la voix. On s'est engueulés parce que tu ne veux pas que je t'embrasse et que tu refuses de m'en dire la raison. Je peux comprendre. Je peux tout comprendre, Dylan. Tu as besoin de temps, je peux le concevoir, mais, à partir du moment où je te surprends en train de m'embrasser, j'estime être en droit de savoir ce qui se passe. Surtout chez moi, surtout dans mon lit !

—Non.

—Si, bien sûr que si. C'est injuste. Tu es injuste avec moi.

—Arrête, ce n'était qu'un effleurement, je me levais pour partir... C'est aussi simple que ça.

—Non, c'était autre chose, et tu le sais ! Tu as vu dans quel état tu te mets ? Et tu essaies de me faire croire que ce n'est rien ? J'ai vraiment l'air aussi con que ça ?

—Je te dis que ce n'est rien du tout. Il faut que j'y aille.

—Tu recommences, merde ! Tu recommences comme ces fois où tu fuyais. Déjà ce soir tu étais à deux doigts de le faire. Je reconnais avoir été lourd, mais au final tu es restée après notre dispute. Je pensais que tu finirais par m'expliquer, pas que tu me fuirais encore et toujours... Dylan, dis-moi !

Sa voix était douloureuse, son ton rauque.

—Je dois y aller, Nate. J'ai besoin d'air...

—Non, dis-moi... Dis-moi quelle est la raison qui te pousse à croire que tu ne nous mérites pas, qui te pousse à penser que tu n'as pas le droit de ressentir tout ça. Tu es dans le déni le plus total. Je ne sais même pas si tu t'en rends compte ou pas…

Je secouai la tête. Il avança d'un pas et combla l'infime écart entre nous. Je déglutis. C'était trop dur. Je n'étais pas prête à partager mon secret, mon passé et la vérité derrière tout ça. C'était moche, plus que son propre passé, j'étais bien plus chaotique alors qu'il avait retrouvé la stabilité. J'étais… encore et toujours émotionnellement instable.

— Je suis désolée de t'avoir donné de faux espoirs, je vois bien que ça te perturbe, je ne…

— Arrête ! Je ne suis pas un gamin, ne me parle pas comme si j'étais un abruti. Tu…

Il se tut, je soupirai.

— Dylan, j'ai… Tu me connais, tu sais que tu peux me parler. Je te taquine parce qu'on rigole et qu'on est bien ensemble, mais je ne me moquerais jamais de ce que tu pourrais me dire.

Ça, je le savais. Nate était une personne comme on n'en rencontrait que très peu dans une vie. Il était l'homme que tout le monde rêvait d'aimer, j'en étais tombée amoureuse.

— Je n'ai pas envie de te parler, Nate. Si j'avais voulu le faire, j'aurais vu un psy, j'avais besoin de sexe, tu étais consentant, non ?

Il accusa le coup. Je déglutis. Mes mots me semblaient sales. Ils venaient souiller mon geste.

— Bon sang, mais qu'est-ce qui s'est passé dans ta vie pour que tu sois si dure envers toi-même et le reste du monde ?

Mon cœur battait à tout rompre.

— Papa ? Pourquoi tu cries avec Dylan ?

— Oh, mon Dieu ! murmurai-je d'une voix douloureuse.

Il me fixa puis attrapa Kyle et le serra contre son torse. Le petit me regarda d'un air ravi, comme si me voir ici l'enchantait. Je déglutis. Il était encore dans les vapes, mais ça ne l'empêcha pas de tendre les bras vers moi pour me réclamer un câlin. Je reculai d'un pas, c'était bien plus que je ne pouvais en supporter.

— On parle fort, mon lapin, rien de grave, le rassura Nate. On est désolés de t'avoir réveillé.

— Pourquoi tu pleures, Dylan ? me demanda-t-il.

— Parce qu'elle s'est cogné le pied et que ça fait mal. Va te recoucher, champion. C'est fini. On ne criera plus.

Nate reposa son fils au sol, qui me réclama un baiser avant de repartir se mettre au lit comme un grand. Il se perdit dans mes jambes. Je me penchai pour caresser ses cheveux et le câliner. Il fila ensuite se coucher. J'avais le cœur en mille morceaux, j'étais en train de rompre le lien avec la seule personne qui me donnait envie de croire au futur.

— Je ne te laisserai pas partir, Ruby.

— Tu ne peux pas forcer une personne à rester si elle n'en a pas envie.

Il ferma les yeux et poussa un profond soupir. Je déglutis. J'aurais voulu lui dire qu'il avait raison, qu'il était l'homme de ma vie, que j'aimais son fils comme s'il était le mien, qu'il était le seul à qui je voulais donner mes lèvres pour rompre mon chaos, mais je ne pouvais pas. C'était trop dur.

— Dylan…

J'attrapai la poignée et je sortis. Dans ma hâte, je me cognai contre quelqu'un. Je relevai la tête brusquement.

— Pardon, m'excusai-je.

Je croisai alors le regard d'une jeune femme de mon âge. Je l'inspectai en deux secondes. Grande, brune, yeux bleus, élancée, très mince…, jolie. Elle me sourit en me toisant bizarrement de la tête aux pieds. Je rougis, légèrement mal à l'aise. Je devais avoir l'air d'une folle avec ma tête et ma dégaine…

— Pas de mal, dit-elle.

Je m'avançai et jetai un coup d'œil derrière moi. Nate bouche bée ne me regardait pas, il avait les yeux rivés sur l'inconnue qui lui faisait face. J'avais l'impression d'être devenue invisible en l'espace d'une seconde, sans comprendre pourquoi. J'avais le sentiment de tout perdre.

— Georgina ? lâcha Nate.

Georgina ? La maman de Kyle ? Mon ventre se noua.

Elle acquiesça et sourit :

— Salut, Nate…

Je baissai la tête pour regarder mes pieds, mes jambes me semblaient lourdes, comme si je ne savais plus marcher correctement. Mon cœur était en train de sombrer. Le chaos dans ma poitrine enfla si brusquement que je suffoquais presque.

Elle ici ?

Dans un moment pareil ?

C'était plus que je ne pouvais supporter. Je descendis les marches pour atteindre mon appartement sans me retourner.

— Qu'est-ce que tu fais là ? demanda Nate.

Je fermai la porte derrière moi, je n'entendis pas la réponse. J'avais trop peur de la connaître. Je m'effondrai au sol en pleurant. Cette soirée, ses révélations, notre dispute, nos ébats, ce baiser volé, ma fuite fatale… Je venais probablement de commettre la plus grosse erreur de ma vie.

Chapitre 20

Mon corps était douloureux, il me faisait mal. Mes muscles étaient tendus. Quant à mes pensées, elles ne se taisaient pas. Je ne m'étais pas dépensée comme il le fallait. Quel besoin étrange et contre-productif! Je m'en rendais compte. Il y avait tout de même un lien hautement illogique entre mon instabilité et la solution physique de donner un coup de poing pour me soulager. Ce n'était pas, ou plus, une solution. Ça n'arrangeait rien. Cependant, aujourd'hui j'avais un besoin vital d'évacuer ce trop-plein d'émotions chaotiques avant qu'il ne me rende folle.

En boxe, tout fonctionnait par tranches de trois minutes, avec une minute de repos. C'était le temps d'un round et la manière dont on s'entraînait. Le gong électronique accroché au mur de la salle égrenait ces rounds, les uns après les autres, toute la journée, jusqu'à ce que la salle ferme pour la nuit. Lorsqu'il sonnait le début de chaque round, la salle s'emplissait d'une mélodie étrange et répétitive, du cliquetis des cordes à sauter, du bruit sourd des gants et du « clap clap » des petites poires de vitesse, suspendues comme des figues. Lorsque sonnait la fin du round, il était étonnant de constater que la salle connaissait une minute de relative tranquillité, puis revenait de nouveau le « ding » qui nous replongeait dans trois minutes de furie.

— Oh, c'est sans doute pour ça que tu fais de la boxe, dans l'espoir de regarder deux filles se battre sur un ring !

Il rit de bon cœur alors que je posais la bière devant lui. Il me remercia et but une gorgée. Marlow fit son entrée dans le bar, et le regard d'Asher fut immédiatement happé. J'ignorais s'il y avait déjà eu quelque chose entre eux, mais il se formait une sorte d'alchimie mêlée d'un soupçon d'impertinence et d'effronterie quand ils étaient dans la même pièce.

— Tu me sers la même chose qu'Asher ? me demanda-t-elle en s'asseyant à côté de lui.

J'acquiesçai :

— Je n'ai pas de nouvelles de Nate, dit Marlow. Il a appelé papa pour lui dire qu'il ne pourrait pas venir au club aujourd'hui, mais je ne sais pas pourquoi. Papa non plus d'ailleurs… Il ne répond pas à mes messages.

— Je n'en sais pas plus que toi, répondit Asher. J'ai eu une journée monstre au boulot, du coup je n'ai pas eu le temps de l'appeler.

— Peut-être que tu sais, toi ! lança-t-elle en glissant ses yeux dans les miens.

— Moi ? Et on peut savoir ce qui te fait dire ça ?

— Je ne sais pas, l'intuition féminine peut-être.

Asher gloussa.

— Elle n'a pas tort, vous passez pas mal de temps ensemble, renchérit-il.

Le rouge me monta aux joues, et une bouffée de chaleur me fit suffoquer. Le pire, c'était que je pensais savoir ce qui le mettait à l'écart depuis la veille au soir. La surprise était de taille.

— Je crois savoir.

— Oh ! couina-t-elle. J'en étais sûre !

sur le krav-maga. Comme je l'avais fait. La boxe, c'était différent. Il n'y avait qu'à regarder Marlow sur le ring pour s'en rendre compte : c'était un art magnifique. Il y avait, à n'en pas douter, quelque chose de la danse dans la boxe, sans parler d'une complexité stratégique qui incitait à la perspicacité.

∞

— En forme, la revenante ? demanda Asher alors qu'il s'asseyait sur un des tabourets vides derrière le bar.

Je lui souris. Ce soir j'avais hâte de rentrer, j'étais fatiguée et pas seulement physiquement.

— On fait aller…

Il fronça les sourcils et me scruta :

— Tout va bien ?

— Oui, me rattrapai-je. Juste un peu de fatigue.

Il n'eut pas du tout l'air de me croire, et son inquiétude me réchauffa le cœur. Je ne pensais pas, en arrivant dans cette ville, rencontrer des gens aussi attentionnés et prévenants.

— Je te sers quoi ? demandai-je en souriant.

— Une bière.

J'acquiesçai et je m'exécutai. Il n'y avait pas beaucoup de monde ce soir-là. Le bar était tranquille et l'ambiance paisible. Celia ne travaillait pas, elle était clouée au lit à cause d'une vilaine grippe. J'étais donc seule en service avec Jayce qui semblait se lamenter de l'absence de sa douce.

— C'est chouette de te revoir au club en tout cas.

— Heureux ? le taquinai-je.

— Toujours en compagnie de jolies filles, me répondit-il avec un clin d'œil.

Cette atmosphère était grisante. Le rythme soutenu me mettait à rude épreuve, me fatiguait, je m'y sentais bien. Mais je n'oubliais pas Nate, ce baiser volé, ma fuite... Ni Georgina. Je n'arrêtais pas de penser à tout ça, tout se mêlait dans ma tête. Me rendre compte que j'étais amoureuse de Nate et ce baiser, cela avait été trop fort, trop dur ; je m'étais sentie submergée, presque étouffée ; je n'avais pas su gérer ce sentiment trop puissant. C'était pourtant indéniable. Je l'aimais et j'aimais Kyle.

J'étais tombée *follement* amoureuse de Nate Mine. Je ne pensais pas que cela puisse m'arriver, pourtant je ne pouvais le nier. Il avait fait renaître des sentiments égarés depuis trop longtemps, et ça enflait en moi.

J'aimais *profondément* Kyle Mine. Ce sentiment était même d'une intensité redoutable. Je me demandais comment il était possible d'aimer autant un être aussi petit, mais la vérité était là, en moi, au fond de mon cœur.

— Waouh, tu as un de ces punchs ! souffla Marlow. Tu n'as rien perdu pendant ces semaines de convalescence.

Je souris. Elle aussi, avant de se remettre en garde. En tenue de sport, les cheveux attachés, la sueur ruisselant sur sa peau, elle était d'une beauté saisissante. Ses traits étaient joliment crispés par la concentration.

— Je ne reste qu'une piètre adversaire.

Elle secoua la tête.

— Absolument pas.

Je souris en reprenant mon souffle et jetai un coup d'œil alentour. Mason s'entraînait avec Asher et Jayce. Mickey supervisait tout ça d'en haut. Nate était absent...

Le « ding » retentit. Nous reprîmes.

D'après Mickey, on ne faisait pas de la boxe pour apprendre à se défendre. Il avait raison : si une personne cherchait à maîtriser l'autodéfense, mieux valait se rabattre

J'esquissai un faible sourire. Je n'arrivais pas à cacher ni à réprimer l'effet qu'avait sur moi l'idée de la savoir ici. Surtout à ce moment précis où elle avait débarqué. À croire que c'était écrit…

— Alors ?

— Il a ses raisons, c'est assez personnel…

— C'est grave ? s'inquiéta-t-elle.

— Je ne sais pas… Non. La mère de Kyle. Je crois avoir croisé la mère de Kyle.

Un silence s'installa tout à coup. Marlow ouvrit la bouche, mais aucun son n'en sortit. Asher se contenta de boire sa bière. Jayce, à présent à côté de moi, les bras croisés sur son torse, restait silencieux lui aussi.

— Je ne sais rien de plus, je l'ai croisée dans le couloir.

— C'est dingue quand même ! souffla Marlow.

— Il fallait s'y attendre, lança Jayce d'une voix sombre. Tôt ou tard son passé allait refaire surface.

Je le regardais.

— Tu veux boire quelque chose ? me demanda-t-il. Il n'y a pas grand monde ce soir. Un cocktail de fille ?

Je souris.

— Une tequila sunrise, chef. C'est possible ?

— Tu as devant toi le barman le plus beau, gentil et doué de sa génération.

On éclata de rire.

— Je veux bien la même chose.

— Pas de souci, *Little Marlow.* Ash ?

— Une autre bière.

Il s'exécuta derrière le bar et commença à préparer les cocktails.

— N'empêche, il doit être sur le cul, fit Asher. Des années à élever seul son fils et voilà qu'elle débarque de nouveau.

— Il doit en avoir des choses à lui dire, ajouta Marlow.

— Ça m'étonne qu'il ne nous ait rien dit.

— Il va le faire, lança Jayce. Il a peut-être besoin de temps pour les retrouvailles, tout ça…

— Vous pensez qu'il va faire quoi ? demanda Marlow.

Elle croisa mon regard, et mes joues s'empourprèrent davantage.

— Ce qu'il y a de mieux pour son fils, répondit Jayce. Il n'est pas stupide, c'est ce qu'il a toujours fait depuis qu'on les connaît.

— Tu as raison, approuva-t-elle.

Il me tendit un verre à cocktail rempli de glaçons, où le rouge se mêlait à une couche orange. Il servit Marlow et Asher.

— C'est trop bon, dis-je. On ne sent même pas l'alcool.

— C'est la touche Jayce, elle est parfaite.

Je posai mon verre sur le comptoir et massai mon avant-bras. J'avais bien cicatrisé, je n'avais plus mal, mais il demeurait sur ma peau une marque qui me rappelait Kyle.

— Je peux ? demanda Asher.

— Pardon ?

— Je peux regarder ?

— Euh… oui, bien sûr !

Il attrapa mon bras, que je posai sur le comptoir.

— Tu es bien marquée, quand même. Ça te fait encore mal ?

— Non, plus du tout.

Il appuya son pouce sur ma peau ridée et rugueuse, et caressa ma plaie. Je ne dis rien, je ne ressentais plus de douleur, en même temps j'avais mis trois bonnes semaines à guérir. Marlow suivit des yeux les doigts d'Asher sur ma peau et je me sentis mal à l'aise. Je retirai mon bras. Il sourit :

— Ça m'a l'air bien cicatrisé. Ça ne t'a pas fait mal durant la séance de sport ?

— Non, ça allait. Cela dit, j'avais envie de me faire un nouveau tatouage. Du coup, je pense en faire un à cet endroit pour recouvrir un peu la marque.

— Tu as une idée de ce que tu veux ?

Étonnée qu'il s'intéresse à cela, j'arquai un sourcil. Il sourit de plus belle.

— Je peux peut-être t'aider, ajouta-t-il.

— Tu es tatoueur, peut-être ? raillai-je.

— Oui, répondit-il avec un grand sourire.

Marlow gloussa. J'ouvris la bouche, avant de rougir comme une idiote.

— J'ai repris l'affaire de mon père, et, à titre d'exemple, Nate est celui qui m'a fait confiance le premier et qui depuis vient toujours m'en réclamer.

— Désolée, je l'ignorais. C'est juste que…

— Qu'habituellement les tatoueurs sont couverts de tatouages ?

Je hochai la tête comme une gosse. Il m'adressa un clin d'œil et sourit. Je rougis un peu plus et masquai mon embarras derrière mon verre. Il était troublant à sa manière. Je comprenais assez que Marlow soit sensible à son charme ténébreux.

— J'en ai un, reprit-il. Disons qu'il compte pour dix. Je préfère en faire pour les autres plutôt que pour moi. Si tu tiens vraiment à en faire un, viens me voir, je te le ferai avec plaisir.

C'était une proposition très intéressante. Ça faisait longtemps que l'idée de me faire un nouveau tatouage me trottait dans la tête, d'autant plus ces derniers temps au contact de ceux de Nate. J'avais envie de rester dans le thème, j'avais déjà des fleurs sur le corps, mais j'en voulais encore. Juste parce que c'était moi et que lorsque nous nous touchions Nate s'évertuait à me dire que les fleurs sur moi, c'était ce qu'il y avait de plus beau après ma culotte dino.

— Tu as fait ceux de Nate, alors ?

— Ouais, approuva-t-il. Du premier au dernier, je suis responsable de tous les gribouillages qu'il a sur les bras.

— Tu as du talent, dis-je. Énormément.

— Merci, lança-t-il.

— J'aimerais faire une manchette de fleurs tout autour de mon poignet, déclarai-je. Quelque chose de fleuri et d'asymétrique.

— Soit tu as un modèle, soit on en fait un ensemble.

— « Ensemble » ?

— Oui, si tu veux je passe un soir au bar pendant ton service et on fait ça. Je te dessine deux ou trois modèles selon tes envies et si tu veux te lancer, ce sera avec plaisir. Je suis là pour ça. Je t'interdis d'aller voir ailleurs. Je le prendrais très mal.

Je souris.

— Je ne plaisante pas.

Je gloussai.

— Si tu n'y vas pas, tu vas réduire son ego à néant, déjà que la jolie Marlow le lui a refusé, s'amusa Jayce.

— C'est toujours d'actualité, tu sais, lança Asher à la boxeuse. Je t'en fais un où tu veux, quand tu veux.

— Va te faire voir, Ash. Le jour où tu verras plus que tu ne devrais, je peux te dire qu'il va y avoir un sacré déluge. Tu ne me toucheras pas non plus avec tes accessoires bizarres.

— Ce n'est qu'un moment douloureux à passer, ensuite on y prend goût, je t'en donne ma parole.

Deux taches rouges apparurent sur les joues de Marlow, Asher la regarda droit dans les yeux sans la lâcher, attendant la prochaine réplique. Jayce éclata de rire.

∞

Après que j'ai nettoyé et rangé le bar, aucun taxi ne m'attendait dehors. C'était la première fois depuis… Depuis que Nate avait commencé à m'envoyer des taxis tous les soirs à vrai dire. Il n'avait jamais arrêté, jamais oublié, et ce que je prenais au début pour un poids m'attristait aujourd'hui.

— Tout va bien ?

Je sursautai. C'était Jayce.

— Oui, oui… Désolée, je rêvassais.

Il sourit.

— Tu attends un taxi ? demanda-t-il.

Je rougis un peu. J'aurais aimé qu'il soit là, que quelqu'un m'attende. Je payais ma fuite et ma stupidité.

— Euh… non…

— Je te ramène en voiture, alors.

— Ce n'est pas la peine, je ne…

— Tu ne rentreras pas à pied, me coupa-t-il d'une voix autoritaire. Je ne le permettrai pas, Dylan. Quel patron je serais surtout à cette heure-ci. Dis-toi que je suis ton boss et que tu n'as rien à dire.

— D'accord, chef. Merci.

Chapitre 21

— Dylan, c'est notre cinquième séance et tu n'as toujours rien dit. Il reste dix minutes… Peut-être voudrais-tu dire quelque chose ?

Je secoue la tête. Je ne vois pas de quelle manière elle peut m'aider. Je me suis juré de vivre au nom du « bébé », je n'ai pas besoin d'un psy. J'ai compris la valeur d'une vie.

Mais mon père a insisté et, comme il a été parfait avec moi, je fais ça pour lui.

Elle m'emmerde. Royalement.

Elle ne sait rien de moi ni de ce que j'ai vécu. Enfin si, elle sait tout, mais elle ne me connaît pas. Socrate a dit : « Tout ce que je sais, c'est que je ne sais rien. » Elle a beau connaître les faits, elle demeure étrangère à tout ce que je suis.

— Je peux t'aider, Dylan ; c'est pour ça que je suis là. Tu peux me dire n'importe quoi, ça restera entre nous.

J'attends que l'aiguille se place à la limite de l'heure ronde et je sors la phrase la plus ridicule que j'aie en stock.

— J'aime beaucoup votre chemisier.

Il est immonde. Gris, ample avec un grand col blanc. Elle n'est pas si vieille que ça, pourtant elle s'habille déjà comme une femme de plus de cinquante balais.

Elle griffonne dans son carnet, j'espère pour elle qu'elle n'a pas noté ça, c'est vachement enrichissant. Je lève les yeux au plafond, certaine que du coup elle va se mettre à me parler de shopping.

— Tu aimes le shopping ? C'était quand, la dernière fois que tu es sortie pour t'acheter des vêtements ?

Je glousse intérieurement. Quand sa cloche sonne en douceur pour indiquer la fin du rendez-vous, elle se lève. J'en fais autant. Je lui dis au revoir et elle me donne un autre rendez-vous.

Mon père m'attend dehors.

— Alors, cette séance ?

Il a un enthousiasme saisissant. Je souris.

— Aussi barbante que le film Melancholia.

Il glousse.

— T'es méchante. D'autant plus que tu n'aides pas si tu ne dis rien, Dylan. Tu devrais te confier. Elle est là pour ça.

— Elle ne m'en donne pas envie. Mets-moi Robin Williams comme dans Will Hunting ou alors la psy de Charlie Harper dans Mon oncle Charlie, et là…

Il sourit puis glousse de nouveau.

Ça va mieux, je pense. Je fais tout pour.

— Tu ne veux toujours pas parler, Dylan ? Tu penses que ça t'aide, de rester dans ton mutisme ? De garder tes pensées pour toi ?

Je hausse les épaules.

— Tu as été victime d'un viol, tu as essayé de t'ôter la vie et à ton réveil tu as dû subir l'accouchement de ton enfant mort-né. Ce sont des choses violentes. Tu ne peux pas les garder en toi.

— Et pourquoi pas ?

— Ce n'est pas bon.

— Qui a décidé de ça ? Vous ?

Elle ouvre la bouche mais ne dit rien. Je souris. L'heure tourne…

— Ça va, ma chérie ?

Je tourne la tête vers mon père. Il me tend une tasse de chocolat avec des Chamallows et s'assied à côté de moi sur le lit.

— Tu veux qu'on sorte ce soir ? Qu'on fasse quelque chose de particulier ?

— Je ne sais pas, j'étais en train de regarder les universités… On pourrait regarder à deux ?

Il acquiesce avec un grand sourire. Il ne me brusque pas.

— C'est une supposition, une simple idée, mais je me suis dit que je pourrais partir chez Granny et maman, et m'inscrire à l'université à Friendship.

Il sourit.

— Je pense que c'est une très bonne idée.

— Tu crois ?

— Je dirai oui à tout ce que tu voudras entreprendre, Dylan. Absolument tout. J'aimerai comme mon fils l'homme qui te rendra heureuse, je serai fier du métier que tu choisiras, j'approuverai chaque chose si ça te rend heureuse. Et j'affronterai chaque personne qui se mettra en travers de ta route, je te tiendrai la main pour t'aider à avancer comme la première fois que tu t'es redressée de toi-même pour marcher, je t'empêcherai d'essayer de nous quitter de nouveau.

J'ai les larmes aux yeux. Mon père est le meilleur du monde.

— Je crois que j'ai besoin d'une année test, dis-je.

— C'est-à-dire ?

— Je crois qu'il me faut une année loin d'ici. Pour rencontrer de nouvelles personnes, apprendre à refaire confiance aux gens et retrouver celle que j'étais avant. Pour ça je crois que j'ai besoin de m'éloigner.

Ça me semble être un bon programme pour prouver à ce petit être qui a perdu la vie que je m'accroche et que je saisis la chance qu'il n'a pas eue, que je n'ai pas pu lui offrir.

— Je suis de tout cœur avec toi, ma chérie.

Si parler n'est pas d'un grand secours, apprendre à me défendre et à me battre l'est bien plus.

Il paraît que j'ai quelque chose. Une haine, une hargne, un punch que très peu de débutants ont. J'ignore pourquoi, mais c'est le krav-maga qui m'a attirée. La difficulté, le fait que la discipline soit méconnue… Dans ce club, on n'attend pas de moi que je fasse bonne figure. On ne plaisante pas. Les séances sont musclées, dures, mais elles ont un effet bénéfique sur mon cerveau. Elles le font taire et ça, c'est une libération bienfaitrice.

J'y vais souvent. Quasiment tous les jours.

J'apprends vite, bien.

— Qu'est-ce qui t'est arrivé, à toi ?

Je me retourne. C'est une jeune fille. De mon âge. Aujourd'hui, je dois faire équipe avec elle. Cheveux noirs, taille fine, piercing, elle est jolie. C'est la première fois que je la vois.

— Moi, c'était mon beau-père.

— Un mec avec qui je sortais, dans une fête avec ses copains.

Ses yeux s'écarquillent.

— Je suis bien placée pour savoir que c'est chiant et que tout le monde te le dit, mais si tu as besoin de parler tu peux. Je sais ce que c'est !

J'acquiesce, sachant pertinemment que je n'en ferai rien. Je n'ai pas envie d'étaler ma vie et surtout pas de parler de ça.

— Tu n'es toujours pas disposée à me parler de toi, Dylan ? J'aimerais vraiment connaître ton ressenti.

« Disposée » ? Ce mot ne me plaît pas. Il sonne mal, je trouve.

« Prête » ? Oui. « Décidée » ? À la rigueur. « Disposée » ? Non.

Quant à mon ressenti, je le garde pour moi.

Parler n'aide vraiment pas, c'est une perte de temps que d'essayer de vouloir démêler une chose qui ne peut pas l'être. J'ai subi, j'ai souffert. J'ai besoin de temps, pas qu'une connasse vienne me faire chier !

Aujourd'hui c'est la séance de trop.

Je me lève d'un bond.

— Vous voulez que je parle ? Je vais parler.

— Tu parles si…

— Oui, je sais, je parle « si j'ai envie ». Pourtant vous insistez pour que je le fasse… J'ai été violée par le garçon avec qui j'ai flirté toute la soirée. Il était cool, gentil, charmeur. Je n'étais pas amoureuse, mais j'étais sous le charme et je ne me suis pas méfiée. Ce n'était pas mon premier petit copain, alors je n'avais pas peur, j'avais confiance. Je savais pertinemment ce que nous allions faire quand nous sommes montés dans la chambre, je n'étais pas vierge… Il aurait pu avoir ce qu'il voulait puisque je le voulais aussi, sauf que trois de ses copains sont venus, m'ont attrapée et il s'est servi. Je l'ai supplié de ne pas faire ça et il l'a fait.

— Tu…

— Laissez-moi parler !

Je suis en colère, et maintenant que j'ai commencé à parler il n'est pas question qu'elle m'interrompe. Je reprends :

— J'ai cru que les gens seraient compatissants, qu'ils me soutiendraient. Ma famille l'a fait. Au lycée, ils m'ont bafouée. J'ai reçu des menaces, des insultes par SMS et

par mails. Je n'ai pas compris pourquoi et je ne comprends toujours pas, mais je m'en fiche, en fait. Ce n'est pas moi qui ai un problème, ce n'était pas ma faute, ce sont eux qui ne vont pas bien. Quand j'ai voulu me foutre en l'air, je venais de me faire passer à tabac par des filles que je connaissais. Elles s'y sont mises à quatre contre une. Et, à mon réveil, j'ai accouché d'un mort-né. Voilà où j'en suis.

— Tu as vécu des choses éprouvantes.

Quelle perspicacité !

— Tu as pensé au pardon ?

La colère en moi s'embrase.

— Si j'ai pensé au pardon ? Vous me parlez vraiment de pardon ? Vous me demandez de pardonner à celui qui m'a violée et à ceux qui l'ont assisté ? Je ne vous souhaite pas de vivre ce que j'ai vécu, je ne le souhaite à personne, mais vous, vous pardonneriez à un homme qui vous viole, vous filme, vous fout en cloque ?

— Tu dis ça parce que les souvenirs sont encore trop présents dans ton esprit. Tu dois te libérer de tout ça. De cet événement traumatisant. Tu dois rompre le lien de haine et tu ne peux pas le faire n'importe comment. Il faut que tu profites de la vie. Car quand on a été violenté par la vie, on a en général besoin d'être reconnu comme victime, ce qui est souvent le seul dédommagement…

Je n'en reviens pas. Je la laisse parler jusqu'à ce qu'elle me libère.

— Dylan ? Est-ce que tout va bien ?

— Elle m'a demandé si j'avais pensé au pardon.

Mon père n'a pas compris tout de suite.

— Quel pardon ?

— Pardonner à ceux qui m'ont fait ça… Je ne veux plus la voir.

J'ouvris les yeux brusquement, j'essuyai la sueur qui ruisselait sur mon visage et je fixai le plafond. Chaque fois que j'étais tirée d'un mauvais rêve, je cherchais les étoiles par pur réflexe, car elles étaient mon repère entre le monde des songes et ma réalité. Cette fois-ci, je ne les trouvai pas, mais mon rêve n'était pas si horrible que ça, alors ce n'était pas grave. J'inspirai calmement et Domino qui s'était incrusté au bout de mon lit se redressa pour venir contre moi.

Je le caressai derrière les oreilles, et son ventre vibra contre moi. Paresseusement, il releva la tête et retroussa son museau. Je soufflai dans ses moustaches, ce qui l'exaspéra, mais il était trop bien sur moi pour bouger. Chaque fois que mes yeux se posaient sur cette boule de poils, je ne pouvais m'empêcher de penser aux hommes Mine.

Je me recouchai et Domino s'installa sur mon ventre, je caressai son pelage en pensant aux étoiles, celles qui décoraient la chambre de Kyle, et à ce qui se trouvait au-dessus de moi. À l'instant, j'aurais donné n'importe quoi pour y être et pour ne pas me trouver toute seule chez moi… On disait que l'ignorant était heureux, je trouvais ça horrible de ne pas savoir ce qui se passait. J'y étais pour beaucoup, je le regrettais.

Nate…

Certaines choses me démangeaient autant que d'autres me faisaient peur et que d'autres encore me semblaient essentielles. Mes sentiments pour eux, ce lien entre nous… Ce n'était pas rien. C'était plus important que mon passé, qu'aujourd'hui je ne pouvais plus changer. Je ne pouvais plus me permettre de le laisser être un frein à mon avenir. Ils étaient indispensables à mon bonheur, car ils représentaient le futur, et c'était ça qui comptait avant toute autre chose. Ils n'avaient fait qu'embellir ma vie.

Nate me manquait.

Kyle me manquait.

Ils étaient là, juste à côté, mais ce n'était pas pareil, j'avais l'impression qu'ils étaient loin.

Mon départ, ma fuite de chez lui, son retour à elle… Tous ces événements me hantaient. Je l'aimais, et j'aimais Kyle. C'était une certitude. J'étais raide dingue d'eux depuis le premier instant. La rencontre de ces deux-là m'avait marquée à vie. Comment ne pas être chamboulée ? Ils formaient un parfait duo. Entre nous, il avait fallu quoi ? Une culotte à têtes de dinosaures, une laverie et le chaos. Depuis notre première rencontre à la laverie, j'étais folle de Nate. J'avais essayé de lutter contre mes sentiments pour lui. J'avais essayé de résister parce que je savais que si je les laissais s'approcher de moi, de ma vie, de mon chaos, j'en tomberais éperdument amoureuse.

Tandis que je caressais Domino qui ronronnait inlassablement, je pris une décision.

Il était temps que j'explique à Nate mon comportement et que je lui confie mon passé. Il avait franchi mon armure et mon bouclier depuis longtemps, mais il était grand temps que je me montre honnête avec lui.

∞

J'étais en cours. Je me sentais de plus en plus à l'aise, de plus en plus apte à monter mon projet. J'avais de plus en plus hâte de le concrétiser. J'essayai d'écouter consciencieusement, mais c'était peine perdue, je n'avais aucun contrôle sur mes pensées ces derniers temps. Nate était là, lui aussi. Depuis le retour de la mère de Kyle, deux jours auparavant, c'était la première fois que je le voyais, et ça animait le chaos dans ma poitrine.

— Tu veux que je t'amène au boulot ? proposa-t-il à la fin du cours.

Mon cœur s'activa.

— Je… Oui, merci.

Il hocha la tête. Je le suivis dans les couloirs puis jusqu'au parking. Il avait la mine fermée, et une barbe de quelques jours assombrissait ses joues. J'aurais tout donné pour savoir ce qu'il avait dans la tête. Je ne l'avais jamais vu comme ça. J'ignorais comment je devais me comporter. Normalement sans doute.

— On ne te voit plus au club.

— J'y retourne demain. Tu te doutes bien que certaines choses sont plus importantes pour l'instant.

— Oui, j'imagine. C'est la mère de Kyle, c'est ça ?

— Oui, soupira-t-il. C'est Georgina.

Je me demandais comment allait Kyle, comment il vivait le retour de sa mère. Il m'ouvrit la portière de sa voiture. Je m'installai. Il en fit autant et démarra.

— Je compte présenter Georgina à tout le monde demain soir au bar.

— Elle va rester ?

Ce fut plus fort que moi, la déception se peignit sur mon visage. Je tournai la tête pour fixer la route.

— Oui, elle veut voir son fils, moi et… Elle en a le droit.

Je déglutis.

— Elle doit probablement avoir des tas de choses à vous dire, sans compter le temps qu'elle veut sans doute rattraper.

L'hypocrisie de mes paroles me donnait la nausée. Tout ce qui m'importait, c'était que Kyle soit heureux. Qu'ils soient heureux tous les deux…

— Oui.

Le trajet était pesant, j'aurais mieux fait de décliner son invitation. Je me sentais tellement mal à l'aise. Lorsqu'il se gara devant le bar, il tourna la tête pour me faire face. Je le fixai alors dans les yeux et j'inspectai son visage. Il avait l'air inquiet.

— Tu as deux minutes avant d'y aller ? demanda-t-il. On est un peu en avance.

J'acquiesçai :

— Oui, j'avais justement quelque chose à te dire.

J'avais pris une décision, il était temps que je m'y tienne. C'était ma seule chance de le récupérer. Lui expliquer enfin les choses clairement. Je pris une grande inspiration, j'étais terrifiée à l'idée de la réaction qu'il pourrait avoir.

— Nate, tu sais, à propos de l'autre soir, j'ai…

— Ça tombe bien que tu parles de ça, me coupa-t-il, je voulais justement qu'on revienne là-dessus avant que je ne présente Georgina à tout le monde. Histoire qu'on mette les choses au clair.

J'ouvris la bouche, mais ce que j'avais envie de dire se perdit dans le néant, les mots semblaient coincés dans ma gorge.

— Tu avais raison, il était temps que l'on arrête. Toi, moi, le sexe… C'est fun mais ça s'arrête là. Il n'y a rien de plus, il n'y a jamais rien eu de plus.

La stupeur fut le premier sentiment à venir lécher ma peau. Je ne m'attendais pas à cette conversation, j'avais refoulé cette idée très loin dans mon esprit, croyant qu'en expliquant mon passé tout s'arrangerait. Je n'aurais pas l'occasion de le faire, et de toute manière c'était peine perdue. Quelques secondes s'écoulèrent dans la lourde pesanteur qui s'était installée dans la voiture, et d'autres émotions plus virulentes vinrent soulever mon cœur : la tristesse, l'abandon, le désespoir.

Ses mots tournaient dans mon esprit, aussi tranchants que des lames de rasoir, aussi sombres et horribles que ceux que j'avais entendus dans mon passé. L'embrasser, m'être montrée vulnérable, l'avoir laissé pénétrer mon armure pourtant si robuste, tomber amoureuse… et me faire piétiner le cœur.

— Ce n'est pas montrer une bonne image à mon fils. Baiser comme ça, ce n'est pas digne de moi, ce n'est pas digne d'un bon père.

« Baiser » ? Je n'aimais pas ce mot. Il salissait ce que nous avions partagé.

— Kyle te voit de temps en temps, il te voit le soir à la maison, mais pas le matin, et il ne comprend pas. Ce n'est pas bon pour lui. Il lui faut de l'équilibre, j'ai laissé traîner ça trop longtemps. Je m'en rends compte aujourd'hui, je crois que tu m'as ouvert les yeux.

— Je ne suis pas bonne pour ton fils ?

Ce fut tout ce que je trouvai à dire. Cette insulte était probablement la pire de toutes. J'aimais ce gosse à la folie, peut-être plus que cette femme qui l'avait abandonné.

— Non, ce n'est pas ce que j'ai voulu dire. Tu es extra comme nounou, mais rien de plus. Dylan, tu conviens bien que tu n'es pas stable émotionnellement, et ça, ce n'est pas bon pour lui. Il lui faut autre chose, et à moi aussi. L'autre soir, c'était la goutte de trop.

« Pas stable émotionnellement » ? La douleur me transperça de part en part. De toute ma vie je n'avais jamais été aussi blessée par des mots. Je me sentais sale et indigne. J'avais envie de sortir de cette voiture, j'étouffais. Je défis la ceinture qui m'oppressait et j'inspirai.

— Tu es en train de me larguer ?

— Non, Dylan. On n'a jamais vraiment été ensemble. C'était juste du sexe. Un couple s'embrasse, un couple partage ses secrets. On n'est rien de tout ça. Je ne te largue pas. Je mets juste fin à tout ça. Comme tu l'as fait la dernière fois.

— Je ne…

J'avais suffisamment enduré dans ma vie pour savoir cacher ma douleur. Je me ressaisis.

— Et tu penses que la femme qui l'a abandonné est bonne pour lui ? lâchai-je dans un souffle.

— Dylan, tu ne sais rien d'elle, grommela-t-il. Je t'interdis d'en parler. C'est sa mère, que tu le veuilles ou non. C'est comme ça et c'est à moi de le gérer. C'est à moi de décider si elle est bonne pour lui ou non.

Je restai silencieuse. Je me demandais alors ce que signifiait vraiment être mère, ce qui faisait qu'on pouvait prétendre à ce titre. Après tout, moi aussi j'avais été mère… Je ne me définissais pourtant pas comme telle. Pour moi, il fallait des actes concrets d'amour et de tendresse pour être digne de ce titre. On ne revenait pas après plusieurs années la bouche en cœur en prétendant être mère. Je trouvais ça injuste.

— Notre dispute et le retour de Georgina au même moment, ce n'est pas une coïncidence. C'est à croire que le destin s'en est mêlé.

J'émis un ricanement rauque que Nate ne comprit pas. *Cet enfoiré de destin…*

Je me détournai et serrai mes affaires contre ma poitrine.

— Tu te souviens quand tu m'as dit que je devais trouver une femme bien, une mère pour mon fils au lieu de m'emmerder avec toi ? Je crois qu'il est temps que je le fasse.

Oui, je me souvenais très clairement d'avoir dit ça, et plus que jamais je regrettais mes mots. J'étais encore trop fragile à l'époque pour savoir que cette mère, cette femme, je voulais que ce soit moi. Mais je comprenais aujourd'hui que je ne le serais jamais.

— Je veux le meilleur pour Kyle. Il est ma plus grande priorité et j'ai envie d'essayer d'aller de l'avant pour son bien.

Je hochai la tête et sursautai quand sa main se posa sur mon épaule. J'avais l'estomac dans les talons et le cœur au bord des lèvres. Je me sentais sur le point d'exploser en mille morceaux, j'étais en train de me fissurer de toutes parts.

— Mais ça n'enlève rien à notre amitié, dit-il d'une voix douce. Dylan, tu es une amie formidable.

Quelle horreur !

Je voulais disparaître, que le sol se dérobe sous mes pieds. Une pulsion enfla dans ma poitrine et je ressentis le besoin de frapper de toutes mes forces. De le frapper, lui.

— Oui, pas de souci, répondis-je. Je ne veux que votre bonheur, Nate.

— Oui, je sais… C'est pour ça que tu comprends, n'est-ce pas ?

J'ignorais s'il le faisait exprès, s'il se rendait compte de mon chagrin, de mon cœur brisé et de tout le reste. S'il imaginait deux secondes l'impact de ses mots dans mon chaos. Cette sensation d'abandon, de trahison me coupait le souffle. Je me sentais de nouveau faible et fragile.

J'étais tombée amoureuse du seul homme à qui j'avais tout donné depuis mon viol, le seul en qui j'avais eu confiance, et il me rejetait.

— Oui, dis-je en trouvant la force de lui sourire. Sois heureux, Nathaniel Mine, c'est un bon programme, c'est ce qu'il faut. Pour Kyle.

Je dégageai mon épaule de son étreinte et j'attrapai la poignée en serrant mon sac contre ma poitrine.

— Je dois y aller, c'est déjà l'heure. Jayce est pointilleux.

— D'accord.

— Bonne soirée, Nate.

— Toi aussi, Dylan.

Je sortis de la voiture comme si l'habitacle était en feu et qu'elle risquait d'exploser à tout moment. Je me dirigeai d'un pas aussi décidé que possible jusqu'à l'entrée du bar, sans un regard en arrière. Ce ne fut qu'une fois dans le vestiaire que je laissai échapper quelques gouttes de chagrin.

Chapitre 22

Je fixai mon bras, sur lequel une marque indélébile me rappelait sans cesse Kyle Mine, quatre ans, et son père, Nate. Une marque que j'essayais d'oublier, de ne pas regarder, mais c'était peine perdue… Elle était là sur moi.

J'étais de service ce soir et tout le monde serait là. J'aurais dû prétendre être malade. Nous étions conviés à rencontrer Georgina. Je me lamentais intérieurement. Je n'avais aucune envie de la rencontrer ni même de la fréquenter. Depuis la veille, j'avais le cœur en mille morceaux et tout avait un goût amer. J'avais pleuré quasiment toutes les larmes de mon corps après être rentrée à pied après le boulot la veille au soir, et aujourd'hui je n'étais pas allée en cours ni au club. Je n'avais pas non plus envie de bosser, mais je devais bien ça à Jayce et à Celia, ils avaient été merveilleux en m'embauchant, alors je faisais bonne figure.

Figure qui s'était retrouvée inondée de larmes quand Marlow et Celia m'avaient rejointe dans le vestiaire avant notre service et l'arrivée de Nate. On pouvait tromper les hommes et faire semblant que tout allait bien, au pire prétexter qu'on avait nos règles. Les filles, c'était autre chose. Quand une fille croisait les yeux d'une autre qui avait du chagrin, elle le repérait tout de suite. C'était chimique. Comme mes joues rouges quand

Nate me souriait. Je n'avais pas tenu trois secondes quand Marlow m'avait enlacée.

— Qu'est-ce qui se passe ? demanda Celia.

Je n'avais pas pour habitude de raconter mon chagrin, je ne confiais mes problèmes qu'à ma mère et à Granny, et à Rynne de temps en temps, mais c'était tout.

J'ouvris la bouche.

— Et ne dis pas « rien », insista Marlow. Tu as des yeux de panda et de la morve au coin du nez.

Je pouffai dans mon sanglot. Celia me tendit un rouleau de papier-toilette.

— Explique-nous. C'est Nate, c'est ça ?

Je me mouchai bruyamment et je hochai la tête :

— C'est...

J'étais épuisée moralement. Je n'en pouvais plus. Il était temps que j'arrête de me tirailler ; alors, devant leurs mines inquiètes et sincères, je cédai et laissai tomber tous les doutes que je gardais au fond de moi depuis des années. Je leur racontai les débuts de ma relation avec Nate, à quel point le voir débarquer dans ma vie m'avait chamboulée et comment de fil en aiguille j'étais tombée sous son charme et celui de son fils malgré mes angoisses. Je leur avouai mon passé, mon viol et mes réactions parfois incompréhensibles pour Nate, puis, je parlai de notre dernière dispute et de l'arrivée de Georgina.

— Oh, Dylan ! souffla Marlow, les larmes aux yeux. Je suis tellement désolée... Mais c'est normal que tu n'aies pas pu lui en parler. Tu ne peux pas vivre ce genre de choses et les expliquer aussi facilement.

— Je ne sais pas...

— Rien ne t'empêche d'aller tout lui dire, ajouta Celia avec un sourire rassurant. Il comprendra. Il saura enfin ce qui te perturbait depuis tout ce temps et tout s'arrangera.

— Celia a raison ! Quand vous êtes ensemble, ça crépite entre vous, ça se sent. Nate est dingue de toi. Tu étais prête à le faire, ne te dégonfle pas.

Je sanglotai de plus belle.

— Hier soir, il m'a amenée au boulot, dis-je la gorge serrée. Je me suis dit que c'était le moment de lui parler. Je voulais m'excuser et enfin tout lui expliquer, mais il m'a dit que je n'étais pas stable émotionnellement et que c'était mieux pour Kyle qu'il donne une autre chance à Georgina. Alors c'est bel et bien fini.

— Quoi ?!

— Mais quel con !

Je secouai la tête. J'avais le cœur en vrac. Je me repassais en boucle notre conversation de la veille, ses mots, ses regards. Je m'en voulais tellement. Et je lui en voulais, à lui aussi, de ne pas avoir lu mes silences, mon amour pour son fils, de ne pas avoir compris ma détresse et de m'abandonner comme ça. Il aurait dû comprendre. Il aurait dû comprendre mes sentiments en me surprenant en train de l'embrasser…

— Je suis fatiguée, je n'ai pas envie de la voir ni de supporter leur présence ce soir.

— Si ça peut te consoler, moi non plus, lança Celia. Je n'ai pas le sentiment que ce soit une bonne chose.

— Je suis plutôt d'accord, renchérit Marlow. Elle a abandonné son fils à l'âge de trois mois. Je me souviens de Kyle, il était si chétif, en mauvaise santé… Si Nate oublie ça, je le pends par la peau des couilles.

Je souris et reniflai bruyamment.

— Vous êtes des amours, les filles.

— Oui, répondirent-elles en chœur.

Elles me firent un câlin groupé.

— Maintenant, jolie blonde, laisse-nous te refaire une beauté, histoire qu'il s'en morde les doigts, lança Celia avec un sourire narquois.

∞

Les gens étaient d'humeur festive ce soir-là au bar. Il y avait toujours un fond sonore, le juke-box régulièrement alimenté par les clients jouait des morceaux de rock entraînants. Lorsque Nate fit son apparition, accompagné de Georgina, je pris sur moi pour faire bonne figue.

— Salut, tout le monde ! lança-t-il.

Toute la bande était là. Nate était… Nate. Il avait retroussé les manches de son pull, et mon regard se posa immédiatement sur ses tatouages. Je détestais les aimer, encore. Quant à elle, elle portait un jean et un tee-shirt à Nate. Mon cœur se serra à l'idée qu'il puisse partager son lit avec elle. Elle était très jolie, après tout. Je reconnaissais chez elle quelques traits dont Kyle avait hérité. Je soupirai.

— Les amis, je vous présente Georgina. Georgina, voilà la bande. Derrière le bar, il y a Dylan que tu as déjà croisée, Celia et Jayce, le patron du bar. Assis au comptoir, Marlow, Asher et Mason.

On leva la main à tour de rôle, je le fis sans grand enthousiasme. J'avais envie de m'enfuir loin d'ici, de rentrer chez moi et de m'enfermer pour cogner mon sac de frappe. Je me sentais mal, seule et hypocrite.

— Bonsoir, tout le monde ! nous salua-t-elle.

— Ce n'est un secret pour personne, Georgina est la mère de Kyle.

Si traditionnellement on disait que le silence était d'or, il était parfois de plomb, comme à cet instant-là.

— Un ange passe, on dirait, lança Georgina pour détendre l'atmosphère.

J'espérai que ce n'était pas à cause de moi. Mason qui était assis à la droite de Marlow se leva de son tabouret et proposa à la nouvelle venue de s'asseoir. Elle le remercia avec un grand sourire.

— Cela explique donc ton absence et ton silence depuis ces deux derniers jours, lança Asher, l'air de rien.

Il me fit un clin d'œil. Asher, c'était sans nul doute celui que je préférais après Nate. Il était beau, drôle, gentil et toujours disponible. Il se souciait beaucoup de Marlow sans qu'elle s'en rende compte et des gens autour de lui.

— Euh… oui. Je suis désolé de ne vous avoir rien dit et d'être resté à l'écart. Je voulais rester seul pour gérer ça, j'en avais besoin.

— On te comprend mec, le rassura Mason.

— Pas de souci. Et Kyle ?

— Marnie s'est proposée de le garder pour la soirée, sa petite-fille dort chez elle, et Kyle était ravi. Du coup, je pouvais vous présenter Georgina sans l'amener.

J'aurais préféré le voir. Sa petite bouille d'amour me manquait. Nate sourit et s'avança vers le bar, il s'adossa tranquillement à côté des autres. Il s'était rasé. Je baissai la tête et rivai mon regard sur ma marque. Je n'allais pas y arriver, j'étais trop mal. Je me sentais nauséeuse. Je plissai les yeux : quand on y regardait de plus près en inclinant légèrement la tête de trente degrés sur la droite, ma cicatrice avait la forme d'une étoile filante assez bizarre à laquelle on aurait imputé une branche. Je passai mon doigt sur les contours roses. Ça ne faisait plus mal, c'était juste étrange. Lorsque je relevai les yeux, je croisai ceux de Nate. Le trouble m'empourpra et je fus déchirée entre l'envie de prendre mes jambes à mon cou et celle de me jeter sur lui pour l'embrasser. La deuxième solution était très tentante, mais la douleur perdurait dans ma poitrine.

— Alors, comme ça, tu reviens au bout de quatre ans, lança Marlow.

— Ils ont dû changer, non ? renchérit Asher.

— Oui, opina-t-elle.

— Pourquoi es-tu revenue ? demanda Celia.

— J'ai fait des erreurs, je me suis rendu compte de ce que j'avais perdu et je voudrais me racheter.

— C'est courageux.

— Qui prend quoi ? demandai-je en détournant le regard.

— Tequila bière pour tout le monde ? proposa Asher.

— C'est parti !

Je m'activai avec Celia pour servir tout le monde.

— Vous êtes tous de la même bande ? demanda Georgina. Même les serveuses ?

Le ton acerbe avec lequel elle avait parlé des « serveuses » eut le don de m'agacer au plus haut point et je me retins de lui envoyer le verre que je tenais en pleine poire.

— Oui, approuva Jayce d'un ton piquant. Même les serveuses !

— En tout cas, ton bar est un vrai repère de beaux gosses. Du blond au brun, en passant par un Latino et un barman tatoué, c'est plutôt sympa ici. Je cherche du boulot, s'il te manque une serveuse.

— C'est surtout chasse gardée, ma cocotte ! siffla Celia en palpant les fesses de Jayce.

Georgina éclata de rire. Tout le monde rigola sauf moi. Je n'avais pas le cœur à ça. Marlow demeurait neutre, elle aussi. Jayce sourit en enlaçant sa femme avec amour. Sans se soucier des autres, il lui attrapa le menton et lui vola un baiser.

Après les confidences que nous avions partagées toutes les trois, je me sentais soutenue par Marlow et Celia. J'avais l'impression que le chaos s'était allégé.

∞

— Asher ?

— Oui, ma belle ?

— Tu es libre quand ?

Une lueur taquine passa dans ses yeux.

— Ça dépend pour quoi ? dit-il en arquant un sourcil d'un air qui se voulait aguicheur.

— Entre nous, ça restera toujours purement professionnel et amical. Tu te rappelles ?

— Toujours aussi dure avec ton client préféré.

— Que veux-tu ! On ne se refait pas.

Il rit. Je pouffai. Bizarrement, malgré la présence de Georgina j'arrivais à me détendre. Tout le monde discutait.

— Quand tu veux.

— Demain ? proposai-je.

Il esquissa un grand sourire.

— Pas de problème. Demain, je ferme plus tard et on fait ça, si tu veux. Je te dessine deux ou trois trucs à la maison ce soir et on voit si ça te plaît.

— Ça marche, opinai-je. Je te fais confiance.

— T'inquiète, dit-il en tapotant l'avant-bras de Nate. C'est du travail de pro.

Nate nous regarda étrangement. Je ris en hochant la tête.

— Super ! Demain soir, alors.

Chapitre 23

Asher était doué. Très. C'était indéniable.

Il dessinait comme il respirait. Son coup de crayon était magnifique, minutieux. J'étais bluffée par sa maîtrise et son aisance.

Je fixai mon avant-bras qui se teintait de noir tandis que la cicatrice disparaissait peu à peu sous l'encre indélébile. L'aiguille me piquait la peau, c'était douloureux, mais la sensation restait déroutante. J'étais peut-être un peu maso dans le fond. Je trouvais fascinant de me souvenir de cette douleur éphémère, j'aimais ressentir cette nouvelle histoire qui s'inscrivait sur ma peau, j'aimais qu'elle soit fleurie mais surtout qu'elle soit associée à Kyle. Les gestes d'Asher étaient précis, consciencieux, rapides. L'aiguille pinçait et repinçait ma peau, allant et venant sur mon avant-bras et autour de mon poignet afin de créer une manchette de fleurs aux stries complexes qui se croisaient et se recroisaient. C'était magnifique. Les ombres n'étaient pas encore posées, mais la complexité du dessin rendait déjà hommage à la souffrance infligée par l'aiguille.

— Tout va bien ? demanda Asher.

— Oui.

— Et la douleur ?

— Superficielle.

Il acquiesça et reposa son pistolet. Il nettoya la plaie avec une compresse et de l'antiseptique.

— On va s'attaquer aux ombres et au remplissage. Tu me fais confiance ou tu as une préférence pour certaines ombres ?

— Je te laisse faire.

Il sourit. Je me détendis, Asher était solaire. Il savait communiquer sa bonne humeur. Il changea l'aiguille et remplit quatre godets d'encres allant du foncé au noir ébène.

— Ça fait longtemps que tu fais ça ? demandai-je.

— Dessiner ? Ouais, depuis toujours. Mon père dessinait comme un dieu et je me rappelle que gamin, je m'éclatais quand j'avais un crayon à la main. Encore plus quand il me félicitait.

— Et le tatouage ?

— Le tatouage, aussi. Très jeune, j'ai voulu faire comme mon père.

— Une vocation en quelque sorte.

— Ouais, acquiesça-t-il. On peut dire ça comme ça. Et toi, une vocation ?

— Les fleurs… J'aimerais être fleuriste, ouvrir mon propre magasin.

— Cool !

Je ris :

— Hypocrite !

— Ha ha, non t'inquiète ! Je le pense.

Je rougis, ce qui fit naître un sourire moqueur sur ses lèvres.

— C'est quand même moins prestigieux que d'être tatoueur ou de faire des études de médecine comme Marlow.

— Jayce est l'un de mes meilleurs potes et il est tenancier de bar… Rien de prestigieux en somme. Pourtant tout le monde vient chez lui, car il est sympa, il aime ce qu'il fait, il sait remettre les gens en place, il fait les meilleurs cocktails de tout San Francisco. Alors je me dis que si tu es passionnée comme lui, ta boutique devrait faire fureur.

— Merci, Ash.

— Lance-toi, tout simplement. Tu as quoi, vingt ans ?

J'acquiesçai.

— Alors tu auras tout le temps de te retourner et de faire autre chose si tu vois que ce n'est pas fait pour toi.

∞

Asher avait insisté pour me ramener chez moi à bord de son épave, refusant que je rentre à pied. Il m'avait expliqué qu'il économisait depuis plus de quatre ans pour s'acheter une vieille voiture de collection dont il rêvait depuis qu'il était gamin et qu'il la récupérerait après Thanksgiving.

Entendre ça avait clairement teinté mes pensées… Ma mère avait invité Nate à Thanksgiving. L'idée d'une fête avec des tas de personnes qu'on appréciait, je trouvais ça bien, mais aujourd'hui tout était différent.

Je montais l'escalier de mon étage en farfouillant à l'aveuglette dans mon sac pour trouver mes clés quand je me heurtai à quelque chose de dur. Je lâchai un juron et faillis tomber, mais me rattrapai de justesse à la rampe. Je n'avais pas le souvenir qu'il y avait un mur dans l'escalier… Je relevai la tête.

C'était un homme. Il me contourna sans lâcher les yeux de son portable.

— « Pardon », c'est pour les chiens ? grognai-je.

L'homme vêtu de noir releva les yeux vers moi. Il avait quelque chose de malsain dans le regard et l'attitude. Il esquissa néanmoins un sourire :

— Pardon et bonne soirée.

— Bonne soirée.

Je montai les dernières marches qui menaient à mon palier et m'arrêtai. Ce fut plus fort que moi, je relevai les yeux pour regarder la porte de Nate. Le sadisme, c'était mal. La pensant fermée, je tombai sur Georgina qui épiait, et qui ferma aussitôt la porte. Je me retournai alors. Le couloir avait beau être vide, je repensais à ce type bizarre. Puisqu'il n'était pas là pour moi, j'imaginais qu'il était là pour elle. Il n'avait pas vraiment la tête d'un livreur d'UPS ou de pizzas… Avait-elle vraiment raccroché de la drogue ? Était-elle vraiment irréprochable ou ma jalousie m'avait-elle rendue parano ?

Je secouai la tête. Tout ça, ce n'était pas mon problème, Nate me l'avait clairement fait comprendre.

∞

— Dylaaaan !

Ce cri d'amour galvanisa mon cœur fragile. Je me retournai en lâchant mes cheveux mouillés. Kyle tout sourires abandonna Domino et se jeta sur moi. Sa bouille d'amour que je n'avais pas vue depuis des jours m'avait manqué. Il était trop craquant.

J'en déduisis que, comme l'autre fois, la porte n'étant pas fermée à clé, il s'était permis d'entrer.

— Salut, mon trésor !

— T'es belle !

Voilà, j'avais envie de pleurer. Il m'avait tellement manqué. Il serrait ses bras autour de mes jambes, j'avais envie de le câliner, mais c'était probablement déplacé. Je me penchai pour l'embrasser. L'odeur de ses cheveux et de sa peau me chatouilla les narines, ravivant une flamme virulente dans ma poitrine. Je croisai son regard et répertoriai tout ce qu'il tenait de son père et tout ce qu'il avait d'elle.

— Oh, tu as un nouveau touage sur le bras ! s'écria-t-il en me sortant de mes pensées.

— Tatouage, rectifiai-je.

— Je peux regarder ?

Je m'agenouillai pour me mettre à sa hauteur. Il sourit et souffla :

— Je peux toucher ?

— Pas encore, ça me fait un peu mal.

— Il est trop beau. Tu l'as montré à papa ?

Je me crispai intérieurement.

— Non, pas encore.

Je me redressai et l'emmenai jusqu'à la cuisine. Intrigué, Domino nous suivit. Il monta sur une chaise à hauteur de Kyle et miaula pour attirer son attention. Il le caressa doucement.

— Qu'est-ce que tu fais là, bonhomme ?

— Je m'ennuie et je voulais te voir. C'était ouvert.

— Oui, je sais, dis-je en souriant. Marnie sait que tu es ici ?

— Non, c'est pas Marnie. C'est Gina, elle est à la maison.

Il ne l'appelait pas « maman » ? Quelque part, ça me rendit heureuse, mais c'était elle qui vivait avec eux, et rien que pour ce petit bonhomme aux joues roses j'étais morte de jalousie.

— Et elle sait que tu es ici ? demandai-je.

— Elle est au téléphone en train de crier, j'ai demandé : « Je peux voir Dylan ? » Et elle m'a dit : « Fais qu'est-ce que tu veux… »

Je caressai ses cheveux.

— Dylan, c'est quand que tu viens à la maison ?

Mon cœur se serra. Il sourit de nouveau et son soleil illumina mon chaos, domptant mes ténèbres.

—Je ne sais pas, j'ai beaucoup de travail. Une fois que j'en aurai moins, promis.

Il fit la moue. Je lui souris, ce qui eut pour effet de le détendre un peu.

—Kyle ! Kyle ! cria la voix d'une femme. Kyle, tu es où, bon sang !

—Je suis chez Dylan, répondit-il d'un air exaspéré.

Je l'amenai dans le salon, où elle débarqua comme une folle puisque Kyle n'avait pas fermé la porte derrière lui. Elle me fit face et l'attrapa violemment par la main. Je le lâchai pour éviter de lui faire mal. Il gémit en sanglotant :

—Tu fais mal…

Je la haïssais. J'avais une envie folle de la dégager de chez moi et de garder ce petit soleil pour moi toute seule. Une pulsion jaillit en moi, si forte que je la sentis presque faire durcir mon biceps. Je n'aimais pas son comportement envers Kyle. Ce n'était qu'un enfant. Ce n'étaient peut-être plus mes affaires, mais je n'aimais pas voir ce petit bonhomme souffrir. Je ne le supportais pas. J'étais prête à aspirer toute la douleur du monde pourvu qu'elle ne l'atteigne pas.

Elle me toisa tandis qu'elle ignorait les gémissements de son fils. Elle avait les cheveux attachés, les yeux rougis.

—Je peux savoir ce qu'il fait ici ? demanda-t-elle.

—Il est venu me dire bonjour, dis-je calmement. Ça lui arrive de temps en temps.

—Tu n'as pas à partir comme ça ! le gronda-t-elle.

—J'allais justement lui dire de rentrer de peur que tu ne t'inquiètes.

—Ouais, c'est ça.

—J'ai demandé, tu as dit oui, râla Kyle.

— J'étais au téléphone. Allez, retourne à la maison, papa va bientôt arriver. Tu ne veux pas que je lui dise que tu es allé chez la voisine sans en avoir le droit.

— Tu avais dit oui !

— Rentre à la maison, tout de suite.

Le ton de sa voix était amer, piquant. Kyle parvint à se libérer et vint m'embrasser sur la joue. Je m'imprégnai de son amour d'enfant, qu'il m'offrait innocemment. Sans le faire exprès, il remua mon chaos et ma tristesse. Je l'embrassai sur le front.

— Tu feras un bisou à Krokmou de ma part.

Il gloussa et hocha la tête vigoureusement avant de filer par la porte. Je me redressai. Elle me toisa de nouveau. Je connaissais toutes sortes de regards, le sien n'avait rien d'amical. Elle ne m'aimait pas et c'était clairement réciproque. Une satisfaction me galvanisa : son propre fils avait l'air de m'aimer bien plus qu'il ne l'aimait, elle.

— Tu crois que je ne vois pas ce que tu fais ? pesta-t-elle.

— Pardon ?

— Kyle, Nate… Tu crois que je ne vois pas ton petit manège ?

La pauvre me faisait une crise de jalousie. Je n'avais rien fait, pire je n'essayais même pas. Nate m'avait fait trop mal, mais c'était une victoire en somme de constater qu'elle me considérait comme une menace et que sa propre chair avait l'air d'avoir plus d'affinités avec moi qu'avec elle.

Je restai calme.

— Il est juste venu me dire bonjour, comme souvent. Je n'allais pas le mettre à la porte.

— Tu penses que je ne te vois pas ? Tu les regardes comme si tu étais raide dingue d'eux. C'est clairement le cas, mais ils s'en foutent de toi. Nate en tout cas. Le gamin, il lui faudra peut-être un peu de temps, mais d'ici à quelques semaines il se fichera complètement de toi, lui aussi.

— Kyle. Le « gamin » comme tu l'appelles. *Ton* gamin, précisai-je, il s'appelle Kyle.

— Nate n'a pas besoin de toi, lança-t-elle avec hargne. Je suis là maintenant, et je lui suffis largement.

— Oh, j'imagine très bien ! Mais, si tu ne veux pas me voir, occupe-toi mieux de ton fils et ne le laisse pas quitter l'appartement pendant que tu fais autre chose.

Elle s'avança d'un pas. Qu'elle vienne ! Peu importent les problèmes que ça me causerait, mais qu'elle vienne, en un coup je la mettais KO, cette pauvre fille. Domino qui se tenait à mes pieds cracha. Elle recula.

— Ça ne te regarde pas. Je n'ai pas de leçon à recevoir de toi. Tu ne me connais pas.

— Toi non plus, tu ne me connais pas.

Elle sourit.

— Tu crois qu'une gamine comme toi peut s'occuper d'une famille. Alors que tu as peur d'embrasser un homme !

J'écarquillai les yeux. Nate lui avait raconté ça ? Cette règle intime, il lui en avait parlé ? La douleur lapa ma peau, mais je me contrôlai.

— Oui, il me l'a dit, dit-elle d'un air triomphant. Comme il m'a aussi dit que tu n'étais pas stable, alors je vais être très claire avec toi, je ne veux pas que tu t'approches de mon fils.

Le contrecoup m'assomma. Je n'arrivais pas à y croire, j'en avais le souffle coupé. C'était horriblement douloureux. Il avait osé parler de moi en ces termes à une ex-droguée, à une femme qui avait abandonné son fils ? Ils s'étaient permis de me juger ?

Nate ne connaissait rien de moi, lui non plus, rien de ce que j'avais subi. Il ignorait mes différences et mes peurs. Malgré mon parcours et les obstacles qui s'étaient mis en travers de mon chemin, je n'avais jamais sombré dans l'alcool ou la drogue. J'ignorais les raisons qui avaient poussé cette fille à revenir après l'avoir trompé avec son propre père, être devenue une junkie et avoir abandonné son fils, mais elles devaient être sacrément bonnes. Et lui sacrément idiot pour oublier tout ça. Je l'avais en travers de la gorge. J'étais profondément blessée. Dans une colère noire. Et terriblement déçue.

—Je comprends, dis-je d'une voix très calme. Je ne vous approcherai plus. Cela dit, je te signale quand même que ton fils est seul encore une fois pendant que tu es là en train de me faire la morale…

Elle fit volte-face et sortit en laissant la porte ouverte. J'attrapai Domino pour le calmer. Il me fixa et réclama des câlins en frottant sa tête contre mon menton. Je le caressai et fermai la porte d'un coup de pied avant d'aller dans la cuisine. J'attrapai une boîte de conserve pour lui.

Cette femme, ce…

—Miaou…

Il me sortit de mes pensées, je souris :

—Moi non plus, je ne l'aime pas.

—Miaou…

Voilà que je parlais à mon chat et qu'il me répondait… Bon, j'étais quasiment certaine que derrière son miaulement il y avait plutôt un ordre du genre : « Mets la pâtée dans ma gamelle que je puisse me repaître, humaine. » Mais, pour son comportement exemplaire, je le lui pardonnai. Je remplis son assiette et le laissai se régaler tandis que je m'affalais dans mon fauteuil. J'allumai la télévision. Je n'avais pas faim. Je zappai et, lorsque je tombai sur le film *N'oublie jamais*, je me recroquevillai en position fœtale pour regarder cette histoire que je connaissais par cœur. Je me mis à pleurer à chaudes larmes au bout de dix minutes, mais sans doute pas vraiment à cause du film.

∞

Une semaine était passée et mes jours se résumaient en un schéma très précis et répétitif. Cours, boxe, boulot, dodo et ainsi de suite... Le temps passait relativement vite. Depuis que Georgina était venue me « parler » pour m'expliquer que je n'étais qu'une tarée et qu'elle voulait être heureuse avec ses hommes, j'évitais de les voir et de les croiser. Jusque-là mes journées étaient assez musclées pour que j'y arrive. J'allais à la boxe quand Nate n'y était pas, il venait rarement au bar et je guettais par le judas avant de sortir de chez moi. Je ne le voyais qu'en cours, mais sur ces cinq derniers jours il n'était venu qu'une seule fois.

Thanksgiving approchait. Toute ma famille viendrait chez moi. Mon appartement était petit mais ça irait. Granny allait apporter ses tartes déjà toutes faites et on ferait à manger ensemble. J'avais hâte, ça me ferait du bien de les revoir. Ils me manquaient atrocement. Surtout en ce moment. Marlow insistait pour que je vienne chez elle. Elle disait que ma famille était la bienvenue, et qu'ils adoraient avoir du monde chez eux, mais je ne me sentais pas prête ni assez forte pour supporter un repas de famille comme celui-ci sachant que Nate et sa nouvelle famille serait là aussi.

∞

C'était soirée « spécial match de boxe » au bar, ce soir-là, et j'étais de service. Jayce se tenait derrière son comptoir ; les bras croisés, il veillait, tel un lion dans la savane. Tout le monde était là : Celia bien sûr, Marlow, Asher, Mason, et Nate également. Il était même venu en famille avec Georgina et Kyle.

Kyle portait un bonnet noir trop craquant qui laissait filer quelques mèches brunes, une chemise à carreaux rouge et des Converse assorties. Un vrai petit Canadien, trop mignon. Du haut de ses quatre ans, c'était lui, le plus craquant dans ce bar.

— Dylan, je peux avoir un Coca ? me demanda-t-il en se penchant sur le bar.

— Tout ce que tu veux, bonhomme.

— Alors je peux avoir une paille et les petits bonbons comme sur les verres des grands.

Nate le gronda tandis que Georgina me toisait. Je souris aimablement. J'étais au boulot là, elle ne pouvait rien faire. Asher fit une remarque taquine à Kyle qui, sans perdre son sang-froid, haussa les épaules et répliqua :

— C'est Dylan la chef : si elle dit « oui », c'est que je peux. Pas vrai ?

J'esquissai un grand sourire en hochant la tête, ne focalisant mon regard que sur Kyle.

— Ah, tu vois ! s'écria-t-il.

— Je vois bien, mon grand, répondit Asher amusé. Mais elle est trop vieille pour toi.

— Dylan, elle est trop belle pour toi.

Nate gloussa, Kyle était aux anges de pouvoir tenir tête à un adulte, et Asher éclata de rire. Georgina, quant à elle, avait une tête à faire peur. J'aurais aimé prendre une photo pour m'en faire un petit souvenir.

Il y avait une très bonne ambiance ce soir-là, et beaucoup de boulot aussi. C'était un match de la WBA, catégorie poids mi-lourds. La bière était à moitié prix et les clients étaient là en masse. Outre ceux du club, il y avait beaucoup de mecs seuls entre copains, et mes commandes s'enchaînaient non-stop. Les seules filles qui étaient présentes ce soir venaient pour accompagner leur copain.

Armée de mon carnet, je m'approchai d'une table remplie de mecs pour prendre leur commande.

— Que puis-je vous servir ?

— Une bière !

— Pareil !

— Va pour cinq bières, lança celui qui était à ma droite. Ça ira plus vite.

— Un pichet de deux ou trois litres ? proposai-je. C'est plus avantageux.

Je souris, ils acquiescèrent.

— Va pour ça. Et, sinon, tu as un petit nom que je puisse t'appeler d'ici au cas où j'aie besoin de toi ? Je ne veux que toi comme serveuse personnelle ce soir.

Ce genre de types me sortait par les yeux. Il se prenait pour qui, ce crétin ?

— Dylan, répondis-je calmement. Mais je ne réponds pas aux : « hey », « hey, mademoiselle » ou surnom en tout genre et encore moins aux sifflements.

Ils éclatèrent de rire. Je souris.

— Tu fais la fermeture ? demanda-t-il.

— Pour l'instant, je fais mon boulot. Et j'apporte votre commande.

Je fis volte-face. Tandis que je remplissais une grosse pinte, Jayce se pencha vers moi. Nate me fixait, je croisai son regard et m'empourprai.

— Tout va bien ? demanda Jayce.

— Oui.

— Certaine ?

J'acquiesçai.

— Si tu veux, je m'occupe de la commande à ta place.

— Ça ira, Jayce. Merci.

— S'ils sont trop lourds, n'hésite pas à les rembarrer. Et si tu as besoin de moi je suis là.

Je souris en hochant la tête. Je fixais toujours Nate, c'était troublant. Il semblait me regarder comme il le faisait depuis notre première rencontre et ça me faisait mal. À dire vrai, j'étais anéantie et je devais faire appel à tout mon self-control pour faire bonne figure. Je l'aimais encore, profondément. Ce sentiment ne s'estompait pas et j'avais peur que ce ne soit jamais le cas. Pas tant que je ne m'éloignerai pas en tout cas. Mon amour pour lui et pour Kyle était ancré dans ma poitrine. Je le détestais pour ça, pour m'avoir abandonnée et trahie. Je l'aimais et le détestais en même temps… C'était déroutant.

Je détournai le regard juste à temps pour ne pas faire déborder le pichet de bière. Je le posai sur un grand plateau avec cinq verres et je soufflai un grand coup avant d'y aller. Ils étaient occupés à regarder la finale qui avait déjà commencé. Pourtant lorsque j'arrivai le crétin le remarqua.

— Merci, jolie Dylan.

— Dylan tout court, ça ira.

— Ouais, mais t'es grave belle. Alors je trouve que « jolie Dylan », ça te va vachement mieux.

— Merci, dis-je en posant le pichet au centre de la table.

Je déposai chaque verre sur un sous-verre en carton. Je coinçai le plateau sous mon bras et me détournai lorsqu'une secousse semblable à une frappe me fit sortir de mes gonds. Ce connard venait de me mettre la main au cul! Je me retournai lentement, il se marrait comme un porc.

— Tu sais à quoi je pense ? demanda-t-il comme si j'étais sa putain de copine.

— Recommence et je te fais bouffer le carrelage, pestai-je.

Tout se mit à ralentir autour de moi. Mon attention était focalisée sur lui.

— Ma jolie et virulente Dylan, avec tes petits bras tu veux faire quoi ? Tu sais, tu t'amuserais bien plus à me laisser te bouffer, s'amusa-t-il en me frappant les fesses pour la deuxième fois.

Le sang monta et une pulsion jaillit en moi. J'attrapai son poignet dans un mouvement rapide et je lui tordis le bras. Sentant ma prise assurée, il perdit tout sourires et se redressa de peur de se briser un os, ce qui était le but de la torsion.

— Je ne suis pas ta chienne ni ton esclave personnelle, espèce de dégénéré. Tu m'as prise pour qui ? crachai-je.

Tout le monde nous regardait. Les discussions s'étaient tues tout autour de nous. Il essaya de se défendre, mais j'inclinai son poignet vers le haut, ce qui était très douloureux, je le savais par expérience. Pour obtenir ma ceinture noire, premier dan, j'avais énormément pratiqué. Il grimaça.

— Lâche-moi, pétasse !

— Oh, je ne suis plus ta « jolie Dylan » maintenant ? ironisai-je.

Quand il essaya de me frapper, l'effervescence dans le bar se fit entendre. Les garçons s'approchaient déjà, prêts à bondir pour me défendre. Pas besoin : ni une ni deux, je pliai légèrement les jambes, coinçai un de ses pieds sous le mien et, de mon autre jambe, remontai le genou entre ses jambes avant d'avancer en plaquant ma main ouverte sur son menton. Déséquilibré, il ploya et se courba naturellement.

— Ne me touche pas, c'est clair ?

— Va te faire foutre ! cracha-t-il.

— Doucement, le langage, grogna Asher.

— Lâche-le, je crois qu'il a compris, lança un ami de ses potes.

Je desserrai ma prise, et le crétin perdit l'équilibre. Il se redressa tant bien que mal et me fit face. Je restai stoïque, c'était pas une petite frappe dans son genre qui allait m'impressionner.

— Je me casse de ce bar de merde, siffla-t-il.

— C'est ça, cracha Jayce. Et bon vent !

Le crétin et ses copains partirent en proférant des insultes sur le bar et sur moi. Ça me passait par-dessus la jambe, je ne me considérais pas en faute. J'étais surtout désolée d'avoir causé du tort à Jayce et à son bar. Il y eut un moment de flottement, puis tout le monde se mit à m'applaudir et à me féliciter. Je récupérai les verres sur la table, tandis que Jayce distribuait gratuitement la bière du pichet abandonné.

— Tout va bien ? demanda Marlow lorsque je revins derrière le comptoir.

— Oui, répondis-je.

— Tu étais…

— Époustouflante ! lança Mason.

— Grave, approuva Celia.

— Percutante ! rajouta Asher.

— Extraordinaire ! renchérit Jayce.

— Je suis désolée pour les clients que tu viens de perdre, m'excusai-je.

— Tu plaisantes ou quoi ? Ne t'excuse jamais à cause de connards comme eux. Je suis bien content que ça se soit passé comme ça, je n'aime pas me battre.

— Dylan, t'es trop forte ! s'écria Kyle. C'est toi qui as gagné !

Il était tout sourires et sautillait sur les genoux de son père.

— T'as vu ça, trésor ?

Il hocha vivement la tête et tendit sa petite main pour que je frappe dedans, ce que je fis avec plaisir, ignorant superbement le regard noir de Georgina.

— Je vais aux toilettes, lança-t-elle d'une voix tendue.

— T'es malade ? demanda Nate.

— Euh… non. Pourquoi ?

— Tu vas souvent aux toilettes.

— J'ai une petite vessie, c'est tout.

Elle s'éclipsa. Je levai les yeux, Nate me fixait, il ne regardait pas sa belle partir. Le feu dans ses yeux me rappelait celui que j'avais déjà vu de nombreuses fois. J'ignorais ce qu'il signifiait, mais son regard vagabonda sur moi et se posa sur mon tatouage, qu'il voyait pour la première fois.

— La ceinture noire de krav-maga en action est impressionnante, lança-t-il.

C'était la première fois qu'il m'adressait la parole depuis des jours. J'avais les joues rouges et le cœur en vrac. Mes sentiments étaient tellement contradictoires en sa présence que ça me terrifiait.

— C'est pas faute de t'avoir dit que je savais me défendre ! Et puis ce n'est qu'une technique de base.

— Tu vas bien ? demanda-t-il doucement.

— Impeccable.

J'étais mal à l'aise de discuter avec lui comme si de rien n'était. Il avait été si injuste avec moi, je lui en voulais, mais les revoir là tous les deux, sans elle, attendrissait mon cœur. Je repensais constamment à ces moments merveilleux passés rien qu'avec eux.

— Papa, t'as vu le tatouage de Dylan ? Il est beau, hein ?

— Oui, j'ai vu, champion…

Le silence s'installa autour de nous, mais j'eus l'impression que nous nous dévorions des yeux tous les trois.

— Dylan ?

— Oui, trésor ?

— Papa, c'est toujours ton amoureux ? demanda-t-il de sa voix claironnante.

J'ouvris la bouche, mes joues se teintèrent de rouge. Tous nos amis nous regardaient.

— C'est moi, l'amoureuse de papa, maintenant, lança Georgina qui refaisait surface.

Je frissonnai d'effroi. Nate resta silencieux. Kyle, lui, n'avait pas l'air de comprendre.

— Pourquoi c'est toi ? demanda-t-il.

— C'est ce que font les papas et les mamans, même qu'ils s'embrassent, mon chéri.

Sur ce, elle attira le visage de Nate à elle et lui offrit un baiser des plus vertigineux. Les yeux écarquillés, il ne broncha pas, et le baiser se prolongea. Mon cœur se fissura. J'avais l'impression qu'un poignard venait de s'y planter et qu'on s'amusait à le tourner pour le remuer lentement dans la plaie.

Tout s'effondra autour de moi. Mon corps, mon âme et tout ce que j'avais s'effritèrent. Et le chaos, insolent et indomptable, me submergea.

Chapitre 24

— Dylan ?

J'émergeai brusquement de mon sommeil. Premier constat : j'avais mal à la tête. Je grommelai mon mécontentement. Je cherchai la douceur et le confort de mon lit, mais ne les trouvai pas.

— Dylan ?

C'était une voix masculine. Je sursautai et j'ouvris les yeux. Mon cœur battait à tout rompre.

Nate. C'était Nate. Que faisait-il ici ? Pourquoi avait-il l'air inquiet ? J'avais fait un cauchemar et j'avais crié trop fort ? Je croisai son regard. Il déplaça une mèche de mes cheveux pour la passer derrière mon oreille et frôla ma joue, mon corps s'embrasa. Je le détestais et je détestais mon corps de réagir aussi intensément à son contact.

Nate m'avait brisé le cœur, mais je n'arrivais pas vraiment à le haïr. J'aurais préféré, cela aurait rendu les choses bien plus simples… Je détestais ses mains capables de faire réagir mon corps comme ça et je me détestais, car j'aimais ces sensations.

Je me dérobai à ses doigts en tournant la tête et je tentai de me redresser tant bien que mal, j'étais courbaturée comme jamais. Mon dos, mes cuisses, mes mains, tout me faisait souffrir atrocement. Je baissai les yeux, les jointures de mes doigts étaient rouges, ankylosées, gonflées.

J'avais légèrement abusé. Je cachai mes mains pour ne pas que Nate les voie.

— Qu'est-ce que tu fais là ? demandai-je.

— C'est plutôt à moi de te poser la question, tu ne crois pas ?

Je secouai la tête, et me rendis compte d'où je me trouvais.

Le club... ?

Merde !

J'avais passé toute la nuit ici ? Je ne me souvenais pas de m'être endormie, je me rappelais seulement être venue me défouler et avoir frappé brutalement, intensément, jusqu'à m'en faire mal. J'étais probablement tombée de fatigue.

La veille au soir après avoir assisté au baiser de Nate et Georgina, j'étais tombée dans une léthargie et une tristesse profondes. L'envie de frapper s'était faite si virulente que tous mes muscles s'en étaient crispés. Marlow était restée un peu avec moi et m'avait laissé son double de clés. Je lui avais promis de ne pas rentrer trop tard.

— Merde !

Je me redressai totalement malgré la douleur et m'étirai en gémissant.

— Qu'est-ce que tu fais là, Dylan ?

— Mmm, je suis venue pour frapper et...

— Et tu t'es endormie ! râla-t-il en haussant la voix.

Je lui lançai un regard en biais et grimaçai.

— Bon sang, crier si fort le matin, c'est obligé ?

Il arqua un sourcil :

— Tu plaisantes, j'espère ? Je te trouve endormie dans le club et je ne devrais rien dire ?

Les bras croisés, il me scrutait comme si j'étais une folle dingue. Ce n'était pas le moment, pas après ce qui s'était passé la veille, pas après tout ça. J'avais mal au crâne et il m'aboyait dessus. Je n'étais clairement pas en état de supporter ça.

— Je ne t'empêche pas de parler, je te dis de baisser d'un ton. J'ai mal au crâne.

— Tu as bu ?

Je ricanai.

— Non, désolée, ce n'est pas le genre de la maison. Je suis grande, je n'ai rien volé, rien dégradé…

— Ce n'est pas la question. La porte est restée ouverte toute la nuit, il aurait pu t'arriver n'importe quoi sans parler de ce qu'on aurait pu voler à Mickey.

J'eus un pincement au cœur, il dégageait toujours une telle intensité quand il était en colère.

— Je sais me défendre, tu l'as bien vu. Et en quoi ça te regarde, ce qui peut m'arriver ?

— Tu… tu es certaine que ça va ?

— Je t'ai posé une question, Nathaniel Mine ! En quoi ça t'intéresse ?

Il tiqua, j'étais à bout. Toute cette tension qui enflait en moi sortait enfin et il le ressentit. Ça faisait du bien de dire tout ce qu'on avait sur le cœur.

— Je ne veux pas qu'il t'arrive quoi que ce soit. On est amis.

— « Amis » ? sifflai-je. « Amis » ?! Je ne crois pas, non.

— Dylan, qu'est-ce que… ? Si c'est à cause de Georgina et de son comportement l'autre jour quand Kyle est venu te voir, elle est désolée.

— « Désolée » ? ricanai-je.

— Elle est souvent sujette aux migraines depuis qu'elle a décroché. Elle était à bout de nerfs et elle s'est mise à paniquer en voyant que Kyle avait disparu. Elle m'a dit qu'elle ne pensait pas ce qu'elle t'avait dit et je crois qu'elle avait peur de venir s'excuser.

Mon Dieu, elle pensait à tout, celle-là. Elle était vraiment forte. Elle avait une longueur d'avance sur tout le monde.

— Oh oui, ça doit être ça ! Des migraines et elle est désolée. Bien sûr…

— C'est quoi, ton problème ? s'emporta-t-il. Tu boudes ? Tu fais la gueule ? Tu ne veux plus qu'on se parle parce que Georgina t'a dit un truc qui t'a mise de travers ? C'est pas vraiment mature comme comportement, comme s'endormir dans un club de boxe sans fermer la porte, ou laisser un gamin jouer autour du gaz et risquer de l'ébouillanter.

Cette attaque me fit si mal que j'en eus le souffle coupé. Me balancer ça alors que j'avais tout fait pour le protéger, c'était bas. Ce fut plus fort que moi, je le giflai.

— Tu n'es pas mon ami, Nate, grognai-je avec rage. Je ne veux pas d'un ami comme toi. Un ami n'aurait pas raconté à quelqu'un d'autre que j'ai peur d'embrasser. Et si elle était si gentille et sincère que ça, ta Georgina, elle aurait eu la décence de ne pas m'attaquer là-dessus. Ça ne regarde personne, encore moins une femme que je ne connais pas.

Il écarquilla les yeux. Je lui fis face, la tête haute. Je sentais que les larmes me montaient aux yeux. J'avais mal pour changer, à la différence que, cette fois-ci, la colère m'aidait à tenir.

— Dylan…, murmura-t-il, la voix rauque.

Je fermai les yeux. Il fallait que je vide mon sac, je n'avais plus rien à perdre de toute manière.

— Un ami aurait gardé ça pour lui, car c'était entre nous, c'était intime. Ça ne regardait personne. Je n'ai pas raconté que tu murmures toujours mon prénom quand tu jouis, d'accord ? C'était à nous, même si nous n'étions pas vraiment ensemble… Mais toi, tu lui as déballé ma peur la plus intime. Vous avez dû bien vous marrer, je suis contente d'être une source de distraction. Pourquoi n'aurais-je pas le droit d'avoir peur de ça, après tout ? Est-ce si différent que d'avoir peur du noir ?

— Écoute Dylan, j'ai… C'est sorti tout seul. Je ne voulais pas, j'étais énervé, tu venais de t'enfuir, elle venait d'arriver. J'étais perturbé.

Il s'avança d'un pas. Je me reculai et commençai à ressembler mes affaires. Lorsqu'il m'attrapa la main, je gémis de douleur. Il me lâcha, fixa alors mes plaies, et toute une gamme de sentiments passa dans ses yeux.

— Qu'est-ce que… ?

— Je me fous de tes raisons, Nate, dis-je en me dégageant de sa prise. Tu devais vraiment être perturbé parce qu'un ami n'aurait pas non plus parlé de ma stabilité à une ancienne droguée. (Je sentais que mes yeux étaient embués de larmes.) Je ne sais pas ce qu'elle a vécu dans sa vie, tout comme tu ne sais pas ce que j'ai vécu dans la mienne, mais j'aurais largement pu m'orienter vers cette facilité et je ne l'ai pas fait. Alors je te prierai de ne pas parler de mon « instabilité mentale » à une personne de ce genre !

J'avais la haine. C'était la première fois depuis mon viol que je me sentais vulnérable au point de retomber dans mon chaos. L'amour était une belle connerie. L'amour faisait mal.

J'attrapai mon sac.

— Tes mains, putain !

— Ça va, je m'en fous.

— Pas moi !

Il s'avança, mais je pressai mon sac contre ma poitrine, comme un bouclier entre lui et moi. Il s'arrêta face à moi, me dominant de toute sa taille. Je frissonnai sans trop savoir pourquoi.

Il me manquait. Je me sentais seule, je me sentais vide. Je n'aurais jamais imaginé que je trouverais ici de quoi combler mon cœur. Il m'avait éloignée d'eux sans se rendre compte que ça me détruisait.

— Ne me touche pas, le suppliai-je.

J'aurais aimé qu'il ne me trouve pas ici, j'aurais préféré cacher ma vulnérabilité après ce baiser entre lui et Georgina, qui m'avait anéantie. Rien qu'en y repensant j'en avais la nausée. La jalousie et le désespoir me consumaient. Lui voler ce baiser avait été un déclic. Je rêvais qu'il m'embrasse, qu'il aspire mes peurs, qu'il les fasse taire et qu'il dompte mes démons. J'étais amoureuse de Nate et il m'avait guérie.

— Écoute, Dylan, je suis désolé…

— Ça va, l'interrompis-je. C'est bon. Je suis désolée de m'être endormie, je ne l'ai pas fait exprès. Ça ne se reproduira plus. Ne dis rien à Marlow et rends-lui ses clés si ça ne t'ennuie pas.

— Tu es venue frapper, tu as les mains en sang, tu pleures, non, ça ne va pas.

— C'est bon, gémis-je. Ne me touche pas ! Je vais rentrer, j'ai des choses à faire. Ne t'en occupe pas. Tu t'en fous de toute manière…

— Putain, c'est l'impression que je donne ?

Sa voix était déchirante. Je déglutis et ressentis de nouveau cette tension s'installer entre nous. Elle n'avait jamais vraiment disparu, mais depuis le retour de la mère de Kyle c'était la première fois qu'elle refaisait surface.

— Arrête ça.

— Ce n'est pas ce que je veux, Dylan. Je ne veux pas te donner l'impression de me foutre de toi, ce n'est pas le cas. Ça ne le sera jamais. J'essaie de faire les bons choix pour Kyle, ce n'est pas évident, rien n'est évident quand on a un gamin de quatre ans. Je pense les faire.

J'acquiesçai même si au fond de moi j'avais la certitude d'être bien meilleure qu'elle pour Kyle, pour eux… Je le sentais dans mon cœur. En silence je me dirigeai vers la sortie, il me suivit.

Je fis volte-face sur le pas de la porte :

— J'avais une bonne raison, Nate. Si je ne t'ai pas embrassé, j'avais mes raisons. Tu ne m'as pas laissé le temps de me confier. C'est vrai, je suis partie, mais quand j'ai voulu t'expliquer tu as choisi de me dire que j'étais instable et tu t'es tourné vers elle. Ça m'a brisée, mais tu l'as fait pour Kyle et, pour ça, tu es un homme merveilleux. N'oublie simplement pas que c'est lui le plus important…

∞

Arrivée sur mon palier, je tombai sur Kyle, assis, en train de jouer avec quelque chose dans les mains.

— Kyle ? Qu'est-ce que tu fais ici, mon trésor ?

— Je voulais te dire bonjour et partager des bonbons avec toi, dit-il en relevant la tête. Mais la porte était fermée.

Mon sourire s'effaça, il était ruisselant de sueur et il tremblait.

— Tu as froid ? demandai-je en m'agenouillant devant lui.

— Un peu.

Je posai ma main sur son front, ses joues et son cou, il était bouillant. Ses yeux étaient rouges et son cœur battait la chamade. Je le caressai pour faire disparaître la sueur et pour essayer de le soulager.

— Tu as un bobo quelque part ?

— J'ai un petit peu soif et je suis un petit peu fatigué. J'ai mal, gémit-il en se blottissant contre moi. Je veux papa !

Je le forçai à me regarder, j'essuyai ses yeux, je l'embrassai sur le front, le câlinai contre ma poitrine. Il frotta son nez contre moi.

— Où tu as mal, Kyle ?

— Au ventre, dans la bouche, à la tête... J'ai mangé les bonbons de Gina en attendant que tu rentres et ça fait des bobos.

Il se mit à pleurer à chaudes larmes, plaçant sa frimousse contre moi dans mon cou. Je le serrai dans mes bras et le câlinai en chantonnant la comptine des étoiles. Je rentrai chez moi et balançai mon sac dans l'entrée. Domino miaula et monta sur le comptoir de la cuisine quand j'y déposai Kyle à qui je donnai un verre d'eau qu'il but en deux secondes.

— Elle n'est pas là pour guérir les bobos, Granny ? geignit-il dans son sanglot.

— Non, mon trésor. Montre-moi les bonbons qui te font des bobos.

Il ouvrit sa petite paume et les déposa dans mes mains. C'étaient des cachets roses, violets et verts. Il y en avait deux avec des smileys et avec un cœur. Pas étonnant qu'il ait pris ça pour des bonbons, ça avait l'air alléchant.

— Le cœur, c'était pour toi.

Le mien se fissura.

— Parce que je t'aime.

Je baissai les yeux et fixai ma paume dans laquelle les trois cachets dansaient. Je n'y connaissais rien, mais, venant d'une ancienne camée, ça ne ressemblait pas à l'ibuprofène qu'on prenait pour les migraines... Ça ressemblait plutôt à de l'ecstasy.

Oh, putain !

J'allais la tuer, cette salope, j'allais la défoncer.

— Je t'aime aussi, mon trésor. Combien tu en as pris ? demandai-je.

— Je sais pas trop.

— Avec tes doigts, montre-moi.

Il me montra trois doigts. Merde, c'était un cauchemar ! Je ne savais pas ce qu'il avait et ça me rendait folle de rage et d'inquiétude. Mais je devais me ressaisir, être efficace. Je sortis mon portable de ma poche pour composer le numéro des urgences. Je leur expliquai que je venais de trouver mon voisin de quatre ans dans un état grave et qu'il avait probablement ingurgité des drogues. Je raccrochai, la peur au ventre, quelques minutes plus tard. Je caressai les cheveux de Kyle tout en essayant de contrôler mes doigts tremblants pendant que j'écrivais un texto à Nate pour le prévenir :

Je viens de trouver Kyle devant chez moi, il est vraiment très mal. J'ai appelé les urgences. Tu ferais mieux de venir rapidement.

En attendant que l'ambulance arrive, je n'avais qu'une idée en tête : aller voir cette connasse pour savoir ce que Kyle avait pris et lui mettre mon poing dans la figure par la même occasion. Je glissai les cachets dans la poche de mon jean.

— Tu étais avec Georgina ?

Il acquiesça :

— Elle est où, mon bébé ?

— À la maison avec des copains. Je suis sorti de ma chambre, elle avait dit de rester enfermé, bien sage, et j'ai pris des bonbons dans son sac pour venir te dire bonjour.

Il trembla. Domino miaula et se frotta contre lui.

—Dylan, j'ai mal au ventre.

Il grinça des dents et trembla plus fort. Une colère sourde enfla dans ma poitrine. Je le pris dans mes bras et le serrai contre moi.

—Je sais, mon bébé. Je sais. On va aller voir le docteur et papa va arriver d'accord ?

—Tu restes avec moi, Dylan ?

—Bien sûr !

Il acquiesça en pleurant de nouveau. Je montai en trombe l'escalier qui menait à l'appartement de Nate. J'entrai sans frapper, et le spectacle qui s'offrit à moi m'horrifia.

—Seigneur !

Je serrai Kyle contre moi pour l'empêcher de regarder. J'avais l'impression d'être tombée dans les bas-fonds de San Francisco. Le salon était plongé dans l'ombre, les volets étaient tirés, mais je distinguais plus que clairement la scène qui se jouait devant moi.

Georgina était à cheval sur les genoux d'un mec, dont le pantalon était sur les chevilles. Et l'obscurité ne cachait en rien l'activité qu'ils étaient en train de pratiquer, leurs gémissements non plus d'ailleurs. Sur la table basse, il y avait les mêmes cachets que ceux de Kyle. Comment Nate n'avait-il pas pu remarquer ça ? Ce crétin aimait tellement son fils qu'il s'était persuadé que sa mère serait bonne pour lui. Il allait tellement s'en vouloir.

—Qu'est-ce qui se passe ?

Elle cria en se rendant compte de ma présence et se releva. J'aperçus toute la robinetterie de son compagnon.

—Ce n'est pas ce que tu crois, dit-elle.

—Oh, je ne crois rien ! J'imagine que tu es tombée sur son pénis en érection.

Son visage se crispa.

— Va m'attendre sur le palier, mon trésor, murmurai-je dans le cou de Kyle.

Il acquiesça, je le reposai à terre.

— Maman se demandait où tu étais, minauda Georgina en ouvrant les bras. Viens, mon chéri.

Il se détourna et sortit derrière moi.

— C'est pas vrai ! siffla le mec qu'elle chevauchait un instant plus tôt. Quel abruti, ce gamin ! (Ma mâchoire se contracta.) Je te préviens, Gina, si on a des problèmes à cause des conneries de ton mioche, tu vas le regretter. Je t'avais dit de faire gaffe à lui.

— T'inquiète, elle ne dira rien. Elle ne voudrait pas qu'on s'en prenne à elle.

— Tu me menaces ? ricanai-je.

— Pas si tu comprends que tu as plutôt intérêt à la boucler.

— Tu peux toujours courir, pas après ce que tu viens de faire.

Elle n'avait apparemment pas compris.

— Tu as vu dans quel état est ton fils ? m'écriai-je. Il est en transe, il est malade. Il a mangé tes putains de cachets en croyant que c'étaient des bonbons. Alors je ferai tout ce qui est en mon pouvoir pour le protéger de toi, sale camée !

— Tu te prends pour qui pour me juger ? éructa-t-elle. C'est *mon* fils !

— L'avoir mis au monde ne te donne pas le droit de l'appeler comme ça. Tu n'es rien d'autre qu'une pauvre camée qui vient de l'abandonner une seconde fois. Mon Dieu, regarde-toi, tu es complètement défoncée !

— Je t'emmerde ! Dégage de là, je vais le récupérer !

Elle se jeta sur moi. Je la repoussai violemment. Poussant un cri, elle tituba et manqua de se vautrer sur le carrelage.

— Oh là, c'est quoi ce bordel ? siffla l'homme derrière elle.

Il se redressa et remonta son froc. C'est alors que je le reconnus… C'était le mec que j'avais croisé une fois, qui m'avait bousculée dans l'escalier. J'avais vu juste depuis tout ce temps et j'avais laissé Kyle avec cette malade. J'aurais dû en parler, essayer de faire quelque chose. La culpabilité me broya le ventre.

— Ça ne te regarde pas, pestai-je.

— Va chercher le gosse, lança Georgina.

L'homme s'avança vers moi, je me mis en position défensive.

— Non, crachai-je. Personne ne passe, personne ne touche à Kyle. Je m'en occupe. J'ai déjà appelé les urgences.

— C'est qui, elle ? demanda-t-il. Tu te prends pour qui ? C'est pas parce que t'es une fille que je ne vais pas t'en foutre une si tu me fais chier.

— C'est la voisine. Elle est tarée.

Je n'en avais rien à foutre de passer pour une folle, j'étais prête à me battre à mort pour ce gosse. Je détestais cette femme, elle m'avait volé les plus belles personnes que j'aie rencontrées et elle les salissait par sa présence.

— Fais remonter le gamin.

— Dans tes rêves.

Je restai stoïque. Je savais me battre. Je n'avais pas peur. Pour Kyle, je n'avais peur de rien.

— Qu'est-ce que t'attends ? s'exclama Georgina à l'adresse du gros bras qui me faisait face. Fais un truc. Dégage-la et récupère le gamin.

Il se rua sur moi, je le laissai venir. Il tendit le bras pour m'attraper et me frapper, je me baissai et passai sous son bras à toute vitesse. Je coinçai son coude entre mes bras, j'appuyai ma paume libre derrière son coude et je passai derrière lui en lui tordant le bras. Une fois dans son dos, je tirai son bras vers le haut, lui arrachant un grognement, et je lui donnai un grand coup de pied dans le genou. Il s'effondra au sol.

— Sale pute… J'vais t'éclater la tronche, éructa-t-il.

Georgina me jeta un regard assassin.

— Viens, répondis-je à son égard.

— T'es une grande malade, cracha-t-elle.

— C'est moi, la tarée ? Alors que tu te drogues, tu baises un camé pendant que le père de ton fils part bosser ? Parce que j'ai appris à me défendre, je suis une tarée ?

Elle ne bougea pas, mais le gars s'était déjà relevé. Il sortit un couteau à lame crantée, je déglutis, mais j'avais appris à me défendre contre des armes blanches. Attaquer par la voie la plus courte en privilégiant « le minimum de prise de risque » ; viser les points sensibles du corps humain comme les yeux, la gorge, les parties génitales ; utiliser en priorité tout objet à sa portée, puis les armes naturelles du corps en dernier recours. Aucune loi, aucune limitation, pas d'interdits, tous les coups étaient permis…

Il s'avança vers moi avec son couteau, et Georgina s'approcha sur le côté. La salope. Je me précipitai vers elle en premier et j'esquivai son étreinte, j'attrapai son épaule pour bloquer son élan. Je bloquai ses coups de pied en posant mon pied sur le sien avant de lui faire une clé de bras et de la projeter tête la première contre le mur. Elle hurla de douleur. Je sentis alors une lame contre ma gorge.

— Tu fais moins la maligne, petite conne.

J'avais conscience de tout. Je savais que mon corps était une arme. J'enfonçai violemment mon coude dans les côtes de mon adversaire, une fois, deux fois… La lame de son couteau s'enfonça légèrement dans ma peau. Je gardai mon sang-froid malgré la douleur. J'attrapai sa main et je la cognai contre le mur pour qu'il lâche son arme, puis j'envoyai le couteau à travers la pièce d'un coup de pied. Avant que je ne puisse l'esquiver, son poing me fit voir les étoiles. J'eus l'impression que ma tête allait exploser. Ma mâchoire me lançait atrocement, je me redressai sans y prêter attention et me jetai sur lui en encerclant sa taille. Il tomba à la renverse, je le frappai plusieurs fois au visage avant de me redresser en vitesse et je coinçai mon pied entre ses jambes. Il cessa alors de se débattre.

— Ne fais pas ça, me supplia-t-il.

— Va te faire voir !

Après mon coup de pied, lancé de toutes mes forces, il vomit et tourna de l'œil. Je me retournai : Georgina, tremblante, assise, recroquevillée dans un coin, se dandinait d'avant en arrière en chantant une chanson. Elle était en plein bad trip… Je sortis de l'appartement et trouvai Kyle dans l'escalier.

Mon Dieu !

— Mon trésor.

Il releva la tête et leva les bras. Il avait vomi partout. Il tremblait, il transpirait encore plus que tout à l'heure. Je l'attrapai dans mes bras et je le câlinai amoureusement.

— J'ai bobo, Dylan.

— Je sais, dis-je. Viens, mon bébé. C'est fini…

Lorsque ses yeux se révulsèrent et que son corps convulsa contre moi, le monde s'effondra.

Chapitre 25

J'avais mal. Malgré les antidouleurs que m'avait donnés l'infirmière, ma mâchoire me faisait encore un mal de chien. Mais plus que tout mon cœur, mes tripes, mon âme souffraient. J'avais mal à des endroits dont j'ignorais l'existence jusque-là. Je me faisais un sang d'encre pour Kyle. Ils l'avaient mis sur un brancard, pris en urgence ; ils l'avaient emmené loin et m'avaient laissée sur le banc de touche sans que je puisse le suivre. Il était seul et j'ignorais son état. Je n'étais pas de sa famille, alors je n'avais aucun droit d'être à ses côtés. Cette attente était horrible, je comptais les secondes.

Je repliai les jambes sur ma chaise et j'enfouis mon visage dans mes genoux pour glaner un peu de chaleur. J'étais frigorifiée, comme si le froid était à l'intérieur de moi, que même le meilleur chauffage au monde ne pouvait pas me réchauffer. Je ne voyais que mon petit soleil inerte dans mes bras, et ça me glaçait le sang.

L'ambulance était arrivée en un temps record et juste assez tôt pour le prendre en charge, j'avais eu le droit de l'accompagner jusqu'à l'hôpital, mais, une fois que nous étions arrivés, tout s'était passé très vite. J'étais tellement paniquée, l'encadrement par le personnel hospitalier s'était fait très rapidement. Je me serais crue dans un de ces épisodes de *Grey's Anatomy*. Mis à part ma propre expérience, je n'avais jamais connu les urgences, encore moins pour un enfant. J'avais expliqué sa situation. Kyle avait été emmené dans les couloirs et on m'avait refusé l'accès. Le médecin s'était montré suspicieux ; après tout, j'aurais pu être à l'origine de ses maux.

Malgré ma rage et ma tristesse, je n'avais pas insisté. J'avais donné les cachets en expliquant qu'il en avait ingurgité plusieurs et que c'étaient probablement des pilules d'ecstasy.

La police était arrivée quelques minutes plus tard pour réentendre mon histoire. J'avais dû les suivre et tout leur expliquer. Comment j'avais trouvé Kyle, puis sa mère. Comment j'avais eu la joue en sang. Comment j'avais eu ces pilules d'ecstasy. Ils avaient pris ma déposition et ils m'avaient fait passer un test de dépistage de drogue. Urinaire tout d'abord en compagnie d'une femme flic qui était restée devant moi pour s'assurer que je ne falsifiais rien, puis un test salivaire, avant qu'ils ne prennent mon sang pour une analyse plus approfondie. Tout ça en l'espace de quelques minutes. Je m'étais sentie sale, coupable. La police m'avait informée qu'une voiture avait été envoyée à notre immeuble, et, même si je n'avais pas de nouvelles, j'espérais qu'ils avaient trouvé Georgina et l'autre brute épaisse. Je n'avais pas pu appeler Nate pour lui dire dans quel hôpital nous étions, car j'avais oublié ou perdu mon téléphone portable, et je ne connaissais pas son numéro par cœur. La secrétaire m'avait dit qu'elle l'avait contacté pendant mes examens. Depuis, j'attendais, le nœud au ventre, dévorée par l'inquiétude pour Kyle.

— Dylan…

Groggy, je relevai lentement la tête.

Nate…

Il était là, enfin. Lorsque nos regards se verrouillèrent, je vis la colère et l'inquiétude dans ses yeux, mais aussi d'autres choses que je ne parvenais pas à identifier.

— Dylan, ma beauté…

Je me redressai et fondis en larmes. Je pleurai de rage, de désespoir et d'impuissance. Et ses yeux brûlèrent d'une flamme sauvage et redoutable. Il essuya mes joues et je me lovai contre lui. Il m'enferma dans ses bras en me serrant fort contre son torse. Seigneur, comme ça m'avait manqué de le sentir contre moi… Beaucoup trop.

— Raconte-moi…

Il m'attrapa le visage avec douceur.

— Qu'est-ce qui s'est passé avec Kyle et qui t'a fait ça ? C'est Georgina ?

Il caressa le contour de ma joue et m'arracha une grimace. L'enfoiré ne m'avait pas ratée. J'avais certainement un bel hématome. Nate s'excusa silencieusement et me serra de nouveau contre lui. J'enfouis mon visage contre son torse. Son odeur m'enivrait. Il portait un tee-shirt et un jogging, il devait arriver tout droit du club de boxe. J'étais trop malheureuse pour me rappeler mes vieux démons et notre dispute. Kyle était plus important que tout.

— J'ai voulu y aller pour ne pas le laisser tout seul, mais ils n'ont pas voulu… Je suis désolée, Nate.

— Ce n'est pas ta faute, Dylan. Je sais que tu ne l'aurais pas laissé seul si tu avais pu. Tu es ici, pour lui, c'est tout ce qui compte. Mais il faut que tu me dises ce qui s'est passé, je suis complètement perdu, moi. Je vais devenir fou.

Je reniflai et hochai la tête.

— Monsieur Mine ?

Deux agents de police venaient à notre rencontre. Ceux-là mêmes que j'avais vus plus tôt. Nate se raidit, il avait l'air perdu. J'aurais voulu avoir le temps de lui expliquer même si ça m'arrachait le cœur.

— Euh… oui ?

— Voulez-vous bien nous suivre ?

— Vous suivre ? Mais pourquoi ? demanda Nate d'une voix rauque.

— Nous vous expliquerons tout dans un endroit plus privé qu'une salle d'attente, nous avons quelques questions à vous poser et des analyses à vous faire passer. Rien de bien compliqué.

— Des analyses ? Mais… quel genre d'analyse ? C'est pour mon fils ?

— Venez, monsieur. Plus vite ce sera fait, plus vite vous pourrez le voir.

Il acquiesça. Je soupirai et il me lâcha comme à regret, ses mains s'attardant plus que de raison. J'en frémis. Le retrouver malgré l'horreur de la situation avait anesthésié ma douleur et mes craintes.

— Tu peux remplir ce truc avec ce que tu sais de lui en attendant que je revienne ? me demanda-t-il en me tendant un formulaire de l'hôpital. Il n'a pas d'allergies particulières.

— D'accord, acquiesçai-je. Je m'en occupe. Ne t'en fais pas.

— Dylan, je…

— Monsieur Mine, insista le plus grand des deux flics.

Je souris pour le rassurer et il suivit les deux hommes. Je les regardai s'éloigner. Nate s'arrêta au niveau de la secrétaire :

— J'autorise Dylan Seeken à se rendre au chevet de mon fils dès que ce sera possible. Même avant moi si je ne suis pas revenu.

—Bien, acquiesça-t-elle. C'est noté. Elle sera prévenue dès qu'il sera prêt.

∞

Lorsqu'on m'appela une dizaine de minutes plus tard, je bondis de ma chaise. Une infirmière m'accueillit en souriant. J'espérai que cela était bon signe.

—Suivez-moi, je vais vous conduire à la chambre de Kyle. Nous l'avons transféré au service pédiatrie pour qu'il puisse se reposer.

—Comment va-t-il ? demandai-je.

—Il parle beaucoup, dit-elle avec un nouveau sourire. Et il demande après son père et vous.

Mon cœur se mit à battre plus fort. Mon Dieu, j'étais tellement heureuse et soulagée ! Je n'avais pas de mot pour décrire la joie qui inondait mon cœur. Lorsqu'il s'était effondré dans mes bras, j'avais ressenti la plus grande peur de toute ma vie.

—Voilà, vous montez jusqu'au deuxième étage, il est dans la chambre 212.

—D'accord, merci.

Je rentrai dans l'ascenseur. Il me sembla très lent, tant j'étais pressée de rejoindre Kyle. J'avais hâte de voir sa bouille, de constater par moi-même qu'il allait bien. Une fois à l'étage, je tournai dans le service de pédiatrie reconnaissable par ses couleurs et ses dessins. Je trouvai la chambre sans difficulté et j'entrai.

Une dame était penchée sur lui. Elle se redressa à mon arrivée et me sourit :

—Bonjour ! me répondit-elle. Regarde, Kyle : quelqu'un est là pour toi.

Il était en blouse, allongé dans un lit d'enfant. Ses cheveux étaient en bataille, son teint blanc. Il me sourit et tendit les bras vers moi :

— Dylan ! souffla-t-il d'une toute petite voix.

— Coucou, mon trésor.

— Je vous laisse, dit l'infirmière. Profitez bien de lui, c'est un véritable amour.

Je souris et me penchai au-dessus de Kyle, et il se jeta dans mes bras, je lui rendis son élan sans demi-mesure. Après ce que je venais de vivre avec lui, j'avais le sentiment que je ne pourrais plus jamais cacher mon amour pour lui. Je m'assis sur le lit en le câlinant tendrement, caressant sa tignasse brune.

— Tu vas bien ? Tu as mal ?

— Oui un petit peu, mais la madame, elle a dit que je suis grand et que je suis fort.

— C'est bien.

Il avait encore les yeux rouges et il avait l'air d'avoir encore un peu de fièvre. Mais il ne transpirait plus et son sourire était ce qu'il y avait de plus beau au monde. Mon Dieu, ce qu'il était beau, ce gosse ! Les larmes inondèrent mes yeux brusquement. J'avais eu tellement peur que le voir ainsi faisait redescendre toute la pression accumulée en si peu de temps.

— Tu as un bobo à ta joue, dit-il. Ça te fait mal ?

— Un petit peu.

— Tu veux un bisou magique ? Je peux faire. Je fais à papa quand il a un bobo.

Je souris :

— Oui, avec plaisir.

Il m'embrassa sur la joue et souffla sur mon bleu. Ses yeux pétillèrent d'amour et de malice. J'en tombai plus encore amoureuse. Cet enfant était le seul capable de dompter mes pensées sombres avec autant de facilité et d'innocence.

— C'est mieux comme ça. Merci, mon trésor.

Un adorable bâillement déforma les traits de son visage.

— Couche-toi. Tu dois te reposer.

— Je suis un petit peu fatigué, reconnut-il sagement.

Je remontai la couverture sur son ventre.

— Dylan, tu viens avec moi ? Je veux un câlin.

Je me sentais incapable de lui refuser quoi que ce soit.

— D'accord, mais je suis bien trop grande pour ce lit, moi.

— Je vais me pousser. En plus papa, il a dit à tonton Asher que t'as un petit cul, alors ça ne prend pas beaucoup de place.

Je me mordis la lèvre puis j'éclatai de rire. Merde, que c'était bon de rire ! Mon palpitant s'activa un peu plus encore. J'eus l'impression qu'il reprenait cette douce mais intense constante qu'il avait en présence des Mine. J'avais oublié à quel point c'était agréable.

— Alors ça devrait aller, dis-je.

Il hocha vivement la tête et se poussa un peu en souriant. Je m'allongeai sur le côté, au-dessus des couvertures ; il se lova contre ma poitrine, puis releva le visage, et sa petite main vint contre ma joue. Ses petits doigts potelés allèrent caresser mes cheveux, et un sentiment possessif naquit au plus profond de mes entrailles. Je souris en le prenant dans mes bras. Je l'embrassai, respirant son odeur, m'enivrant de lui, me délectant de sa vitalité, de son éveil, de l'amour inconditionnel que j'éprouvais pour lui. L'humilité, la maturité, la plénitude, l'amour… Comment une si petite personne pouvait-elle faire comprendre autant de choses ?

— Papa, il n'est pas là ? demanda-t-il.

— Si, il arrive. Ton papa parle avec les médecins et avec les messieurs de la police.

— Pourquoi ?

— Parce que tes bobos étaient graves. Il doit être mort d'inquiétude pour toi, il va bientôt arriver.

— Il va être en colère parce que j'ai pris les bonbons de Gina ? s'inquiéta-t-il.

Je grimaçai. Rien que le fait de penser à elle, à ce que j'avais vu… Je secouai la tête et caressai les cheveux de mon petit soleil. Je n'aimais pas le fait qu'il culpabilise à cause de cette femme.

— Non, papa ne sera pas en colère contre toi, je suis même certaine qu'il va te faire un gros câlin. C'est Georgina qui a fait une bêtise, pas toi.

— Dylan ?

— Oui ? répondis-je.

Je fermai les yeux comme lui. Après tant d'adrénaline et d'inquiétude, je me sentais épuisée.

— Pourquoi c'est pas toi qui es l'amoureuse de papa ? Tu n'es pas amoureuse de papa ?

Oh, mon Dieu ! Que répondre à ça ?

J'étais prise au dépourvu. Je restai silencieuse, cherchant les mots justes. Je ne pouvais pas lui répondre à la légère.

— Je voulais que c'est toi, ma maman.

Oh, Seigneur ! C'était la plus belle chose que j'aie jamais entendue.

— Gina, je l'aime pas. J'aime toi. Parce que t'es belle, tu sens bon, tu joues avec moi et tu fais toujours des câlins…

— Je t'aime aussi, mon trésor.

— Tu m'aimes comme un fou, comme papa ? demanda-t-il.

Je souris :

— Non, moi, je t'aime jusqu'aux étoiles.

La porte claqua et je me levai à la hâte, le cœur battant.

— Papa !

Nate avait l'air redoutable, plus encore que tout à l'heure. La police et les médecins avaient dû lui expliquer ce que je n'avais pas trouvé le temps de dire. Il avait dû faire les mêmes tests que moi et répondre à des questions plus intimes encore. Il devait être en colère, déçu ; je le voyais à son beau visage crispé. J'aurais voulu m'être trompée et que ces deux-là n'aient pas eu à subir une telle épreuve. Il traversa la pièce à grandes enjambées et attira son fils au creux de ses bras. Il le serra contre lui avec ardeur. Je ne pus m'empêcher d'être émue. Cette complicité, cet amour, ce lien indéfectible qui les unissait auraient toujours raison de mon cœur.

— Tu fais un peu mal avec tes muscles, papa.

Nate gloussa nerveusement et son visage se détendit. Je souris à mon tour. C'était officiel : Kyle allait bien.

— Désolé, champion. Papa a eu très peur.

— Peur à cause de moi ? demanda Kyle.

— Oui, papa a eu peur que tu n'aies un très gros bobo parce que papa t'aime comme un fou.

Les petites mains de Kyle se refermèrent autour du cou de son père et il se mit à pleurer. Voilà qui me brisait le cœur.

— Ça va, champion ? s'inquiéta Nate.

— J'ai eu peur ; Gina et le monsieur, ils ont crié sur Dylan. Et ses bonbons, ils faisaient mal.

Le regard de Nate se verrouilla au mien. Il me scrutait avec une telle intensité que c'en était presque douloureux. Quand il m'attrapa la main et qu'il entremêla ses doigts aux miens, je défaillis presque, mon souffle se bloqua dans ma poitrine.

— Je sais, la police a tout dit à papa. C'est fini maintenant, tout ira bien.

On entendit quelques coups à la porte, l'infirmière refit son apparition :

— Les visites sont bientôt terminées. Je crois que ce bonhomme a besoin de repos. Vous restez, monsieur ?

— Oui, répondit immédiatement Nate. Le fauteuil me suffira.

— Bien. Il ne reste que dix minutes.

Elle s'éclipsa. Nate grimaça.

— On va rentrer à la maison sans Gina ? demanda Kyle.

— Demain, quand le docteur dira que tu peux sortir, on rentrera sans Gina, juste tous les deux, d'accord ?

— Et Dylan ?

Mon cœur flancha, mes joues se colorèrent, et Nate parut tout aussi gêné que moi.

— Plus tard, on en parlera plus tard. Maintenant, il faut que tu dormes pour aller mieux, champion.

— Tu restes avec moi ?

— Oui, je ne vais nulle part.

Il sourit et laissa son père le coucher et remonter sa couverture.

— Dylan, tu peux chanter la chanson de la petite étoile ? demanda Kyle.

Gênée, je secouai la tête :

— Euh… je ne sais pas trop…

Je baissai les yeux quand je sentis le pouce de Nate caresser ma peau. J'avais oublié que nos mains étaient encore liées.

— Je crois que j'aimerais aussi que tu la chantes, lança-t-il d'une voix intense.

— D'accord, dis-je dans un souffle.

Kyle se tourna vers moi, son visage blotti dans son oreiller. Je tendis ma main libre et caressai ses cheveux. Une impression de chaos s'éleva dans ma poitrine, mais ce n'était pas douloureux, au contraire…

Brille, brille, petite étoile
Comme j'aimerais savoir qui tu es !
Si haut au-dessus du monde
Comme un diamant dans le ciel
Brille, brille, petite étoile
Comme j'aimerais savoir qui tu es !

Lorsque le soleil disparaît
Et lorsqu'il ne peut plus briller
Tu montres un peu de lumière,
Brille, brille, toute la nuit
Brille, brille, petite étoile
Comme j'aimerais savoir qui tu es !

Et le voyageur dans le noir,
Te remercie de tes étincelles,
Comment pourrait-il voir son chemin
Si tu ne brillais pas ainsi ?
Brille, brille, petite étoile
Comme j'aimerais savoir qui tu es !

Dans le sombre ciel bleu, tu restes
Et, de temps en temps, tu regardes à travers mes rideaux,
Car tu ne fermes jamais l'œil
Avant que le soleil apparaisse

Brille, brille, petite étoile
Comme j'aimerais savoir qui tu es !

Ce sont ta clarté et ta lueur
Qui éclairent le voyageur dans le noir,
Bien que je ne sache pas qui tu es,
Brille, brille, petite étoile
Brille, brille, petite étoile
Comme j'aimerais savoir qui tu es !

Si Kyle s'était endormi, Nate, lui, me regardait intensément. Je me redressai, il était temps que je les laisse. Nate se leva à son tour après avoir déposé un baiser sur le front de son fils.

— Tu t'en vas déjà ? demanda-t-il.

— Oui, c'est l'heure, dis-je en me dirigeant vers la porte de la chambre. Tu veux que je fasse quelque chose pour toi, t'apporter un truc ?

— Tu en as déjà trop fait, Dylan, soupira-t-il en me rejoignant.

Un sanglot m'échappa. Il m'attira contre lui.

— Ça ne m'ennuie pas, dis-je d'une voix étouffée. Si tu as besoin de quelque chose, dis-le.

— Ce que tu as fait pour mon fils… La police m'a tout raconté. Georgina, son fournisseur, ses…

Sa voix se brisa, il baissa la tête d'un air abattu.

— Je suis désolée, Nate.

— Moi aussi. J'ai tout foiré.

— Tu voulais faire les choses bien pour ton fils, tu es un papa formidable, Nate. Ça va aller, maintenant.

— Ils m'ont dit que si tu n'avais pas réagi Kyle serait peut-être mort à l'heure qu'il est… Tu te rends compte ? Entendre quelqu'un te dire que ton fils aurait pu…

Des larmes coulèrent sur ses joues. *Seigneur!* Je me lovai instinctivement contre lui, me serrai avec tant de force que c'en était presque douloureux. J'aurais voulu aspirer son chagrin, ses malheurs, ses sombres pensées et son chaos pour ne plus qu'il souffre. Il enfouit son visage dans mon cou.

— Tu n'as pas à t'en vouloir, Nate, soufflai-je. Tout va bien maintenant. Kyle va bien. C'est le plus important.

— C'est grâce à toi. Je ne saurai jamais comment te remercier, Ruby. Tu lui as sauvé la vie.

— Il va bien, c'est tout ce qui m'importe.

— Tu m'avais prévenu…

— J'aurais préféré me tromper, Nate.

Il releva la tête et caressa ma joue douloureuse. Malgré la situation, il restait Nate. Beau à tomber en toutes circonstances. Je m'en voulais d'avoir de telles pensées en ce moment mais je n'y pouvais rien, il me faisait toujours le même effet.

— Dire que tu t'es battue avec un drogué pour Kyle, que tu as… Tu aurais pu être plus blessée que ça. Putain, s'il t'était arrivé quelque chose, je ne sais pas ce que j'aurais fait.

— Ceinture noire de krav-maga, assurai-je. Je savais que ça me servirait un jour. J'ai bien envie de m'y remettre, tiens.

Désormais, je ne m'entraînerai plus uniquement pour savoir me défendre ou pour canaliser mon chaos, j'avais découvert une raison bien plus importante : être capable de protéger ceux que j'aime.

— Et moi, j'ai bien envie que tu m'apprennes ce que tu sais faire, fit Nate.

— Ça peut s'arranger…, dis-je avec un sourire.

Son beau visage s'illumina et mon cœur s'emballa.

— Tu sais ce qui va se passer pour Georgina et l'autre ? demandai-je en tentant de garder mon calme.

— Son « ami » est en cellule pour l'instant et elle est au service d'addictologie de l'hôpital. Elle était en plein bad trip quand les flics ont débarqué. Elle sera incarcérée elle aussi quand elle sera revenue à elle.

— Est-ce que tu vas aller les voir ?

Il acquiesça.

— J'aurais aimé avoir cinq minutes avec son pote pour ça, lança-t-il les dents serrées en caressant ma joue. Deux m'auraient suffi, même. Savoir qu'elle baisait chez moi avec un drogué me rend fou de rage, mais pas autant que ce bleu sur ta joue, Ruby.

Ses mots glissaient sur ma peau comme de la soie, ils dansaient sur mon cœur au rythme de ses battements. Je les laissai s'imprégner en moi comme un onguent qui venait apaiser mon chagrin et mon cœur brisé.

— Je vais déposer plainte contre Georgina. Je devrais pouvoir lui retirer ses droits parentaux avec ça. Ce qu'elle a fait est impardonnable. Je ne veux plus que cette femme nous approche.

Dans sa manière de parler, j'avais l'impression d'être incluse dans ce « nous ». J'acquiesçai sans rien dire.

Depuis le couloir la voix forte d'une infirmière rappela que l'heure des visites était dépassée.

Nate expira. Sa fébrilité me causa quelques frissons.

— Dylan, est-ce que tu pourras me pardonner un jour ? J'ai déconné, je t'ai jugée, rejetée…

Mes yeux se brouillèrent de larmes. Il les essuya à la seconde où elles tombèrent sur mes pommettes.

— Dylan…, si tu savais comme je me sens con. Je me suis comporté comme le dernier des connards et toi, tu as sauvé la vie de mon fils.

— On aura le temps d'en parler plus tard, Nate, soufflai-je.

— Je ferai tout pour que tu me pardonnes. Sur la tête de mon fils, Dylan.

— Ce n'est pas bien de jurer sur ses enfants.

— C'est dire combien ça compte pour moi.

— Ne t'en fais pas, tu ne me dois rien. On est amis.

— Je ne veux pas être ton ami, Dylan. Je veux être plus que ça. Bien plus que ça.

Mon souffle se bloqua. Mon cœur bondit de manière impromptue. Ses doigts caressaient mes lèvres à présent. Étais-je une roue de secours qui remplaçait Georgina maintenant qu'il savait qu'elle n'avait pas changé ? Peut-être avait-il seulement besoin de réconfort après ces événements, et j'étais là au bon endroit au bon moment. Avait-il vraiment envie d'être avec moi ? Toutes ces incertitudes me faisaient mal.

— Je veux aussi savoir pour ça, dit-il en scrutant mes lèvres. Ça n'a jamais arrêté de me hanter, même quand je t'ai éloignée de moi. L'envie de t'embrasser ne s'est jamais estompée…

Mon cœur se serra. Je dégageai mon visage de sa main.

— Pourtant c'est elle que tu as embrassée.

— Tu… Je ne m'y attendais pas, je ne voulais pas.

— Tu l'as laissée faire pourtant…

— J'ai cru que c'était une bonne chose pour Kyle de ne pas l'interrompre.

— Ça… ça m'a fait mal. Ça m'a brisée, littéralement. J'ai peur de le faire, j'ai peur de l'intimité, mais grâce à toi ces peurs se sont estompées. Je t'ai volé ce baiser pour voir si cette peur-ci demeurait, tu t'es réveillé et ça m'a perturbée. J'ai perdu mes moyens, j'ai paniqué… J'avais mes raisons, elles sont justifiées.

Son regard se teinta de tristesse.

— Dylan…

— Toi et Kyle, vous êtes les seuls à avoir percé mes défenses.

Il inspira profondément et jeta un coup d'œil à Kyle qui dormait toujours.

— Tu l'aimes ? demanda-t-il.

— J'ignorais qu'il était possible d'éprouver des sentiments aussi forts pour une si petite personne. Bien sûr que je l'aime, mais ne te sers pas de lui pour m'atteindre, c'est injuste.

— Dylan…

— J'ai peur d'embrasser, mais tu es le seul à qui j'avais envie de confier cette angoisse. Tu es le seul avec qui je veux la surmonter. Mais j'ai mal.

— Je suis désolé. Pour ça, pour tout…

— Je ne suis pas une roue de secours, Nate.

Il se figea.

— Tu n'es…

Quand une aide-soignante entra pour me prier de partir, je soupirai. Les yeux de Nate lançaient des étincelles, son visage était tendu. Il m'avait écoutée. Mes mots l'avaient atteint et touché.

— Je dois y aller.

Il secoua la tête et refusa de me lâcher :

— Je ne me sens pas de rester seul, ce soir.

— Demain sera vite là, le rassurai-je.

— Tu seras là ?

— On verra, répondis-je en me dégageant de son étreinte. Bonne nuit…

Chapitre 26

J'étais à la laverie. La fameuse laverie dans laquelle je n'avais jamais remis les pieds après y avoir rencontré Nate la toute première fois. Le destin faisait qu'aujourd'hui je devais y retourner. C'était étrange, déroutant. Cet endroit avait été le début d'une rencontre qui m'avait marquée au fer rouge. Un flot d'émotions m'étreignit alors que je me tenais au même endroit que quelques mois auparavant. Je n'étais pas là à cause d'une panne de machine à laver cette fois-ci. L'hiver approchant, le temps se rafraîchissait et, en prenant ma couette pour cocooner au chaud devant un film dans le canapé, j'avais cru bon de me faire un chocolat chaud. La suite de l'histoire était donc évidente : la couette avait bu le chocolat et la pauvre ne rentrait pas dans ma petite machine.

— Bonsoir.

Je pivotai, et une impression délicieuse lapa ma peau alors que je croisais les yeux de Nate. Le monde cessa de tourner, le temps s'arrêta. Il sourit et s'avança lentement, me dévorant du regard.

Kyle était rentré de l'hôpital le lendemain de son admission. Il était de nouveau en pleine forme. Nate avait eu droit à une semaine chargée pour prendre les mesures nécessaires contre Georgina. Nous n'avions pas eu le temps de nous voir.

D'accord, je l'avais peut-être fui, j'avais peut-être aussi quitté San Francisco pour le week-end pour fêter les soixante-cinq ans de Granny avec ma famille ; Rynne et Zack, qui la connaissaient, avaient même été de la partie.

Il fallait croire que le destin remettait toujours Nathaniel Mine sur mon chemin.

— Salut, répondis-je en l'observant tandis qu'il posait ses sacs sur la table.

Mon Dieu, cette alchimie ! C'était encore plus fort que tout ce qu'on avait vécu jusqu'à présent. C'était là, c'était tellement puissant. Je rougis, comme la première fois sans doute. Il portait la même chemise qu'alors. La bleu nuit…

— Il reste des machines de libres ? demanda-t-il comme en écho à la première fois.

— Oui, je n'en utilise qu'une.

Il sourit. Il sentait lui aussi la douceur du moment, les papillons qui volaient, l'intensité des étincelles toujours présentes. Il ouvrit ses sacs et déposa ses affaires dans une machine et celles de Kyle dans celle d'à côté.

— Tu as pris ta lessive cette fois, le taquinai-je. Tu m'en dois toujours d'ailleurs.

Il gloussa, en me regardant par-dessus son épaule. Ses yeux verts étincelaient de malice, de désir et d'un tas d'autres choses. J'arquai un sourcil interrogateur.

— J'en avais…

— Quoi ?

— La première fois, quand je t'ai demandé de la lessive, j'avais la mienne.

Je me mordis la lèvre. Il mit ses machines en route, puis il se retourna et s'avança vers moi. Il s'arrêta à quelques centimètres de moi, me dominant de toute sa hauteur.

— J'avais de la lessive, mais j'étais sous le charme, tu m'avais ensorcelé. C'était la première fois que ça m'arrivait.

Je voulais juste un prétexte pour te parler et te regarder sans passer pour un pervers.

— Et ce n'est que maintenant que tu me le dis ? soufflai-je.

— Malgré tous mes espoirs, tu n'es jamais revenue ici.

— Je suis là…

— Et ça enchante ma soirée, Ruby.

Mon cœur bondit. Il esquissa un sourire.

— On rencontre vraiment des gens bizarres dans des laveries de quartier.

— Comme de jolies filles qui oublient leur culotte à têtes de dinosaures, tu veux dire ?

— Ou des papas aux bras couverts de gribouillages.

— T'en connais beaucoup, toi ? demanda-t-il en s'avançant un peu plus.

— Un seul.

— Idem.

Je ris de bon cœur. Ses yeux verts, gourmands, me dévoraient. Il rit aussi.

— Cette histoire de lessive est quand même bizarre, dis-je.

— Je suis assez malin, quand je veux.

— J'aurais plutôt dit pervers, mais bon…

— Chacun son opinion ; moi, je dirais plutôt opportuniste.

— Si tu veux…

Il combla l'infime écart qui nous séparait, ses bras se resserrèrent autour de ma taille et il se pressa davantage contre mon corps encore en émoi. Cet endroit me rendait fébrile, lui me rendait folle, et la combinaison des deux était déroutante.

— C'est toi que je veux, murmura-t-il.

Je me rendis compte en serrant sa chemise entre mes doigts tremblants de l'intensité avec laquelle j'avais envie et besoin de lui. Il le ressentit avec cette manière que nous avions toujours de nous comprendre, de capter tous nos désirs. Je relevai la tête, et mes yeux se posèrent sur ses lèvres... J'étais probablement en train de perdre pied.

— Dylan..., arrête !

— Quoi ? demandai-je sans détacher mon regard.

— De regarder ma bouche comme ça. Tu n'as pas idée de combien ça me perturbe.

Il glissa une main derrière ma nuque, ses doigts se déplacèrent lentement dans mes cheveux et il s'inclina. J'avais tant besoin de lui physiquement et à l'instant, le revoir ici... J'avais irrépressiblement envie de ses lèvres, de lui, de nous. J'étais fatiguée de courir, d'attendre, de garder mes secrets.

— Ça... ça ne va pas le faire, souffla-t-il. Me retrouver dans cet endroit avec toi, comme ça... Ne me regarde pas comme ça, ma beauté. Je suis faible. T'embrasser, c'est ma supplique. C'est l'interdit le plus cruel auquel j'ai dû faire face. Ça me hante tellement. (Il colla son front au mien.) Je crois qu'il est temps qu'on arrête de croire que l'on peut dompter le destin. On ne peut pas résister à cette alchimie entre nous, c'est impossible. J'ai beau m'être comporté comme un sale con, j'ai beau t'avoir éloignée de moi, tu es là... Le destin ne cesse de nous mettre sur la même route.

Sa voix était grave et profonde. L'intensité de ses mots était décuplée par le reflet de ses yeux. Il avait résumé là la vérité sur notre histoire. Je pris une inspiration et me lançai timidement :

— J'avais dix-sept ans quand l'idée d'embrasser m'est devenue insupportable au point de me donner la nausée rien que d'y penser.

Il se raidit.

— Dylan…

— Il faut que je te raconte mon histoire, murmurai-je. J'ai peur parce que tu es l'une des rares personnes à qui j'ai envie d'en parler, mais tu es aussi la seule personne que je ne veux ni décevoir ni horrifier.

— Ça ne sera jamais le cas. Tu n'as donc pas encore compris que je me fous de tout, que c'est ton cœur que je veux. Je veux tout connaître de toi, le beau comme le mauvais. Je veux toucher ta lumière comme ton obscurité. Je veux ton chaos, ton trouble, ton âme… Je veux qu'on retrouve ce qu'on avait, avec encore plus de vérité. Si tu m'offres cette chance, je te rendrai heureuse.

— Tu ne doutes de rien, toi, dis-je émue aux larmes alors que je comprenais que la force des sentiments de Nate était au moins égale à la mienne.

Il resserra son étreinte, me souleva et me déposa sur la table. Il s'installa entre mes jambes. D'un geste d'une infinie douceur, je remontai mes mains le long de son torse, je caressai la ligne de sa mâchoire. Il attrapa mes doigts tremblants et les embrassa délicatement.

— Tu peux tout me dire, chuchota-t-il. Tu peux aussi te contenter d'une partie. Je serai toujours là…

— On a juste le temps d'un cycle de lavage.

Il rit, ce son mélodieux m'aida à trouver le courage que je n'avais jamais eu. Je me lançai, la boule au ventre :

— J'avais dix-sept ans quand… j'ai été violée.

Son corps se crispa. Le mien aussi. J'avais tellement peur qu'il ne réagisse mal et ne me rejette. J'évitai de le regarder de peur d'y voir du dégoût.

— C'était lors d'une soirée étudiante, tout se passait bien, on riait, on dansait comme dans ce genre de fêtes. Quand il m'a emmenée à l'étage, je savais qu'on allait passer à l'acte. J'en avais envie. (Je déglutis, toujours les yeux baissés.) Mais, lorsqu'il a fermé la porte derrière lui, je me suis rendue compte qu'ils étaient plusieurs.

—« Plusieurs » ? répéta-t-il en cessant ses caresses.

—Oui. Ils étaient quatre.

—Oh putain ! lâcha-t-il dans un souffle.

Ses doigts se contractèrent sur mon bras. Je réprimai un frisson.

—J'ai cru à une blague, je leur ai dit de partir, mais… deux d'entre eux m'ont attaché les mains pendant qu'un filmait et que l'autre me…

Ma voix eut du mal à achever ma phrase. Mais il avait dû comprendre. Il reprit alors le cours de ses caresses, et ses mains vinrent prendre mon visage en coupe. Nos regards se croisèrent. Son visage était crispé par la haine, ses yeux étaient sombres, sauvages…, possessifs.

—Bref, repris-je tant bien que mal, quand il a eu fini son affaire, il m'a attrapé le menton et m'a embrassée. C'était comme s'il avait apposé sa marque, son empreinte sur moi. Je me suis sentie si petite, si insignifiante, si sale. J'ai eu envie de mourir…

—Les autres…

Sa voix était si rocailleuse, si dangereuse. Il avait l'air d'être prêt à tuer.

—Non, dis-je en secouant la tête. C'est le seul. Les autres m'ont maintenue en place et m'ont filmée. Je me suis débattue, j'ai supplié, j'ai pleuré, mais ils étaient plus forts que moi…

Je baissai de nouveau les yeux, il releva mon visage en secouant la tête.

—Dylan, tu… tu n'aurais rien pu faire. Seigneur, je… ! Merde, tu ne pouvais rien faire !

Je secouai la tête.

— Après ça, je me suis enfermée dans les ténèbres. J'étais dans le chaos le plus total. Et le pire, ç'a été de subir la haine des gens…

— Ta famille ?

— Non, soufflai-je. Des gens du lycée. Je recevais des messages d'insultes… La vidéo avait été mise en ligne. C'était horrible. Je ne voulais pas que l'on me prenne en pitié, mais je ne comprenais pas cet acharnement. Mes parents, mon père surtout, n'ont jamais baissé les bras, mais moi, oui… Tous les jours je vomissais, j'ai perdu plus de dix kilos.

Je lui racontai le piège de ma soi-disant amie et le passage à tabac.

— Ce soir-là, j'ai fait la plus grosse connerie de toute ma vie…

Ma voix se brisa, mon ventre se serra de douleur. Les larmes coulaient sur mes joues.

— Dylan…

Il se pencha pour aspirer les gouttes salées, je m'accrochai à ses épaules comme s'il était la seule chose qui m'empêchait de chavirer, de sombrer. Ce qui était le cas.

— J'ai pris des médicaments, de l'alcool, et j'ai tenté de me suicider. Je voulais que tout s'arrête.

Tremblante d'un coup, je cherchai sa chaleur. Il me l'offrit. Il m'entoura de ses bras.

— Arrête, ma beauté. Arrête, tu n'es pas obligée de m'en dire plus. J'en sais plus qu'assez, je…

Je secouai la tête. Il grogna un peu. Je déglutis et reniflai.

— Non, je veux tout te dire, je veux… Je ne veux pas te cacher ça plus longtemps et ça me fait du bien de t'en parler.

— D'accord, opina-t-il. Je suis là.

— Lorsque je me suis réveillée après ça, on m'a annoncé que j'étais enceinte. J'ai dû accoucher en urgence d'un mort-né de quatre mois. Les coups que j'avais reçus suivis de ma tentative de suicide l'avaient tué…

Il s'éloigna brusquement de moi, emportant avec lui cette chaleur et cette vitalité dont j'avais tant besoin. Il enfonça son poing dans le mur en criant, et je compris qu'il pleurait. Nate Mine pleurait pour moi, pour mon histoire, pour mes ténèbres. Alors, cette masse de noirceur qui m'opprimait et m'oppressait depuis des années s'effaça. Le chaos s'estompa d'un coup, libérant ma poitrine de son poids. Je descendis de la table malgré mes jambes en coton pour le rejoindre. Il fit volte-face :

— Pourquoi tu ne m'as rien dit ? J'aurais… Je ne sais pas, je me serais…

— Comporté autrement ? Tu n'aurais pas agi comme tu l'as fait si tu avais su ?

— Je ne t'aurais pas forcée, je n'aurais pas posé ces questions…

— C'est parce que je ne voulais pas être cataloguée. Je voulais que tu sois toi. Que tu sois ce papa aux bras gribouillés dont le désir pour moi était intense et beau. Tu as été parfait avec moi. Du début à la fin, tu étais merveilleux. Tu ne m'as jamais brusquée, forcée… Au contraire, en restant toi-même, tu m'as libérée, guérie… Tu es mon premier en tout depuis cette nuit-là.

— Putain, Dylan !

Il se jeta sur moi et me serra contre lui avec tellement de rage et d'amour qu'il m'en coupa le souffle. Je fermai les yeux pour accueillir ce trop-plein d'amour, cette belle délivrance et cet acte si intense. Je l'enlaçai à mon tour, alors il glissa son front contre le mien et me força à le regarder dans les yeux.

— Je t'aime, Dylan. Je t'aime tant. Je suis désolé, tu as vécu tant de choses horribles. J'avais pensé à quelque chose dans le genre, mais jamais à tant d'horreur. Et pourtant tu es là. Tu es encore debout, tu trouves encore le courage de vivre et de garder la tête haute. Tu n'es pas seulement magnifique, tu es bouleversante, forte, digne. Je ne peux que t'aimer davantage.

Mes larmes coulaient sans s'arrêter. Quelle femme chanceuse j'étais d'avoir croisé la route de cet homme merveilleux. Je nichai mon visage dans son cou, lui dans le mien. Je gémis et me serrai contre lui avec plus de vigueur. Il me murmura alors des choses incroyables. Il me disait que j'étais forte, qu'il n'avait jamais rencontré de femme aussi forte et courageuse que moi, que tout irait bien désormais, qu'il serait toujours là pour moi, qu'on serait une famille. Tandis que je buvais ses mots, il murmura qu'il n'était pas tombé amoureux de mon passé, mais de moi, de mes sourires, de ma folie, de mes regards, de l'alchimie toujours plus intense entre nous, de ma manière d'aimer Kyle, de mon chaos et de celui que nous avions créé tous les deux.

Nous nous étreignions en silence, nos visages toujours l'un contre l'autre, seul le bruit de nos sanglots et de nos respirations brisait le silence. Puis, peu à peu, nous nous apaisâmes. Je m'imprégnai de ce changement en moi et m'écartai un peu pour admirer cet homme et sa beauté.

— Je suis désolée d'avoir mis si longtemps à comprendre, m'excusai-je. Je suis désolée d'avoir fui et de ne pas avoir su te dire les choses… Je ne pensais pas tomber amoureuse, mais c'est arrivé et ça m'a terrifiée. J'ai haï le ciel pour les épreuves que j'ai subies, mais aujourd'hui je ne saurais lui être plus reconnaissante : il vous a mis sur ma route, toi et Kyle ; deux hommes incroyables qui m'ont redonné le sourire, qui m'ont appris le sens du mot « amour » et dont je suis folle amoureuse.

— Merci, dit-il avec une ferveur nouvelle. Merci d'être en vie. D'avoir trouvé le courage de te battre, d'avoir croisé ma route et d'avoir illuminé nos vies. Merci, parce que je ne sais pas ce que l'on aurait fait sans toi, Kyle et moi. Tu es la femme de notre vie.

Je me mordis la lèvre, les larmes aux yeux. Il caressa mon visage du bout des doigts, il descendit sur mes lèvres, qu'il fixa intensément.

— C'est moi qui ai failli pendant tout ce temps, c'est moi qui n'ai pas compris ni cherché à comprendre. Mon fils l'a su tout de suite, lui. Il n'est pas tombé amoureux de toi, il est tombé amoureux d'une maman dont il avait besoin. J'ai négligé les sentiments qu'il avait pour toi sans chercher à les comprendre. Il t'aime inconditionnellement. J'en suis au même point. Tu as déjà ta place dans notre famille.

Je souris.

— Je crois que ça tombe bien, car j'ai assez d'amour à revendre pour toi et ton Mini-Toi… Je vous aime tellement. Je t'aime, Nathaniel.

Le sourire qui étira ses lèvres le rendit tellement beau que mon cœur se mit à battre plus fort.

— Il ne reste plus qu'une chose à faire, dis-je finalement. Tu te rappelles quand tu m'as dit que lorsque tu m'embrasserais cela durerait infiniment longtemps et que je me rendrais compte que rien n'était comparable au plus intense des baisers ?

— J'ai dit ça, moi ?

Je me mordis les lèvres. Je savais qu'il s'en souvenait et qu'il comprenait peu à peu que j'allais lui offrir la seule part de moi à laquelle il n'avait jamais accédé : ma bouche.

— Tu trembles, dit-il en caressant mes lèvres.

— Je sais, répondis-je d'une voix douce. Mais je veux vaincre cette peur avec toi.

— Tout ce que tu voudras. Je prends tout de toi, tes peurs, ton chaos, ton amour, tout.

Je lâchai un soupir et me lovai davantage contre lui, mes doigts enfoncés dans ses épaules. Il me plaqua doucement contre une machine à laver et se serra contre moi. Mon Dieu, cet endroit, ce que nous étions sur le point de faire… Je me consumai en moins d'une seconde et j'eus l'impression d'avoir fait fondre tout son self-control.

— Me retrouver ici avec toi, après tout ce temps, être dans cette laverie sur le point de t'embrasser, c'est mon nirvana. Je n'imaginais aucun autre endroit pour t'embrasser. Si tu savais combien j'en ai rêvé.

— C'est notre laverie.

Certains trouveraient ça ridicule, mais ce lieu représentait tellement de choses. Il était le début et l'accomplissement de tout, de nous.

— C'est notre infini, Ruby.

— Montre-moi, le suppliai-je. Montre-moi notre infini…

Il cala une main contre ma joue et attira mon visage à lui.

— C'est toi qui mènes la danse, murmura-t-il. Je suis tout à toi, d'accord ?

Je comblai l'écart et posai mes lèvres contre les siennes. J'eus un soubresaut, mais je ne rompis pas le contact. Il me laissa faire. Il me laissa le goûter, apprendre à aimer de nouveau cet acte simple mais merveilleux. Tandis que les secondes s'égrenaient, je m'épanouissais. C'était tendre, doux, beau. Je glissai mes lèvres contre les siennes, et des sentiments intenses embrasèrent ma peau. Les sensations étaient plus fortes que jamais. Grisée, je m'écartai un peu. Ses yeux brillaient de désir.

— Tout va bien ? murmura-t-il.

— Infiniment bien. Et toi ?

— Je t'avouerais bien volontiers qu'être profondément en toi sans quitter tes lèvres serait un plus, mais, là en ce moment, je suis au nirvana, ma beauté.

Je souris.

— Pervers.

— C'est bien la première fois que j'ai l'impression que c'est un compliment.

— C'est peut-être parce que ça l'est, mais ne t'y habitue pas, Nathaniel.

— Parti comme c'est, tu me demandes l'impossible.

Son sourire parfait me donna envie de poursuivre cette douce expérience plus profondément. Je me levai sur la pointe des pieds et il comprit tout de suite. Nos lèvres se touchèrent doucement, puis passionnément. Il me laissa faire selon ma cadence. Ses mains, son corps, ses caresses... Tout était parfait. Je lui mordis la lèvre tout en gémissant, j'en tremblais de désir. C'était déroutant de redécouvrir ces sensations. Le grognement de plaisir qui lui échappa me galvanisa et je croquai sa chair avec plus de vigueur. Son corps impatient me bloqua contre la machine. Je soupirai et j'agrippai sa chemise pour le faire venir à moi. J'essayai tant bien que mal de redoubler l'intensité de notre baiser, caressant ses lèvres avec ma langue, prolongeant sensuellement notre étreinte, et je sombrai. Lui aussi. Il perdit toute contenance en répondant à mon baiser avec ferveur. J'étais noyée dans ces sensations qu'il m'offrait : l'amour que nous partagions, mes peurs qu'il aspirait, l'infini où nous sombrions ensemble…

— Il y a quand même quelque chose qui me chagrine, soufflai-je.

— Quoi ? s'inquiéta-t-il.

— Je ne pensais pas que tes baisers étaient si merveilleux…

Il rit.

— Je te l'avais dit, mais mieux vaut tard que jamais, ma beauté. Je savais que mon vœu se réaliserait.

Je souris et caressai les tatouages sur ses avant-bras. Il y avait tant de choses qui bouillaient en moi. Il frissonna et me pressa contre la machine. Je sentis alors tout son désir, décuplé par l'intensité de ses sentiments à mon égard. Cet amour était si beau, si fort, presque tangible. Une évidence. Depuis combien de temps était-ce le cas ? Je l'ignorais, mais je comptais en profiter à jamais.

Nate et Kyle, je les aimais incommensurablement et je savais qu'on serait heureux. Je ferais tout pour et je savais que Nate s'y attellerait aussi. Je le voyais dans son regard, dans cette satisfaction qui ne le quittait plus depuis quelques minutes et dans ses gestes.

Cette alchimie surpassait toutes les autres, toutes celles qui nous avaient auparavant ébranlés. Peut-être à cause du lieu. Peut-être aussi à cause de notre amour et de nos révélations. J'étais ébahie par les sensations que je ressentais, c'était merveilleux.

— J'ai envie de te faire l'amour sans quitter tes lèvres, gémit-il.

— Nate…

— Tu me laisserais faire ? demanda-t-il d'une voix profonde.

— Ici ?

— Ici, opina-t-il. Un vieux fantasme… Tu m'as dit une fois que tu m'aurais laissé faire. Et maintenant ?

— Toujours.

— Merde, j'aurais voulu prendre le temps, mais j'ai tellement envie de toi, tu m'as tellement manqué… Pendant toute la nuit ta bouche sera mienne, impossible qu'il en soit autrement.

Ses lèvres couvrirent les miennes. Ses mains glissèrent sur mes fesses et il me souleva. Je me félicitai d'avoir mis une robe hiver et une certaine culotte dino. Personne ne pouvait nous voir de l'extérieur à moins de coller sa tête à la vitre. Les mains de Nate glissèrent intimement, il m'effleura à travers mon collant, je gémis. Il tira sur l'élastique et le fit glisser jusqu'à mes ballerines, laborieusement.

— Je crois que tes collants sont morts, dit-il passionnément en les abandonnant au sol.

— Je crois aussi. Sois plus doux avec ma culotte, j'y tiens beaucoup.

Il comprit en un instant et son regard se troubla.

— Bon sang, il fallait que tu la portes ce soir ! Tu sais que cette culotte, c'est le poison de mon existence.

— Tant que ça ? soupirai-je.

— Tu n'as aucune idée de combien elle me rend fou.

— Tu auras tout le temps de me montrer.

— Compte sur moi, ma beauté.

Je gémis en réponse à la caresse qu'il m'offrit à travers le tissu. Il murmura un « je t'aime » contre mes lèvres. C'étaient les meilleures sensations que j'aie jamais connues. Ainsi débraillé dans cette laverie, Nate était magnifique. Il était mon tout, mon infini. Ce souvenir resterait à jamais gravé dans mon esprit comme étant le jour où nous avions vaincu le chaos et succombé à l'alchimie. Le jour le plus intense de ma vie.

J'ouvris les boutons de son jean et libérai son excitation de son boxer. Je pressai son membre dans ma main et le caressai. Ma langue titilla la sienne tandis que de ses doigts il continuait de me caresser à travers le tissu de ma fameuse culotte. Je le caressai plus fort, en me cambrant.

—Dylan, gronda-t-il.

Je me mordis innocemment la lèvre, il se fit plus sauvage.

—Nate, je veux te sentir, gémis-je.

—Je vais être vexé, parce que je te touche, ma beauté.

Je laissai échapper un gloussement qu'il transforma en un gémissement.

—Je veux te sentir en moi...

Il me souleva et d'une poussée nous ne fûmes plus qu'un.

Mon Dieu!

Je me cambrai tandis qu'il attirait mon visage contre le sien. Il posa son front sur le mien pour capturer ce qu'il semblait y avoir de plus merveilleux au monde. Je n'avais jamais ressenti pareilles sensations pendant l'amour, si bien que je me sentais idiote d'être déjà au bord de la jouissance. Il n'y avait rien de plus beau. Tendrement, je caressai ses bras, dessinai ses tatouages, puis nouai mes mains derrière sa nuque, pressant tout mon corps contre le sien.

Je murmurai alors contre ses lèvres:

—Je t'aime, Nathaniel.

Il me regarda, fasciné et murmura contre mes lèvres gonflées de notre amour et de nos baisers:

—Je t'aime aussi.

Il glissa alors sa langue dans ma bouche tandis qu'il pénétrait en moi à un rythme qui n'allait pas tarder à me rendre folle. Je me mordis la lèvre inférieure et me sentis brusquement complètement submergée. Un petit grognement m'indiqua qu'il était comme moi, très proche de l'orgasme.

Il accéléra la cadence, me pressant contre la machine. J'enfonçai mes doigts dans ses épaules et je soulevai les hanches pour l'accueillir amoureusement. L'embrasser pendant qu'il m'aimait, qu'il me faisait l'amour dans cette laverie était la plus belle sensation de ma vie. Lorsque le plaisir atteignit son paroxysme, je me convulsai en gémissant. Le plaisir vibra et explosa en moi en un millier de fragments aussi intenses que déroutants. Il me suivit, enfouit son visage dans mon cou avant de capturer mes lèvres et de partager ses propres vibrations avec les miennes…

∞

Comme à son habitude Kyle était assis sur les marches. Il se leva en voyant son père et plissa les yeux quand il me vit à ses côtés. Il courut et sauta dans les bras de Nate qui lâcha ses sacs de vêtements pour l'attraper. Marnie passa la tête à la porte et nous scruta tous les trois. Une expression similaire à celle de Granny se dessina sur son visage.

— Merci de l'avoir gardé, lança Nate en souriant.

— C'est toujours un plaisir, répondit-elle. À demain, jeune homme.

Kyle lui lança un adorable baiser avec la main, qu'elle fit semblant d'attraper dans les airs ; je gloussai et le bras vacant de Nate m'attira contre lui.

— Bonne soirée, les enfants.

Elle s'éclipsa et, quand Kyle me vit contre lui, contre son père, il sourit. Je caressai sa joue avant de l'embrasser.

— Tu viens à la maison avec moi et papa ? me demanda-t-il.

— Oui. Tu veux ?

Il sourit.

— Tu vas rester ? questionna-t-il.

— J'ai très envie de venir avec Domino et de rester.

— Comme une maman ?

— Oui, comme une maman, mon trésor.

L'espoir naquit dans les magnifiques yeux verts de mon soleil. Lorsqu'il comprit la portée de mes mots, il esquissa un grand sourire et se jeta dans mes bras en pleurant. Sa réaction était tellement bouleversante que j'en pleurai de joie, d'amour et de bonheur. Nate nous serra dans ses bras. Je nichai mon visage dans leurs cous et leur murmurai mon amour. J'ignore combien de temps nous restâmes ainsi, nous étreignant tous les trois, mais je profitai entièrement des premières notes de notre futur.

— Allez, on rentre à la maison, lança Nate.

Kyle sauta au sol, me tendit une main, puis l'autre à son père. Nate ramassa ses sacs et nous montâmes l'escalier ensemble, au rythme de Kyle qui chantonnait de joie. Je m'arrêtai à mon palier. Ils s'arrêtèrent tous les deux. Combien de fois avions-nous joué cette scène ? Combien de fois nous étions-nous séparés à cet endroit ?

— J'arrive.

— Tu te dépêches, me pria Kyle.

— Promis.

J'attrapai Domino dans mes bras après avoir rangé ma couette et je fermai la porte derrière moi pour les rejoindre. Ils m'attendaient dans le couloir tous les deux, et la même réaction naquit sur leurs visages lorsque je leur souris.

Je confiai Domino à Kyle qui prit très à cœur son rôle de porteur. Nate m'enlaça tendrement de son bras libre et je me lovai contre lui.

— Prête pour la vie avec les Mine et tous les rituels que ça comprend ? murmura-t-il contre ma joue.

J'avais assisté à plusieurs de ces derniers avant de prétendre à rejoindre leur clan, le destin m'avait déjà pas mal briefée. Les dimanches soir, c'était film dans le vieux cinéma ; les dimanches matin, c'étaient des brunchs ; le mercredi c'était jour de lessive, je mettais même une option sur ce rituel-là.

Épilogue

Nate

Dix-huit mois plus tard

— Papa !

— Oui ?

Debout sur une chaise à côté de moi, Kyle m'assistait pour le petit déjeuner. Aujourd'hui, 21 juin, jour de l'été, Dylan fêtait ses vingt-deux ans. Il était surexcité.

— Je peux lécher le chocolat sur la cuillère ? demanda-t-il.

— Pour qui crois-tu que je l'aie gardé, champion ? lui répondis-je.

— Moi !

Il ouvrit les yeux en grand, la bouche aussi, et il se mit à lécher la cuillère comme un affamé. Je ne pus m'empêcher de glousser en voyant son visage. Les cuillères de chocolat, il aimait les manger avec le visage comme pour les glaces.

— C'est bon ? demandai-je en le voyant heureux comme tout.

— Ch'est bon, voui, répondit-il concentré.

Je ris et j'attendis la fin de sa dégustation pour le nettoyer. Dylan dormait encore, elle n'allait pas tarder à se réveiller. Plus tard dans l'après-midi on partirait fêter ça à Friendship pour le week-end, dans la grande auberge de sa grand-mère. Mickey et toute la bande étaient de la partie. En attendant, Kyle et moi avions prévu quelque chose. J'avais réussi à obtenir mon vendredi et je ne reprenais que le mardi suivant. J'avais hâte de me retrouver au calme avec elle pour quelques jours.

— Papa ?

— Qu'est-ce qui se passe, champion ? demandai-je.

— On va donner ce que tu m'as dit à Dylan ?

— Oui, bien sûr.

Je lui adressai un sourire plein d'assurance ; pourtant, au fond de moi, j'étais stressé comme jamais.

— Je vais lui donner quand ?

— Quand elle aura ouvert les autres cadeaux, tu pourras lui donner ! Donc pour le moment ça doit… ?

— Être un secret.

— Et qu'est-ce qu'on lui dit quand elle arrive ? demandai-je.

— Joyeux anniversaire !

— Bien, mon fils !

— Je sais, opina-t-il fièrement.

Je lui tendis mon poing pour qu'il frappe dedans. Il le fit en rigolant. Je caressai sa joue et son front pour dégager quelques mèches. Ses cheveux avaient bien poussé, ils étaient mi-longs et lui tombaient sur le front et la nuque, je les aurais bien coupés un peu si seulement Dylan ne mourait pas d'amour pour sa bouille. J'étais parfois jaloux de ce lien qu'il y avait entre eux et des étincelles que mon fils savait faire naître dans ses yeux, puis je me rappelais que j'avais le même pouvoir et que nous étions extrêmement chanceux de l'avoir. Elle m'avait démontré tant de fois combien elle l'aimait. Ce jour-là quand j'étais arrivé à l'hôpital, j'avais ressenti la plus grande peur de toute ma chienne de vie. Et, quand les flics m'avaient expliqué que je devais la vie de mon fils à Dylan, je m'étais senti comme le roi des cons. La semaine qui avait précédé nos retrouvailles avait été la plus longue de toute ma vie.

— Ça sent trop bon, entendis-je derrière nous.

— Dylaan !! s'écria Kyle.

Il se rua sur elle. Elle sourit. Je jetai un coup d'œil à sa tenue : la robe rouge qui s'ouvrait sur le devant. Cette robe était une invitation à l'amour.

— Joyeux anniversaire ! s'écria à nouveau mon champion.

Elle l'accueillit dans ses bras.

— Merci, mon trésor.

Je m'avançai vers elle et l'attirai à moi, une fois Kyle redescendu au sol.

— Joyeux anniversaire, belle endormie.

Je l'embrassai sur la joue, elle sentait divinement bon.

— Vous allez faire des bisous d'amour encore longtemps ?

— Je n'ai encore rien fait, me défendis-je.

Elle gloussa. Je souris. Kyle soupira d'agacement.

— Dépêchez-vous parce qu'il faut qu'elle ouvre ses cadeaux avant de manger le petit déjeuner et qu'on aille voir papi, mamie, Granny et tout le monde.

Il alla dans le salon, où Domino et Mikado, sa compagne, se prélassaient en surveillant la table basse sur laquelle ses cadeaux attendaient.

— Donc, j'en étais où ? soupirai-je.

Elle reporta son attention sur moi, et ses magnifiques yeux bleus se voilèrent de désir. Elle lissa le col de ma chemise et monta sur la pointe des pieds. J'avais pu noter, depuis que j'avais entamé ma carrière d'avocat, que ma femme aimait me voir en costume.

— Dis donc, la police du sexe est très efficace ce matin, dit-elle moqueuse.

— Elle est au taquet, acquiesçai-je.

— De quoi nous plaignons-nous ? Il nous a autorisé les bisous d'amour.

— Tu sais que cette robe est une torture pour moi, non ? Je vais avoir du mal à me contenter d'un bisou.

— Oui, je sais, répondit-elle. Et tu n'imagines pas ce que je porte en dessous.

Oh que si, j'imaginais…

— Mais c'est parce que cette robe et cette culotte te rendent fou que j'adore les porter.

Elle esquissa un de ces sourires qui me rendaient dingue. Je glissai ma bouche sur sa joue pour y déposer un rapide baiser. Mes lèvres gourmandes descendirent dans son cou et se posèrent juste sous son oreille. Elle s'abandonna aux caresses de mes mains déjà avides d'elle et de ma bouche en rejetant légèrement la tête en arrière. Les yeux fermés, la bouche entrouverte, elle laissa échapper un souffle rauque. L'odeur de sa peau enivra mes sens. Ses frissons, sa respiration saccadée… J'avais tellement envie d'elle. Je souris, me délectant d'elle et des sensations qu'elle faisait naître en moi.

— Nate…

J'adorais quand elle devinait mes intentions silencieuses, quand elle comprenait que l'alchimie se faisait plus intense. Je m'inclinai vers elle, elle noua ses bras autour de mon cou et soupira d'aise. Je l'embrassai doucement, vénérant sa bouche parfaite, ses lèvres pulpeuses et le ciel qui avait mis sur ma route la pièce manquante, indispensable à notre vie.

— Papa ! Dylaaan !

Je grognai.

— Allons donc, dit-elle joyeusement. On aura tout le temps ce soir, Granny, maman surtout, ils vont tous l'accaparer pour la nuit et tout le week-end.

— J'espère bien…

Je m'écartai d'elle en soupirant. Elle me suivit dans le salon. Kyle nous attendait. Il trépignait d'impatience, et elle aussi.

— C'est pour moi tout ça ? s'émerveilla-t-elle.

Kyle se posa à côté d'elle. Elle ouvrit chaque présent, un à un, et s'extasia de tout avec amour. Je regardai avec une satisfaction sans bornes et sans limites celle qui avait complété nos vies, à Kyle et à moi, qui nous avait offert une famille et qui avait apporté un goût de merveilleux à nos existences.

Elle était magnifique, sa beauté était déconcertante, époustouflante, quasiment pétrifiante. Je la regardais souvent le soir quand elle dormait, de la même manière que j'avais passé mes nuits à regarder Kyle pour me rendre compte qu'il faisait partie de moi… Comme lui, la première fois qu'elle était arrivée dans ma vie, un peu en catastrophe, elle avait eu ce même regard qu'avait eu mon fils, ce même besoin d'amour, cette même fougue dans les yeux. Aujourd'hui, elle était à moi.

— T'es contente ? demanda Kyle.

— Très !

— C'est moi et papa qu'on a tout choisi les bijoux, mais c'est tata Marlow qui a choisi la robe, hein, papa ?

— Tout à fait, acquiesçai-je. Joyeux anniversaire, ma beauté.

— Merci ! dit-elle amoureusement. Merci, je suis trop gâtée… C'est magnifique, tout ça !

Elle serra dans sa main le bracelet en or blanc qui portait le symbole de l'infini et le pendentif en forme de cœur qui s'ouvrait sur une photo de nous trois.

— Et puis on a préparé tout le petit déjeuner avec papa.

— Ça tombe bien, je suis morte de faim.

Elle avait déjà les joues rouges, les yeux brillants ; j'imaginais la suite… Kyle se redressa. Mon palpitant se mit à cogner fort contre ma cage thoracique, et mes mains devinrent moites en une seconde à peine.

— Mais tu restes là parce que ce n'est pas fini ! dit-il.

— Ah non ?

Il secoua la tête. Curieuse, elle me regarda, mais je me contentai de hausser les épaules sans rien laisser transparaître. Elle se leva tandis qu'il courait dans sa chambre.

— Tu me l'attaches ? demanda-t-elle.

Je nouai le bracelet autour de son poignet, elle enfila ensuite l'autre cadeau, la chaîne était longue et le pendentif tomba dans le creux de ses seins. Elle scruta l'intérieur du cœur quelques secondes puis elle se lova contre moi.

— Nate, tu es fou…

— De toi, oui. Je suis fou amoureux de toi, ma Ruby. C'est aussi simple que ça, et tout ça, ce n'est rien.

— Embrasse-moi.

Ces deux mots étaient devenus mes préférés, ceux qui arrêtaient le mécanisme de rotation de la Terre, ceux qui envoyaient tout valser. Ceux avec lesquels elle m'offrait son cœur. J'avais tellement attendu ces mots qu'aujourd'hui chaque baiser était une célébration. J'attrapai son menton et j'inclinai le visage vers elle pour satisfaire sa demande. Elle dessina les tatouages sur mes avant-bras, c'était devenu un TOC, un rituel, elle ne pouvait pas s'en empêcher. Je ne m'en plaignais pas, j'avais toujours eu l'intuition qu'elle était attirée par eux, depuis la laverie. Ce week-end commençait divinement bien. Lorsque Kyle arriva avec une chemise cartonnée, elle scruta ses mains.

— C'est un dessin ?

— Non…

Il la lui tendit, elle l'accepta. J'avais le cœur au bord des lèvres. Elle ouvrit la chemise et en sortit un papier que je connaissais par cœur à l'avoir trop contemplé, trop lu, trop tout. Elle plissa les yeux, lut les premières lignes et plaqua une main sur sa bouche en secouant la tête.

— Oh, mon Dieu ! Oh, mon Dieu ! Ce n'est pas une blague, n'est-ce pas ? Parce que sinon je vais mourir…

— Tout ce qu'il y a de plus officiel, ma beauté.

Alors elle eut la plus belle des réactions, elle se mit à danser de bonheur. Bouche bée, je sentis mon cœur gonfler presque douloureusement. J'ignorais alors comment il était possible que cela arrive, mais je tombai encore plus amoureux d'elle. Elle virevolta le long de la pièce, en poussant des cris de joie et les papiers serrés contre sa poitrine. Elle était irréelle, féerique, magnifique. Lorsque Kyle courut vers elle, elle posa les papiers sur la table et l'attrapa au vol pour danser avec lui. Elle tourna sur elle-même en le serrant contre elle, en riant et en pleurant. Putain, je n'avais jamais rien vu de plus beau que cette femme, ma femme, à cet instant ! Ce moment resterait à jamais gravé dans mon esprit. Puis, elle s'arrêta, me fixa intensément et vint à moi comme happée par un lien invisible.

— Nate…, je…

Je l'attirai tout contre moi pour effacer les gouttes salées qui ruisselaient le long de ses joues magnifiques. Dylan pressa son visage contre ma paume et étreignit Kyle de plus belle. Elle lui murmura les mêmes mots que chaque soir quand elle le bordait. Elle me souffla des mots d'amour. Elle était belle quand elle pleurait de joie. Ses larmes étaient chargées d'amour, de passion, de fougue, tout comme mon cœur.

— Nate, ce cadeau…, c'est…

Elle renifla et frotta son nez contre celui de Kyle.

— C'est déjà ton bébé. Il t'aime déjà comme une maman, depuis un long moment maintenant, mais nous nous sommes dit que ce serait encore plus beau de concrétiser tout ça. Tu es une maman formidable, Dylan. Ce papier n'y changera rien, il officialisera juste ça aux yeux de tous, si tu le souhaites.

Elle sanglota de nouveau, puis elle hocha la tête :

— Oui, oui, oui, soupira-t-elle. Bien sûr que je le veux. Je n'ai toujours voulu que ça, être avec vous deux.

— Je pourrai t'appeler maman et le dire à tous mes copains ? lança Kyle.

— Tu as tout compris, mon trésor.

Il ne l'avait jamais appelée ainsi, peut-être par peur ; il ne m'en avait jamais parlé non plus, ce qui rendait l'instant encore plus touchant. Ses yeux pétillèrent de mille feux. Elle l'embrassa encore et se serra contre nous. Alors il lui sortit les plus beaux mots du monde :

— Je t'aime jusqu'aux étoiles, maman.

— Moi aussi, je t'aime, répondit-elle le souffle court.

Les minutes s'égrenèrent et Kyle finit par descendre pour aller à la cuisine. Il nous somma de nous dépêcher pour qu'on attaque le petit déjeuner d'anniversaire, mais je n'étais pas prêt à lâcher ma femme. Pas tout de suite. J'approchai mon visage du sien pour l'embrasser.

— Merci, gémit-elle contre moi. Merci de…

Je posai de nouveau ma bouche sur la sienne et l'embrassai amoureusement, profondément.

— Merci à toi de nous rendre encore plus heureux, de nous avoir apporté ce qui nous manquait, d'avoir dit oui.

Son regard se remplit de tendresse, elle acquiesça.

— C'est le cadeau d'anniversaire le plus merveilleux au monde. Il… Je n'arrive pas à croire ce que tu viens de faire. Tu as une idée de ce que ça représente pour moi ? Tu es sûr de…

— Oui, je sais ce que ça représente pour toi, ce qu'il représente pour toi. Oui, je suis sûr. Ça fait dix-huit mois que je le suis. Tu es une femme formidable, Dylan. La femme de nos vies. Ça fait des semaines que tout est prêt, que j'attends ton anniversaire… J'ai eu envie de te le donner des milliers de fois et ça m'a stressé comme jamais, pourtant je n'ai jamais été plus sûr de ma décision.

Elle posa sa main sur ma poitrine juste sur mon cœur, où un nouveau tatouage venait faire écho à celui qu'elle avait fait sur son second poignet.

— Tu ne cesseras donc jamais de me surprendre ? souffla-t-elle. Oh, Nate ! Je suis tellement heureuse ! C'est parfait, tout est parfait.

Dix-huit mois de bonheur depuis cette nuit à la laverie. Il paraîtrait qu'au bout d'un moment on arrête de compter, on verrait bien… J'aimais tellement cette femme, *la mienne*, bientôt, la maman de mon fils, celle de nos futurs enfants !

— Oh, je compte bien te surprendre encore et toujours ! dis-je. Regarde comme deux chaos deviennent l'infini…

Remerciements

Dans les tous premiers remerciements de ce livre, j'avais écrit ceci : « Enfin à mes premiers lecteurs, aux nouveaux, à ceux qui liront cette histoire et qui donneront une chance à Nate et à Dylan d'exister à l'*infini*... » Je ne vous serai jamais assez reconnaissante pour l'accueil que vous avez fait à cette histoire ni pour l'amour que vous lui portez. Vous l'avez rendue intemporelle, infinie... et grâce à vous, elle est aujourd'hui rééditée en papier, en librairie, comme les grandes histoires.

Merci à ma Sophie – une rencontre incroyable – devenue amie, confidente et cheffe de promo magique pour mes héros. Je n'en démordrai jamais, si Nate, Dylan et Kyle en sont là, c'est aussi grâce à toi. Merci d'être là.

Aux éditions Milady-Bragelonne pour cette opportunité, et plus particulièrement à Anne-Laure, mon éditrice, pour cette incroyable histoire de bonne étoile et cette aventure.

Merci à mon Ours de me laisser plonger aussi souvent dans mes manuscrits, de supporter toutes ces soirées seul, de m'écouter quand je parle de mon monde et de me supporter quand je n'y arrive pas. Merci de ta patience et de ton soutien, ce sont les meilleurs leitmotivs au monde.

Ensuite à mes bêta-lectrices, et surtout amies, toujours partantes pour un manuscrit : Frédérique, Nanou, Laetitia et Gaëlle, merci *infiniment* d'y avoir cru bien avant moi, d'y croire encore après, et de m'aider, me critiquer et me soutenir.

Nos infinis moments

Infinite Love

Note de l'autrice

Cette nouvelle se situe avant l'épilogue de *Nos infinis chaos.* Nate et Dylan passent leur premier Noël ensemble…

1

Dylan

— Donne-moi des trucs, je vais t'aider à porter, Dylan.

Je baissai les yeux vers le petit Mine à mes côtés. Bon sang, ce qu'il était craquant, ce gosse ! Ses grands yeux verts et son sourire en coin eurent une nouvelle fois raison de mon cœur. Je le revoyais à peine quelques semaines plus tôt s'évanouir dans mes bras après qu'il avait consommé des pilules d'ecstasy à cause de sa mère… Le voir plein de vie et épanoui, c'était tout ce qui comptait à mes yeux. Ce petit bout ignorait la place qu'il prenait dans mon cœur. Moi-même, je ne parvenais pas à comprendre comment un si petit garçon pouvait rendre mon cœur aussi fou de joie et d'amour, mais je savais qu'il était, au même titre que son père, symbole de ma guérison et de mon bonheur. Je l'aimais, les aimais tous les deux, d'une force incommensurable.

— Je peux t'aider, tu sais. Je suis fort comme papa !

« Comme papa »…

Je souris.

— Très bien, puisque tu es aussi fort que papa, tu peux m'aider, dis-je en lui donnant un sac en plastique léger.

Il l'attrapa et s'exclama :

— C'est trop cool tout qu'est-ce qu'on a acheté au magasin !

— Oui, on va faire plein de spécialités de Noël !

Je pris les autres sachets et le suivis vers l'appartement. Il y avait là de quoi faire des tonnes de biscuits et de douceurs pour les fêtes ainsi que de nouvelles décorations.

Mes parents avaient toujours adoré cette fête et je l'aimais aussi. J'avais tellement hâte de la passer avec les deux hommes de ma vie pour la toute première fois. J'avais hâte de voir les yeux de Kyle le matin de Noël, blotti contre son père.

Une fois à la maison, je posai les sacs dans la cuisine et Domino sauta gracieusement sur la table pour inspecter ce que nous avions acheté. Kyle monta sur une chaise pour déballer les courses.

— On va décorer la maison ?

— Tu ne veux pas attendre papa ?

Il sembla réfléchir, puis hocha la tête.

— C'est quand qu'on va chercher le sapin, Dylan ?

— Bientôt, il faut demander à papa.

Cette fois-ci, il fit la moue.

— Mais regarde, ajoutai-je en sortant le calendrier de l'avent que j'avais acheté pour lui. Tous les jours jusqu'à Noël, tu vas pouvoir ouvrir une petite porte et manger un chocolat, et quand tu arriveras à la dernière ça voudra dire que c'est…

— Le Papa Noël ! s'écria-t-il.

— Eh oui, mon trésor ! Tu veux manger ton chocolat tout de suite ?

Kyle acquiesça. Il ouvrit la petite porte en carton et fit disparaître le chocolat dans sa bouche.

— En attendant, je comptais faire des sablés de Noël.

— Je peux faire avec toi ?

— Va te laver les mains, alors.

Il bondit de sa chaise et se précipita dans la salle de bains. J'attrapai les sacs avec les décorations et les apportai dans le salon. Puis j'éloignai Domino et déposai tous les ingrédients sur la table. Pour ne pas perdre de temps avec Kyle, je disposai les grammes de farine, de sucre et de poudre d'amande dans un verre doseur. Mon petit homme me rejoignit quelques secondes plus tard, je me lavai les mains à mon tour, remontai mes manches et j'enfilai le tablier.

— C'est quoi ça, Dylan ?

— Ce sont des emporte-pièces. Quand la pâte sera prête, on va les enfoncer dedans.

— Pour faire des gâteaux en sapins et en étoiles ?

— Tu as tout compris.

Ses grands yeux pétillèrent.

— Trop cool, avec papa on faisait pas comme ça.

— Tu crois qu'il va aimer ? demandai-je.

— Oui, même qu'il va tout manger.

Je ris et l'embrassai sur la joue. Être avec eux, près d'eux, c'était mon salut, ma bénédiction. Je n'avais besoin de rien d'autre.

— Alors, on va en faire beaucoup, qu'est-ce que tu en dis ?

Son sourire valait tous les gâteaux du monde.

— Bien, on commence par mettre la farine dans le plat. Vas-y !

Il se pencha et la vida. Je lui montrai ensuite le beurre et les œufs, qu'il déposa par-dessus, créant un petit nuage de blanc, et je branchai le batteur.

— Je vais faire ça avec toi parce que c'est plus difficile.

Il acquiesça sans protester et posa la main sur le robot, je posai la mienne par-dessus la sienne et nous mixâmes les ingrédients jusqu'à obtenir une belle pâte.

— Tu en penses quoi ?

— Elle est belle.

— Je trouve aussi. Maintenant, on va la séparer.

— Pourquoi ?

— On va en faire à la cannelle et d'autres à l'orange.

Il hocha vivement la tête et je le laissai déposer la moitié de la pâte dans un nouveau plat, avant d'ajouter la cannelle d'un côté et les zestes d'orange de l'autre.

— Et maintenant ?

— Maintenant, c'est le plus drôle.

Je débarrassai la table de tout ce dont nous n'avions plus besoin et y jetai un peu de farine, ce qui le fit rire. Je posai la pâte dessus et lui montrai le rouleau.

— Il faut étaler la pâte et la découper avec les emporte-pièces.

— Je fais ?

— Vas-y, trésor. Je vais m'occuper du glaçage.

Tandis que je m'occupais de mon côté, je regardais du coin de l'œil mon petit assistant travailler méticuleusement. Si l'on m'avait dit qu'un jour je ferais des biscuits de Noël pour un petit mec et son papa, et que je tomberais follement amoureuse de cette famille, je ne l'aurais jamais cru…

— Comme ça, Dylan ? Regarde !

Je me penchai vers lui.

— C'est super ! Maintenant, il faut prendre les emporte-pièces et les presser sur la pâte pour faire plein d'étoiles et de sapins. Ensuite, on les posera sur la plaque, et au four.

Il poursuivit son travail, s'appliquant à faire de jolies formes de Noël dans sa pâte.

J'étais tellement loin des idées préconçues que j'avais en arrivant ici, tellement loin de tout mon chaos, et je me sentais tellement légère.

Une fois la plaque remplie, je la déposai dans le four.

— C'est pour quoi, ça, Dylan ? demanda-t-il en désignant le plat que je venais de poser sur la table.

— C'est du glaçage pour décorer les gâteaux. Tu veux goûter ?

Il acquiesça et plongea un doigt dans le plat.

— C'est trop bon. Tu fais trop bien.

— C'est Granny qui m'a tout appris.

Pendant que les biscuits cuisaient et doraient au four, je fis la vaisselle, toujours accompagnée de Kyle. Après ça, il me regarda glacer les gâteaux et m'aida ensuite en faisant des dessins à son tour. En le regardant, je me revoyais à son âge, reproduire les mêmes gestes que lui avec ma mère et Granny. Je me rappelais combien j'adorais ces moments et, à voir l'étincelle dans les yeux de Kyle, j'avais l'impression qu'il aimait ça lui aussi.

Je m'étais adaptée à leurs rituels, et ils m'avaient fait une place de choix dans leur quotidien. Avec eux, j'étais unique, réelle, indispensable, aimée. Je n'étais pas la mère biologique de Kyle, mais je me sentais comme telle et il me le rendait bien.

Une fois notre mission biscuits de Noël rondement menée, je disposai certaines de nos réalisations dans une assiette.

— Va dans le fauteuil, trésor. J'arrive avec du lait et des gâteaux. On va se regarder un film.

Il obéit. J'essuyai la vaisselle et soufflai un peu. Ça en prenait du temps et de l'énergie, de faire tout ça.

Je rejoignis Kyle qui s'était lové sous le plaid et tenait contre lui sa peluche Krokmou.

— Tu veux regarder quoi ?

— *Maman, j'ai raté l'avion* ! répondit-il avec entrain.

Je mis le DVD en route et m'assis à côté de lui. Il se blottit dans mes bras.

∞

Lorsque j'ouvris les yeux, Kyle dormait contre moi. La télé était éteinte. Je n'avais aucune idée de l'heure qu'il était ni de combien de temps j'avais pu dormir. Lorsque j'entendis du bruit dans la cuisine, je me redressai aussi discrètement que possible pour ne pas réveiller Kyle et me levai.

Nate était rentré du club de boxe. Je m'adossai au comptoir de la cuisine pour l'admirer. Je n'en finissais pas de m'extasier sur lui. Il était tellement sexy. Je me souvenais de la première fois que j'étais venue chez lui.

— Hé ! lançai-je.

Il se retourna et esquissa un sourire. *Tellement sexy.*

— Salut, belle endormie.

Je m'avançai vers lui, tout à coup avide de me retrouver dans ses bras.

— Tu es rentré depuis longtemps ? demandai-je.

— Une petite heure.

— Mais…

— Vous étiez tellement bien, je n'avais pas envie de vous réveiller.

— Je suis désolée.

— Faut pas. J'adore rentrer et te voir avec lui. J'adore rentrer et te trouver chez nous.

Mon cœur papillonna. Je me blottis contre lui, il referma les bras autour de ma taille. Depuis nos fameuses retrouvailles dans la laverie, on s'embrassait tout le temps. Je redécouvrais et j'aimais tellement ça avec lui. Parfois j'avais peur de retomber dans mes vieilles peurs, mais Nate était d'une patience d'ange. Il me laissait prendre mon temps.

— Et moi, j'adore être là.

Je me levai sur la pointe des pieds et posai les lèvres sur les siennes. Je sentis à ses bras tremblants tout à coup combien il se retenait pour ne pas intensifier notre baiser. Qu'il se contrôle ainsi pour moi m'excitait tellement.

— Embrasse-moi, Nate !

Il grogna, et son baiser se fit plus profond.

Tout allait bien. C'était merveilleux, parce que c'était lui. C'était mon Nate, l'homme de ma vie.

— Papa ! T'es rentré !

Nate s'écarta de moi et attrapa son bonhomme à bras. Je souris.

— Ça va, champion ?

— Oui ! T'as vu avec Dylan, on a fait les magasins et des gâteaux.

— J'ai vu, oui.

— T'as goûté ?

— Pas encore, j'attendais que tu sois réveillé. Il est tard, mais c'est pas grave, c'est le week-end et on va aller chercher le sapin !

— Trop cool ! Avec Dylan, on a acheté des nouveaux trucs pour le sapin. C'est moi qui a tout choisi ! On va prendre le plus gros et le plus beau des sapins !

Je gloussai, et mon petit cœur rata un battement lorsque je les regardai tous les deux. Ce lien, encore et toujours… Et le plus exaltant, c'était le fait que j'étais moi-même liée à eux aujourd'hui. Nate posa Kyle à terre pour goûter un biscuit. En voyant la tête de son fils qui attendait, il rit :

— Ils sont délicieux, champion !

— C'est parce que c'est moi et Dylan qu'on les a faits.

— Je n'en doute pas. Ils sont très bons, bonhomme.

L'approbation de son père valut un sourire des plus craquants sur le visage de Mini-Lui.

— Va mettre tes chaussures et ton manteau, on va y aller.

Il partit en courant. Nate s'avança vers moi, et une de ses mains se posa au creux de mes reins. Le feu dans mon ventre se raviva.

— Tout à fait délicieux, mais pas autant que ça, susurra-t-il en glissant son pouce le long de ma lèvre inférieure. (Il se pencha vers moi et déposa un baiser d'une douce pression sur mes lèvres.) Ça, c'est prodigieusement merveilleux.

— Tu crois ?

— Absolument certain. Rien n'est plus délicieux que ta bouche. Bien que… non, tout est délicieux chez toi.

— Et mes pauvres biscuits que nous avons faits avec amour ?

— Je les émietterai sur ton corps, Ruby.

— Nate…

Je sentis mes joues devenir rouges tandis que la passion lui assombrissait les yeux. À quoi pensait-il pour être aussi excité tout à coup ?

— Et je te lécherai partout pour te montrer combien j'aime ta bouche, tes seins, ton corps, toi et tes biscuits.

Noël n'avait jamais été sexy, jusqu'à maintenant.

— Papa, on y va ?

Je soupirai.

— Oui, champion, répondit Nate d'un ton enjoué. On y va !

— J'ai pris la lettre qu'on a faite pour le Papa Noël, faut la mettre dans la boîte pour qu'il la reçoit.

— Reçoive, le corrigea son père. Tu as raison, on va la poster.

— Je vais prendre un dino avec moi.

Et Kyle fila aussi vite qu'il était arrivé. Nate m'embrassa le front :

— Enfin ça, quand il dormira.

— J'ai hâte.

Il grogna. Je passai devant lui pour enfiler mes chaussures et mon manteau. Nate en fit autant, et, comme chaque fois qu'on sortait ensemble tous les trois, je ne pus m'empêcher de repenser à ces premières fois où j'avais assisté à leurs petits rituels. Comme aller au cinéma et manger une glace sur l'esplanade... Je me souvenais d'avoir ressenti une douleur béante dans la poitrine à ce moment-là. Aujourd'hui, je faisais partie de leur vie et je comprenais que depuis tout ce temps j'avais envie d'être là, avec eux deux.

2

Nate

— Tout va bien, fiston ?

Je tournai la tête et regardai Mickey. Il était toujours aussi impressionnant que pendant sa carrière de boxeur professionnel. Et je l'admirais. Il me tendit une bière et s'assit sur le bord du ring. Je m'installai à côté de lui. On trinqua et je bus une longue gorgée.

Il était plus de 20 heures et mon dernier jour ici était fini. Ça me faisait bizarre de me dire que je ne travaillerais plus dans ce club, qui m'avait un jour offert famille et stabilité. J'y avais tellement de souvenirs, avec mon fils et mes amis :

Mickey me proposant de nettoyer le club, moi lui demandant de m'excuser de l'avoir envoyé chier et le suppliant de me donner son putain de job parce que j'avais un enfant à nourrir.

Marlow donnant le biberon à Kyle bébé, Asher lui apprenant à frapper et faisant exprès d'être KO pour le rendre heureux... C'était ici que Kyle avait marché pour la première fois, et tout le monde avait été là pour le voir. Le dernier souvenir marquant que je gardais de cet endroit remontait à quelques mois, quand une blonde troublante avait poussé la porte du club après m'avoir retourné la tête dans une laverie.

— Ouais, tout va bien. Désolé, Mickey, j'ai l'esprit ailleurs.

— C'est pas comme si tu étais interdit de club à vie. T'as intérêt à passer nous voir, sinon je viendrai te chercher par la peau du cul.

— C'est vrai, c'est juste que le temps passe vite et que tout change. Si tu savais combien je t'ai détesté quand tu m'as proposé de récurer tes chiottes. Tout le monde m'envoyait chier, tout le monde me prenait pour un chien galeux ou un bon à rien.

Il éclata de rire et me frappa dans le dos. Mickey était comme un père pour moi, comme celui que j'aurais voulu avoir. Ce qu'il avait fait pour moi, je ne pourrais jamais l'oublier. Il m'avait aidé avec Kyle et les services sociaux, offert un boulot stable.

— Je sais. Je voulais te forger un caractère. Tu avais tellement de rage et un sacré potentiel.

— Ouais…

Je bus une nouvelle gorgée.

— Quand tu es revenu avec Kyle dans les bras en disant que tu acceptais, j'ai su que tu t'en sortirais coûte que coûte avec ou sans moi. Tu es devenu un homme bien tout seul, c'est ton fils qui t'a transformé. Je suis fier de toi.

— Merci, Mickey, pour tout ce que tu as fait pour nous.

— Je n'ai rien fait, j'ai juste vu combien tu en voulais. Je serai toujours là pour toi, fiston, aujourd'hui et demain. J'ai hâte de te voir déguerpir d'ici et devenir avocat.

— Moi aussi. Je n'en reviens pas d'être à deux doigts de le faire. Avec Kyle c'était tellement compliqué, tellement dur. C'était lui avant tout, avant moi ; j'ai failli abandonner si souvent, et chaque fois c'est lui qui m'a donné la force de tenir bon. Je ne regrette rien parce que demain on ne pensera plus à toutes ces galères.

— Comment il va ?

Après l'incident avec Georgina et les pilules d'ecstasy, Kyle s'était bien remis. Dylan prenait soin de lui comme elle l'avait toujours fait et il était aux anges.

— Bien. Il est en forme. Dylan s'en occupe.

— Profite bien d'eux, fiston.

Pas besoin de me le dire, je le faisais chaque seconde de chaque minute de chaque heure de chaque jour.

Mickey se redressa et termina sa bière.

— On se voit pour le réveillon de Noël.

J'acquiesçai et je regardai Mickey partir. Le club fermait pendant une semaine et rouvrirait après le Nouvel An, et moi, j'entamerais une année de stage dans un cabinet d'avocat et je comptais bien décrocher le job qu'il y avait à la clé. C'était même une certitude. J'avais hâte de commencer même si ce fichu club allait me manquer. Mon but maintenant, c'était l'avenir, *leur* avenir.

∞

— Hé !

Je me retournai et vis la plus belle des femmes, ma Dylan. Elle sourit et s'avança vers moi. J'étais resté un peu après le départ de Mickey. Je n'avais pas vu le temps passer et ne l'avais pas prévenue. Je m'éloignai du sac de frappe et remarquai qu'elle tenait un carton de pizza dans les mains. J'arrachai le scratch de mon gant avec les dents et le retirai avant d'enlever l'autre.

— Qu'est-ce que tu fais là ? demandai-je. J'allais rentrer, je…

Elle sourit et secoua la tête. *Dieu, qu'elle est belle!*

—Je me suis dit que tu serais peut-être triste de quitter cet endroit que tu aimes tant.

—Je ne suis pas triste, Ruby.

Elle haussa les épaules.

—D'accord, alors que peut-être tu aurais envie d'y rester un peu et que peut-être tu aurais envie que je sois là avec toi. On pourrait se défouler ensemble.

Je souris, j'adorais ce petit rouge qui s'installait sur ses joues comme si elle avait honte alors qu'elle lisait parfaitement en moi. J'étais heureux qu'elle soit là, qu'elle soit avec moi.

—Où est Kyle?

—Granny est venue cet après-midi pour faire des achats de Noël et elle a proposé de le garder.

—Alors tu es là, juste pour moi?

—Juste pour toi et rien qu'à toi, Nathaniel Mine.

Putain! Des mots qui rendraient fou n'importe quel homme. Mon envie d'elle s'embrasa et je grognai en m'avançant dans sa direction. Elle posa le carton de pizza sur le ring et se blottit contre moi sans prêter attention à ma tenue et à ma sueur. Je la serrai dans mes bras et respirai la douce odeur de ses cheveux avant de l'embrasser dans le cou. Elle frissonna.

—Tu es merveilleuse, murmurai-je contre sa peau.

—Pas vraiment, non. Mais je t'aime, ça, c'est certain. J'avais envie d'être là. Tu n'imagines pas combien j'étais troublée la première fois que je suis venue ici et que je t'ai revu.

—Vraiment? Tu ne me l'as jamais raconté…

Elle soupira, je l'embrassai sur le front.

—Je voulais juste apprendre autre chose que le krav-maga, je ne voulais pas avoir affaire aux hommes, et dans cette laverie tu m'as complètement bouleversée. Te revoir ici, c'était un coup très sadique du destin. Comme tomber sur un délicieux cupcake alors que tu es au régime.

—« Délicieux », hein ?

Elle rougit, je me demandai comment elle pouvait encore rougir d'une simple conversation alors que nous avions fait tant de choses ensemble depuis.

—Oui, absolument délicieux tout comme maintenant.

—Ouais, je comprends ça. J'étais pareil. Quand je suis retourné à la laverie avec Kyle, tu n'étais plus là. Juste une culotte dino, comme si tu l'avais fait exprès, comme si tu voulais me rendre fou. Te revoir ici, c'est justement l'un des derniers souvenirs que je garde du club. Ma blonde troublante, j'avais tellement envie de te toucher, de te faire mienne pour voir si c'était mon esprit qui déraillait.

—On ne s'est pas facilité la tâche.

—Non, c'est vrai. Mais ce sont les chemins les plus chaotiques qui mènent aux plus belles destinations.

Elle se mordit la lèvre et pressa les doigts sur mes pectoraux. Je lui caressai la joue. Sa beauté n'en finissait pas de me troubler.

—Je ne suis pas triste, c'est juste une page qui se tourne, ajoutai-je. Mais c'est vrai, j'avais envie de rester un peu parce que cet endroit m'a apporté tellement. Je continuerai à venir m'y entraîner de temps en temps afin de garder cette forme olympique que tu aimes tant, mais ce ne sera plus la même chose. J'adore ce club parce qu'il m'a fait devenir l'homme que je suis.

—Un homme bien.

—Pas vraiment, non, dis-je en reprenant ses mots. Mais un homme qui t'aime et qui a hâte de commencer cette nouvelle vie. Parce que c'est notre futur à nous, notre histoire qui s'écrit.

—Alors tout va bien ? demanda-t-elle radieuse.

—Mieux que bien puisque tu es là !

Elle se dressa sur la pointe des pieds, et ses lèvres épousèrent les miennes en une suave sensualité. Je grognai et la serrai plus fort contre moi, la laissant faire à sa guise. J'aimais tellement sa bouche parfaite, j'avais tellement espéré l'embrasser, être celui qui la réconcilierait avec ce geste… Et je l'étais et je ne le regrettais pas.

Ses mains glissèrent sur mes épaules et le long de mes bras, où elle dessina quelques-uns de mes tatouages. Sa poitrine se pressa plus fort contre la mienne, et mes mains jusqu'à présent très sages s'égarèrent dans ses longs cheveux. Nous étions perdus dans notre désir, dans notre envie, et il n'y avait rien pour nous empêcher d'y succomber.

—Nate…

J'avais tellement envie d'elle, tellement besoin d'elle.

Il était parfois difficile de se contrôler chez nous, même si j'adorais mon fils il fallait bien avouer qu'il avait le chic pour nous interrompre. Ne serait-ce que la première nuit du retour de Dylan, il avait soi-disant fait un cauchemar et avait dormi blotti contre elle. Cette nuit-là, comme la première fois où j'avais rencontré mon bonhomme, je n'avais pas fermé l'œil un seul instant. Je les avais regardés dormir tous les deux et j'étais resté ébahi. Une nuit pour prendre conscience de la chance que j'avais, du futur qui m'attendait. Ils n'avaient pas bougé de la nuit, comme s'ils avaient eu besoin l'un de l'autre. J'avais tout de même ressenti une pointe de jalousie, me sentant un peu exclu, jusqu'à ce que Dylan, souriant dans son sommeil, glisse sa main dans la mienne. Je sus alors que nous serions toujours trois.

Mais ici et maintenant…

Après tout, comme la laverie cet endroit était un symbole. Je lui dévorai le cou de baisers. Elle gémit quand je lui léchai la gorge et j'avais envie de croire qu'elle imaginait ma langue partout sur elle, mais surtout dans les replis soyeux de son intimité. J'avais tellement envie de la faire mienne, de la prendre là maintenant ici sur ce putain de ring où j'avais maintes et maintes fois eu envie de le faire quand elle venait s'entraîner.

— J'ai envie de toi, Ruby.

Elle pressa sa main sur mon sexe à travers mon pantalon de jogging.

— En voilà une belle façon de partir…, murmura-t-elle en s'agenouillant.

3

Nate

Je me sentais un peu à l'étroit dans ma chemise. Ce n'était pas mon premier Noël, mais c'était assurément le premier que nous passerions avec Dylan. Sa famille viendrait et je rencontrerai son père. Je savais combien elle l'aimait et aussi qu'il avait été là pour elle dans les moments les plus sombres de son adolescence. Il avait une place tellement importante dans la vie de Dylan que je ne me sentais pas à la hauteur. Comment le serais-je face à un tel homme ? *Putain !* C'était bien la première fois que je me souciais de ce qu'on pourrait bien penser de moi.

— Papa ! Papa ! J'arrive pas, c'est dur !

Je sortis de mes pensées pour regarder mon petit mec. Il soupira d'exaspération et je rigolai en me penchant vers lui pour fermer les boutons de sa chemise. Lorsque je terminai, je constatai qu'il me fixait droit dans les yeux.

— Ça va, champion ?

Il se blottit dans mes bras, je le serrai contre moi et me redressai.

— C'est le premier Noël avec Dylan, dit-il d'une petite voix.

— Oui, avec Dylan.

— Elle va rester avec nous pour toujours ?

Comment avais-je pu être assez con pour négliger les sentiments qu'il éprouvait pour Dylan.

— Si on est assez sages tous les deux, je crois que oui.

— Alors je serai toujours sage ; comme ça, elle s'en ira pas !

Je me rendis compte alors qu'il s'inquiétait vraiment. Il avait peur qu'elle ne l'abandonne. Je savais que ça n'arriverait pas, mais comment faire comprendre ça à un enfant de cinq ans qui n'avait pas connu que de belles choses. Élevé par un père seul et maltraité par sa mère quand elle avait fait un retour fracassant dans nos vies. Il avait tout de suite compris qu'il voulait une maman comme Dylan.

— Elle ne s'en ira pas. (Il secoua la tête.) Parce qu'elle t'aime très fort.

— Jusqu'aux étoiles, elle dit, me répondit-il en souriant.

— C'est très loin, les étoiles ; ça veut dire qu'elle t'aime aussi fort que papa, et elle ne partira pas.

Cette fois-ci, il acquiesça.

— De quoi vous parlez, tous les deux ?

Je déglutis tout à coup et Kyle esquissa un grand sourire.

— Waouh, t'es trop belle, Dylan !

— Tu trouves, mon trésor ? dit-elle en tournant sur elle-même.

Père et fils étaient tout à fait enchantés.

— Va te chercher un jouet ou deux, champion.

Il serra ses petits bras autour de mon cou et m'embrassa.

— Je t'aime, papa.

— Je t'aime aussi, bonhomme.

Il fila dans sa chambre et je reportai mon attention sur la sublime créature qui se trouvait devant moi. Ses longs cheveux blonds tombaient sur une robe rouge ajustée à la taille par une ceinture noire. Elle était magnifique. Elle était toujours magnifique. Son charme naturel m'avait envoûté dès la première fois que je l'avais vue. Mon cœur s'était contracté. C'était la première fois que je voyais une telle beauté. Rien ne m'intéressait alors, aucune femme, et en un regard elle avait su me captiver.

— Il a raison, tu sais.

— J'adore les impressions de déjà-vu, susurra-t-elle d'une voix douce.

Je me souvenais parfaitement de ce moment, moi aussi. Je m'arrêtai à quelques centimètres d'elle.

— Tu es absolument divine.

— Tu trouves ?

Elle tourna de nouveau sur elle-même, comme à ce moment-là.

— Moi aussi, j'adore les impressions de déjà-vu.

Elle rougit et m'embrassa la joue.

— Et vous, les Mine, vous êtes comme toujours beaucoup trop craquants.

— On ne le fait pas exprès, mais merci.

Elle éclata de rire, cet éclat de rire qui était mien.

— J'ai tellement hâte de te présenter mon père.

Je grimaçai :

— Bizarrement, je ne suis pas aussi pressé que toi.

— Mon père est très gentil.

— Je ne sais pas, les pères ne sont jamais gentils avec les types qui couchent avec leurs filles. C'est vrai, si un jour on a une fille, je serai un vrai connard avec les types qui voudront l'approcher et elle ne saura pas qu'elle a un vagin avant ses dix-huit ans.

— Ce sera un anniversaire assez particulier, alors. Mais tu… tu veux des enfants ?

Ses yeux étaient brillants tout à coup. Je voulais tout avec elle. Je voulais qu'elle devienne ma femme, qu'elle devienne la mère de Kyle, qu'on fonde une famille.

— Pas toi ? demandai-je. Moi, j'ai très envie d'un futur, d'un Mini-Nous. D'une fille ou d'un garçon, peu importe.

— Je…

Elle restait sans voix, les étincelles pétillaient encore dans ses yeux.

— Je veux plein de choses pour notre futur, et ça commence par rencontrer ton père et passer notre premier Noël ensemble.

— Oh, Nate… Moi aussi ! Je t'aime tellement !

∞

Nous fêtions le réveillon chez Mickey, mon appartement étant beaucoup trop petit pour accueillir tout le monde. Mickey semblait ravi de recevoir autant de personnes. Dylan avait passé tout l'après-midi ici pour aider sa mère, Granny et Marlow à la cuisine. Ça me faisait tout drôle qu'elle soit là, qu'on forme un couple.

— Oh, papa ! s'écria Dylan.

Un homme assez grand, les cheveux poivre et sel et des lunettes sur le nez serra la femme de ma vie contre lui. Il fallait que j'assure. C'était la première fois que je craignais que mes tatouages ne déplaisent à quelqu'un.

— Tu es rayonnante, mon ange. Une vraie beauté.

Elle sourit et me chercha du regard. Je m'avançai vers eux. J'avais l'impression de marcher vers ma mise à mort.

— Papa, je te présente Nate. Nate, Bill, mon père.

— Enchanté, monsieur, dis-je en lui tendant la main.

Il ne la prit pas et me scruta. Je déglutis.

Merde!

— Voilà donc la cause de ce rayon de soleil! lança-t-il en m'étreignant. Appelle-moi Bill. Et, dis-moi, quelles sont tes intensions vis-à-vis de ma fille?

Euh...

— Papa, ne...

— On parle entre hommes, mon ange.

Elle soupira. Il lui fit un clin d'œil; moi, je ne savais toujours pas si je devais flipper à mort ou me détendre.

— Tu deviens comme maman, gloussa-t-elle en tournant les talons.

— Je..., tentai-je.

— Je plaisante, ne t'en fais pas! lança-t-il.

Je soufflai.

— Je sais bien que l'amour, ça ne se contrôle pas. J'étais tout jeune professeur d'université lorsque j'ai rencontré la mère de Dylan. C'était un coup de foudre. Elle était étudiante, mais, quand j'ai compris que le coup de foudre était réciproque, je n'ai pas hésité une minute, j'ai démissionné.

— Carrément?

— Carrément! affirma-t-il. C'était une relation interdite et je savais que tout ce que j'avais de beau à vivre, c'était avec elle. Je n'ai jamais regretté un seul instant. Et quelques années après est arrivée Dylan. Cette gamine m'a réduit à néant.

— Je comprends ce sentiment.

— J'ai promis à ma fille que j'approuverais toutes ses décisions du moment que ça la rendait heureuse. Elle a voulu venir à San Francisco et elle t'y a rencontré. Quand je vois la joie sur son visage, je sais que c'était une très bonne décision de la laisser partir. Du moment qu'elle est heureuse, tout me va. En revanche, si un jour tu lui fais du mal, je te botterai le cul tellement fort que tu ne pourras plus te servir de tes fesses.

Je ris.

—Il n'y a pas le moindre risque.

Il me frappa l'épaule.

—Alors, parle-moi de toi !

—J'ai emprunté quelques chemins chaotiques comme Dylan. Un jour, une femme s'est pointée chez moi en me disant : « C'est ton fils, garde-le pour moi pendant quelques heures. » Elle n'est jamais venue le récupérer. Je ne savais pas m'occuper de moi et j'avais la vie d'un enfant d'à peine quelques mois sur les bras. Il m'a perturbé, ce petit mec. J'avais besoin de lui autant que lui de moi. J'ai tout fait pour être un père digne de lui. Et nous avons rencontré Dylan. Et mon petit Kyle est tombé sous le charme aussi vite que moi. Très franchement vous ne m'aimeriez pas, vous penseriez qu'on ne la mérite pas, je ne la quitterais pas pour autant, parce que je sais qu'on la rend heureuse. Je ne sais pas comment ni pourquoi, mais c'est un fait et elle nous le rend tellement, elle aussi ! Je voudrais qu'elle devienne la mère de mon fils, ma femme, je ne vois pas mon avenir sans elle.

—Voilà qui a le mérite d'être honnête.

—Vous avez fini de parler entre mecs ? nous interrompit Dylan. Parce que je voudrais te présenter quelqu'un, papa.

Bill se tourna vers sa fille. Kyle était blotti dans ses bras et se cachait le visage dans son cou.

—Je te présente Kyle, le fils de Nate.

Il se pencha en souriant.

—Bonjour, mon garçon.

Kyle releva la tête.

—C'est toi, le papa de Dylan ?

— Oui.

— Celui qui travaille avec des dinosaures ?

— Tout à fait. Tu aimes les dinosaures ?

Je ris.

— Mon fils est le plus petit expert de dinosaure. Il est passionné par le sujet.

— J'adore les dinosaures ! rajouta Kyle.

— C'est vrai, ça ?

— Oui, j'ai plein de dino dans ma chambre. Même que j'ai demandé plein de figurines de dino au Papa Noël.

— Quel est ton préféré ?

— Le tyrannosaure, parce que c'était lui le plus fort de tous les dinosaures. Tout le monde avait peur de lui. J'aime aussi le tricératops avec ses cornes et aussi le dimorphodon parce qu'il vole. Un dinosaure qui vole, c'est trop cool !

Bill regardait Kyle avec de grands yeux.

— Prodigieux ! lança-t-il.

— Dylan, elle dit que tu connais plein de trucs sur les dino, que tu connais plein d'histoires et même que tu travailles avec des os de dinosaures, c'est vrai ?

— Elle a raison, je suis paléontologue, j'étudie les fossiles. Parfois, je fais des fouilles sur le terrain pour découvrir de nouvelles choses. Avec mon équipe on a trouvé une dent de dinosaure, il n'y a pas longtemps.

— Trop génial ! J'pourrais en voir une ?

— Si tu viens me voir un jour au travail, je te montrerai.

Voilà que les yeux de mon fils étaient aussi gros que des soucoupes.

— On ira, hein, papa ?! On ira !

— Bien sûr, répondis-je en souriant.

— Tu veux que je te raconte des histoires de dinosaures ? proposa Bill.

— Oui !

Il tendit les bras vers le père de Dylan qui l'attrapa et le cala sur sa hanche.

— Ça, c'est mon petit-fils ! La relève est assurée.

Je souris alors que Dylan se fondait dans mes bras.

— Il a dit son « petit-fils » ou j'ai mal entendu ? soufflai-je.

— Oui, on vient d'assister à un coup de foudre, je crois.

— Je…

— Détends-toi ou je me verrai dans l'obligation de le faire.

Je baissai les yeux vers elle.

— Ma famille se fiche éperdument de tes tatouages, de ton métier ou que tu aies un enfant. Ils veulent me voir heureuse et c'est ce qu'ils voient. Maintenant, si tu as besoin de moi pour te détendre, je suis là, bien sûr.

Putain, je n'allais quand même pas me mettre à bander au milieu de tout le monde.

— Depuis quand es-tu aussi entreprenante ? Bon sang, Dylan, comment veux-tu que je me détende ?!

— Depuis que je porte une certaine culotte dino. Je ne sais pas, elle a des effets sur moi…

— Je vais m'occuper de toi en rentrant.

Elle sourit.

— Dylan, chérie ! l'appela sa mère.

Je grognai. Elle m'embrassa sur la joue :

— Je t'aime, Nathaniel.

Tout le monde n'était pas encore arrivé. Je regardais Marlow alors qu'elle fixait d'un air envieux et triste Lauren prendre sa fille dans ses bras. Lorsqu'elle alla dehors je la suivis.

— Hé !

Elle me sourit. Je posai ma veste sur ses épaules.

— Tout va bien, *Little Marlow* ?

— Oui…

— Et en vrai ?

— C'est merveilleux d'avoir du monde à la maison…

— Mais ?

Elle sourit.

— Mais… elle me manque tellement ! Elle aurait été si heureuse d'accueillir autant de monde, elle adorait Noël.

— Je sais.

Je l'attirai contre moi pour tenter de la réconforter.

— Tu sais, elle est dans ton cœur et c'est un très bel endroit pour fêter Noël. Elle est toujours là.

— Merci, Nate, dit-elle en s'éloignant d'un pas. Depuis quand dis-tu de si belles choses ?

Je ris.

— Je n'aime pas te voir triste.

— Je ne suis pas triste. Ça va mieux. J'avais juste besoin de souffler un peu. Et je suis heureuse pour toi, pour vous. Dylan est géniale.

Je hochai la tête.

— Ouais, elle l'est. Elle est faite pour nous.

Marlow avait vécu trop d'horreurs dans son passé, elle mettait tellement d'œillères entre elle et le monde qu'elle ne voyait pas combien l'un de nous était fou d'elle. Mais j'étais certain qu'un jour Asher parviendrait à lui ouvrir les yeux.

— On ferait bien d'y retourner avant qu'ils se posent des questions.

— Tu as raison.

On rentra et en voyant tout le monde, notamment Kyle dans les bras de Dylan, je mesurai la chance que j'avais.

Ce réveillon de Noël était particulier à mes yeux et il serait le premier d'une longue série…

4

Dylan

Il était très tard, ou très tôt. Dans à peine quelques heures, on serait le matin de Noël et j'avais hâte de voir l'émerveillement dans les yeux de Kyle. Je sortis de la salle de bains vêtue d'une chemise de nuit rouge échancrée, au décolleté très plongeant, et rejoignis Nate au salon. Je m'appuyai contre le mur et le regardai, dans sa version à lui de Santa Claus, déposer les cadeaux au pied du sapin. Il était juste vêtu d'un bas de jogging noir, d'un bonnet de Père Noël et de ses bras gribouillés. Rien d'autre. Et j'étais subjuguée.

— Alors c'est donc ça les fameuses coulisses de Noël chez les Mine ?

Il se retourna, me dévoilant son torse des plus parfaits, et perdit son sourire en me découvrant. Je me sentis fondre sous son regard émeraude et toute trace de fatigue disparut. Noël n'avait jamais été sexy jusqu'à maintenant, mais c'était sans compter Nate Mine.

— J'ai toujours adoré les making of, on y apprend toujours plein de choses.

Il posa un paquet au sol et se redressa. Il ne me quittait pas du regard et je me sentais plus désirée que jamais.

Ma peau me semblait déjà brûlante, mon corps ardent et impatient.

— Tu veux voir ce qu'il y a dans la « hot » du Père Noël, Ruby ?

— Il y a quelque chose pour moi ? minaudai-je.

— Oh, que oui ! Plusieurs, tout ce que tu veux. Oh, bon sang, tu es…

J'aimais quand Nate perdait ses mots. Je me sentais tellement belle dans ses yeux. J'aimais ses regards, qui parlaient pour ses silences. Je me sentais toute bizarre, c'était la première fois que je mettais ce genre de choses pour lui, tout comme c'était notre premier Noël ensemble.

— Je suis ?

— Irréelle. La magie de Noël vient de prendre tout son sens. Tu es tellement sexy. Faut croire que j'ai été sage tout compte fait.

— Pas du tout, je suis le Noël du vilain Nate.

Nate esquissa un merveilleux sourire et s'avança vers moi.

— Bon sang, Dylan ! Je n'ai jamais bandé si fort. Sauf pour…

— Ça, peut-être ?

Je remontai légèrement la nuisette le long de mes cuisses, captant son entière attention, et lui dévoilai une culotte dino.

— Putain, tu es tellement parfaite ! grogna-t-il. Je suis…

Le désir me lapait la peau, crépitait dans mon bas-ventre. Nate me semblait capable de tout, on aurait dit qu'il voulait tout m'offrir, à commencer par la luxure et tous les plaisirs sexuels dont j'aurais envie. J'adorais cette sensation. Elle était primaire, animale, indispensable, merveilleuse.

Je m'avançai vers lui et il m'accueillit dans ses bras avec amour. Je me fondis contre lui, dans l'endroit le plus rassurant au monde.

— Tellement belle, souffla-t-il en prenant mon visage en coupe. Tellement…

Il me scruta, et la fin de sa phrase se perdit au loin alors qu'il couvrait mon visage d'une pluie de baisers à la douceur sans pareille. Nate m'embrassa le menton avant de capturer ma bouche. Il tenait toujours mon visage dans ses mains, comme s'il avait peur que je ne sois qu'un rêve, comme si j'étais la chose la plus précieuse qu'il possédait, comme si ma bouche était son nirvana. Il était d'une telle tendresse que je me liquéfiai. Je ne connaissais pas plus aphrodisiaque que l'amour et le désir se mêlant l'un à l'autre. Mes lèvres s'entrouvrirent sous les siennes et il me laissa approfondir notre baiser.

— Je t'aime, ma beauté.

Je voulais répondre, mais j'étais comme muette sous son regard et ses mains qui commençaient à descendre le long de mon cou. J'étais avide de lui, dépendante de ses caresses, amoureuse de sa dévotion et de son désir pour moi. Ses doigts crochetèrent les bretelles de ma nuisette et les firent tomber sur mes bras. Nate dévoila ma poitrine sans retirer ma chemise de nuit et un grognement sexy lui échappa.

Il me caressa les seins, les pressa dans ses paumes et joua avec les pointes durcies en tirant légèrement dessus. Un gémissement m'échappa, alors il se fit plus taquin. J'expirai quand il se baissa et me lécha langoureusement un téton à plusieurs reprises avant de le faire disparaître dans sa bouche et de le sucer. Une douleur exquise vint se loger dans mon intimité et me fit trembler les jambes. Il recula, je croisai son regard brûlant et voilé par le désir juste avant qu'il me lèche l'autre téton et lui fasse autant de bien. J'étais debout là, au milieu du salon, face au sapin de Noël illuminé et devant les cadeaux brillants, en train de succomber à mon Père Noël. Je me sentais excitée, chaude, humide et fébrile. Ses doigts reprirent leur route, effleurèrent ma nuisette, suivirent le tracé de mes courbes. C'était lent, doux. Sa main m'empoigna une fesse et il fit quelques pas avant de me plaquer contre le mur. Je haletai en croisant son regard. Je ne résistais pas.

— Je t'aime, susurra-t-il encore contre ma peau. Et j'ai tellement envie de toi.

Nate tomba à mes genoux, et ma jambe se souleva naturellement lorsqu'il glissa sa bouche entre mes cuisses, il écarta mon tanga à têtes de dino et je laissai ma tête retomber vers l'arrière, savourant ce baiser sauvage quand sa langue me prit tout entière.

— Oh, Nate…

Il insista un peu, ne caressant jamais bien longtemps mon bouton de chair. J'aurais pu jouir très vite s'il l'avait voulu, mais il voulait me faire languir et j'aimais tellement ça. Ralentissant, puis reprenant au bon rythme, frôlant ma zone sensible, puis me délaissant quelques secondes avant de revenir sur moi. Mon sexe trembla d'envie et il le lécha avec fougue.

— Si tu savais comme j'aime te baiser avec ma langue, comme j'aime sentir tes hanches qui bougent, comme j'aime quand tu déplaces ton sexe comme tu en as envie et que tu te sers de ma langue…

Je fermai les yeux et me mordis la lèvre pour résister au flot de désir qui menaçait de me faire imploser. Mon corps bougeait en rythme avec sa bouche et je laissai la jouissance m'envahir et Nate me faire sienne. Il devint soudain plus sauvage entre mes jambes et ses doigts entrèrent en moi, déclenchant un torrent de lave dans mon ventre, alors l'orgasme me prit sans tarder et je jouis le plus silencieusement possible.

Nate se redressa, je me laissai aller contre lui, débraillée, alanguie, comblée, mais pas rassasiée. Il se pencha, me serra dans ses bras, et son visage disparut dans mon cou, qu'il couvrit de baisers et de mots d'amour. J'avais toujours reçu de l'amour en ces périodes de fêtes avec ma famille, mais jamais à ce point, jamais aussi fort. Je posai les mains sur son torse parfait, qui se soulevait comme s'il était essoufflé. Je caressai ses pectoraux et ses abdos. Il était tellement sexy, tellement envoûtant. Il exerçait toujours cette attraction sur moi et c'était peut-être et surtout à cause de ses bras gribouillés. J'ignorais pourquoi ils avaient une telle emprise sur moi, mais je m'en fichais. Comme fascinée tout à coup, je caressai les dessins qui ornaient ses bras et il redressa la tête. Je croisai son regard et mon cœur fondit face à son sourire.

— J'ai pris rendez-vous chez Ash pour m'en faire un nouveau.

Sans savoir pourquoi, j'étais ravie de cette nouvelle.

— Vraiment ? Où ça ?

— Ici, répondit-il en me montrant sa poitrine.

Je posai la main sur son cœur.

— C'est un bel endroit pour un tatouage. Tu veux faire quoi ?

— C'est un mot. Χάος en grec ancien, ou « chaos ».

J'écrivis le mot avec mes doigts et je frissonnai tout à coup. Il s'amusa de la chair de poule qui dansait sur mes bras et les caressa pour l'effacer.

Le chaos, hein ?

Ce n'était plus le même, à présent. Un chaos de bonheur, c'était étrange, mais ça existait. J'étais enchantée.

— Parce que c'est ce que tu as fait dans ma tête, dans ma vie et dans mon cœur, poursuivit-il. Tu y as mis le chaos complet, tu m'as déstabilisé et c'est la meilleure chose qui me soit jamais arrivée.

— Un tatouage pour moi ?

Il sourit et m'embrassa doucement. Je ronronnai, comme Domino.

— Alors, je le ferais aussi, dis-je. Le même que le tien.

Il arqua un sourcil, surpris.

— Vraiment ? demanda-t-il.

Je ris doucement.

— Oui. Qu'est-ce qui t'étonne ?

— Rien en fait. Ça me plaît, et ça m'excite aussi.

J'acquiesçai et il me caressa le dos. Alanguie par ses mains qui me parcouraient à travers ma nuisette, je me laissais faire.

— Je crois que tu vas garder tout ça pendant que je te ferai l'amour.

— Nate…

— Dylan ?

Je ne répondis rien, et on se retrouva sur le canapé, moi assise au-dessus de lui. Il me couvrit d'un regard dans lequel se mêlaient amour et passion, et l'association des deux rendait ses yeux émeraude encore plus beaux. Je me sentais plus belle et unique que jamais.

— Là, c'est comme ça que je veux mon cadeau. Toi, sur moi.

Je souris et me penchai vers lui pour l'embrasser. Nos lèvres se frôlèrent, se caressèrent et se trouvèrent avec ardeur et désir. Les mains de Nate me caressaient, elles sublimaient ma poitrine nue. Notre baiser se prolongea encore et toujours, à l'infini, si bien que lorsqu'on s'écarta l'un de l'autre nos souffles coupés faisaient office de conversation. Je me pressai contre son sexe, que je sentais dur sous moi, et bougeai légèrement les hanches. Je vibrai et il grogna de passion.

J'avais tellement envie de lui. Je me redressai alors et retirai ma culotte tandis qu'il faisait glisser son pantalon en bas de ses jambes. Je me mordis la lèvre, il était bien trop sexy, et tout à moi. Je le rejoignis quand il me tendit la main, je la pris et m'installai à califourchon sur lui. Puis je guidai son sexe en moi. Il me fit sienne d'une poussée. Lentement, je le chevauchai, lui me répondant avec ses hanches, et bientôt le désir s'ancra dans chaque parcelle de mon corps, dans chaque terminaison nerveuse. Ses mains me caressaient et me pressaient contre lui avec force, comme s'il ne me trouvait pas assez près. Je relevai les mains jusqu'à présent posées sur ses pectoraux et les nouai dans son cou, nous plaquant l'un contre l'autre.

—Voilà, comme ça! susurra-t-il.

L'un contre l'autre, nos bouches soudées, nos corps emboîtés et serrés glissant l'un contre l'autre et l'un dans l'autre, nous n'étions plus qu'un. Juste lui et moi.

—Je t'aime, Ruby.

—Je t'aime, Nate.

J'étais au bord de la jouissance, je me sentais sur le point d'imploser et Nate le sentit, car ses hanches me répondirent avec plus de force et plus d'entrain. Je m'agrippai à lui et dans une danse érotique et sensuelle nous nous arrimâmes l'un à l'autre. Parfaitement synchronisés. Le plaisir nous prit dans son étreinte, nous ravagea avant de nous délivrer dans une myriade de sensations aussi belles que merveilleuses.

Quelques instants plus tard, Nate nous fit doucement basculer sur le canapé. Tandis que nous restions allongés l'un contre l'autre, je caressai son bras gribouillé, me délectant de ces dessins que je connaissais presque par cœur. Ce bonheur me comblait autant qu'il me déroutait, mais cette vie, c'était la mienne à présent.

Je me souvenais de ce jour sombre, celui où j'avais failli mourir. J'étais en paix désormais, comblée, et tellement heureuse. Quelques mois auparavant, je n'aurais jamais cru que cela puisse être possible et pourtant…

Je me recroquevillai contre Nate, tremblante tout à coup.

— Ruby ?

Il m'attrapa le menton et me força à relever la tête. Je le regardai, sentant le rouge colorer mes joues et les larmes couler. Je ne me lasserais jamais de lui, ni de Kyle, ni de cette vie, ni de ce bonheur. Impossible, j'étais accro.

— Hé ! s'inquiéta-t-il. Qu'est-ce qui se passe ?

Je pleurai de bonheur comme la première fois que nous avions succombé, lui et moi.

— Je me rends compte de la chance que j'ai. Je suis tellement heureuse !

— Alors je crois qu'on s'en rend compte ensemble.

Il effaça mes larmes avec son pouce et je pressai la joue contre sa paume.

— C'était ça qu'il nous manquait depuis tout ce temps pour combler la magie de Noël. Toi, ma Ruby.

Je fondis.

— Joyeux Noël, Nate.

— Joyeux Noël, Dylan.

5

Kyle

Je me réveillai avec Domino qui dormait sur mon lit. Je le caressai un peu et je me levai. Papa Noël avait dû apporter des cadeaux parce que papa m'avait dit que j'avais été sage. Je sortis de ma chambre et courus dans le salon. Sous le sapin qui brillait, il y avait plein de cadeaux. Des gros, des petits, des rouges, des bleus... Plein de cadeaux !

— Papa ! Papa !

Je courus dans la chambre et sautai sur le lit. Papa et Dylan se réveillèrent.

— Bonjour, champion !

— Bonjour, papa ! Bonjour, Dylan !

J'allai au milieu du lit et dans les bras de Dylan. Elle sourit et m'embrassa avant de me faire un câlin. Dylan, elle sentait bon comme une maman, elle était belle comme une maman, elle faisait des câlins comme une vraie maman. J'aimais Dylan. C'était Dylan que je préférais, parce que je savais qu'elle était trop bien. Je touchai son visage, elle ne piquait jamais comme papa. Même que maintenant elle était toujours avec moi et papa.

— Le Père Noël est venu, il a mis tous les cadeaux !

— C'est vrai, ça ?

— Oui ! Faut pas rester dans le lit, faut aller voir, papa !

Papa fit « oui » en rigolant :

— Alors il va falloir aller les ouvrir.

Papa se leva et je sautai dans ses bras. Il m'attrapa. J'aimais bien les bras à papa, ils avaient des muscles et des tatouages.

— Allez, Dylan, faut se lever !

Elle secoua la tête et se cacha sous la couette, alors papa tira dessus.

— J'arrive de suite, grommela-t-elle.

— Vite, Dylan !

Papa me posa à terre dans le salon. Sur la petite table à côté du sapin, il n'y avait plus de lait ni de cookies, Papa Noël les avait mangés.

— T'as vu, papa ! Le Père Noël, il a tout mangé.

— C'est une grosse nuit pour lui, il avait sûrement très faim.

Dylan s'était levée. Elle sourit, elle était jolie, même quand elle portait les pulls de papa.

— Waouh ! Tout ça ! s'exclama-t-elle.

Je fis « oui » de la tête.

— Va ouvrir tes cadeaux, champion, dit papa.

Papa faisait un câlin de l'amour à Dylan. Je m'assis et j'ouvris les cadeaux du Père Noël. Des dinosaures, des livres de dinosaures, des voitures, plein de jouets pour moi.

— C'est trop cool ! T'as vu, papa, et Dylan, tous les cadeaux ?!

Papa fit des photos avec son téléphone et Dylan vint par terre avec moi. Le gros T-Rex était trop grand et trop beau. Dylan posa son doigt sur le ventre de mon dinosaure et il grogna comme un vrai.

— T'as été gâté par le Père Noël, champion. T'es content ?

Je regardai papa qui souriait et je me jetai dans ses bras. Il caressa ma tête.

— Oui, c'est tout qu'est-ce que je voulais sur ma liste !

Aujourd'hui, j'allais jouer avec tous mes nouveaux jouets. Papa me serra dans ses grands bras. Dylan se leva et s'arrêta à côté de nous. Papa se pencha pour l'embrasser sur la joue, alors je fis comme lui et elle sourit, et nous caressa la joue.

— Joyeux Noël, Dylan.

— Joyeux Noël, mon trésor.

J'étais content parce que j'avais plein de cadeaux et parce que Dylan était là avec papa et moi.

Nos infinis plus loin

Infinite Love

1

Dylan

Le 1er juin, quelques jours plus tôt…

Les mauvaises graines…

Je fixais la devanture de ma boutique en souriant comme tous les matins depuis deux mois.

Ma boutique.

Mon putain de magasin de fleurs !

Je l'avais fait. J'avais réussi à aller au bout de mes objectifs, à réaliser mon rêve. Et j'avais l'impression d'avoir des ailes, d'être capable de tout faire, mais surtout d'être capable de réussir. Cette impression était des plus agréables. Après avoir passé un trop long moment dans le chaos, je me délectais de toutes les bonnes choses qui m'arrivaient.

Cependant, je n'avais pas réussi toute seule. J'avais reçu l'aide des nombreux amis que j'avais rencontrés à San Francisco, de ma famille et des deux hommes qui partageaient ma vie depuis plus de deux ans maintenant.

Les Mine, *les miens.*

Ils avaient tous mis la main à la pâte, et avaient contribué à ce que mon rêve devienne réalité. Ce n'était peut-être pas un rêve grandiose ni très ambitieux, mais il me suffisait largement.

J'avais ma boutique et elle marchait déjà bien.

J'étais heureuse et fière d'être aux côtés de Nate lorsqu'il a obtenu son diplôme. J'étais là quand il doutait, quand il fallait le priver de sexe pour qu'il révise. J'étais là aussi lorsqu'il a signé son contrat pour travailler en tant qu'avocat dans l'un des plus gros cabinets de San Francisco. Son choix de se spécialiser dans la protection de l'enfance ne m'a absolument pas étonnée, je l'ai même encouragé en ce sens. Et j'ai vu l'homme que j'aimais réaliser ses rêves et devenir celui qu'il voulait être, même lorsqu'il était dans le tourment.

Je me souvenais de lui, le jour où il m'avait parlé de son désir de devenir avocat. J'avais tout de suite su qu'il y arriverait, je n'en avais jamais douté. Le lien spécial et l'amour qui l'unissait à Kyle étaient bien trop puissants pour être rompus.

Peu après, Nate a remporté son premier procès, puis son deuxième et ainsi de suite… Et cet homme que je regardais aujourd'hui encore avec les mêmes yeux qu'autrefois m'a demandé de devenir mère. Et pas celle de n'importe qui. La mère de ce petit garçon adorable que j'aimais au-delà des mots et que j'avais toujours voulu adopter.

Je n'oublierai jamais ce que j'ai ressenti au moment où j'ai lu les premières lignes sur les papiers d'adoption, les mots de Kyle à ce moment-là étaient gravés au fer rouge sur mon cœur, et son premier « maman » aussi. Je ne les comptais plus depuis, mais chaque fois qu'il les prononçait il avait raison de moi.

Quand j'ai osé y croire et me lancer dans mon projet, Nate m'a soutenue, poussée, encouragée, aidée, aimée.

Et aujourd'hui, si je pouvais envoyer une lettre à mon ancienne moi, je lui dirais d'embrasser cet homme aux bras gribouillés dans la laverie. Je lui dirais de ne pas avoir peur, de succomber à cette alchimie parce qu'alors elle vivrait la plus belle histoire d'amour de sa vie et qu'elle ne serait pas simplement aimée, mais doublement aimée.

Je poussai la porte puis j'entrai. Je scrutai l'endroit du regard et souris.

C'était à moi.

∞

Lorsque la petite cloche accrochée à la porte tinta, je relevai la tête. La mécanique de mon cœur s'activa alors pour prendre une cadence qu'il ne devait qu'à eux seuls. Les deux hommes de ma vie se tenaient là, à l'entrée du magasin. Je terminai de disposer mes fleurs avant d'avancer vers eux.

— N'avance pas plus, m'ordonna Nate d'une voix rauque.

Je déglutis et fronçai les sourcils. Le ton de sa voix était grave. Pour la première fois depuis longtemps, je ne parvenais pas à deviner ses pensées. Son visage était crispé, et il avait quelque chose de différent dans le regard. Comme une détermination sans faille et une certaine appréhension. Kyle affichait une mine tout aussi sérieuse que son père, ce qui m'intriguait plus encore. Il était complètement débraillé, mais, comme son père, le côté débraillé lui allait bien. Nate ne portait plus qu'un pantalon de costume et une chemise. Les premiers boutons étaient ouverts et les manches étaient remontées sur ses bras gribouillés. Il était à tomber en costume. Moi-même, j'ignorais pourquoi ça me rendait folle. Comme lui ne pouvait expliquer pourquoi ma culotte dino l'excitait autant.

Je me rendis compte en les regardant que l'un devrait encore être à l'école et l'autre, au travail.

Je m'inquiétai soudain :

— Qu'est-ce qui se passe ?

— N'avance pas plus, reste là, intima Nate. Sinon, je n'aurai pas le courage de le faire…

« De le faire » ? *Mais faire quoi ?*

— Nate…, qu'est-ce… ?

— C'est rien, maman ! lança Kyle. Tu bouges pas.

Je le regardai, il esquissa un vrai sourire de tombeur. Il ressemblait de plus en plus à son père. Je ne me sentais pas rassurée pour autant. Je ne comprenais pas. Alors comme pour répondre à mes questions, ou me perdre un peu plus, Kyle s'avança et me tendit un cadeau qu'il avait tenu caché dans son dos jusque-là.

— C'est pour toi.

— Qu'est-ce que c'est ? demandai-je.

— Bah, ouvre et tu vas voir ! dit Kyle.

Je ris devant tant de mignonnerie et de pertinence, et je me mis à sa hauteur. J'arrachai le papier, c'était une boîte. J'ouvris le couvercle et je découvris une petite figurine rose. C'était un dinosaure. Je l'attrapai pour me rendre compte qu'il ne s'agissait pas de n'importe quel dinosaure, c'était Ruby, l'un des personnages du dessin animé *Le Petit Dinosaure*. Ruby, mon surnom… Je souris avant d'avoir le souffle coupé en voyant une chose scintiller autour d'une patte du jouet.

Une bague y était accrochée. *Une bague…*

— T'es ma maman, mais tu t'appelles pas comme nous. T'es pas encore une Mine comme moi et papa.

Seigneur…

Je relevai la tête pour les voir s'agenouiller tous les deux. Et je crus défaillir. Ils avaient eu raison de mon cœur un nombre incalculable de fois, mais cette fois-ci je n'étais pas certaine d'en sortir indemne. J'étais à peine remise de leur demande d'adoption qu'ils…

— Tu veux épouser moi et papa ?

Oh, mon Dieu ! Si je m'attendais à ça !

Mon duo le plus parfait, celui de mon cœur, de ma vie. *Mes tombeurs*. Ils étaient en train de me demander en mariage tous les deux. Ça signifiait tellement pour moi ! Et, derrière ce dinosaure qui m'offrait une bague, il y avait toute une histoire, toute une signification.

C'était nous.

— Mon Dieu…

Kyle attrapa la figurine et donna la bague à son père.

— Tu veux épouser mon papa et moi ? répéta Kyle.

Je croisai alors le regard de l'homme que j'aimais et qui avait tenu promesse. Il me rendait heureuse. Ils me rendaient heureuse, tous les deux. Je me perdis dans ses magnifiques yeux verts pour y lire tout l'amour, le désir et la passion qu'il éprouvait pour moi. Nate m'avait dit qu'il n'en finirait pas de me surprendre et il ne m'avait pas menti. Il m'interrogea du regard, cherchant la réponse à la question de son, *notre* fils dans mes yeux.

— Oui, oui, oui… Oui, je veux vous épouser, sanglotai-je. Oui, à l'infini !

Ils éclatèrent de joie et mon cœur se serra. Cette vision d'eux resterait à jamais gravée dans mon esprit. Je n'oublierais jamais la demande commune de mes deux hommes, qui voulaient une fois encore que je fasse un peu plus partie de leur vie. Je me jetai dans les bras de Nate qui me serra contre son torse. Je me serrai plus fort contre lui.

— Je t'aime, ma beauté. Je t'aime tellement.

Je souriais et pleurais en même temps. Aucun mot ne pouvait traduire le bonheur que je ressentais en cet instant. Ma gorge me brûlait, mes yeux me piquaient et la joie faisait battre mon cœur plus fort.

— Je ne m'y attendais pas…, hoquetai-je. Pas comme ça.

— Je voulais te surprendre.

— C'est magnifique.

— Maintenant, laisse-moi te passer la bague au doigt, Ruby ! rigola-t-il d'une voix rauque.

Il me caressa les lèvres avec les siennes brièvement, m'embrassa tendrement et s'écarta. Ce regard que j'avais trouvé différent était maintenant empreint d'une fierté nouvelle. Je relevai la tête et tendis la main à mon petit soleil pour le faire venir à nous. Il se serra contre moi.

L'amour vint illuminer le visage de Nate. Je le laissai glisser la bague parfaite le long de mon doigt. Pile à ma taille. J'en avais le souffle court. Je regardai mon doigt jusque-là nu et désormais vêtu d'une promesse. La bague était magnifique, en forme de fleur.

— Elle est tellement belle, Nate.

— Nous avons choisi, tous les deux. Kyle m'a dit que tu aimerais celle-ci.

Je frottai mon nez contre celui de mon soleil, qui éclata de rire.

— Merci, mon trésor. Vous êtes fous, tous les deux.

— Non, on t'a trouvée et tu as enchanté nos vies. On serait fous de ne pas le faire. Tu es la femme de nos vies. On veut que tu sois une Mine.

Moi, devenir une Mine ?

Dylan Mine.

Si j'avais su en débarquant dans cette ville que j'y vivrais les plus belles émotions de toute ma vie !

Kyle se redressa et partit dans l'arrière-boutique, où il y avait toujours quelques jouets pour lui quand il venait. Nate glissa un bras autour de ma taille et m'aida à me redresser. Il me serra contre lui, m'attrapa le menton et me mordilla la lèvre. J'en tremblai de désir. Les baisers me rendaient folle maintenant, chacun des siens était tellement sensuel, profond et plein d'amour.

— Nate… Je ne sais pas quoi te dire pour être à la hauteur de ça.

— Tu as répondu la seule chose que nous avions besoin d'entendre. Tu vas devenir une Mine, tu vas être ma femme.

Mes joues s'empourprèrent à cause des pensées qui m'assaillaient l'esprit.

— J'adore t'entendre le dire. C'est très…

— Très ?

— Très inspirant. Très excitant.

Un éclat particulièrement torride et sexy illumina son regard.

— Vraiment ?

Je hochai la tête, il se pencha, le front à présent pressé contre le mien.

— Vraiment ! acquiesçai-je. Je pourrais te montrer ça ce soir.

— Ma beauté…

Je caressai la courbe de sa mâchoire avec mon pouce. Il soupira.

— Dylan presque Mine, murmurai-je amoureusement. C'est fou !

Son souffle était chaud contre mes lèvres. Il plongea son regard dans le mien.

— Je l'ai toujours voulu, depuis le début, depuis la laverie. Toi et moi, c'est plus loin que l'infini…

2

Nate

Le 7 juin, quelques jours plus tard…

Quand elle m'a demandé le soir même quand je voulais que nous nous mariions, si j'en avais une idée, je lui ai répondu que je voulais le faire tout de suite… Elle a ri en disant que c'était complètement dingue, que c'était bien trop court pour tout organiser. Puis elle a vu la résignation dans mes yeux et j'ai vu la même chose dans les siens. Je lui ai demandé si elle voulait un grand mariage, auquel cas nous aurions préparé une grosse cérémonie. Elle m'a répondu que tout ce qu'elle voulait, c'était qu'on soit tous ensemble. Alors je lui ai dit de me faire confiance, que je ferais en sorte que ce soit mémorable. Elle a souri, a laissé échapper une petite larme, puis elle a hoché la tête et m'a dit qu'elle avait hâte.

Le matin de ma demande en mariage, je devais amener Kyle à l'école et aller au travail, mais sur la route l'idée a gonflé instantanément dans ma poitrine. Je disais toujours qu'elle était « mienne », étant donné mon nom de famille, mais je voulais en faire une réalité. Dylan était la mère de Kyle, mais je voulais qu'elle porte notre nom. L'instant d'après, je bifurquais pour prendre une autre route et aller demander la main de cette femme merveilleuse à son père avant d'aller lui acheter une bague de fiançailles.

Et me voilà une petite semaine plus tard, plus stressé que je ne l'ai jamais été de ma vie.

Dans moins d'une heure, on serait mariés l'un à l'autre. Dylan Seeken deviendrait Dylan Mine. Elle serait mienne. Ma femme.

J'avais travaillé à la maison toute la semaine pour pouvoir organiser en même temps les préparatifs avec l'aide de Lauren, Granny, Marlow et Celia. Heureusement qu'elles étaient là pour m'aider, je ne m'en serais jamais sorti tout seul. En une semaine, nous avions transformé l'auberge de Granny en un lieu féerique. J'espérais que Dylan aimerait.

— Tu te sens bien, fiston ? me demanda Bill.

Je secouai la tête pour sortir de mes pensées.

— Ouais…

Il éclata de rire. J'allais épouser la femme que j'aimais, alors pourquoi étais-je stressé à ce point ? Le destin avait mis Dylan sur ma route et j'étais aussi sûr de vouloir qu'elle porte mon nom que je ne l'avais été qu'elle devienne la mère de Kyle.

Et si elle n'avait plus envie ? Et si ça allait trop vite ? Et si ça ne lui plaisait pas ? Putain !

— Ne t'en fais pas, on fait tous cette tête ce jour-là !

Je me demandais si elle était aussi stressée que moi. Pourquoi n'étais-je pas serein ?

Nous, c'était une évidence.

— J'ai envie de vomir, soupirai-je.

Quelle virilité devant le père de la mariée !

—Ça aussi, c'est normal. Et avec un peu de chance tu le feras en évitant de salir sa robe. Et je te conseille d'éviter, elle est magnifique. C'est une vraie beauté que je te confie…

Je déglutis. J'étais encore plus mal.

—C'est censé me rassurer ?

—Pas du tout, ricana-t-il.

—Papy !

Bill se pencha et attrapa Kyle qui noua les bras autour de son cou. Nous qui n'étions que deux, hormis Mickey, et toute la bande, nous avions maintenant une famille. Les premières fois, je m'étais senti à l'étroit et mal à l'aise. C'était étrange pour moi d'être entouré d'autant de convivialité et d'amour. Je n'avais connu que les poings de mon père et les cris. La famille de Dylan m'a accepté sans me juger ni sur mon apparence ni sur le fait que j'avais un enfant. Quant à Kyle, ils l'ont tous rendu unique dès l'instant où nous avons commencé à former une famille.

—Ce ne serait pas mon petit-fils préféré, ça !

—Si ! s'écria Kyle. C'est moi !

Il exultait de bonheur.

—T'es malade, papa ?

—Non, champion.

Je gloussai, il sourit.

—Bah, oui ! C'est la fête aujourd'hui !

Je l'embrassai sur le front. Je devais vraiment faire peur à voir. Mieux valait que je me calme parce que Dylan allait prendre ses jambes à son cou en me voyant dans cet état.

Kyle portait un pantalon bleu, une chemise blanche, ainsi que des bretelles et un nœud papillon assortis à son pantalon. Il était beau, et il grandissait. Mon petit champion devenait grand.

J'étais habillé comme lui, ou lui comme moi... Marlow m'avait soufflé l'idée de faire un mariage bohème puisque nous étions dans le jardin d'une auberge champêtre. Et la nature, les fleurs, ça correspondait bien à Dylan. Je me sentais à l'étroit avec mon nœud papillon, qui me serrait le cou. J'avais chaud et...

— Tu comprendras si un jour ça t'arrive, que pour un père aucun homme n'est jamais assez bien pour sa fille chérie.

J'allais vraiment vomir. Bill me frappa amicalement l'épaule.

— Mais je n'ai jamais pensé ça de toi. Je suis heureux de la voir heureuse et épanouie. Pour un papa, ça aussi, c'est très important, et pas besoin d'avoir une fille pour le savoir, n'est-ce pas ?

Je réajustai le nœud de Kyle qui fit la même chose avec moi.

— Ne t'en fais pas, poursuivit Bill. Quand elle arrivera, tu sentiras ton cœur se comprimer assez douloureusement, mais, lorsqu'elle viendra se placer à tes côtés, cette douleur disparaîtra et tu n'auras plus peur. C'est tout à fait normal.

Je déglutis.

— Merci.

— Respire ! ajouta-t-il en partant avec Kyle qui lui demandait une énième histoire de dinosaures.

Tout était prêt. Il ne manquait plus qu'elle.

J'avais tellement hâte de la voir ! J'ignorais tout de sa tenue, de sa coiffure, de sa robe. Mais je savais que j'allais être ébloui.

Je scrutai le jardin. L'endroit était magnifique. Je voulais que ce moment soit inoubliable pour elle, je savais que pour moi il l'était déjà.

L'autel était au fond du grand jardin. Des chaises blanches étaient éparpillées partout pour les invités et le chemin en son centre, qui la mènerait jusqu'à moi, était pavé de tapis persans aux tons chauds.

Je progressai en déviant mon regard. Il y avait des bocaux en verre partout, certains contenaient des bougies, du sable, des fruits, d'autres, des bouquets de fleurs et certains servaient de fontaines à limonade. Des guirlandes illuminées décoraient les arbres, l'autel et la grande table sur laquelle nous mangerions plus tard. Des succulentes en garnissaient le centre, ainsi que des pommes de pin et des bougies dépareillées, usagées, sur des candélabres anciens. Si les couverts étaient tous blancs, la vaisselle, quant à elle, était parfaitement dépareillée, ainsi que les verres à pied, lorsqu'on ne leur avait pas simplement substitué des bocaux qui coloraient la table de mille couleurs allant du bleu au jaune en passant par l'orange ou le rose.

Je tournai sur moi, fixant encore l'horizon. Disséminées un peu partout dans le jardin ou accrochées aux branches des arbres, les lanternes en fer forgé apporteraient d'autres lumières éclatantes pour ce soir. Sans compter les nombreux panneaux en bois sur lesquels tout le monde avait écrit un petit mot.

— T'en fais pas, elle va adorer.

Je me retournai, Asher me faisait face. Il était…

— Est-ce que tu viens de baiser ? demandai-je.

Il se passa une main dans les cheveux et m'offrit un sourire éclatant. Mon meilleur pote était incapable de mentir.

— Putain, t'es pas croyable ! Tu ne peux pas t'en empêcher.

— Effectivement, avec elle je ne peux pas m'en empêcher. Puis un mariage, c'est la célébration de l'amour. Je suis dans le thème. Je fais l'amour et je le fais admirablement bien.

— Tu feras gaffe à tes chevilles.

— Ce n'est pas ça qui enfle le plus, tu sais ! rigola-t-il.

— Putain, t'es con !

Je finis par ricaner. J'avais besoin de ça…

— J'essaie de te détendre, mon pote. Et, comme je ne peux pas y arriver en te faisant admirablement bien l'amour, je te fais rire.

— Elle est comment ?

— Je ne sais pas. Impossible d'approcher l'étage du haut. Elles sont comme des harpies. Mais t'en fais pas, ton calvaire est bientôt fini.

— Tu as les bagues, hein ?

— Je les avais il y a une heure, et elles sont toujours là. Je les donnerai à Kyle le moment venu.

— Je sais, je sais, c'est que…

— Que tu vas te marier, je sais !

Les minutes finirent par passer et tout le monde vint s'installer sur les chaises. Asher, Mason, Jayce, Celia, Marlow, Mickey, Ayana, toute la famille de Dylan, mais aussi Rynne et Zack.

La mère de Dylan avait déjà les larmes aux yeux. Je lui avais demandé de me conduire à l'autel et elle en avait pleuré. Granny aussi était émue, mais de façon plus modérée.

Debout près de l'autel, mon fils à mes côtés, nous attendions l'arrivée de la mariée, dans quelques secondes à présent. Quand nous la vîmes s'avancer au bras de son père. Kyle fut plus rapide que moi :

— Waouh, siffla-t-il. Elle est trop belle. (Il tira sur mon pantalon.) T'as vu, papa ?

Il fit sourire tout le monde, je lui ébouriffai brièvement les cheveux pour lui montrer que j'étais toujours en vie.

— Ouais, champion, soufflai-je. Elle est magnifique.

Mes yeux ne pouvaient plus dévier de leur trajectoire. Impossible. J'étais obnubilé par la sublime créature qui s'avançait lentement vers moi. Lorsqu'elle posa un pied sur le chemin de tapis, mon cœur se comprima douloureusement. Le mot « magnifique » était bien trop fade pour la décrire. Elle saisissait mon cœur, elle me tordait les tripes. Elle contrôlait les battements de mon palpitant au rythme de ses pas.

Elle portait une robe de mariée bohème à manches longues en mousseline de soie ceinturée à la taille par un ruban. Son buste et ses manches étaient brodés d'un motif floral. La robe était tout bonnement parfaite. Sa coiffure me laissait entrevoir le décolleté dans son dos. Dylan avait attaché ses cheveux blonds en plusieurs tresses, quelques longues mèches lui encadraient le visage et elle portait une couronne de fleurs blanches.

Elle était magique. Elle me pétrifiait, m'enchantait. Et, au fur et à mesure qu'elle avançait, le sourire aux lèvres, les yeux rivés sur nous, elle me semblait plus sûre d'elle que jamais. Je me souvenais alors de cette jolie blonde qui semblait à la fois perdue, apeurée et excitée le jour où le destin avait décidé de nous mettre sur la même route. Je me souvenais d'être revenu quelques instants plus tard avec Kyle, mais la laverie était vide. Il ne restait plus qu'une culotte avec des dinosaures. Je ne la connaissais pas, pourtant j'étais déçu. Je voulais la revoir.

La même impression, la même envie m'a lapé la peau quand elle a poussé la porte du club et quand j'ai découvert qu'elle habitait un étage en dessous de moi. Je ne cherchais rien, mais elle me laissait une délicieuse impression dans la tête chaque fois que je l'apercevais. J'avais envie de tout savoir d'elle, de tout connaître, de la faire craquer. J'avais envie d'elle. Et je voulais être le seul pour elle.

Au fur et à mesure que je la voyais, je perdais pied. Au fur et à mesure que je m'en approchais, je me sentais au bord d'un précipice instable près de s'écrouler à tout moment. Et c'est ce qui s'est passé. Je suis tombé, elle m'a mis à genoux. Je m'en brûlais les ailes, mais je la voulais et j'en voulais chaque fois un peu plus. Elle ravivait des choses que j'avais oubliées ; depuis l'arrivée de mon fils dans ma vie, elle était la seule femme à éveiller mon désir. Elle m'hypnotisait, me rendait fou et faible…

Malgré mes faiblesses, mes défauts, elle était là. Elle avait pardonné et absous mes fautes, et pourtant je l'avais blessée. Je l'avais abandonnée pour une femme qui ne valait rien et qui ne méritait rien, je l'avais insultée. J'étais en colère, déçu ; à ce moment-là, je voulais la rendre jalouse, la faire réagir, mais je me suis fait prendre à mon propre jeu.

Je n'avais rien fait de plus qu'échanger un baiser avec Georgina quand elle me l'avait volé et que je n'avais su l'arrêter. Je dormais dans le salon et elle dans ma chambre, elle avait insisté de nombreuses fois pour que je la rejoigne, elle avait bien essayé de me toucher, mais à chaque tentative je l'avais repoussée. Mes pensées étaient encore tournées vers Dylan, et j'étais toujours hanté par notre dispute et par ce bout de femme qui dormait juste en dessous de chez moi.

Et, encore aujourd'hui, je m'en voulais d'avoir été aussi con. Mais c'était du passé, à présent, et, quelques infinis plus loin, j'étais sur le point de la faire mienne.

Ma poitrine était toujours douloureuse, j'avais du mal à respirer.

Putain de merde!

Plus qu'un pas et elle serait ma femme…

Elle s'arrêta et se blottit contre son père, qui l'embrassa et lui glissa quelques mots à l'oreille, puis il me la confia.

—Maman, tu es trop belle.

Dylan laissa échapper un rire doux, et elle glissa les doigts dans les cheveux bruns de Kyle qui la regardait, béat.

—Toi aussi, mon trésor.

Elle l'embrassa, puis elle me tendit la main. Un sentiment d'extrême possessivité me traversa et la fierté vint faire gonfler ma poitrine. Je souris tout en entortillant nos doigts, ce qui éveilla une flamme dans ses yeux. Bill avait raison, la douleur avait disparu, remplacée par les sensations qu'elle faisait toujours naître en moi. J'avais envie de lui dire combien elle était somptueuse, combien elle malmenait mon cœur, à quel point j'avais envie d'elle.

Le prêtre s'éclaircit la gorge :

—Nous sommes ici en présence de Dieu et de cette assemblée, pour unir cet homme et cette femme par les liens sacrés du mariage. Si quelqu'un peut prouver qu'il y a quelques justes causes à ce qu'ils ne puissent être légitimement unis, qu'il parle maintenant ou qu'il se taise à jamais.

Dylan cessa de respirer, comme si quelqu'un pouvait soudain apparaître et crier « moi ».

—Nathaniel Mine, voulez-vous prendre cette femme pour épouse, l'aimer, la chérir, l'honorer, et la garder, dans la santé comme dans la maladie, dans la richesse comme dans la pauvreté, jusqu'à ce que la mort vous sépare ?

—Oui, répondis-je d'une voix rendue rauque par l'émotion.

Il se tourna vers Dylan.

— Dylan Aurora Seeken, voulez-vous prendre cet homme pour époux, l'aimer, le chérir, l'honorer, et le garder, dans la santé comme dans la maladie, dans la richesse comme dans la pauvreté, jusqu'à ce que la mort vous sépare ?

— Oh oui ! répondit-elle amoureusement.

Putain, ça y est !

Le prêtre poursuivit et nous fit répéter le serment. Je n'avais qu'une hâte : lui glisser la bague au doigt, et surtout l'embrasser pour sceller nos infinis. Kyle tout sourires s'avança avec nos alliances. Il était beau et fier.

Ma femme me tendit la main et je pris une inspiration saccadée avant de me lancer :

— Dylan, je n'ai pris conscience de ce qui nous manquait dans nos vies que lorsque je t'ai rencontrée. Tu es arrivée comme ça, et tu as tout chamboulé. Mon cœur, mais aussi celui de mon fils. Je ne m'attendais pas à toi et pourtant, à la seconde où je suis entré dans cette laverie, j'avais besoin de toi. Et tu ne m'as pas seulement aimé, tu as aussi accepté mon fils et tu l'as même fait tien. Et… je t'aime tout simplement. Je t'aime comme un put… comme un dingue.

Nos amis gloussèrent, je m'étais retenu de justesse de jurer devant le prêtre. Je n'avais absolument pas prévu de faire un discours ou de dire quelque chose, mais c'était venu naturellement. C'était ce qu'elle m'inspirait. J'avais envie de cueillir les larmes qui coulaient lentement sur ses joues. Je glissai la bague le long de son doigt. Elle ouvrit la bouche, le menton tremblant, et me saisit la main, avant de prendre la parole à son tour :

— J'étais perdue en arrivant à San Francisco, et j'ai croisé votre route à tous les deux. Les Mine… Si c'était dur de te résister, avec Kyle c'est devenu impossible. Tu m'as aimée lorsque j'étais brisée et vous avez enchanté ma vie, ravivé la flamme dans mon cœur. Tu ne m'as pas juste trouvée, tu m'as aussi réparée, Nate. Et, aujourd'hui encore, vous continuez à me rendre heureuse, et je vous aime tellement fort.

Elle me glissa l'anneau au doigt.

— Par les liens sacrés du mariage, je vous déclare mari et femme ! annonça le prêtre. Vous pouvez embrasser la mariée.

— Et comment, soupirai-je.

Elle sourit. Elle n'avait plus rien à voir avec cette fille que j'avais rencontrée. Dylan avait changé, elle était sûre d'elle, elle me semblait capable de tout réussir. Je savais qu'elle pouvait tout réussir. Mais ce qui me captivait le plus, c'était ce regard qui n'appartenait qu'à moi, qui ne naissait que pour moi et qui avait raison de mon self-control.

Je l'attirai doucement contre mon torse pour l'embrasser et, tandis que nos regards se perdaient mutuellement l'un dans l'autre, je glissai les lèvres sur les siennes. Elle gémit mon prénom tandis que tous nos invités criaient de joie. Notre baiser se prolongea à l'infini.

— Nous sommes mariés, soufflai-je contre ses lèvres.

— M. et Mme Mine, susurra-t-elle en me volant un baiser aussi léger qu'une plume.

D'ailleurs, c'était ainsi que je me sentais. Léger. Toutes mes angoisses envolées.

J'étais heureux. J'étais marié.

Moi, le type chaotique qui avait eu une enfance de merde, qui s'était retrouvé avec un enfant à charge à vingt ans, j'étais devenu avocat comme j'en rêvais. J'avais trouvé l'amour et une femme qui m'aimait, et aimait tout autant mon fils. Elle l'avait adopté et je venais de l'épouser. Tout était possible grâce à elle.

J'ignorais combien de temps nous restâmes ainsi avant qu'on nous interrompe.

— Et moi ! Je veux un câlin aussi.

Nous rîmes de bon cœur et je me penchai pour attraper Kyle qui souriait à pleines dents. Je serrai alors tout contre moi les personnes les plus importantes de ma vie.

Les Mine, nous trois.

3

Nate

Quelques heures plus tard…

Tandis que je discutais avec Asher, Granny et Marlow assis à la grande table, je fixais du coin de l'œil ma femme en train de danser avec mon fils au milieu des autres couples. Elle le portait, blotti contre elle, le visage enfoui dans son cou. Ils étaient dans leur bulle, seuls au monde. C'était encore un de ces moments qui me rappelaient combien j'avais été con et parfaitement minable avec elle, combien je m'étais comporté comme une merde en lui disant qu'elle n'était pas bien pour Kyle, et comme j'étais chanceux aujourd'hui. Kyle, lui, avait compris tout de suite qu'elle était faite pour nous.

Je fixai la bague pour m'assurer que tout était bien réel.

— T'en penses quoi, Nate ?

Je jalousais ce moment, j'avais envie de les rejoindre, d'être avec eux, près d'eux.

— Nate ?

Je secouai la tête.

— Quoi ? Désolé, je…

— Rien, ricana Marlow.

Je regardai Granny et Asher qui me fixaient en souriant.

— Va les rejoindre ! lança mon amie.

— Tu as raison, je vais faire ça. Excusez-moi.

Je me levai et j'entendis leurs rires tandis que je m'avançais vers Dylan et Kyle.

— Elle ne voulait pas, alors j'en ai fait quand même un petit sur la joue et après elle m'en a fait un sur la bouche comme toi et papa.

Je tendis l'oreille et il continua son explication. Dylan l'écoutait, captivée.

— Mais Amber, elle veut aussi être mon amoureuse, soupira-t-il.

Elle gloussa.

Blasé à sept ans… Il commençait à peine, le pauvre. Un vrai tombeur !

— Et tu préfères qui ? demanda-t-elle. Suzie ou Amber ?

— Les deux. Comme ça tout le monde est content.

Elle éclata de rire. Je comblai l'écart pour me joindre à eux.

— Je vous dérange ?

Je m'inclinai promptement vers eux. Les yeux de ma femme brillèrent. Kyle lança un petit éclat de rire.

— Oui, c'est ma maman, pas la tienne.

— C'est ma femme, dis-je en rigolant.

— Oui, mais une maman, ça compte plus.

Elle sourit et releva la tête. J'abdiquai, je n'avais pas d'argument plus convaincant.

— Tu as raison, champion.

Je lui caressai les cheveux et il se blottit contre moi. Il avait les yeux rouges et bâilla.

— Tu veux aller te coucher ?

— Oui, je suis fatigué.

— Je vais aller te mettre au lit, dis-je.

— Non, lança Dylan. Je vais le faire, je dois passer par la salle de bains.

— Tout va bien ?

— Oui, répondit-elle en souriant. Je vais là où tu ne peux pas aller à ma place.

Je souris.

— Je reviens. On y va, mon trésor ? ajouta-t-elle en s'adressant à Kyle.

J'embrassai mon fils sur le front.

— Bonne nuit, champion.

— Tu vas faire encore la fête ?

— Encore un peu. Papa reviendra te faire un bisou quand tu dormiras. Je t'aime, champion.

— Je t'aime, papa.

Dylan fit volte-face et se dirigea vers l'auberge. Je m'assis sur un petit muret un peu à l'écart des autres.

La nuit était d'une douceur infinie.

C'était sans l'ombre d'un doute l'une des plus belles soirées de toute ma vie. Rien ne pouvait gâcher ce moment ni le bonheur qui me saisissait le cœur. Tout le monde semblait heureux, mais nous volions sans doute au-dessus des autres.

Nous avions mangé à notre faim, même trop, bu aussi, ri et dansé…

— Vous me semblez perdu dans vos pensées. Un peu de compagnie ?

Ma femme glissa les mains dans mes cheveux. Je ne bougeai pas, esclave de ses doigts. Je respirai son odeur quand elle m'embrassa sur la joue.

— Désolé, gente dame, mais je suis marié.

—Quelques confidences, elle n'en saura rien.

—Moi, je le saurai. J'en suis bien trop amoureux.

Elle sourit. Elle était divine et son sourire magnifique. Elle s'assit sur mes genoux.

—Bonsoir, dis-je.

—Bonsoir. Est-ce que tu te sens mieux ? demanda-t-elle tendrement.

—Tu te moques déjà de ton mari ?

Elle ronronna et secoua la tête. Je raffermis ma prise autour de sa taille et l'attirai encore plus à moi. Elle soupira d'aise, et l'alchimie toujours présente entre nous nous anima. Une étincelle qui n'avait rien à envier aux plus gros diamants scintilla dans ses sublimes yeux bleus. J'avais envie d'elle. Avec cette robe, sans cette robe. J'embrassai son cou frais, me délectant de son odeur et de sa peau douce. Je finis par la mordiller, ce qui la fit gémir.

—Je prends juste soin de mon mari. J'ai ouï dire que tu étais stressé…

—Oui, ça va mieux. Tu es dans mes bras, donc tout va bien.

—Tu doutais de mon « oui » ?

Je relevai la tête et lui caressai les joues d'une main.

—Non, je m'apprêtais juste à épouser la seule femme qui m'ait touché depuis l'arrivée de Kyle, la seule femme qui nous rende uniques, lui et moi, la seule femme que j'aime, et je me disais qu'il fallait que je sois à la hauteur parce que tu es exceptionnelle.

Elle se mordit la lèvre.

—C'est parfait, Nate. Ce que tu as fait, tout est absolument parfait. Je n'aurais pas rêvé mieux. Encore une fois, tu as tenu ta promesse, je ne suis pas près d'oublier le mariage que tu m'as offert. Toutes les personnes que j'aime sont là, et ce que vous avez fait de cet endroit, c'est magique. Et puis vous deux… Kyle est irrésistible, et toi…

—Moi ?

—À tomber.

Une profonde fierté vint faire battre mon cœur un peu plus fort et lapa ma peau. Elle sourit tendrement et ses doigts commencèrent à me caresser les avant-bras. Dylan ne m'avait jamais dissocié de Kyle. Kyle, mon fils, mon bonhomme, était toute ma vie et une part essentielle de moi. Dylan l'avait toujours su et elle nous avait acceptés, lui et moi. Et maintenant nous étions une famille.

—Je t'aime, Nathaniel Mine. Jusqu'aux étoiles.

—Je t'aime, Dylan Mine. Comme un fou.

Elle remonta les mains sur mes biceps, mes épaules et termina sa course en me caressant les cheveux. Je fermai les yeux quelques secondes et me laissai aller à sa délicatesse et aux sensations qu'elle seule me faisait éprouver.

—Tu me suis ? demandai-je, ayant envie de l'avoir rien que pour moi.

—Toujours, acquiesça-t-elle.

Je me relevai et j'entortillai nos doigts. Je l'amenai plus loin, près de l'autel, loin des autres.

—Une danse ?

—Oui.

Je la fis tourner sur elle-même, lui arrachant un éclat de rire.

On resta ainsi un long moment.

À présent, la tête posée sur ma poitrine, elle se laissait guider au rythme de mes pas.

—Embrasse-moi, souffla-t-elle.

Ces mots-là !

Ils me rendraient fou jusqu'à la fin de ma putain de vie. Ils avaient clairement le don de me perturber, et quelle délicieuse sensation que celle-ci. Je ne me fis pas prier et me penchai pour capturer ses lèvres. Elle vibra et se serra tout contre moi. J'enlaçai d'un bras son corps menu et, bien qu'elle soit déjà contre moi, l'amenai au plus près. Nos lèvres bougèrent ensemble, lascivement, sensuellement. Je passai les mains dans ses cheveux et, lorsqu'elle ouvrit la bouche, y glissai ma langue pour l'embrasser plus sensuellement encore. Elle laissa échapper un souffle rauque et sa langue vint jouer avec la mienne.

— Et ce n'est pas tout…

— Comment ça ?

Je souris.

— Nous avons un vol, demain à l'aube.

— Un vol ?

— Mais pour aller où ?

— *Mas prekrasny oci. Miluji tě, Ruby.*

— Tu pourrais m'avoir dit que j'étais moche, ce serait du pareil au même, Nate. Dis-moi !

— Je t'ai dit que tu avais des yeux magnifiques et que je t'aimais en tchèque.

— En tchèque ?

— Oui, demain matin on s'envole pour Prague. Rien que toi et moi.

Elle ouvrit la bouche, aucun mot n'en sortit, ils furent remplacés par un merveilleux sourire. Je continuai de tourner dans le jardin, au milieu des lumières qui la rendaient irréelle. Les autres riaient, dansaient, parlaient plus loin. Mais nous, nous étions dans notre bulle. Naguère, nous aurions pu dire que nous étions perdus dans nos chaos, mais nous étions à présent beaucoup plus loin.

— Vraiment ? Mais… ?

— Mais ?

—Mais Kyle, le magasin, ton boulot et… ?

—Ta mère s'occupe de Kyle pour la semaine et elle en est ravie ; Granny s'occupe du magasin ; mon boulot, c'est réglé, et moi, je m'occupe de toi à Prague. Et je compte bien t'occuper l'esprit, ma beauté.

Elle rougit, j'adorais être toujours capable de faire ça.

—Mais c'est… Oh, Nate…

—J'avais envie de me retrouver avec toi, rien qu'avec toi. Il paraît que cette ville est magnifique. Et je crois qu'on mérite aussi de profiter un peu de notre bonheur. Je ne voulais pas que ça s'efface si vite, je voulais prolonger un peu la magie du moment.

—J'ai hâte…

∞

Nous étions enfin seuls, rien qu'elle et moi dans la chambre adjacente à celle où dormait Kyle. J'avais attendu ce moment toute la soirée ; pourtant, j'étais stressé comme jamais.

Rien n'avait changé, ni elle ni moi. Nous n'étions pas plus différents qu'hier mis à part l'anneau à nos doigts. Mais, étrangement, je me sentais perturbé.

Je m'assis sur le lit et souris en la regardant ôter ses chaussures.

—Oh, Seigneur ! soupira-t-elle, en retirant la première.

—C'est moi qui suis censé te faire dire ça, pas une paire de chaussures.

Elle pencha la tête sur le côté et me regarda tendrement. Je me déchaussai à mon tour.

—C'est un calvaire. J'ai voulu les enlever toute la soirée.

Elle enleva la seconde et son regard se perdit dans le mien. Je déglutis quand elle s'avança vers moi d'un pas assuré.

Putain!

Elle s'arrêta entre mes genoux et glissa les mains dans mes cheveux. Je posai la tête contre son ventre sans rien dire.

—Nate? Est-ce que ça va?

—Oui, ma beauté.

—Tu es sûr?

—J'ai besoin de deux minutes, dis-je en lui embrassant le ventre.

Elle frissonna. Ses doigts glissaient toujours dans mes cheveux.

—Tu...

Je ne savais pas comment l'expliquer, mais je me sentais nerveux, comme la première fois que je lui avais fait l'amour. Bien sûr, je n'avais rien laissé paraître à ce moment-là, mais, ce soir, la fatigue cumulée à toutes ces merveilleuses émotions avait raison de ma confiance en moi.

Putain, tu parles d'une virilité devant ma femme.

—Je n'ai jamais fait l'amour à ma femme.

—Ni moi à mon mari.

—Je ne sais pas par où commencer. Je ne sais pas non plus si j'ai envie de te faire l'amour avec ou sans cette robe. Les deux sans doute. Et...

—Moi, je sais.

Je relevai la tête. Elle avait les joues rouges, et un éclat incroyable dans les yeux.

—Je reviens, susurra-t-elle en me volant un baiser.

Je la regardai partir dans la salle de bains, puis je baissai les yeux sur mes mains. Mon alliance scintilla.

Mais putain, quel con !

Cet anneau ne changeait rien. Elle était mienne, et j'étais sien. Elle était devenue ma femme ; moi, son mari. Mais nous étions toujours Nate et Dylan. Il fallait que je me ressaisisse.

Je relevai la tête quand elle refit surface. Elle avait retiré sa couronne de fleurs et détaché ses cheveux, qui retombaient sur ses épaules et ses seins. Elle avait également un paquet dans les mains. Elle revint entre mes jambes, cette fois-ci j'enroulai un bras autour de sa taille.

— C'est pour toi.

— Dylan, je n'avais pas besoin de cadeau.

— Je sais. Ce n'était pas du tout prévu en fait, mais quand je l'ai vu… Tiens !

Elle se serra contre moi et me tendit le paquet, que j'attrapai.

— J'espère que ça va te plaire.

— Qu'est-ce que c'est ? Une culotte dino ?

Elle rigola.

— Ouvre ! m'ordonna-t-elle tendrement.

Je souris et j'arrachai l'emballage rouge. J'ouvris la boîte et je découvris des dinosaures. Il y en avait quatre. Deux grands respectivement bleu et rose, un petit bleu et un dernier qui représentait un bébé dinosaure qui avait percé sa coquille.

— Des dinosaures ?

— Oui…

Sa voix n'était qu'un souffle. Dans le fond de la boîte, il y avait une dernière chose qui brillait et, tandis que j'arrachais l'emballage, je commençais à comprendre la signification de tous ces dinosaures.

Un bébé dinosaure…

Et, lorsque je vis le test de grossesse, mon cœur cessa de battre.

— On va avoir un bébé ?

Elle se mordit la lèvre. Elle avait les larmes aux yeux.

— Oui, sanglota-t-elle.

Un bébé. Nous allions avoir un bébé. Notre bébé !

— Dylan, c'est…

J'explosai de joie, elle frissonna dans mes mains et je la serrai plus fort contre moi. Le bonheur était en train de m'achever, d'inonder mon cœur. J'allais être papa pour la deuxième fois. J'allais offrir un frère ou une sœur à mon fils, et j'allais devenir père de l'enfant de la femme que j'aimais.

Elle avait les yeux rouges, mais son visage était tellement épanoui. Je baissai la tête pour poser les mains sur son ventre. Bien sûr, il n'avait pas changé, mais bientôt il s'arrondirait. Je le caressai et j'y déposai quelques baisers. Je sentis les mains de ma femme se joindre aux miennes.

— Je m'en suis rendu compte le lendemain de votre demande. J'avais du retard, je n'en ai jamais. Et j'avais un peu mal à l'estomac et…

— Et c'est merveilleux ! murmurai-je. Putain, un bébé, notre bébé ! Notre Mini-Nous.

— Oui, acquiesça-t-elle en se penchant pour poser son front contre le mien. Oui.

— Tu ne pouvais pas me faire plus beau cadeau, ma beauté.

— J'ai voulu te le dire toute la semaine, mais…

Je la fis taire d'un baiser, un baiser vertigineux, renversant, long et profond. Je me redressai et j'attrapai son visage en coupe pour l'embrasser plus fort encore, et je la fis danser, encore… Elle s'accrocha à mon cou en riant aux éclats.

— C'est parfait. Tout est parfait. Tu es parfaite. Je t'aime, Dylan. Je t'aime comme un putain de malade ! (Elle hocha la tête, je l'embrassai de nouveau.) Maintenant, dis-moi qu'il y a ce que je pense sous ta magnifique robe.

— On ne met pas de culotte dino à un mariage, Nate.

— Dommage, dis-je en faisant semblant d'être vexé. Mais ça ne m'empêchera pas de te faire l'amour.

Elle caressa mes tatouages, et son sourire parfait la rendit si belle que mon cœur loupa un battement. Jamais je n'oublierais cette nuit, chaque seconde, minute, heure, tout était gravé au fer rouge dans mon cœur.

— Fais donc !

Je retrouvai alors tout ce dont j'avais besoin. Je la tournai pour lui ôter sa robe.

— Finalement, tu choisis de l'enlever ?

Je rigolai.

— Il semblerait.

Je fis coulisser la fermeture, elle retira les manches, et sa somptueuse robe de mariée glissa le long de son corps comme une étoffe de soie. Je découvris ma femme, nue. Juste vêtue d'une culotte avec… *Une putain de nouvelle culotte dino !*

— Je pensais qu'on ne mettait pas de culotte dino à un mariage. Tu as…

— Non, on en achète une nouvelle, dit-elle en se retournant et en ouvrant les boutons de ma chemise. Elle te plaît ?

— Ruby, elle est déjà en train de me rendre fou.

Je baissai les yeux sur ladite culotte, différente de la première, mais tout aussi nocive pour ma santé mentale. De toute manière au point où j'en étais… Elle aurait toujours raison de moi.

— Plus que parfaite, soupirai-je.

Elle me retira mon nœud papillon, ma chemise, mon pantalon, et me poussa sur le lit. Elle me scruta délicieusement, comme si elle se demandait ce qu'elle allait faire de moi avant de monter sur moi, à califourchon. J'admirais ses cheveux blonds, qui tombaient en cascade, son corps parfait, ses seins rebondis, son ventre plat, et cette maudite culotte qui m'inspirait déjà beaucoup trop.

Ma femme m'attrapa le sexe, me titilla le gland avec son pouce avant de me caresser la verge de tout son long. Je ne donnais pas très cher de moi, j'avais eu envie d'elle toute la soirée. Je lui caressai la poitrine et, les pointes déjà durcies, elle se cambra en soupirant, je descendis plus bas et frottai mes doigts à travers sa nouvelle culotte.

J'avais envie de lui faire l'amour, de la rendre folle, elle aussi.

— Nate…

Bon sang, j'en voulais plus. Deux secondes plus tard, elle se retrouva allongée sur le lit, moi au-dessus d'elle. J'écartai sa culotte sans l'enlever et je posai ma bouche et ma langue sur sa peau soyeuse. Elle se cambra sur l'instant, écarta davantage les jambes et gémit mon nom dans son plaisir. Elle était déjà humide, excitée, et je m'en émerveillai davantage.

Je jouai avec ma langue sur son clitoris pour lui faire l'amour, encouragé par ses gémissements sensuels. Ses mains se perdirent dans mes cheveux, qu'elle serra entre ses doigts. Je continuai, ça ne voulait dire qu'une chose.

— Nate, c'est…

Je la léchai jusqu'à ce que son corps soit pris de spasmes incontrôlables qui m'émerveillèrent. Je me redressai, elle me regarda, les yeux brillants de désir, d'amour. Je lui embrassai le ventre, déjà subjugué par ce qu'il contenait.

— Papa a hâte de te voir grandir là-dedans.

— Pas sûre qu'il comprenne déjà.

— Mais j'ai tellement hâte.

— Moi aussi.

Je m'allongeai pour l'embrasser et la prendre dans mes bras. J'avais tellement envie d'elle que ça me tiraillait. Je posai les lèvres sur les siennes et je me délectai de cet acte merveilleux, de ses lèvres plus que parfaites, d'elle et de tout ce que je ressentais de bon et de bien grâce à elle.

— Viens sur moi, ma beauté. Je veux te voir au-dessus.

Elle s'exécuta, les yeux pétillants de désir, comme la toute première fois que nous avions fait l'amour. Elle guida mon sexe là où nous avions irrépressiblement envie et besoin qu'il soit et je lâchai un soupir rauque. Je la regardais, fasciné par l'expression de son visage. Dès le premier soir, la première fois, j'avais été incapable d'oublier son visage. Elle était magnifique, je m'en étonnais chaque jour encore, je passais des heures à l'admirer et j'étais toujours aussi ébahi. Elle posa ses petites paumes sur ma poitrine et commença à danser sur moi, et le long de mon sexe. J'ignorais pourquoi j'avais stressé tout à l'heure, mais ce sentiment s'était envolé. Dylan se pencha et m'embrassa amoureusement. Ses frissons, ses doigts qui s'enfonçaient dans ma peau, sa manière de m'embrasser comme si elle n'avait jamais rien connu de meilleur, notre fils, notre mariage et cette nouvelle, j'étais l'homme le plus heureux du monde.

— Je t'aime, murmura-t-elle.

J'ouvris les yeux, que je ne me souvenais pas d'avoir fermés, et elle eut raison de mon cœur. Je lui caressai le visage et elle se pressa contre ma main.

— Vas-y, Nate ! Ça vient.

J'eus un mouvement de reins incontrôlé et elle gémit. Je me redressai et la serrai contre moi.

— Je t'aime, répondis-je.

J'accélérai la cadence de mes va-et-vient, tandis qu'elle me chevauchait toujours. Je jouis en elle après quelques secondes. Elle jouit aussi, prise de convulsions. Je me délectais, je la regardais, enivré par ses joues rouges, ses cheveux blonds mouillés de sueur, ses gémissements, la douceur de sa peau, son odeur. La serrant plus fort, je passai la main dans ses cheveux emmêlés et lui caressai les joues pendant que nous reprenions notre souffle.

Elle posa la tête contre mon torse et commença à dessiner les tatouages sur mes bras.

— Loin, murmura-t-elle. Nous sommes tellement loin du chaos.

— Et ce n'est pas fini, assurai-je.

— Je sais, répondit-elle confiante.

Elle.

Mon tourment.

Mon chaos.

La mère de mon fils.

Ma femme.

La mère de notre futur enfant.

La femme de ma vie.

4

Dylan

Un an et demi plus tard…

Un homme que l'on considérait comme un clown a dit : « Le jour où je me suis aimé pour de vrai, j'ai compris qu'en toutes circonstances j'étais à la bonne place, au bon moment. » Ce même homme, Charlie Chaplin de son nom d'artiste, avait ajouté : « Du chaos naissent les étoiles. »

Je me levais chaque jour avec cette phrase en tête. Je la trouvais magnifique. Et tellement significative. Du chaos naissaient effectivement quelques étoiles. Et comme elles étaient belles…

Je me penchai sur le berceau et fus accueillie par le plus beau des sourires.

— Bonjour, toi, dis-je ébahie.

La petite merveille s'agita et leva les bras dans ma direction pour me faire comprendre qu'elle voulait sortir du lit.

Ma petite fille… Mon étoile.

Je souris en la prenant dans mes bras. Je l'embrassai, respirant son odeur, m'enivrant d'elle. Je regardais notre création, à Nate et moi, m'extasiant d'avoir fabriqué une telle perfection.

— Quelle bonne humeur ce matin, petite endormie !

Elle agita ses petites mains en gazouillant et en souriant.

— On va se faire belle pour papa et Kyle ?

Autre gazouillement. Je pris ça pour un oui.

Cette enfant était comme Kyle. Elle n'était qu'amour, sourire et bonne humeur. Elle m'attrapa une mèche de cheveux tandis que je couvrais son cou de baisers. Elle portait bien son nom de famille, car, même si elle avait fait partie de moi durant neuf mois, c'était à Nate qu'elle ressemblait le plus. Elle avait le nez, le sourire, la couleur des yeux des Mine, je m'appropriais fièrement le reste. Je ne m'en plaignais absolument pas, mon étoile était la plus belle de toutes.

Je me rendis dans la salle de bains, où je la lavai, puis nous revînmes dans la chambre pour l'habiller.

— Il fait beau aujourd'hui, on met une robe ?

Je me souviendrai toujours de la douleur de l'accouchement, rapidement compensée par sa rencontre. J'avais peur d'associer ce moment à celui que j'avais déjà vécu, mais ce n'est pas arrivé, car j'avais passé une grossesse merveilleuse avec nos amis et ma famille, qui avaient tous pris soin de moi. Puis mon accouchement s'était très bien passé et Nate avait été présent du début à la fin.

Quand nous sommes rentrées à la maison, nous avons pris nos marques pour une nouvelle vie à quatre. Je n'ai pas oublié non plus le trésor qui a écarté mes chaos pour les envoyer plus loin. Un soir, alors qu'Astrée dormait sur ma poitrine et que Kyle était sur le côté dans mes bras, il m'avait demandé si maintenant je l'aimais moins qu'Astrée.

Cette question m'avait transpercé le cœur. Kyle n'était peut-être pas biologiquement mon fils, mais pour moi c'était tout comme, et jamais je ne pourrais le dissocier d'Astrée. Je les aimais incommensurablement et de la même manière. J'avais toute une histoire avec lui avant qu'elle arrive et un lien indéfectible. Et c'est ce que je lui avais dit et répété aussi souvent que nécessaire.

J'habillai Astrée et je la coiffai avant de mettre un bandeau bordeaux dans ses cheveux bruns. Encore une chose qu'elle tenait de son père.

Passé la baie vitrée, Nate m'embrassa amoureusement, me caressa le cou de mots d'amour et attrapa sa fille à bras.

— Salut, ma petite étoile.

Elle lui répondit en souriant.

Il s'en alla rejoindre Kyle qui salua sa petite sœur avec enthousiasme. Je souris, admirant ce qui aujourd'hui était à moi. Aujourd'hui ma vie était belle.

— Tu viens maman ? m'appela Kyle.

Mon Dieu…

Je ne me lasserais jamais de l'entendre m'appeler comme ça, de me dire que c'était moi. Comme poussées par le vent, mes jambes avancèrent. Le cœur en joie et débordant d'amour, je rejoignis les miens.

— Je suis là, mon trésor.

Il sourit. Mon petit garçon devenait grand, mais, lorsqu'il s'installa sur mes genoux pour déjeuner, je sus qu'il serait toujours ce petit garçon espiègle et plein de vie qui m'avait rendu ma culotte. Et qui avait, depuis ce jour, chamboulé ma vie et mon cœur au même titre que son père.

Nate m'adressa un regard complice et rempli d'amour. Je lus les pensées communes et secrètes qui animaient l'homme de ma vie et faisaient briller l'éclat dans ses yeux. J'étais heureuse, je me sentais tellement à ma place.

Aujourd'hui mon bonheur ne portait pas un nom ni deux, mais trois : les leurs.

Nate, Kyle et Astrée.

Car du chaos était née notre petite étoile.

Et tellement d'autres choses.

Épilogue

Lune

Vingt ans plus tard

Putain, je vais rater mon avion !

Je courais comme une dingue à travers l'aéroport pour rejoindre la porte d'embarquement. Si je ratais ce vol, je ratais la chance de ma vie. J'étais essoufflée, au bord de l'asphyxie, et avec mon souffle au cœur ce n'était vraiment pas malin, mais je devais à tout prix prendre cet avion.

Ce matin-là, j'avais enchaîné catastrophe sur catastrophe. Panne de réveil, plus d'eau chaude, bouchons sur la route… Vraiment quand ça ne voulait pas, ça ne voulait pas ! J'étais déjà étonnée d'être parvenue à arriver jusqu'ici en un seul morceau.

Je paniquai soudain en voyant la porte d'embarquement fermée.

Oh non ! Pas ça !

— Je… je dois prendre cet avion, fis-je à l'hôtesse, à bout de souffle.

— Je suis désolée, la porte est fermée, me rétorqua-t-elle.

J'étais sur le point de pleurer.

— Je dois à tout prix le prendre ! Je dois passer un casting. J'ai… Si je manque ce vol, je manque cette chance et, croyez-moi, j'ai toutes mes chances de l'avoir. Je… Tout est prêt, mon passeport, mon billet, tout…

— La passerelle aéroportuaire est détachée, je…

— Je sais et je suis désolée ! Je déteste les retardataires, moi aussi. Je me déteste à l'instant… et si ça n'avait pas été si important je ne serais pas là. Oui, je sais, j'aurais dû arriver à l'heure, mais c'est quand votre putain de vie merdique est sur le point de changer que tout se met en place pour vous ruiner votre journée. C'est fait exprès ! On est en retard, on ne retrouve plus les clés, ainsi de suite… Ce casting, c'est mon cadeau de Noël !

Voilà que je deviens dingue de nouveau en déblatérant dix conneries à la seconde !

Je vis l'hôtesse sourire. En voilà une que je divertissais au moins !

— Attendez ! me dit-elle en décrochant son téléphone.

Ma respiration était des plus chaotiques. Je soufflai et croisai les doigts.

— Terry, c'est Aurélia. Il reste un passager. Est-ce que tu… ? Très bien. Merci, Terry.

J'étais prête à me mettre à genoux et à supplier le fameux Terry, s'il le fallait.

— C'est bon ! dit-elle en souriant.

— Oh, merci ! m'exclamai-je en l'enlaçant. Merci pour tout !

J'arrivai dans l'avion quelques minutes plus tard, et une hôtesse m'indiqua ma place tandis que j'entendais plusieurs passagers râler. Je la remerciai, retirai ma veste et la rangeai avec mon bagage à main dans le coffre au-dessus de ma tête. Je m'installai à côté d'un jeune homme en train de travailler sur son ordinateur et poussai un soupir de soulagement.

J'avais réussi, j'étais dans l'avion.

Mon voisin releva la tête et je croisai d'incroyables yeux verts.

— Bonjour, me salua-t-il.

— Tout le monde râle à cause de moi, et vous me saluez ?

Il esquissa un magnifique sourire. Le genre de sourire capable de vous rendre dingue. Le genre particulièrement craquant. Celui qui ferait dire « oui » à n'importe quoi, même aux choses les plus indécentes. Avec ses cheveux noirs qui lui encadraient le visage, ses yeux vert émeraude et sa bouche pleine, il était…

Même assis avec un pull, je pouvais deviner sa carrure. Mon voisin de vol était vraiment bel homme, carrément sexy même.

— Il faut bien une exception, répondit-il. Et puis nous avons quelques heures de vol à faire l'un à côté de l'autre, alors autant passer un bon moment.

Je souris.

— C'est vrai, oui.

Il reporta son attention sur son ordinateur ouvert sur une page Word et je sortis mon script de mon sac à main. Cette audition, je la sentais bien. Cette fois-ci c'était ma chance, c'était pour moi. La directrice de casting avait contacté mon agent directement pour que je vienne auditionner pour une nouvelle série fantastique. Mon profil correspondait et, selon Vera, mon agent, c'était quasiment dans la poche. C'était pour l'un des premiers rôles. Si je l'avais, j'incarnerais Ezra, une étudiante se découvrant des pouvoirs spéciaux.

J'avais tellement envie de ce job. Je voulais briller comme l'avait fait ma mère avant moi.

∞

Je fus tirée de mon sommeil par des turbulences qui secouaient l'avion. Mon cœur tressauta dans ma poitrine et je paniquai. La voix du commandant de bord résonna, mais je n'entendais rien.

L'avion fut secoué de nouveau.

J'agrippai l'accoudoir, mais me rendis compte que c'était le bras de mon voisin. Il baissa les yeux vers moi, son sourire envoûtant sur les lèvres.

— Tout va bien ? demanda-t-il.

Je secouai la tête, incapable de lui répondre.

— Ça va aller, me dit-il. On ne fait que traverser une mauvaise zone, tout va bien se passer.

Une nouvelle secousse s'empara de l'avion et je serrai son bras, qu'il n'avait pas retiré. Ses doigts vinrent alors se crocheter aux miens. Je regardai nos mains jointes, encore plus perturbée tout à coup.

— Regardez-moi, m'intima-t-il.

— J'ai un… souffle au cœur.

Et ce genre de mec n'était pas bon pour la santé.

— Il faut juste vous calmer.

J'acquiesçai, mais j'étais saisie d'essoufflements fréquents et ma poitrine devenait douloureuse. Il avait raison, il fallait que je me calme, mais je n'étais déjà pas très rassurée dans un avion, c'était encore pire quand il traversait une zone de turbulences.

— Concentrez-vous sur moi. Comment vous appelez-vous ?

— Lune, soufflai-je.

— OK, Lune, votre prénom est adorable. Moi, c'est Kyle. Suivez ma voix, concentrez-vous dessus, d'accord ?

J'acquiesçai et essayai de soutenir son regard ardent. Pourquoi faisait-il ça ?

— Donc, je m'appelle Kyle, je suis dans cet avion pour rentrer chez moi et passer Noël avec ma famille. J'ai une petite sœur qui a un prénom qui se rapporte beaucoup au vôtre, elle s'appelle Astrée. J'ai vingt-cinq ans. Je suis célibataire. Ma couleur préférée est le bleu. Je pourrais vous faire une thèse sur les dinosaures tellement je m'y connais sur le sujet. J'adore les lasagnes. Je suis photographe de voyage. Le dernier pays que j'ai visité était le Japon. J'ai un dinosaure tatoué…

— « Un dinosaure tatoué » ? Qui se tatoue un dinosaure ?

— Moi, répondit-il, amusé.

— Où ça ? soufflai-je. Où est-il tatoué ?

J'essayai d'inspirer et d'expirer.

— Sur l'avant-bras, là où vous vous êtes agrippée. De tout ce que je vous ai dit, la seule chose que vous retenez c'est mon tatouage ?

— Un dinosaure, tout de même…

Son sourire s'élargit et je rougis. Il était vraiment beau, et très troublant aussi.

Lune, ressaisis-toi, ce type pourrait te tuer sans même le faire exprès.

— Alors, vous avez quel âge ? continua-t-il.

— Vingt-deux ans.

— Un mec ?

— Je… Non. (Je sentis mon pouls s'affoler.) C'est un interrogatoire camouflé ?

—J'essaie de vous aider, lança-t-il en haussant les épaules. Pourquoi prenez-vous cet avion ? Pour les fêtes ? Pour rejoindre un amant ?

—Non, pour passer un casting. Les questions sur ma vie sentimentale ne me semblent pas nécessaires.

D'autant plus que, du côté vie personnelle comme professionnelle, c'était plutôt le néant intersidéral.

—Un casting ? Quel genre ? poursuivit-il en ignorant ostensiblement ma dernière remarque.

—Je dois auditionner pour un rôle important dans une série fantastique.

Ses yeux s'écarquillèrent. Il semblait à la fois surpris et ravi. Je rougis d'autant plus. J'avais envie de baisser les yeux, mais son regard à couper le souffle me retenait prisonnière et, s'il continuait, j'allais vraiment manquer d'oxygène.

—Alors j'aide une future star ! lança-t-il tout sourires. Si jamais vous devenez célèbre, n'oubliez pas le type qui vous aura aidée dans l'avion à arriver saine et sauve jusqu'à San Francisco.

Ça ne risquait pas. Il pourrait même se retrouver dans mes fantasmes…

Voilà que ma connerie reprend !

—Promis.

—Est-ce que ça va mieux ?

Je remarquai alors que ma respiration était redevenue normale et que les turbulences étaient passées.

—Oui…

Je rougis face à son sourire.

—Merci, Kyle. Je suis désolée, pour ça… La panique me coupe le souffle et… Merci.

—Pas de quoi !

—Alors, vous êtes photographe ?

— Oui, je voyage un peu partout pour des magazines. Et vous, vous êtes actrice ?

— Non, on ne peut pas dire ça… « À la recherche désespérée d'un rôle » conviendrait mieux. On nous prévient pourtant que ça va être dur, mais on n'écoute jamais.

Il rit.

— C'est bien plus exaltant de suivre sa propre route et ses propres rêves, lança-t-il. On finit par monter de justesse dans un avion et on se retrouve à en parler avec un parfait inconnu.

— C'est vrai…

— Vous allez tout déchirer ! Retarder un avion, survivre aux turbulences, tout ça, ce sont de bons présages.

Il semblait sincère.

— J'espère… Je suis sortie de l'USC[1] depuis un an et c'est plus facile de rêver que d'y arriver. Il y a tellement d'autres filles avec le même rêve…

Il fallait avoir de la chance, tirer son épingle du jeu. Et il y avait tellement de jolies filles prêtes à tout pour y arriver.

— Pas certain qu'il y ait d'autres femmes qui portent aussi bien que vous les dents du bonheur et les tâches de rousseur, dit-il d'une voix envoûtante.

— Je…

Mon cœur battit si fort d'un coup qu'il m'en fit mal, je le maudissais d'être aussi fragile.

— Elles donnent un style atypique et audacieux à votre sourire, elles le rendent très sexy.

Mon sourire, sexy ?

---

1. USC : University of Southern California.

J'étais tombée dans une autre dimension ou quoi ? J'étais en train de flirter avec un parfait inconnu dans un avion et j'étais plus que réceptive. Si je le laissais continuer je finirais par descendre de l'avion dans un cercueil.

— Tout ça pour dire que vous n'avez pas à rougir de votre beauté face aux autres. Ce rôle-là est pour vous. Vous avez retardé le vol d'un avion après tout ! Je suis certain que vous allez l'emporter.

Je ris. Ses doigts étaient toujours crochetés aux miens.

— Et pour les fêtes vous faites quoi ?

— Je repars le 26 au matin, alors…

— Quoi ?! lança Kyle tout à coup. Vous ne pouvez pas rester seule pour Noël ! C'est impossible ! Vous avez de la famille dans le coin ?

— Non.

— Venez chez moi alors, il y a toujours de la place.

Je le regardai avec des yeux ronds.

Il est sérieux là ? On se connaît à peine !

— N… non, je ne peux pas faire ça ! bafouillai-je.

— Et pourquoi pas ?

— On ne se connaît pas, on se vouvoie et…

Il sourit de nouveau.

— Ce sont des détails tout ça ! Je t'assure, Lune, que ça n'ennuiera pas ma famille. Et moi, encore moins.

Je m'enflammai. Il avait une manière de prononcer mon prénom, comme s'il était sexy et poétique, comme s'il lui faisait l'amour. Et voilà qu'il me tutoyait à présent, comme si ma présence dans sa famille était devenue soudainement indispensable. Mais ça n'y changeait rien. Je n'irais pas chez lui pour Noël.

— Vraiment, merci pour l'invitation, mais ça ira…

— C'est comme tu veux, mais tu auras un vrai repas, autre chose que ce qu'on sert dans les hôtels et un peu de compagnie aussi.

Aussi envoûtante qu'était sa voix, et son regard, troublant, je secouai la tête.

∞

Kyle sortit de l'avion avec moi et nous récupérâmes nos bagages en même temps. C'était vraiment bizarre de faire les choses ensemble. Comme si nous n'avions pas envie de nous quitter, comme si…

Lorsqu'il glissa quelque chose dans la poche de ma veste, je sursautai.

— Qu'est-ce que tu fais ?

Je sortis un papier plié.

— Qu'est-ce que c'est ? demandai-je.

— L'adresse de ma famille.

— Je…

— Seulement au cas où, si jamais tu te sens l'envie de passer. Bonne chance pour ton casting.

Je hochai la tête en me perdant dans ses yeux verts.

— Je dois y aller. Si on ne se revoit pas, je guetterai les futures séries et ton joli minois sur Internet.

Vraiment ?

Je rougis. Il se pencha et m'embrassa la joue.

— Au revoir, Lune…

Il m'adressa un magnifique sourire et s'éloigna. Je n'avais pas l'impression que c'était un adieu pour lui…

Pourquoi étais-je si troublée tout à coup ?

∞

Lorsque le taxi s'arrêta devant le pavillon d'une grande maison, je soufflai. Je ne savais pas ce que je faisais là. Je ne savais pas pourquoi j'étais venue.

Le casting s'était merveilleusement bien passé, je pensais avoir obtenu le rôle. Je l'espérais de tout cœur, en tout cas. Kyle, ce bel inconnu, avait eu raison ; parfois quelques petits événements chaotiques pouvaient être un bon présage…

— C'est bien ici ? demanda le chauffeur en me voyant hésiter.

— Oui…

Je descendis de la voiture et payai la course. Le jardin et la façade de la maison étaient joliment décorés pour Noël. Prenant mon courage à deux mains, j'avançai et, une fois devant la porte, sonnai. Une jeune femme m'ouvrit. Elle avait une incroyable chevelure brune et des yeux tirant sur le vert-bleu.

— Bonjour, dis-je.

— Bonjour ! Je peux vous aider ?

— Est-ce que Kyle est… ?

— Oh oui ! Kyle, il y a une superbe blonde pour toi ! Je lui dis que tu es là ou pas ? cria-t-elle, tout excitée.

Je ne pus m'empêcher de glousser.

— Il arrive, poursuivit-elle à mon intention.

— Merci pour cette belle mise en avant, Astrée, grogna la voix de Kyle.

— À ton service !

Il apparut dans mon champ de vision, et la jeune femme s'effaça pour lui laisser la place. Je rougis et déglutis en le découvrant en chemise. Il était encore plus ensorcelant que dans mon très récent souvenir.

— Tu es venue…

J'eus un doute soudain. *Peut-être avait-il dit ça pour rire...*

— Ce n'était pas une blague, j'espère ? demandai-je, mal à l'aise. Parce que je me...

— Pas du tout.

Le ton de sa voix et son regard ne laissaient aucun doute. Je me sentis rougir et frémir. Je remarquai alors que les manches de sa chemise étaient retroussées et qu'il avait bien un dinosaure en origami tatoué sur le bras. Je le pointai du doigt.

— C'est le fameux dinosaure ? demandai-je.

— Lui-même.

Je souris et n'osai pas relever la tête de peur de me perdre dans son regard. J'aimais beaucoup ce dinosaure sur son bras et j'avais envie de comprendre pourquoi il était tatoué là et ce qu'il signifiait pour lui. J'ignorais ce qui se passait à l'instant, depuis ce moment dans l'avion... Il me faisait de l'effet. Énormément. Il avait ce je-ne-sais-quoi de nocif pour mon cœur et ça le rendait plus addictif encore. J'étais perturbée, mais aussi contente d'être là et de le revoir.

— Je ne dérange pas, j'espère ? Je me sens...

Il s'avança, me prit la main et crocheta ses doigts aux miens.

— Tu es bien réelle, souffla-t-il.

Il m'attira contre lui. Troublée, je me laissai faire et posai ma main libre sur son torse. Il me faisait perdre pied... Pire : ça semblait réciproque. Et les battements de mon idiot de cœur trop sensible s'accélérèrent.

— Toi aussi, murmurai-je.

Bon sang, qu'est-ce que je faisais ?

Je m'apprêtais à passer Noël avec un homme que je ne connaissais pas, et à rencontrer sa famille… J'étais terrifiée et captivée comme jamais.

— Et ce casting ? demanda-t-il sans me lâcher.

— J'ai tout déchiré.

Il me serra plus fort contre lui et sourit. Son odeur virile m'enivra et sans m'en rendre compte je nouai les mains autour de sa taille. Ce contact nous électrisa, nous ébranla tous les deux. C'était la première fois que je ressentais ce genre de choses. Et mon imagination s'emballait avec lui.

— Je…

— Drôle de moment dans l'avion, hein ? dit-il de sa voix enivrante.

— Déroutant, je dirais.

— Très. Autant que maintenant.

— Oui, soufflai-je.

Cet homme n'était pas bon pour mon souffle au cœur ni pour moi.

— Je suis content que tu sois là.

Il replaça une mèche de mes cheveux, frôlant ma peau. Des frissons glissèrent le long de mon dos.

— Moi aussi.

C'était peut-être l'urgence du moment qui m'avait conduite ici, la folie ou mon cœur. À moins que ce ne soit simplement la magie de Noël… Je l'ignorais, mais j'allais vivre ce moment avec lui.

81122709-0

Dépôt légal : octobre 2018

Achevé d'imprimer en France en janvier 2022
par Dupliprint à Domont (95)
N° d'impression : 2022014402 - N° d'édition : 6065751